La menace sans nom

L'ultime vengeance

CARLA CASSIDY

La menace sans nom

Traduction française de
CHRISTINE BOYER

BLACK ROSE

HARLEQUIN

Collection : BLACK ROSE

Titre original :
GUNSMOKE IN THE GRASSLAND

HARPERCOLLINS FRANCE
83-85, boulevard Vincent-Auriol, 75646 PARIS CEDEX 13
Service Lectrices — Tél. : 01 45 82 47 47 - www.harlequin.fr
ISBN 978-2-2804-8682-8 — ISSN 1950-2753

Composé et édité par HarperCollins France.
Imprimé en février 2023 par CPI Black Print (Barcelone)
en utilisant 100% d'électricité renouvelable.
Dépôt légal : mars 2023.

FSC www.fsc.org MIXTE Papier issu de sources responsables FSC® C159065

Pour limiter l'empreinte environnementale de ses livres, HarperCollins France s'engage à n'utiliser que du papier fabriqué à partir de bois provenant de forêts gérées durablement et de manière responsable.

1

Armée d'un grand sécateur, Ashley King se mit en devoir de couper les longues herbes qui commençaient à envahir la pierre tombale. Voilà presque quatre mois que son père, « Big John » King, avait été tué de deux balles en pleine poitrine. Le meurtre avait eu lieu sur ses terres, dans l'allée qui menait à son ranch. Et le crime n'avait toujours pas été élucidé…

— Tu me manques, papa, dit-elle avec un profond soupir.

Depuis qu'elle avait quitté la maison familiale, il y a six ans, pour s'installer en ville, son père avait pris l'habitude de lui téléphoner tous les jours.

Jusqu'à sa mort, ce coup de fil matinal était devenu pour eux un rituel chaleureux auquel ils n'auraient dérogé pour rien au monde.

Sa voix profonde résonnait dans l'appareil alors qu'il lançait :

— Comment va ma petite fille ?

Elle avait vingt-sept ans mais, pour lui, elle avait toujours été sa « petite fille ».

Et pendant un bon quart d'heure, tous deux étaient heureux de se donner des nouvelles, de parler de tout et de rien.

Dieu qu'elle regrettait ces échanges téléphoniques du matin ! Elle ferait n'importe quoi pour que son père adoré la rappelle, pour avoir la possibilité de lui dire une fois de plus à quel point elle l'aimait.

Avec une profonde inspiration, elle tenta de refouler les larmes qui brûlaient ses paupières. Il avait été son héros. Lorsqu'elle était plus jeune, il l'avait conduite pendant sept ans à ses cours de danse hebdomadaires et n'avait raté aucun de ses récitals ni aucun des événements scolaires auxquels elle avait participé.

Le jour où, alors qu'elle avait douze ans, Ron Ellers lui avait brisé le cœur en refusant d'être son petit ami, son père avait été là. Il l'avait prise dans ses bras et lui avait expliqué que la plupart des garçons de treize ans étaient stupides et que, dans quelques années, Ron regretterait de l'avoir éconduite.

Son père avait toujours été présent pour fêter ses succès, pour la conseiller quand la vie la désarçonnait et pour la soutenir dans les moments difficiles.

Et maintenant, il était mort… Parti pour toujours.

Elle coupa encore quelques brins d'herbes folles puis finit par se relever. Avec un soupir, elle brossa de la main la terre de son pantalon. Il était temps de retourner à sa boutique et de l'ouvrir pour la journée.

Alors qu'elle se dirigeait vers les grilles, elle remarqua une fois de plus à quel point le cimetière de Coyote Creek était beau. Au centre, un bassin orné d'une petite fontaine en pierre accentuait l'atmosphère paisible du lieu. Des chaises en fer forgé l'entouraient, invitant les gens à s'y asseoir pour se recueillir ou pour pleurer.

De grands arbres ombrageaient les allées, en particulier un magnifique saule pleureur qui, d'une certaine manière, semblait à sa place au milieu des morts.

Ashley s'efforçait de se rendre sur la tombe de son père plusieurs fois par semaine. Elle en éprouvait un réel besoin, son chagrin était immense. Bien sûr, elle le cachait. Elle voulait rester forte pour sa mère, elle-même dévastée par ce deuil. Devant les tiers, elle s'obligeait à afficher un visage serein. Mais en réalité, elle ne parvenait pas à surmonter cette tragédie et certains jours, anéantie, elle avait beaucoup de mal à donner le change.

Elle arriva enfin à sa voiture et s'installa au volant. En ce début de juillet, les températures étaient déjà très élevées et une chaleur intense régnait dans l'habitacle. Les étés à Coyote Creek, petite ville du Kansas, étaient souvent caniculaires. Elle démarra à la hâte pour allumer la climatisation.

Tout serait tellement plus facile pour elle comme pour toute sa famille, s'ils savaient pour quelle raison Big John avait été assassiné. Elle voulait comprendre qui l'avait tué et, plus important encore, pourquoi.

Elle connaissait l'opinion de ses frères sur le sujet. Au moment de son meurtre, Big John briguait la mairie de Coyote Creek. Il était le favori, et tous les habitants de la ville étaient certains qu'il serait élu. Voilà pourquoi ses frères pensaient que Wayne Bridges, qui s'était présenté contre lui à l'élection, était peut-être le commanditaire du crime. Pour sa part, Ashley avait du mal à le croire.

Deux de ses frères soupçonnaient également quelqu'un d'autre mais, conscients de la gravité d'une telle éventualité, ils préféraient ne pas en faire état ouvertement.

Alors qu'elle roulait vers le centre-ville, Ashley chassa de son esprit toutes les pensées concernant le meurtre et s'obligea à reporter son attention sur sa boutique, Bling and Things. Depuis la mort de son père, travailler l'aidait à ne pas sombrer dans le désespoir.

Dans trois jours, toute la ville célébrerait la fête nationale. Les commerçants exposeraient leurs articles sur le trottoir, et tout le monde aurait le droit de vendre le long de la rue principale toutes sortes d'objets, sortis pour la plupart des greniers.

Il y aurait à boire et à manger, des jeux pour les petits et pour les grands. Le soir, un carnaval était prévu à travers la ville et un immense feu d'artifice marquerait la fin des festivités.

Stella Black, la maire nouvellement élue, avait promis des attractions mémorables et des réjouissances pour toute la famille.

Ashley attendait ce 4 Juillet avec impatience. Elle espérait que ses trois frères et sa mère parviendraient à oublier leur chagrin et à profiter de la fête. Ils avaient tous besoin d'un moment de répit.

Son magasin se trouvait au centre de la rue principale de Coyote Creek. Il était situé au rez-de-chaussée d'un bâtiment de deux niveaux qui abritait également les bureaux de la police et un salon de tatouage.

Alors qu'elle se garait devant sa vitrine, son cœur se remplit de fierté. Bling and Things était l'aboutissement d'un rêve, d'une prise de risque et de beaucoup de travail. Pour ouvrir sa boutique, elle avait dû investir toutes ses économies et n'avait pas compté ses heures. Mais après deux ans d'activité, son commerce s'avérait déjà bien plus florissant qu'elle n'avait osé l'espérer.

Elle en déverrouilla la porte vitrée, alluma les lumières puis retourna le panneau sur « Ouvert ».

À l'intérieur, sur la droite, étaient exposés des vêtements chic et « tendance ». De l'autre côté, divers objets beaux ou amusants se trouvaient sur des présentoirs. La caisse enregistreuse trônait au fond, près de la réserve. Les bougies et savons alignés sur une étagère diffusaient dans toute la boutique une atmosphère parfumée.

Lorsqu'elle avait quitté le ranch familial pour vivre en ville, Ashley avait d'abord loué une maison dans le quartier. Mais, il y a un peu plus d'un mois, elle avait emménagé dans l'appartement au-dessus de son magasin.

Elle avait toujours eu l'intention de s'y installer mais l'endroit avait alors besoin de travaux de rénovation. Maintenant, ils étaient terminés, et elle se sentait bien dans ce charmant trois-pièces.

Elle commença par déposer son sac à main dans l'arrière-boutique. Elle espérait faire de belles ventes aujourd'hui. En prévision de la kermesse du 4 Juillet et du surcroît d'activité attendu, elle avait renouvelé son stock de marchandises, et sa réserve était encombrée de cartons attendant d'être déballés.

Alors qu'elle était à l'arrière, le carillon tinta au-dessus de la porte d'entrée. Lorsqu'elle retourna dans le magasin, elle vit un homme de grande taille qui examinait des articles sur l'un des présentoirs. Il lui tournait le dos, et elle ne put s'empêcher de remarquer ses larges épaules et ses longues jambes musclées.

Sa présence l'étonna. En général, les hommes ne se bousculaient pas dans sa boutique, sauf lorsqu'ils venaient acheter un cadeau pour une femme chère à leur cœur.

— Bonjour ! Avez-vous besoin d'aide pour faire votre choix ? demanda-t-elle.

Lorsqu'il se retourna, elle ouvrit de grands yeux stupéfaits en le reconnaissant.

— Jacob ?

— Salut, Ashley, répondit-il avec un sourire chaleureux. Cela fait un bail…

— En effet… Notre dernière rencontre remonte à des années, balbutia-t-elle, encore sous le choc.

La dernière fois qu'Ashley avait vu Jacob Black, il avait

dix-huit ans. À l'époque, elle en avait onze et nourrissait un sérieux béguin pour lui.

Malheureusement, Jacob avait quitté la ville peu après avoir obtenu son diplôme de fin d'études secondaires. Par la suite, elle avait entendu dire qu'il travaillait comme inspecteur de police à Kansas City, dans le Missouri.

Le charmant adolescent qu'elle avait connu avait maintenant trente-quatre ans. Les années l'avaient rendu plus séduisant encore. Ses traits s'étaient affermis et ses yeux d'un magnifique vert émeraude étaient de véritables joyaux.

— J'ignorais que tu étais revenu à Coyote Creek, dit-elle.

— Je suis arrivé tard hier soir, expliqua-t-il.

Comme de merveilleuses fragrances de savon à la menthe et d'une eau de toilette épicée chatouillaient les narines d'Ashley, une douce chaleur envahit son ventre. Il portait un pantalon noir et une chemise grise à manches courtes.

— Es-tu de passage ou revenu pour de bon ? demanda-t-elle.

— J'ai l'intention de rester.

— Tu t'es installé chez Stella ?

Stella Black, la maire de la ville, était la mère de Jacob et possédait le ranch mitoyen de celui des King. Quand Ashley était enfant, Jacob et sa sœur, Chelsea, venaient souvent jouer chez les King.

— Provisoirement, répondit-il. Mais je compte me chercher bientôt un logement. Ma mère m'a appris que tu tenais ce commerce.

Il promena le regard autour de lui.

— C'est une très jolie boutique, Ashley. Tu dois être fière de toi.

— Merci, je le suis, oui, reconnut-elle. Ouvrir ce magasin m'a demandé beaucoup de travail, d'argent et d'énergie, mais il est devenu mon petit coin de paradis.

— Je suis sûr que Big John était très fier de toi, lui aussi. J'ai été profondément attristé d'apprendre sa mort.

— Son *meurtre*, tu veux dire, rectifia-t-elle.

Le simple fait de prononcer le mot lui déclencha une bouffée d'angoisse.

— Les circonstances de sa disparition m'ont bouleversé, Ashley. Comment va ta famille ? demanda-t-il. J'imagine votre profonde douleur et votre désarroi.

— Johnny et Luke sont en colère parce que l'enquête piétine, que nous n'avons toujours aucune explication et que le coupable court toujours, répondit-elle. Ma mère ne parvient pas à s'extraire de sa tristesse. Quant à Caleb… personne ne sait jamais ce qu'éprouve Caleb.

Caleb était son jeune frère et l'objet de tous ses tourments.

— Je dois avouer que le plus difficile à propos du meurtre est de ne pas savoir qui l'a tué ni pourquoi, ajouta-t-elle.

— Eh bien, je me rends justement au poste de police pour un entretien avec le chef Caldwell.

Lane Caldwell était le chef de la police de Coyote Creek.

— Si Lane m'engage, alors peut-être un regard neuf sur l'enquête permettra-t-il d'apporter quelques réponses et, surtout, d'élucider l'assassinat de ton père.

— Oh ! Jacob, ce serait un tel soulagement ! Et cela nous aiderait tous à cicatriser.

— Je ferais tout pour démasquer et arrêter le coupable, assura-t-il. Big John comptait beaucoup pour moi. Quand j'étais gosse, il a été le père que je n'avais pas.

Elle lui sourit.

— Je sais. Je me souviens que tu passais beaucoup de temps à la maison autrefois, et que tu avais de longues et profondes discussions avec lui.

Il lui rendit son sourire. Celui-ci était craquant.

— Et moi, je me souviens d'un petit démon qui se cachait dans les coins pour nous écouter…

Elle se mit à rire.

— Ne me rappelle pas la manière dont je me comportais quand j'étais gamine. J'ai honte de moi, rétrospectivement. Je me rends compte maintenant que j'étais une vraie plaie, enfant.

Il rit également puis redevint sérieux. Son regard soutint celui d'Ashley pendant un long moment avec tant d'intensité qu'elle sentit de nouveau une douce chaleur s'emparer d'elle.

— Maintenant, ma priorité est de décrocher le poste.

Il consulta sa montre.

— Et d'ailleurs, je ferais mieux de te laisser pour me rendre à mon entretien. Arriver en retard ne donnerait pas une bonne impression.

— Lane serait stupide de ne pas t'embaucher, que tu sois en retard ou non, répliqua-t-elle.

Il rit encore une fois, d'un rire profond et chaleureux.

— Alors espérons qu'il ne soit pas un imbécile. J'ai été content de te revoir, Ashley.

Il fit un pas vers elle puis l'attira contre lui pour l'embrasser d'une manière un peu gauche sur la joue. Il ne la retint qu'un instant puis la relâcha.

— Moi aussi, répondit-elle.

Même si l'étreinte était maladroite, elle lui parut très agréable. Jacob avait de larges épaules et des bras musclés. Et, depuis le meurtre de son père, aucun homme ne l'avait serrée contre lui…

— J'espère que nous aurons souvent l'occasion de nous voir maintenant que je suis de retour en ville, poursuivit-il avant de se diriger vers la porte.

— Je l'espère aussi. Bonne chance pour l'entretien, Jacob.

Quand il partit, elle eut l'impression qu'il emportait toute l'énergie de la boutique avec lui.

Elle gagna sa caisse enregistreuse et se laissa tomber sur la chaise haute. Ces dernières années, Jacob avait mûri et était devenu très bel homme. Toutes les femmes de la ville allaient lui courir après, elle en était certaine. Si elle avait senti son cœur s'accélérer en sa présence, Jacob la considérait sans doute encore comme l'insupportable petite fille qu'elle avait été autrefois.

S'il réussissait enfin à élucider le meurtre de Big John, ce serait formidable.

Que le coupable soit enfin démasqué et arrêté l'aiderait à guérir son cœur brisé et permettrait à toute la famille King d'aller mieux…

Jacob quitta la boutique d'Ashley, en proie à une myriade de pensées troublantes. La petite fille qui le rendait à moitié fou autrefois lorsqu'il venait au ranch King s'était métamorphosée en une femme d'une incroyable beauté.

Ses cheveux bruns semblaient doux comme la soie et mettaient ses superbes yeux bleus en valeur. Son pantalon cigarette laissait deviner de longues jambes fuselées, et son petit corsage une taille fine et des seins ronds.

Oui, elle avait bien grandi pour devenir ravissante et, quand il l'avait brièvement étreinte, des fragrances de fleurs sauvages avec un soupçon de vanille lui avaient chatouillé les narines. De délicieuses fragrances.

Il chassa de son esprit ces images d'elle alors qu'il entrait dans le poste de police. Il avait échangé plusieurs mails avec le chef de la police mais ne l'avait encore jamais rencontré en chair et en os. Lane Caldwell dirigeait la police de Coyote Creek depuis des années. Il avait été élu à son poste peu après le départ de Jacob.

Une quinquagénaire aux cheveux gris se tenait à la réception. Comme il s'avançait vers elle, elle l'examina d'un œil perçant. Le badge au revers de sa veste renseigna Jacob sur le nom de la femme : Willie Wright.

— Bonjour, jeune homme. En quoi puis-je vous aider ? demanda-t-elle.

— Bonjour, madame. Je suis Jacob Black et j'ai rendez-vous avec le chef Lane Caldwell.

— Ah, oui. Il est prêt à vous recevoir. Venez avec moi.

Elle lui fit passer la porte de sécurité et lui désigna un couloir.

— Son bureau est le premier sur votre droite.

Jacob frappa à la porte en question et, quand une voix grave l'invita à entrer, il l'ouvrit.

Un homme mince aux cheveux clairsemés et aux yeux bleu pâle était assis derrière une grande table de travail. Jacob s'avança vers lui, la main tendue.

— Jacob Black, dit-il.

— Lane Caldwell. C'est un plaisir de vous rencontrer enfin, Jacob. Asseyez-vous, je vous en prie, ajouta-t-il avec un geste vers une chaise.

Jacob prit place, et Lane lui sourit.

— D'après ce que j'ai compris, vous n'étiez pas revenu à Coyote Creek depuis un moment. Avez-vous eu le temps de jeter un œil à la ville depuis votre retour ?

— Je ne suis arrivé qu'hier soir et je n'ai pas encore vu grand-chose, admit Jacob. Mais le peu que j'ai aperçu m'a paru bien. J'ai remarqué beaucoup de nouvelles enseignes, ce qui est toujours bon signe dans une petite ville.

— La ville est indéniablement en plein essor, convint Lane. Et malheureusement, la criminalité aussi.

Un bref instant, le chef eut l'air submergé de fatigue, et ses yeux bleus se teintèrent de tristesse.

Mais très vite, il se ressaisit et sourit de nouveau.

— J'ai lu le curriculum vitæ que vous m'avez envoyé et je dois dire qu'il m'a impressionné. Mais je m'interroge : pourquoi vouloir abandonner un poste d'inspecteur promis à un grand avenir au sein de la police de Kansas City pour venir travailler ici ?

La mémoire de Jacob s'emplit soudain de souvenirs de crissements de pneus, de coups de feu et d'un cri de femme. Il sentit un frisson glacé le parcourir mais le repoussa, ainsi que les images de cette nuit tragique.

— Il était temps pour moi de rentrer, répondit-il. Ma famille et Coyote Creek me manquaient.

Lane hocha la tête.

— Bien, alors je vais jouer cartes sur table avec vous. J'ai très envie de vous intégrer dans mon équipe mais je ne peux pas vous offrir le salaire que vous touchiez à Kansas City.

— Alors faites-moi une proposition, répondit Jacob.

Il voulait le poste. Il travaillait dans les forces de l'ordre depuis l'âge de vingt et un ans. Il ne savait et ne souhaitait rien faire d'autre.

Lane lui fit une offre et, après quelques échanges, Jacob l'accepta. Pendant l'heure suivante, Lane lui expliqua le fonctionnement du poste de police et lui donna ses horaires. Jacob commencerait son service la semaine suivante. Il aurait ainsi la possibilité de prendre ses marques et de se réhabituer à la ville avant de commencer.

— J'ai appris que le meurtre de John King n'avait toujours pas été résolu. Me serait-il possible de jeter un coup d'œil au dossier avant de prendre officiellement mes nouvelles fonctions ? demanda Jacob.

— Certainement. Un instant.

Lane décrocha un téléphone interne et pressa un bouton.

— Willie, j'aimerais que vous sortiez le dossier sur John King et que vous m'apportiez une photocopie de toutes les pièces qu'il contient.

— Bien, chef, répondit-elle sur haut-parleur.

Lane raccrocha et dévisagea Jacob.

— Peut-être que votre regard neuf sur l'affaire remarquera un élément qui nous aurait échappé. Depuis que nous enquêtons sur l'assassinat de King, nous avons dû régler deux autres tentatives d'homicide. Comme vous le savez sans doute, votre sœur a failli être tuée par sa meilleure amie, puis la fiancée de Luke King a eu maille à partir avec un homme décidé à se venger d'elle. Ces deux enquêtes nous ont éloignés de l'affaire King pendant un certain temps. Nous sommes une petite structure, et jongler avec trois histoires de meurtres a été difficile.

Lane prit une profonde inspiration puis expira lentement.

— J'ai eu un peu l'impression que ces derniers temps un vent mauvais soufflait sur la ville.

— En tout cas, je tiens à vous remercier pour tout ce que vous avez fait pour Chelsea, répondit Jacob.

Quelques semaines plus tôt, Chelsea avait été harcelée par quelqu'un qui lui voulait du mal. En fin de compte, ce quelqu'un s'était avéré être sa meilleure amie…

— Mes hommes et moi avons fait de notre mieux.

Jacob sourit à son futur nouveau patron.

— C'est l'essentiel.

Tous deux discutèrent des autres crimes auxquels Jacob serait confronté, comme l'ivresse publique, les bagarres au Red Barn – un bar populaire – et les vols.

— Dans leur grande majorité, les habitants de cette ville sont des gens bien, et vous ne rencontrerez sans doute pas trop de problèmes pendant vos journées de service, poursuivit Lane. Les homicides sont rares, Dieu merci, et la plupart des enquêtes aboutissent rapidement. Mais je dois vous dire que le meurtre de Big John King me hante. Je le considérais comme un ami, il m'avait aidé à être élu et, jusqu'à présent, sa mort reste une énigme. Nous n'avons toujours pas démasqué son assassin ni compris les raisons de cet horrible geste.

Comme un signal, quelqu'un frappa à la porte.

La femme qui avait accueilli Jacob entra, un dossier à la main.

— Voici tout ce que nous avons sur l'affaire King, dit-elle en tendant la chemise cartonnée à Lane.

— Merci, Willie.

— Pas de problème, chef, répondit-elle avant de quitter le bureau.

Lane repoussa son siège et remit le dossier à Jacob qui s'était lui aussi levé.

— Voilà de quoi travailler. Maintenant, suivez-moi. Nous allons vous chercher des tenues d'uniforme. Lorsque vous vous présenterez lundi, pour votre premier jour, je vous confierai une arme de service et une voiture de patrouille.

— Parfait, dit Jacob.

Une demi-heure plus tard, Jacob sortit du poste de police sous un soleil radieux et se dirigea vers son véhicule.

Il était content d'avoir obtenu le poste et il avait hâte de se plonger dans le dossier sur le meurtre de Big John.

John King avait joué un rôle important dans sa vie. Il avait été la figure paternelle qui lui manquait. Son père biologique avait trouvé la mort dans un accident agricole quand Jacob avait deux ans. Il n'avait gardé aucun souvenir de lui.

Big John avait deviné à quel point Jacob, enfant puis adolescent, était malheureux. Sa mère, Stella Black, était possessive et très directive. Elle l'étouffait lentement mais sûrement.

Conscient de l'emprise toxique que Stella exerçait sur son fils, Big John avait encouragé Jacob à se bâtir une vie ailleurs. En fait, il lui avait donné de l'argent pour lui permettre de quitter Coyote Creek et d'apprendre un métier loin de sa famille.

Dès que Jacob avait été embauché par la police de Kansas City, il avait mis un point d'honneur à rembourser Big John jusqu'au dernier centime. Certes, Big John lui avait dit qu'il s'agissait d'un cadeau et non d'un prêt mais Jacob avait tenu à régler ses dettes.

Alors qu'il roulait vers la maison de son enfance, une image d'Ashley remonta de nouveau à sa mémoire.

Quand il l'avait vue plus tôt dans la matinée, elle lui avait paru ravissante mais il avait également remarqué la profonde tristesse qui assombrissait ses yeux. Il savait à quel point Big John avait compté pour sa famille et plus particulièrement pour Ashley.

Il la revit, grimpant sur les genoux de son père pour un câlin. Petite, elle avait été « la princesse de son papa », et les années qui passaient n'avaient sans doute rien changé à l'amour que Big John nourrissait pour son unique fille.

Il quitta la ville et traversa les pâturages vallonnés où paissaient les troupeaux. Le Kansas était une région d'élevage et la qualité de sa viande bovine mondialement reconnue. Pendant qu'il roulait, il apercevait au loin les ranchs de la région et humait des odeurs de terre et de bétail par la vitre ouverte.

Le ranch King était le plus grand et le plus prospère du comté. Sa mère en exploitait également un, à plus petite échelle, à côté.

Alors qu'il s'arrêtait devant la maison où il avait grandi,

une myriade d'émotions l'envahit. Certes, il avait vécu quelques moments heureux sur cette propriété mais ils n'avaient pas été nombreux.

Il avait connu une enfance solitaire. Il avait huit ans de plus que sa sœur, Chelsea, et, s'ils étaient proches maintenant, ils avaient trop d'années de différence pour avoir beaucoup joué ensemble lorsqu'ils étaient jeunes.

Sa mère, Stella, avait peu de temps à consacrer à sa progéniture. En plus de diriger le ranch, elle menait une vie sociale très active. Elle se rendait à tous les thés, à toutes les garden-parties de la ville et ne manquait aucune réunion de comités de femmes. Stella avait atteint le summum de sa popularité lorsqu'elle avait été élue maire, quatre mois plus tôt.

Alors qu'il avait près de douze ans, sa mère avait brusquement pris conscience de l'existence de son fils et commencé à s'intéresser à lui. Elle lui avait dit comment s'habiller, comment se comporter en société et qui devaient être ses amis. Chaque fois qu'elle était conviée quelque part, elle l'y traînait pour le montrer comme elle aurait exhibé un chiot bien dressé.

Cette période avait été particulièrement difficile pour Jacob. Il s'était senti étouffé, nié, écrasé. À l'époque, la seule personne à l'avoir écouté, compris et aidé avait été Big John, et maintenant celui qu'il avait tant aimé et admiré était mort… assassiné.

Il sortit de sa voiture et entra dans la maison.

— Est-ce mon petit garçon que j'entends arriver ? cria Stella depuis la cuisine.

Jacob traversa le salon et la rejoignit dans la grande pièce lumineuse.

— Je ne suis plus un bébé, protesta-t-il.

Stella Black était une jolie femme aux cheveux argentés

et aux yeux bleu-vert. Elle s'avança vers lui et l'embrassa sur la joue.

— Tu seras toujours mon bébé, mon chéri, répliqua-t-elle. Et maintenant, devine ce que je fais.

— Tu es en train de me confectionner un de mes plats préférés.

Il prit place à la table ronde.

— Comment as-tu deviné ? demanda-t-elle, surprise.

Il lui sourit.

— Je vois une grande marmite sur la cuisinière et je sens des odeurs de tomate et d'ail. J'en déduis que tu prépares des spaghettis aux boulettes de viande pour le dîner de ce soir.

— Bingo ! s'exclama Stella, ravie. Bravo, mon fils. Et ce flair fait de toi l'inspecteur de police le plus brillant du monde entier.

— À ce sujet, j'ai obtenu le poste et je commence lundi prochain, dit-il.

— C'est merveilleux ! Cela dit, j'étais sûre que Lane ferait ce qu'il fallait et t'embaucherait.

— Maintenant que j'ai un travail, ma prochaine tâche est de trouver un endroit où vivre, poursuivit-il. Connais-tu par hasard des appartements à louer en ville ?

Elle s'assit en face de lui à table.

— Oh ! Jacob, s'il te plaît, ne sois pas trop pressé de quitter la maison. Tu viens de rentrer après des années d'absence et tu m'as terriblement manqué. Je t'en prie, reste ici un moment avant de songer à déménager.

Son regard était suppliant.

— Nous verrons, répondit-il sans s'engager. Avant de me rendre à mon entretien avec Lane, je me suis arrêté dans la boutique d'Ashley. Elle a bien grandi et est devenue très jolie.

— Ashley est charmante, oui. Depuis la mort de Big John, elle est un roc pour sa pauvre mère. Margaret a traversé tellement d'épreuves. Elle lutte depuis des années contre un cancer du sein. Certes, elle est en rémission depuis quelques mois mais je craignais que la mort de Big John ne lui soit fatale.

Jacob se souvenait de Margaret, l'épouse de Big John, comme d'une femme douce et souriante qui adorait ses enfants et aimait profondément son mari.

— Je suis désolé d'apprendre ces terribles nouvelles, dit-il. Et le meurtre de Big John m'a ravagé. Lane m'a confié le dossier, et j'ai l'intention de l'étudier à fond dans l'espoir de mettre le doigt sur un élément qui aurait échappé à mes futurs collègues.

— Espérons que le meurtrier n'est pas plus intelligent que le meilleur inspecteur de police du monde, répondit Stella en lui souriant.

C'est bien plus tard dans la soirée, alors que Jacob entrait dans sa chambre d'adolescent, qu'il repensa aux paroles sibyllines de sa mère.

En lisant le dossier, il comprendrait si la police locale avait correctement mené l'enquête. Il n'avait aucune raison d'en douter. Le professionnalisme d'une équipe comme des investigations approfondies ne suffisaient pas toujours pour élucider une affaire.

En tout cas, il souhaitait plus que tout que le meurtre de Big John soit résolu, ne serait-ce que pour effacer la tristesse des yeux d'Ashley.

Cette pensée en tête, il s'assit devant le petit bureau et ouvrit la chemise cartonnée.

2

Le matin du 4 Juillet, Ashley descendit tôt de son appartement pour installer deux longues tables pliantes devant sa boutique.

L'horloge de l'église venait de sonner huit coups mais le soleil était déjà chaud sur ses épaules. Le ciel était d'un bleu limpide, et la journée promettait d'être estivale. Le temps était idéal pour les festivités qui se dérouleraient aux quatre coins de la ville.

Comme elle recouvrait les tables de belles nappes blanches, elle remarqua que le tatoueur sortait lui aussi son matériel à l'extérieur. Elle se demanda combien de personnes au cours de la journée allaient abuser d'alcool et se réveilleraient demain avec des tatouages dont elles auraient oublié l'origine.

Ashley finissait de disposer plusieurs articles – des vases colorés, des bols en cristal aux formes inhabituelles et d'autres objets originaux – sur ses tables lorsque le camion de son jeune frère s'arrêta le long du trottoir.

— Salut, Ashley ! cria Caleb par la vitre ouverte. Je vois que tu te prépares pour le grand jour.

Elle s'approcha de son véhicule.

— Je suis presque prête. Et toi ? Où vas-tu te mettre ?

— Don m'a proposé de m'installer devant son cabinet

d'assurance, un peu plus bas. Il s'est absenté de la ville pour deux jours, alors il me laisse utiliser l'espace à ma guise.

— C'est sympa de sa part. L'emplacement est bon, répondit Ashley.

Caleb rayonnait. Voilà des années qu'elle ne l'avait pas vu sourire aussi largement. Il avait chargé l'arrière de son camion de ses toiles.

Ashley n'avait encore jamais vu les peintures de son frère. Elle ignorait s'il avait du talent ou non. En revanche, elle savait qu'il avait un côté provocateur et elle espérait qu'il ne défierait personne au cours de cette journée. Mais au fond, son caractère rebelle n'était pas ce qui l'inquiétait le plus chez Caleb.

— J'ai apporté des supports en bois en pagaille pour exposer mes œuvres, dit-il. Et je suis heureux que les gens de cette ville aient enfin la possibilité d'admirer mes toiles.

— J'espère qu'elles auront beaucoup de succès, Caleb.

Elle était persuadée que, s'il recevait une attention positive et était reconnu en tant qu'artiste, il lui serait alors plus facile de régler ses problèmes personnels.

— Merci, sœurette. Je te souhaite, moi aussi, de vendre un tas de trucs. Maintenant, je ferais mieux de m'installer. À plus tard.

Avec un autre grand sourire et un signe de la main, Caleb s'éloigna.

Ashley retourna au travail et disposa avec goût d'autres articles sur les tables. Elle en glissa aussi dessous, empilés dans des cartons et cachés par la nappe, pour pouvoir remplacer rapidement ce qu'elle aurait vendu.

Tout en s'activant, elle songeait à Caleb. Il y a moins d'un mois, tous les King s'étaient réunis chez leur mère pour une sorte de conseil de famille. Ils avaient décidé de convaincre leur petit frère de suivre une cure de désintoxication. Ils trouvaient qu'il buvait trop et craignaient qu'il ne consomme des drogues dures. Mais Caleb avait très mal réagi, nié tout excès, refusé tout traitement et quitté la maison familiale en claquant la porte.

Mais le plus grave, la véritable source des inquiétudes d'Ashley concernant Caleb était ailleurs. Leur frère Luke pensait que Caleb n'était peut-être pas étranger au meurtre de leur père…

En effet, une altercation avait éclaté entre Caleb et Big John, quelques heures avant que ce dernier soit abattu. Caleb avait demandé à leur père de lui donner de quoi ouvrir une galerie d'art en ville afin d'exposer et vendre ses peintures. Big John lui avait dit que, s'il avait besoin d'argent, il était libre de travailler au ranch. À en croire Luke, la réponse paternelle avait mis Caleb hors de lui.

Ashley était certaine que, dans son état normal, son petit frère n'aurait jamais fait de mal à une mouche et encore moins à leur père. Mais qu'avait pris Caleb le jour du drame ? Sous l'effet de drogues dures, de quoi était-il capable ? Il avait affirmé qu'au moment du meurtre, il se trouvait dans les bois à photographier des fleurs pour les peindre ensuite. Malheureusement, cet alibi n'avait pas été confirmé.

Ashley ne savait que croire à propos de ces soupçons. Certes, Caleb et son père ne s'étaient jamais entendus, et toute la famille craignait que Caleb ne soit mêlé à de sombres affaires de trafic de stupéfiants. Mais de là à imaginer le pire…

Cependant, en ce jour de fête nationale, elle ne voulait pas penser aux problèmes de Caleb ni au meurtre, mais profiter de l'ambiance et de la joie collective.

Le long du trottoir, des gens dressaient des tables,

parlaient et riaient, tout en se préparant pour le début officiel de la brocante fixé à 9 heures.

Au loin, elle apercevait la grande roue, montée pendant la nuit. En fin d'après-midi, la plupart des commerçants tireraient le rideau pour profiter du carnaval et des autres festivités nocturnes.

Pour sa part, elle avait l'intention de fermer boutique en même temps que les autres mais de gagner ensuite son appartement pour se détendre après une longue journée de travail. Elle prendrait un verre de vin, regarderait un peu la télévision puis irait se coucher.

Il n'était pas très drôle d'assister à un carnaval ou à un feu d'artifice sans être accompagnée et elle était seule depuis deux ans, depuis qu'elle avait rompu avec Billy Rudd, son petit ami d'alors.

Billy était beau et charmant, mais elle n'avait aucun avenir à espérer avec lui. Pendant la journée, il était serveur à la pizzeria locale et, la nuit, il faisait la fête. Il ne s'était jamais intéressé à sa boutique, ne l'avait jamais encouragée dans son entreprise. Pire, il lui avait dit qu'elle n'était plus très drôle parce qu'elle travaillait trop. Elle avait alors préféré en rester là.

Depuis lors, très occupée par son commerce, elle n'avait pas eu le temps de sortir avec quelqu'un d'autre. Puis son père avait été assassiné…

Quand elle n'était pas derrière sa caisse, elle se rendait au ranch pour seconder sa mère. Depuis le meurtre, cette dernière avait besoin d'elle.

Lane sortit du poste de police, chargé d'une table de bridge.

— Salut, Ashley, lui cria-t-il. Prête pour le grand jour ?

— Plus que jamais.

— J'ai des autocollants pour les enfants, et Walt a accepté de les leur distribuer, déclara-t-il.

Il faisait référence à Walt Eaton. Ashley ignorait son âge, sans doute dans les soixante-dix ans. Des années plus tôt, un accident l'avait cloué dans un fauteuil roulant. Et depuis le drame, il travaillait comme dispatcheur au poste de police. Et il avait été, lui aussi, un ami de son père.

Une demi-heure plus tard, tous les vendeurs professionnels ou occasionnels de la ville étaient en place. Bientôt, les rues se remplirent de gens venus chiner ou simplement flâner au milieu des stands. Une excitation teintée de gaieté flottait dans l'air. Entre les personnes décidées à lui acheter quelque chose et celles qui se contentaient de jeter un coup d'œil aux articles exposés, Ashley n'avait pas un instant pour souffler.

Chelsea Black, la fiancée de son frère aîné, était venue lui donner un coup de main. Elle s'occupait des clients qui entraient dans le magasin tandis qu'Ashley restait sur le trottoir, pour vendre et discuter avec les passants.

Elle remarqua que les tableaux exposés par Caleb, un peu plus bas dans la rue, attiraient beaucoup d'attention. Elle espérait qu'à un moment de la journée, elle aurait la possibilité d'aller y jeter un coup d'œil.

Carrie, la fiancée de son frère Luke, avait assuré que Caleb avait beaucoup de talent.

Tous deux s'étaient liés d'amitié au cours des dernières semaines, et Caleb avait montré à Carrie quelques toiles. Elle en avait trouvé certaines d'une beauté à couper le souffle et d'autres profondément dérangeantes tant elles étaient remplies de ténèbres et de rage.

À l'heure du déjeuner, Ashley constata avec plaisir que le montant de son chiffre d'affaires avait déjà dépassé ses espérances. Comme elle profitait d'une petite accalmie dans le flux de chineurs pour mettre de nouveaux articles sur les tables, elle le vit arriver sur le trottoir.

Jacob. Il était vêtu d'un jean et d'un T-shirt blanc. Une fois de plus, elle ne put s'empêcher de remarquer la largeur de ses épaules et la finesse de ses hanches.

Il marchait d'un pas tranquille, assuré, comme s'il n'avait peur de rien. Il ne s'agissait pas d'arrogance. Au contraire, il semblait savoir qui il était et être à l'aise, à sa place. Lorsqu'il lui sourit, elle sentit son cœur s'accélérer dans sa poitrine.

Son sourire s'agrandit alors qu'il se dirigeait vers ses tables.

— Salut, Ashley, comment ça va ?

— Très bien, répondit-elle. J'ai déjà vendu plus d'articles que prévu pour toute la journée.

— C'est une excellente nouvelle.

— Alors ? Dis-moi. Ne me fais pas languir, je brûle de l'apprendre ! As-tu été embauché pour travailler au sein de la police de Coyote Creek ?

Les yeux de Jacob pétillèrent de joie.

— Oui, j'ai décroché le poste. Je commence lundi. Et j'ai étudié à fond le dossier sur le meurtre de ton père.

Cette fois, le rythme cardiaque d'Ashley s'accéléra pour une raison très différente.

— As-tu trouvé du nouveau ? Peut-être des indices qui auraient échappé à Lane et à ses hommes ?

— Lane a mené l'enquête dans les règles de l'art mais j'espère mettre le doigt sur un élément nouveau, une piste encore inexplorée qu'il faudrait creuser, répondit-il. Mais ce n'est pas le bon moment pour parler de tout ça. Aujourd'hui est un jour de fête.

— Je suis d'accord. As-tu déjà fait un tour en ville ?

Je suis sûre que tu as constaté beaucoup de changements depuis ton départ.

L'envie de se passer la main dans les cheveux pour les faire gonfler la démangeait mais elle y résista. Pour une raison incompréhensible, être près de lui la rendait nerveuse.

— Il y a eu beaucoup de changements, reconnut-il. J'ai passé les deux derniers jours à rouler dans les rues, à redécouvrir Coyote Creek et à reprendre contact avec ses habitants. C'est indispensable pour effectuer correctement un travail de policier.

Il lui sourit.

— Ce serait embêtant d'être de service, de recevoir un appel et de ne pas savoir où je dois aller.

Elle lui rendit son sourire.

— Cela poserait un problème, c'est certain.

Le regard amical de Jacob apaisa un peu la nervosité d'Ashley.

Ils se dévisagèrent pendant un long moment, assez longtemps pour qu'elle sente de nouveau une douce chaleur envahir son ventre.

En rougissant, elle détourna les yeux et les reporta vers la rue.

— La foule est un peu moins dense maintenant.

— Tout le monde rentre pour s'accorder une petite sieste avant le début des festivités du soir, expliqua-t-il. Qu'as-tu prévu de faire quand tu fermeras boutique ?

— J'ai l'intention de monter chez moi – j'habite au-dessus – et de me coucher tôt, répondit-elle.

— Tu ne vas pas faire ça ! protesta-t-il. Pas le soir où un feu d'artifice est organisé en ville.

Elle se mit à rire.

— S'y rendre seule n'est pas très amusant.

— Je suis tout seul, moi aussi, mais j'adore les feux

d'artifice. Et si nous y allons ensemble, nous ne serons plus seuls et nous pourrons profiter du spectacle à deux, non ?

Une fois de plus, son regard soutint celui d'Ashley, et il devint impossible de refuser.

— D'accord, concéda-t-elle.

— Génial, alors je te retrouve ici vers… disons : 18 heures ?

— Parfait.

— À tout à l'heure.

Alors qu'il s'éloignait, elle le suivit des yeux et remarqua qu'il avait l'air aussi grand et musclé de dos que de face.

Maintenant que sa boutique tournait bien, elle était prête à passer à la phase suivante, au deuxième objectif de sa vie : trouver l'homme idéal pour se marier et fonder une famille.

Cela dit, elle était à peu près certaine que Jacob ne s'intéressait pas à elle dans cette optique. Il ne connaissait plus grand monde en ville. Elle faisait sans doute partie des rares personnes dont il se souvenait. Il l'avait invitée à venir avec lui au feu d'artifice dans l'espoir de renouer par son intermédiaire avec d'autres habitants de Coyote Creek, rien d'autre.

Pourtant, elle se surprit à attendre avec impatience l'heure de la fermeture.

Jacob s'éloigna de la boutique d'Ashley, étrangement heureux qu'elle ait accepté de l'accompagner au feu d'artifice. Il aimait l'atmosphère des fêtes nationales, des carnavals et des autres réjouissances liées à ce type d'événements. Mais, pour être pleinement festives, elles devaient être partagées avec quelqu'un.

Bien sûr, il ne nourrissait aucun sentiment amoureux envers Ashley. Elle n'était que la première personne avec qui il reprenait contact depuis son retour. Elle était ouverte, facile d'approche, et ils passeraient une bonne soirée ensemble, il en était certain.

Dans le passé, il avait vécu une histoire d'amour qui s'était très mal terminée et il n'avait aucune envie de s'aventurer de nouveau sur ce terrain. Certes, il y avait eu de nombreux signaux d'alarme avec Shannon – des signaux qu'il avait ignorés à la fois en tant qu'homme et en tant que policier.

Au cours de la matinée, il avait jeté un œil au stand de Caleb et à ses peintures accrochées à des lattes de bois. Après avoir lu le dossier de Lane et, en particulier, ses notes sur Caleb, il avait compris qu'il lui fallait enquêter un peu plus en profondeur sur le jeune homme.

Il avait gardé en mémoire l'image d'un petit garçon timide qui n'avait pas d'amis et qui semblait tout le temps malheureux. Mais à présent, Caleb avait tout de l'artiste excentrique avec ses longs cheveux noirs noués sur la nuque par une cordelette de cuir.

Il était vêtu d'un pantalon gris rapiécé et d'un T-shirt qui avait sans doute été blanc à l'origine mais qui était maintenant bariolé.

Désormais, il n'avait plus rien du garçonnet effacé qu'il avait été. Caleb parlait de son travail à un couple de retraités. Il semblait passionné alors qu'il leur exposait son processus de création. Pendant que Jacob attendait pour s'entretenir à son tour avec lui, il examina les toiles exposées. Il y avait une série intitulée *Nature* avec de superbes tableaux de fleurs sauvages. Sur certains, la rosée matinale sur les pétales était peinte avec une délicatesse sublime. D'autres représentaient de magnifiques arbres en pleine lumière, d'autres encore, des chutes d'eau au coucher du soleil. Le talent artistique de Caleb sautait aux yeux.

Mais comme Jacob se tournait vers l'autre côté du stand, il découvrit une nouvelle série de peintures, *Feelings*, qui le glacèrent. Il recula d'un pas, légèrement choqué par le vitriol qui émanait d'elles.

Zébrées de touches noires et rouges très agressives, elles évoquaient une explosion de rage et de ténèbres. Il était difficile de croire que l'artiste qui avait peint de si belles fleurs soit également l'auteur de ces horreurs.

Le couple s'éloigna, et Caleb se retourna pour saluer Jacob.

En le reconnaissant, il écarquilla les yeux.

— Jacob ?

— Salut, Caleb.

— J'ignorais que tu étais de retour en ville. Cela fait un bail.

— Ça fait longtemps, oui, reconnut Jacob. J'ai été navré d'apprendre la mort de ton père, ajouta-t-il.

Le sourire de Caleb s'envola.

— Ouais, ça a été un choc et un coup dur pour toute la famille.

— J'en suis sûr. Je viens d'être embauché comme inspecteur de police à Coyote Creek et j'espère apporter un peu de clarté à l'affaire, poursuivit Jacob tout en étudiant de près la réaction de Caleb.

Il ne remarqua rien d'anormal sur ses traits.

— Ce serait bien. Tout le monde se sentirait mieux si nous avions des réponses. Alors, es-tu amateur d'art ?

— Je n'y connais pas grand-chose, avoua Jacob. Mais je trouve intéressant de voir la différence de tes styles.

— C'est vrai. J'ai des périodes de lumière et des moments plus sombres, reconnut Caleb.

Jacob se demanda dans quel état d'esprit se trouvait Caleb le jour du meurtre de Big John. Il renâclait à imaginer qu'un fils ose tuer son propre père mais, après avoir travaillé à Kansas City, la plus grande ville du Missouri, Jacob avait à peu près tout vu. La laideur de la nature humaine ne cessait de le surprendre.

Cependant, Caleb n'était qu'un suspect parmi d'autres que Jacob avait relevés dans le dossier. Il espérait que Lane lui donnerait la latitude d'interroger plusieurs personnes pour l'éclairer dans sa recherche de la vérité.

Il échangea quelques instants avec Caleb puis reprit sa marche. Il n'était pas loin quand il vit sa sœur, Chelsea, au bras de son fiancé, Johnny King.

— Jacob ! cria-t-elle en courant vers lui.

Elle se jeta à son cou pour un baiser appuyé.

— Bon sang, Chelsea, je t'ai vue hier, dit-il alors qu'elle se dégageait.

— Je sais, mais je n'arrive toujours pas à croire que tu es vraiment revenu à la maison, répondit-elle, ses yeux verts pétillant de bonheur.

Les deux hommes se saluèrent tandis que Chelsea reprenait la main de Johnny.

— Apprécies-tu les festivités de ce 4 Juillet, Jacob ? demanda Johnny.

— Beaucoup. Je prends aussi le temps de renouer avec les gens. Jusqu'à présent, la journée est très agréable, répondit-il.

— Je suis sûre que notre mère a célébré comme il se doit le retour du fils prodigue et parlé à tous de son merveilleux garçon, si beau, si brillant, qui ne lui a jamais donné que des satisfactions… contrairement à sa fille, déclara Chelsea avec une pointe d'amertume.

Jacob n'essaya pas de protester parce que les paroles de sa sœur n'étaient que la vérité.

— Je pensais que tu travaillais pour Ashley, aujourd'hui, lui dit-il.

— Je l'ai secondée une grande partie de la journée mais elle m'a libérée pour le reste de l'après-midi. La foule était moins dense, l'activité se ralentissait alors elle se sentait capable de gérer la suite toute seule, expliqua Chelsea.

— C'était gentil de sa part de te laisser partir pour te permettre de profiter de la fête avec Johnny, dit Jacob.

— C'est une patronne géniale, répondit Chelsea.

Quelques instants plus tard, alors qu'il continuait sa balade, il repensa à la façon dont leur mère traitait – ou plutôt maltraitait – Chelsea, depuis des années.

Il était évident que, depuis l'enfance, Stella ne se comportait pas de la même façon avec ses deux enfants. Alors qu'elle se montrait toujours aimante et chaleureuse envers Jacob, elle était souvent colérique et méprisante envers Chelsea.

C'était l'une des raisons pour lesquelles Jacob avait quitté la ville. En partant, il avait espéré que, s'il n'était plus là, Stella serait plus gentille et plus affectueuse avec Chelsea. Malheureusement, cela ne s'était pas produit.

Malgré leurs huit ans de différence, sa sœur et lui étaient devenus assez proches grâce à de fréquents appels téléphoniques pendant les années où il avait été au loin. Il savait qu'elle avait trouvé le bonheur avec Johnny King, son amour de toujours, et il en était content pour eux deux.

Que sa sœur soit enfin heureuse était son souhait le plus cher.

Il s'arrêta à un stand où un homme aux cheveux grisonnants vendait des hot-dogs, des sandwichs et des brochettes de bœuf. Il lui en acheta une et, tout en s'en régalant, il alla rendre visite à Barry, le boucher. Ce dernier semblait connaître tout le monde, et il ne fallut pas longtemps à Jacob pour comprendre qu'il était surtout la pipelette de la ville.

La conversation s'orienta vite sur le meurtre de Big John King.

— Beaucoup de gens de Coyote Creek pensent que Wayne Bridges n'est pas étranger au crime, déclara Barry.

Après avoir lu le dossier, Jacob savait que Wayne Bridges s'était présenté contre Big John lors des dernières élections pour la mairie, une élection qu'il avait finalement perdue au profit de Stella, la propre mère de Jacob.

— Wayne est un sale type, asséna Barry. Il essaie toujours de revenir sur le prix sur lequel nous nous étions mis d'accord pour acheter sa viande. Tous les prétextes sont bons. Il prétend qu'il brade la marchandise avec moi et cherche toujours à augmenter ses tarifs. Il est malhonnête et entouré d'une bande de vauriens.

Barry sourit à Jacob. Brusquement, il ressemblait à un petit garçon espiègle.

— Et je suis un vieil imbécile qui parle trop.

— Et tant mieux pour moi. Pour espérer élucider le meurtre de Big John, j'ai besoin de gens qui veulent me parler, répondit Jacob.

— J'espère vraiment que vous arriverez à démasquer son assassin. Big John était un ami. Nous avions l'habitude de nous réunir avec des copains pour jouer au poker une fois par mois. Et il y a deux ans, quand je me suis retrouvé dans une impasse financière, il m'a aidé. C'était un homme bon qui ne méritait certainement pas de mourir ainsi.

— Je ferai tout pour mener l'enquête à fond, déclara Jacob. Sa famille a le droit de connaître la vérité sur ce qui s'est passé.

Pendant le reste de l'après-midi, Jacob se présenta à quelques-uns des chefs d'entreprise et des commerçants qu'il croisa au cours de sa promenade. Il en profita aussi pour renouer avec d'anciens amis du lycée et des connaissances d'autrefois.

Il atteignit finalement une estrade ornée de banderoles rouges, blanches et bleues. Un groupe de quatre musiciens était sur scène et interprétait des airs country devant une petite foule qui chantait avec eux.

Il savait que, plus tard, en début de soirée, sa mère prendrait leur place pour prononcer son premier discours officiel en tant que maire.

Alors que le soleil commençait à décliner, il se retrouva à consulter sa montre toutes les dix minutes. Il attendait avec impatience que six coups sonnent à l'horloge de l'église. Il avait hâte de passer du bon temps avec Ashley.

Peu avant l'heure dite, il retourna à sa boutique. En cours de route, il remarqua que les autres commerces étaient en train de fermer. En début d'après-midi, les températures caniculaires avaient atteint leur apogée, mais maintenant une légère brise rendait la chaleur plus tolérable.

Lorsque le magasin d'Ashley apparut, Jacob aperçut de loin un homme qui brandissait l'un des vases exposés dans la rue. Il ricanait. Derrière lui, se trouvaient trois autres cow-boys. Ils riaient aux éclats alors que celui qui tenait le précieux objet faisait mine de le laisser tomber. Ashley avait l'air stressée alors qu'elle le suppliait de faire attention et de le remettre à sa place.

Jacob sentit la colère s'emparer de lui et accéléra le pas. Qui étaient ces types et de quel droit la tourmentaient-ils ainsi ? Comme il arrivait à leur hauteur, il fusilla du regard l'homme qui tenait le vase.

Celui-ci avait les yeux noirs, un front large et un petit nez. Ses copains et lui sentaient la bière et la sueur.

— Remettez cet objet sur la table, ordonna Jacob.

Son interlocuteur le toisa avec mépris.

— Et qui es-tu pour me donner des ordres ?

— Je suis celui qui va te faire poser ce vase, répondit Jacob d'un ton égal.

— Je vous présente Jacob Black, intervint Ashley. Il est non seulement le fils de notre maire mais aussi le policier chargé de résoudre le meurtre de mon père.

Jacob soutint le regard du cow-boy sans ciller. Ce dernier resta immobile pendant un long moment mais finit par rompre le contact visuel et par replacer le vase sur la table.

— Si maintenant, on n'a plus le droit de rigoler un 4 Juillet, grommela-t-il d'un ton boudeur.

Les trois autres derrière lui se taisaient, à présent.

— Il ne me semble pas qu'Ashley s'amusait beaucoup, rétorqua Jacob.

— Allez, les gars, allons prendre une bière, à la buvette, déclara le cow-boy.

Dès que les vauriens s'éloignèrent, Ashley se tourna vers lui :

— Oh ! merci beaucoup, Jacob.

Son visage était encore pâle, et elle semblait secouée.

— De rien. Je n'ai rien fait du tout, assura-t-il. Qui était ce gars ?

— Il s'appelle Peter Jeffries. Il travaille au ranch de Wayne Bridges.

Peter figurait lui aussi dans le dossier de Lane sur Big John.

— Il m'a tout l'air d'être un pauvre type.

— C'est un euphémisme, répondit Ashley. Et ses copains ne valent guère mieux.

Jacob était content de voir un peu de couleur revenir sur ses joues.

— Puis-je t'aider à ranger ces articles et à replier les tables ?

— Ce n'est pas à toi de faire ça, protesta-t-elle.

Il lui sourit.

— Ashley, j'ai envie de t'aider. Mets-moi au travail pour que tu puisses fermer plus vite ta boutique. Ainsi, nous profiterons plus tôt de la fête.

Pendant la demi-heure suivante, il transporta les cartons et les tables à l'intérieur du magasin. Alors qu'il travaillait à côté d'elle, il ne put s'empêcher de remarquer son parfum.

Un parfum de fleurs sauvages avec un soupçon de vanille… très excitant.

Ces fragrances le remuèrent au plus profond, ou peut-être réagissait-il à la grâce avec laquelle Ashley se mouvait. À moins qu'il ne soit troublé par la façon dont son corsage collait à ses seins ou celle dont son pantalon blanc mettait en valeur ses longues jambes galbées.

Voilà presque quatre ans que Jacob n'avait pas eu de relations avec une femme. Il était donc sans doute normal qu'une jolie fille l'émeuve un peu. Cela ne signifiait pas qu'il avait envie d'une relation amoureuse avec Ashley. Ni avec qui que ce soit, d'ailleurs.

Il voulait seulement passer un peu de bon temps avec elle, profiter du carnaval et du feu d'artifice.

Quand tout fut rangé, Ashley verrouilla sa porte d'entrée.

Alors qu'elle se retournait vers lui, il sourit et lui prit la main.

— Maintenant, allons nous amuser.

3

Grande et musclée, la main de Jacob engloutissait complètement la sienne. Une fois de plus, une douce chaleur envahit Ashley, une chaleur qui n'avait rien à voir avec les températures estivales. Jacob était venu à sa rescousse, avait remis Peter et sa bande de cas sociaux à leur place, et elle se sentait presque euphorique. Bien sûr, elle tenta de se raisonner. Il s'était comporté en héros, aussi il était logique qu'elle soit attirée par lui.

— As-tu faim ? demanda-t-il.

— Pas vraiment. Chelsea m'avait acheté un sandwich qui m'a bien calée.

— Je suis tombé sur elle et Johnny, tout à l'heure, remarqua-t-il. Le reste de la journée a-t-il été aussi bénéfique que la matinée ?

Ils marchaient sans se presser vers la place où devait se dérouler le carnaval. Au loin, une certaine effervescence était déjà perceptible.

— Au-delà de mes espérances, répondit-elle. Le chiffre d'affaires que j'ai réalisé aujourd'hui compensera le peu de ventes que j'enregistrerai sans doute durant les longs mois d'hiver. Quand il fait froid, personne ne traîne dans les rues et n'a envie d'acheter des objets rigolos ou originaux.

— C'est sûr. Mais dis-moi, aimes-tu les animaux en peluche ?

Le brusque changement de sujet la surprit.

— Oui. Pourquoi ?

— J'ai l'intention de t'en faire gagner un avant la fin de la soirée… au stand de tir à la carabine.

Elle se mit à rire.

— Oh ! Jacob, les stands qui prétendent offrir des animaux en peluche à ceux qui mettent une balle en pleine cible ne sont que des attrape-nigauds. Ne gaspille pas ton argent chez eux.

— Mais cela fait partie du plaisir des fêtes foraines, répliqua-t-il. De plus, cela nous occupera puisque nous devons attendre la nuit pour monter sur la grande roue et y admirer le feu d'artifice.

L'obscurité ne recouvrirait pas la ville avant plusieurs heures. Avait-il vraiment l'intention de passer tout ce temps avec elle ? Et pourquoi cette éventualité la rendait-elle à la fois joyeuse et un peu nerveuse ?

Peut-être était-elle heureuse de la perspective qu'il reprenne l'enquête et parvienne à identifier l'assassin de son père. S'il réussissait à démasquer le tueur de Big John et à l'arrêter, Jacob lui plairait davantage encore.

Alors qu'ils marchaient, il l'interrogea sur son commerce. Il semblait réellement s'intéresser aux raisons qui l'avaient poussée à ouvrir une boutique et aux différentes étapes qu'il lui avait fallu pour y parvenir. Elle profita de cette petite balade dans les rues pour lui présenter plusieurs personnes.

— D'ici la fin de la journée, je connaîtrai probablement tous les habitants de la ville, dit-il en plaisantant.

— Et tant mieux, non ? Un inspecteur de police ne peut pas exercer correctement ses fonctions si ceux qu'il doit protéger lui sont inconnus.

— Tu as tout à fait raison. J'ai déjà échangé avec certaines personnalités de la ville et aussi avec quelques vauriens. Tout homme qui tourmente une femme est un pauvre type à mes yeux, déclara-t-il fermement.

— Luke est persuadé que Bridges avait engagé Peter pour tuer notre père.

— Et toi, qu'en penses-tu ? demanda-t-il.

Elle se tourna vers lui.

— En toute honnêteté, Jacob, je ne sais plus quoi penser. Et en fait, je m'inquiète surtout à propos de… à propos de…

Elle s'interrompit et secoua la tête.

— Tu t'inquiètes à propos de quoi, Ashley ? insista-t-il.

— C'est sans importance, répondit-elle.

Elle hésitait à lui confier ses doutes au sujet de Caleb. Elle n'avait pas envie de poignarder son propre frère dans le dos. D'un autre côté, si Caleb avait tué Big John, alors il devrait en payer le prix. Si Jacob était un inspecteur de police digne de ce nom, il mènerait des investigations plus approfondies sur Caleb. Elle espérait surtout qu'il découvrirait la vérité sur son cadet et apporterait la preuve de sa culpabilité ou de son innocence.

Alors qu'ils approchaient de la place où se tiendrait le carnaval, une certaine excitation emplissait l'air. Les rues débordaient de badauds. Les enfants criaient de joie, exhortaient leurs parents à passer d'un manège à l'autre.

Les adultes n'avaient pas été oubliés et s'essayaient aux différents jeux proposés. D'autres encore, réunis en petits groupes, bavardaient et riaient entre eux.

Des odeurs de graillon chatouillaient leurs narines. À tous les coins de rue, des buvettes offraient bières et sodas. Des stands proposaient des barbes à papa, des hot-dogs, des brochettes, des fromages, des frites ou encore du pop-corn. Toutes sortes de confiseries et de cookies s'étalaient sur des planches posées sur des tréteaux. Et bien sûr, les incontournables de toute fête foraine digne de ce nom : les churros, les pommes d'amour et des crèmes glacées.

Jacob la guida vers un stand de tir à la carabine.

— Allons te faire gagner un animal en peluche, dit-il.

Contre 3 dollars, chaque joueur se voyait confier une carabine à plomb et avait le droit de tirer trois coups. S'il parvenait à faire éclater l'un des ballons multicolores qui dansaient dans une cage, il emportait la peluche de son choix. Des dizaines d'animaux différents se balançaient au-dessus du stand pour inciter les gens à tenter leur chance.

Jacob se glissa dans la queue.

— Pendant que nous attendons notre tour, pourquoi n'en profiterais-tu pas pour choisir la peluche que tu veux ? proposa-t-il.

Il semblait confiant. Il y avait foule autour de ce stand particulier, le favori de la plupart des hommes. Tous semblaient croire qu'il était facile de toucher un ballon et de gagner un lot. Pourtant, aucun des joueurs qui essayèrent avant Jacob n'y parvint. De nombreux badauds suivaient les parties. Les spectateurs sifflaient pour encourager leurs amis et poussaient des cris de déception quand ceux-ci manquaient leur cible.

Jacob, lui aussi, observait les tireurs avec attention.

— D'accord, je suis prêt, maintenant, dit-il enfin.

Quand son tour arriva, il lâcha la main d'Ashley. Il lui parut formidable alors qu'il prenait le fusil et regardait dans la lunette.

Son premier coup se perdit mais le second fit mouche. Tout le monde applaudit et plusieurs tireurs malchanceux lui tapotèrent le dos en le félicitant. L'homme qui tenait le stand, un quinquagénaire au ventre rond, parut surpris.

Jacob posa le fusil et lui sourit.

— Choisis ton lot, Ashley.

Elle désigna du doigt un petit ours en peluche rose qui ne serait pas trop encombrant à transporter.

Lorsqu'ils s'éloignèrent du stand sous les regards admiratifs, elle lui prit le bras.

— Ta performance était impressionnante, lui dit-elle avec sincérité.

— Pas vraiment. Ce n'était qu'une question de calcul. Je sais que les carabines de tir des fêtes foraines sont truquées. Voilà pourquoi j'ai observé les joueurs qui passaient devant moi, afin de repérer la ligne de mire de l'arme.

Ashley serra son ours en peluche contre sa poitrine.

— Je ne comprends rien à ce que tu m'expliques, mais tu m'as vraiment épatée. Es-tu aussi bon avec une arme de service, avec un vrai pistolet ?

— Je me débrouille, répondit-il modestement.

Elle avait le sentiment que Jacob était bon dans presque tous les domaines et qu'aucune situation ne l'inquiétait.

— Parle-moi de Kansas City, poursuivit-elle. Je suis surprise que tu ne sois pas encore marié et père de deux enfants. Ou peut-être l'es-tu d'ailleurs. Je n'en sais rien, après tout.

Il se mit à rire.

— Non, je n'ai ni femme ni enfant. Jusqu'ici, je préférais donner la priorité à ma carrière.

— Et maintenant ? Es-tu à la recherche d'une épouse ? Si tu l'es, je peux te dire qu'à la fin de la journée, tu seras l'objet de toutes les convoitises des célibataires de la ville. Elles vont se jeter sur toi dans l'espoir de se faire passer la bague au doigt, et tu seras sans doute obligé de les repousser avec ta matraque.

Il rit de plus belle.

— Il y a peu de chances pour que j'en sois réduit à cette extrémité parce que je ne cherche pas à me marier.

Un voile sombre ternit les yeux de Jacob. Il n'y resta qu'un instant puis disparut.

— Je fais partie de ces hommes destinés à vivre seuls. J'ai l'intention de rester concentré sur mon travail et de démasquer l'assassin de ton père.

Ses paroles provoquèrent une bouffée d'émotions contradictoires en elle. D'une part, elle était ravie qu'il ait l'air si déterminé à identifier et à capturer le tueur de Big John. D'un autre côté, pour une raison incompréhensible, l'idée qu'il ait envie de passer sa vie seul la rendit inexplicablement triste.

Lundi matin, Jacob retourna au poste de police et frappa à la porte du bureau de Lane. Il lui remit le dossier sur le meurtre de Big John King.

— Alors, qu'en pensez-vous ? demanda Lane.

— Tout d'abord, il me semble que vous avez mené une enquête exemplaire, assura-t-il à Lane, qui parut soulagé par ses paroles.

— Merci, nous sommes peut-être un petit poste de police mais les hommes qui m'entourent sont brillants, travailleurs et dévoués, répondit Lane. Pourtant, quelque chose nous a sans doute échappé puisque nous n'avons pas abouti. Et j'espère que vous avez trouvé des éléments qui doivent être réexaminés.

— En fait, j'aimerais profiter de mon temps libre, de mes soirées et week-ends, pour réinterroger les gens. Cela vous pose-t-il un problème ? s'enquit Jacob.

— J'ai une meilleure idée, dit Lane. Pourquoi ne consacreriez-vous pas les matinées à patrouiller à pied dans les rues et vos après-midi à travailler exclusivement sur le meurtre ? Pour être tranquille, vous vous installerez dans la salle de conférences.

Jacob haussa un sourcil surpris.

— Vous me donneriez ce genre de latitude ?

— Absolument. Je tiens à ce que cette affaire soit résolue, déclara Lane avec ferveur. Un assassin se promène en liberté dans ma ville alors que sa place est en prison. Ce n'est pas tolérable. J'ai subi beaucoup de pression pour que cette enquête aboutisse. Big John avait des amis haut placés. Coyote Creek est une petite ville. Tout le monde s'y connaît, s'apprécie, et peut-être avons-nous été induits en erreur par des idées préconçues sur les uns et les autres. Comme vous avez quitté la ville il y a longtemps, vous n'avez aucun préjugé sur qui que ce soit. Voilà pourquoi vous réussirez, j'espère, à voir à côté de quoi nous sommes passés.

— Je ferai de mon mieux, répondit Jacob, en sentant déjà la pression de la difficile tâche qui l'attendait.

— D'accord, mais commençons par le commencement.

Lane ouvrit un tiroir. Il en sortit une arme de service et la fit glisser vers Jacob, ainsi qu'un jeu de clés.

Jacob s'empara du revolver, en vérifia la sécurité et le mit dans le holster que Lane lui avait fourni lorsqu'il lui avait donné ses uniformes.

Lane poursuivit :

— Pendant les deux premières semaines, vous patrouillerez dans les rues chaque matin. J'aimerais que les habitants de la ville se familiarisent avec vous en tant que policier. Je tiens aussi à ce que vous vous présentiez auprès des chefs d'entreprise et des commerçants.

— J'ai commencé à le faire le 4 Juillet mais je n'ai pas encore eu l'occasion de rencontrer beaucoup de patrons.

Alors que les souvenirs de cette journée lui revenaient en mémoire, il ne put s'empêcher de penser à Ashley.

Il avait vraiment apprécié de passer la fête nationale

avec elle. Il la trouvait intelligente et charmante. Ils avaient beaucoup ri tous les deux, surtout lorsqu'ils avaient essayé les différents manèges.

Ils avaient terminé leur soirée sur la grande roue et applaudi l'impressionnant feu d'artifice marquant la fin des festivités.

À un moment, alors qu'ils étaient tout en haut et dominaient la ville et ses environs, il avait eu envie de l'embrasser. Elle lui avait paru si belle avec toutes les lumières qui se reflétaient dans ses beaux yeux et ce rire contagieux sur ses lèvres. Pendant un bref instant, il avait failli les capturer pour un baiser passionné, mais il y avait renoncé.

Il n'aurait pas été très « fair-play » de l'embrasser en sachant qu'il n'avait pas l'intention d'avoir une quelconque relation amoureuse avec elle.

La voix de Lane le ramena au présent :

— Les clés sont celles d'une voiture de patrouille garée dans le parking derrière ce bâtiment. N'hésitez pas à utiliser ce véhicule lorsque vous êtes en service.

— Compris, répondit Jacob en empochant le trousseau.

— Venez avec moi, je vais vous montrer la salle de conférences où vous travaillerez, reprit Lane.

Tous deux se levèrent et quittèrent le bureau. Alors que Jacob le suivait dans le couloir, Lane lui expliqua à quoi servait chacune des pièces devant lesquelles ils passaient.

Il y avait une salle des archives, un petit laboratoire criminel et une salle de repos. À l'intérieur de cette dernière, un homme en uniforme était en train de croquer des cacahuètes. Elles venaient sans doute du distributeur automatique installé dans un coin.

Lane se chargea des présentations :

— Jacob, voici Ansel Blackburn. Ansel, Jacob Black rejoint l'équipe dès aujourd'hui.

Ansel se leva et tendit la main à Jacob.

— Enchanté de faire votre connaissance, dit-il.

Plus âgé que Jacob, il avait les cheveux blonds, les yeux bruns et un sourire amical.

— Ravi de vous rencontrer, moi aussi, répondit Jacob.

— J'ai entendu dire que vous seriez chargé d'investiguer sur le meurtre de King, poursuivit Ansel.

— C'est ce que Lane m'a dit.

Jacob se demanda si les autres membres de l'équipe seraient froissés qu'il reprenne leur enquête. Il n'avait aucune envie de piétiner leurs plates-bandes.

D'un sourire, Ansel le rassura :

— J'espère que vous identifierez et arrêterez le coupable, Jacob. En tout cas, soyez le bienvenu.

— Merci.

Quelques instants plus tard, Lane le fit entrer dans une pièce équipée d'une longue table, d'une armoire métallique et d'un grand écran sur le mur.

— Cette salle vous convient-elle ? demanda Lane.

— Elle est plus que suffisante pour moi, dit Jacob.

— Le placard contient un magnétophone et quelques calepins vierges mais il est essentiellement vide, alors n'hésitez pas à l'utiliser, ainsi que les objets qui s'y trouvent. Bref, faites comme chez vous, déclara Lane.

— Merci, je suis d'accord pour consacrer mes après-midi à travailler sur le meurtre.

— Parfait.

— Si vous n'avez plus rien pour moi, je descends arpenter les rues de la ville.

Lane hocha la tête et les deux hommes se dirigèrent vers l'entrée principale.

— Je vous reverrai après votre pause déjeuner, déclara Lane.

Quelques instants plus tard, Jacob sortait du poste de police. Il décida de se rendre en priorité dans la boutique d'Ashley. Le carillon au-dessus de la porte tinta lorsqu'il entra.

— Waouh, tu es superbe dans ce bel uniforme, s'exclama Ashley en sortant de la réserve pour le saluer.

— Merci, madame, répondit-il.

Quant à elle, elle était ravissante, vêtue d'un pantalon blanc et d'un chemisier bleu du même ton que celui de ses yeux.

— Tu es donc officiellement en service, ce matin, dit-elle.

— Je le suis et le serai désormais de 8 heures à 17 heures, cinq jours par semaine, avec une heure pour le déjeuner, expliqua-t-il. Lane m'a demandé de passer mes matinées à patrouiller dans les rues et à faire connaissance avec tous les chefs d'entreprise et les commerçants. Alors je suis venu ici en premier.

Elle se mit à rire.

— Trop facile. Tu me connais déjà.

— C'est vrai, reconnut-il. Je commence par le plus simple.

— Le programme de tes matinées est donc défini. Et celui de tes après-midi ?

— Ils seront consacrés à l'enquête sur le meurtre de ton père.

Comme il s'y attendait, une profonde tristesse assombrit alors les yeux d'Ashley, et son sourire s'envola. Lorsqu'elle posa une main sur le bras de Jacob, il sentit la chaleur fiévreuse de ses doigts à travers la manche de sa chemise.

— Jacob, j'espère vraiment que tu démasqueras le meurtrier, dit-elle. Nous avons besoin de savoir qui l'a tué et pourquoi. C'est la seule façon pour ma famille de retrouver enfin la paix.

— Je ferai de mon mieux pour obtenir ces réponses. Je vais probablement vous convoquer, tes frères et toi, pour des entretiens officiels dans les prochains jours, annonça-t-il.

Elle hocha la tête.

— Je serai disponible n'importe quand, n'importe quel jour, à n'importe quelle heure, et je suis sûre que mes frères le seront aussi. Nous allons coopérer du mieux possible, compte sur nous.

— Je voulais seulement te tenir au courant à ce sujet.

— Merci, j'apprécie. Je suis prête à tout pour t'aider dans tes investigations.

— Dans un autre registre, j'ai vraiment aimé cette soirée avec toi, dit-il, en espérant raviver la lumière au fond de ses yeux.

Comme prévu, elle sourit de nouveau.

— Jacob, j'ai passé un merveilleux moment en ta compagnie, et mon ours rose a maintenant sa place sur mon lit.

Une image d'elle nue sur son lit le traversa soudain. Il repoussa rapidement cette vision. Devenait-il fou ?

Il se dépêcha de lancer la conversation dans une autre direction :

— T'arrive-t-il de t'éloigner du magasin pour te restaurer ? demanda-t-il.

— Tout le monde en ville sait que je ferme une heure vers midi et demi, répondit-elle.

— Alors, puis-je t'inviter à déjeuner au restaurant ?

Elle le regarda un long moment puis sourit.

— J'adorerais déjeuner avec toi, Jacob.

— Super, alors je serai de retour ici vers midi.

— Je serai prête, affirma-t-elle, un grand sourire revenu sur ses lèvres.

Quelques instants plus tard, il sortit de sa boutique, impatient d'y revenir et de partager un repas avec elle.

Il tenta de se convaincre qu'il voulait la revoir uniquement pour la sonder à propos des habitants et pour obtenir ses hypothèses sur le meurtre.

Elle avait paru ravie de déjeuner avec lui. Mais combien de temps serait-elle heureuse de passer du temps avec Jacob si, pour finir, il ne parvenait pas à résoudre l'affaire ?

Peu avant midi, Ashley mit le panneau « Fermé » sur la porte de sa boutique et monta rapidement chez elle.

Elle se précipita dans sa salle de bains pour rectifier son maquillage et brosser ses longs cheveux. Alors qu'elle vaporisait son parfum préféré sur son cou, elle se demanda à quoi elle jouait.

Pourquoi diable ressentait-elle le besoin de s'assurer qu'elle était à son avantage ? Elle allait déjeuner au restaurant avec un vieil ami. Inutile d'en faire un plat !

Cela dit, elle ne percevait pas Jacob comme un « vieil ami » mais plutôt comme une nouvelle connaissance, comme quelqu'un qu'elle découvrait, et elle en éprouvait évidemment une certaine excitation.

Bien sûr, elle n'avait pas oublié qu'il avait été son béguin d'enfance. C'était idiot, vraiment, mais elle avait gardé des sentiments pour lui.

Il l'invitait sans doute à déjeuner parce qu'elle travaillait à côté du poste de police. C'était pratique. Et il était beaucoup plus agréable de partager un repas avec quelqu'un que d'être seul devant son assiette.

En tout cas, elle l'avait trouvé magnifique dans son bel uniforme bleu. La chemise à manches longues comme le pantalon lui allaient comme un gant, à croire qu'ils avaient été conçus pour lui.

Elle se détourna du miroir de la salle de bains et redescendit. Et à midi, Jacob apparut devant la vitrine.

Elle sortit le rejoindre.

— Prête ? s'enquit-il.

Elle ferma la boutique à clé puis lui sourit.

— Prête.

— As-tu faim ?

Côte à côte, ils se dirigèrent vers le restaurant.

— Une faim de loup ! Je suis toujours affamée à midi. Je ne prends jamais de petit déjeuner et je meurs donc de faim toute la matinée.

— Ignores-tu que le petit déjeuner est le repas le plus important de la journée ?

— Ma mère me l'a souvent répété, oui, mais je préfère dormir quelques heures supplémentaires le matin et sauter ce repas. Dormir est beaucoup plus important pour moi.

Il rit.

— Raconte-moi ce que tu as fait ce matin, demanda-t-elle.

Il lui expliqua qu'il avait fait la connaissance de ses collègues et appris les habitudes du poste de police. Il avait beaucoup apprécié sa première matinée en tant que policier à Coyote Creek.

— Tout le monde a été très gentil avec moi.

— Bien sûr. Tu représentes la loi, maintenant. Personne ne viendrait t'embêter dès ton premier jour.

Il se mit à rire.

Ils arrivèrent au restaurant et trouvèrent facilement une table libre.

Le lundi était le jour le moins chargé de la semaine dans l'établissement. La salle était pleine le dimanche. Beaucoup d'habitants aimaient s'y retrouver en famille ou entre amis. Les lundis étaient beaucoup plus calmes.

Ils s'assirent en face l'un de l'autre et passèrent leur commande à la serveuse.

Les murs étaient peints d'un vert apaisant. Une fresque s'étalait sur l'un d'eux. Elle représentait des pâturages avec un troupeau de bétail au loin, un hommage aux éleveurs de la région.

— Alors, comment s'est passée ta matinée à toi ? demanda-t-il dès que la serveuse s'éloigna.

— Elle a été assez calme, et ma future belle-sœur, Carrie Carlson, s'est arrêtée pour une petite visite.

— Depuis mon retour, je n'ai même pas encore croisé ton frère Luke.

— Il passe beaucoup de temps au ranch. Il travaille à la mise en place d'un élevage de chevaux. Il veut acheter et dresser des étalons qui deviendront des champions, expliqua-t-elle. Il aimerait que le ranch King soit réputé non seulement pour la qualité de sa viande mais aussi pour son palmarès équestre.

— Ce serait formidable, lança-t-il.

— Luke a toujours eu un don particulier avec les chevaux. Il murmure à leurs oreilles. En tout cas, je suis heureuse qu'il ait trouvé l'amour et la paix avec Carrie. Après le meurtre de notre père, Luke était rempli de colère. Ignorer qui était l'assassin et quels étaient les mobiles du crime, cela le rongeait de l'intérieur. Mais Carrie l'a aidé à recouvrer ses esprits. Bien sûr, nous sommes tous encore sous le choc. Désolée, je parle beaucoup trop, ajouta-t-elle en rougissant.

— Pas du tout, protesta-t-il. Tu me mets au courant des événements qui ont touché ta famille. Et, à propos des King, comment s'est passé le 4 Juillet de Caleb ? A-t-il vendu des tableaux ?

— Il en a vendu cinq, des toiles représentant des fleurs sauvages. Il était vraiment content.

Elle fronça les sourcils alors que des pensées concernant son cadet perturbaient manifestement son esprit.

— À quoi penses-tu ? demanda-t-il.

— Oh ! à rien, répondit-elle trop vite.

— Ashley, ce n'est certainement pas rien. Quel que soit le sujet qui te préoccupe, il a effacé le sourire de ton visage et il obscurcit ton regard.

Les yeux verts de Jacob semblaient la percer jusqu'à l'âme.

— L'inconvénient, quand on déjeune avec un inspecteur de police, est qu'il distingue des choses que d'autres ne verraient pas, dit-elle.

Avant qu'il puisse répondre, la serveuse apparut avec leurs assiettes.

Dès qu'ils furent de nouveau seuls, il reporta son attention sur Ashley :

— D'accord, maintenant dis-moi ce qui a transformé ton sourire en froncement de sourcils.

— Tu es tenace !

Il rit.

— Et tu ne me connais pas ! Tu ne sais pas encore à quel point je le suis.

Puis, en cessant de rire, il ajouta :

— Parle-moi, Ashley. Cela concerne-t-il Caleb ?

Elle soupira.

— En fait, nous sommes tous terriblement inquiets à son sujet. Il boit trop, fume et s'empoisonne avec on ne sait quelles substances.

Elle lui raconta leur tentative avortée de lui faire suivre une cure de désintoxication.

Jacob soupira.

— Il est majeur. En fin de compte, il doit vouloir lui-même obtenir de l'aide, dit-il. Personne ne peut l'y contraindre. Mais ne te reproche rien non plus. Tu n'es pas responsable de ses erreurs.

Elle hocha la tête et, pendant les quelques instants qui suivirent, ils savourèrent leur repas en discutant de leurs plats préférés. Il aimait la cuisine mexicaine et elle, les spécialités chinoises.

Pourtant, il avait ouvert la boîte de Pandore dans l'esprit d'Ashley à propos de son frère, et toutes ses inquiétudes à son sujet continuaient de tourbillonner dans sa tête.

Ils étaient à la moitié du repas lorsque Stella entra dans le restaurant. Elle était accompagnée de plusieurs autres femmes, et elles s'installèrent à une table voisine.

Stella s'approcha d'eux.

— Chéri, je pensais que tu travaillais, aujourd'hui, dit-elle à Jacob.

Elle sourit ensuite à Ashley.

— Ravie de te voir, Ashley.

— Moi aussi, Stella, répondit-elle.

— Je travaille, dit Jacob. En ce moment, je suis en pause déjeuner.

— Oh ! c'est bien, que tu la prennes avec Ashley, répondit Stella. Il n'est jamais amusant de se restaurer tout seul. Bien sûr, tu aurais pu inviter ta pauvre vieille mère…

— Tu sembles avoir déjà de la compagnie, rétorqua-t-il en désignant les femmes qui attendaient Stella.

— Tu as raison, reconnut-elle. Et d'ailleurs, je ferais mieux de retourner avec elles. Je vous verrai tous les deux plus tard.

Sur ces mots, elle partit, en laissant derrière elle l'odeur d'un parfum coûteux.

— Ta mère doit être ravie que tu sois revenu à la maison après toutes ces années d'absence, déclara Ashley.

— Elle l'est, répondit Jacob. Elle m'a convaincu de rester au ranch pendant un certain temps avant de m'installer dans un lieu à moi.

— Voilà une mère attentionnée à qui son fils a beaucoup manqué.

— C'est vrai, dit-il.

Ils finirent leur repas en bavardant gaiement.

Alors qu'ils quittaient le restaurant, ils tombèrent sur Brandi Stevens qui y entrait. Brandi était une jolie blonde aux grands yeux de biche. Divorcée sans enfant, elle travaillait comme caissière à la banque.

Jacob lui tint la porte ouverte mais, alors qu'elle passait devant lui, elle s'immobilisa brusquement.

— Jacob ? Oh ! mon Dieu, c'est vraiment toi.

Elle se jeta à son cou en riant.

Jacob parut légèrement abasourdi par ces effusions.

— Salut, Brandi. Heureux de te revoir.

À l'instant où Brandi le relâcha, il s'écarta d'elle avec un coup d'œil embarrassé à Ashley.

Mais la blonde continuait à le dévorer des yeux d'un air émerveillé :

— Mon Dieu, Jacob ! Tu travailles donc ici comme policier, maintenant. Comme c'est excitant. J'ignorais que tu étais de retour en ville.

— Peu de gens sont au courant, dit-il.

— Dis-moi, es-tu célibataire ou marié ? s'enquit Brandi.

Elle ne prêtait aucune attention à Ashley, qui se tenait à côté de Jacob.

— Célibataire, répondit-il.

— Alors nous devons nous revoir très bientôt et rattraper

le temps perdu, insista Brandi en riant. Cela me ferait vraiment plaisir, Jacob. Ça fait si longtemps.

— En ce moment, nous devons surtout quitter l'embrasure de la porte, déclara Jacob en prenant Ashley par le bras. Nous bloquons le passage. Je suis sûr que nous aurons l'occasion de nous croiser un de ces jours, Brandi.

Brandi parut déçue par son manque d'enthousiasme mais elle entra dans la salle et Jacob lâcha la porte.

— Je t'avais prévenu que toutes les célibataires de la ville voudraient te mettre le grappin dessus, déclara Ashley alors qu'ils retournaient vers sa boutique.

— Brandi et moi sommes sortis ensemble par intermittence au lycée, dit-il.

— Alors peut-être serait-ce bien que vous vous retrouviez tous les deux. Vous serez sans doute heureux de vous revoir et aurez beaucoup à vous raconter.

Ashley fut surprise du petit pincement de jalousie qui la traversa à cette perspective.

— Ou peut-être pas, répliqua-t-il. Si je ne suis pas resté en contact avec elle quand j'ai quitté la ville, ce n'est pas par négligence de ma part mais par choix. En fait, nous avons rompu trois mois avant mon départ. Nous n'avons pas vécu une grande histoire d'amour mais un flirt d'adolescents. Nous sommes sortis quelque temps ensemble, voilà tout.

Ils continuèrent à marcher, et il lui parla de certaines des personnes avec lesquelles il avait été proche au collège ou au lycée.

— J'étais très ami avec Buzz Tompkins. Est-il toujours là ? demanda-t-il.

— Il travaille à la poste et a épousé Judy Styles. Ils ont quatre enfants, deux garçons et deux filles, répondit-elle.

— Waouh, quatre enfants !

Jacob rit et secoua la tête.

— Je suis vraiment surpris, ajouta-t-il. Tout au long de nos années au lycée, il répétait qu'il ne se marierait jamais et n'aurait jamais d'enfants.

Elle se mit à rire.

— Il a apparemment changé d'avis. Ils semblent former une famille très heureuse.

Elle leva les yeux vers lui.

— Tu n'as jamais voulu d'enfants ?

— Je n'y pense pas beaucoup. Comme je n'ai pas l'intention de me marier, je ne me vois pas élever une progéniture hors mariage. Qu'en penses-tu ? Et toi, souhaites-tu des enfants ?

— Idéalement, j'en aimerais deux, mais, comme toi, uniquement si je suis mariée, répondit-elle. Je suppose que je suis un peu vieux jeu sur le sujet.

Ils atteignirent la porte de sa boutique. Il se tourna vers elle et planta les yeux dans les siens :

— Maintenant, vas-tu me dire ce qui te préoccupe à propos de Caleb ?

Un rire gêné lui échappa et elle considéra la rue.

— Euh, c'est une conversation que je préfère ne pas avoir sur le trottoir.

En fait, c'était une conversation qu'elle préférait ne pas avoir du tout. Elle avait bon nombre de sujets en tête dont elle ne voulait parler à personne. Cela dit, il était sans doute nécessaire de les évoquer pour faire avancer l'enquête.

Elle espérait des réponses à de nombreuses questions et elle ne les obtiendrait pas auprès des membres de sa famille. Elle avait besoin de quelqu'un d'extérieur pour lui faire part de ses préoccupations.

— Et si je te convoquais pour ton premier interrogatoire officiel et que tu venais avec moi à l'intérieur du commissariat ? Il te serait plus simple de te confier, non ?

Elle le regarda avec surprise.

— Maintenant ?

— Pourquoi pas ? Ton magasin est déjà fermé, donc le moment me semble idéal.

— D'accord, dit-elle finalement.

— Bien, alors allons-y, conclut-il.

Comme il lui ouvrait la porte du poste de police, elle sentit un changement subtil s'opérer chez lui.

Il n'était plus Jacob son ami. Maintenant, il était Jacob l'inspecteur de police, l'enquêteur.

Et, alors qu'elle le suivait à l'intérieur, une profonde anxiété fit battre son cœur plus vite.

4

Jacob avait remarqué le stress d'Ashley quand il avait évoqué Caleb pendant le déjeuner. Et maintenant, il tenait à aller plus loin, à comprendre la véritable source de son anxiété concernant son frère. Il avait besoin de savoir si elle croyait possible que Caleb ait tué Big John.

Il la guida à travers le poste de police jusqu'à la salle de conférences.

— Assieds-toi, dit-il en lui offrant une chaise. Avant de commencer, aimerais-tu un verre d'eau ou un soda ?

— Non merci, ça va.

Tandis qu'elle prenait place autour de la table, il se dirigea vers l'armoire métallique. Il en sortit le magnétophone et un calepin.

Il s'installa alors en face d'elle.

Elle semblait très nerveuse et se tordait les mains en se mordillant les lèvres.

Il finit par lui dire avec douceur :

— Détends-toi, Ashley.

— Facile à dire pour toi, protesta-t-elle. Ce n'est pas toi qui subis un interrogatoire de police.

— Mais nous poursuivons tous les deux le même but, répliqua-t-il. Il s'agit de découvrir qui a tué ton père et pourquoi.

Il ne voulait pas la mettre sous pression ni jouer au

« méchant flic » avec elle. Son expérience lui soufflait que la meilleure façon de procéder était de prendre des gants.

— Cela t'ennuie-t-il que j'enregistre notre entretien ? demanda-t-il.

Elle poussa un petit soupir.

— Fais ce que tu dois faire.

Une fois de plus, il s'efforça de lui parler doucement... gentiment.

— Ashley, je ne suis pas ton ennemi.

— Je sais, Jacob.

Il alluma le magnétophone et indiqua la date, l'heure et le nom complet d'Ashley.

— Maintenant, commençons. Tu m'as dit que ton frère Caleb buvait trop et se droguait peut-être. Tout à l'heure, tu as insinué qu'il était sans doute mêlé à de sombres histoires dans lesquelles il n'avait pas à être. À quoi faisais-tu allusion ?

— À plusieurs événements troublants. Tout d'abord, il y a peut-être trois mois, Caleb discutait un soir avec Leroy Hicks devant la grange quand des hommes à cheval ont surgi et ont commencé à leur tirer dessus. Johnny et Luke, qui se trouvaient dans les parages, ont riposté, et les cavaliers se sont enfuis. Ils ont disparu dans la forêt. Et un autre soir, il y a environ un mois, Luke a vu Caleb et Leroy sortir en courant des bois, poursuivis par un type armé, un certain Joker. D'après Luke, qui a échangé quelques mots avec lui, ce Joker est un trafiquant de drogue.

Elle s'appuya contre le dossier de la chaise et inspira profondément alors que Jacob s'efforçait de digérer ce qu'elle venait de lui dire.

— Leroy Hicks a été employé au ranch King, à une époque, n'est-ce pas ?

— En effet, mais mon père l'avait viré pour avoir trop

souvent travaillé en état d'ivresse et pour lui avoir volé de l'argent. Cela dit, d'après Lane, Leroy avait un solide alibi au moment du meurtre. En tout cas, Caleb et lui passent beaucoup de temps à traîner dans les bois à toute heure du jour et de la nuit. J'ignore si tu es au courant, mais ta mère a embauché Leroy lorsque mon père l'a licencié.

— L'un de vous a-t-il raconté ces épisodes à Lane ? Je ne me souviens pas d'avoir vu quoi que ce soit à ce sujet dans le dossier.

— Nous n'en avons pas parlé à Lane, répondit-elle.

— Pour quelle raison ?

— Luke et Johnny préféraient mener eux-mêmes des investigations sur ce Joker, dit-elle. Nous pensions qu'il valait mieux que la famille s'en charge.

— Où se trouvent exactement ces bois dans lesquels Caleb et Leroy passent tellement de temps ?

— Sur le ranch, derrière la grange. C'est une zone envahie d'arbres et de broussailles. Il est impossible d'y cultiver quoi que ce soit et encore moins d'y faire paître un animal. Cette parcelle n'est d'aucune utilité pour l'exploitation agricole et a été laissée à l'abandon. Nous appelons ce coin le « terrain de jeu de Caleb ». Il s'y rend pour photographier des fleurs qu'il peindra par la suite. C'est là qu'il se trouvait le jour du meurtre de mon père.

— Dans le dossier, Lane a précisé que l'alibi selon lequel Caleb se promenait dans cette petite forêt au moment du drame n'a jamais été confirmé.

Ashley hocha la tête.

— Il y était tout seul. Personne ne l'a vu. Il n'est réapparu que des heures après l'assassinat.

— Vois-tu une raison pour laquelle ton frère aurait voulu tuer votre père ?

Elle cessa de se tordre les mains et détourna un instant

les yeux. Quand elle le regarda de nouveau, ils étaient teintés d'une tristesse qui déchira le cœur de Jacob.

— Le soir du meurtre, mon père et Caleb s'étaient disputés. Je n'ai pas été témoin de la scène, mais Luke les avait entendus. Apparemment, Caleb demandait à mon père de l'argent pour lui permettre d'ouvrir une galerie d'art afin d'y exposer et d'y vendre ses peintures.

— Et ton père avait refusé…

— En effet. D'après Luke, Caleb avait alors quitté la maison hors de lui. Mais tu devrais interroger Luke à ce sujet. Comme je l'ai dit, je n'étais pas là, je n'ai pas assisté à cette altercation.

— J'ai bien l'intention de parler à Luke, répondit Jacob. Crois-tu Caleb capable de tuer ton père ?

— Je… je ne sais pas. Ma réponse serait un « non » catégorique si Caleb était à jeun. Mais j'ignore si, ce soir-là, après cette dispute, il avait bu ou pris des drogues… et si, sous l'emprise de ces substances, il a pu se transformer en tueur.

Ses yeux se remplirent de larmes.

— C'est terrible à dire et plus encore à penser. Mais je ne peux pas éliminer l'éventualité qu'il l'ait tué.

Le geste n'avait rien de professionnel mais, incapable de s'en empêcher, Jacob tendit la main pour prendre la sienne. Il n'avait aucun mal à imaginer à quel point cette situation était stressante pour elle. Non seulement son père avait été assassiné, mais elle se demandait si son frère n'était pas le meurtrier.

— D'après toi, qui d'autre aurait pu tuer Big John ? demanda-t-il avant de la relâcher.

— En tout cas, pour Johnny et Luke, il est possible que Wayne Bridges ait quelque chose à voir avec cette histoire.

— Barry le boucher a émis la même hypothèse quand j'ai discuté avec lui hier, pendant la fête du 4 Juillet.

— Beaucoup de gens sont persuadés que Wayne est derrière le meurtre à cause des élections municipales. Il aurait voulu écarter Big John qui briguait lui aussi le poste de maire de la ville et qui avait toutes les chances de l'emporter. D'après cette théorie, Wayne ne serait que le commanditaire du crime et Peter Jeffries, le tireur. Peter Jeffries est un excellent fusil, presque un tireur d'élite, et il travaille pour Wayne. Ce dernier l'aurait envoyé faire le sale boulot. Mais il ne s'agit que de spéculations. Ils n'ont aucune preuve.

Jacob lui sourit.

— J'ai vraiment hâte d'interroger Peter, d'autant plus que ma première entrevue avec lui a été… disons… intéressante.

Il fut heureux qu'elle lui rende son sourire et de constater que les larmes qui avaient momentanément embué ses yeux avaient disparu.

— Ce sera peut-être le moment pour toi de jouer le rôle du « méchant flic », dit-elle. Si tu en connais les répliques.

— Oh ! fais-moi confiance. Je les connais.

Pendant la demi-heure suivante, il l'interrogea sur d'autres suspects éventuels qu'elle pourrait avoir en tête. Mais elle n'en avait pas.

— Dis-m'en plus sur Caleb, reprit-il.

Les sourcils froncés, elle recommença à se tordre les mains.

— Je ne sais pas ce que tu veux savoir.

— Quel genre d'homme est-il ? Quel frère est-il ?

— Il a toujours été un peu bizarre. Et un solitaire. Certes, il a noué dernièrement des liens d'amitié avec Leroy et avec Carrie Carlson, la fiancée de Luke. Mais il ne se lie pas facilement. Nous étions assez proches quand nous étions enfants, mais il n'a presque aucune relation avec le reste de la famille. Voilà pourquoi il a été un frère disons… distant… durant la majeure partie de ma vie d'adulte.

— Quand je l'ai rencontré le 4 Juillet, je ne l'aurais jamais imaginé comme un solitaire. Il me paraissait plutôt ouvert, sociable et sympathique.

— Il m'a sidérée, ce jour-là. Je ne l'avais jamais vu aussi souriant, aussi extraverti et aussi bavard. Il ne ressemblait pas du tout au Caleb que je connais.

— Et donc il passe beaucoup de temps dans les bois avec Leroy Hicks, des bois où personne d'autre ne va…

Jacob doutait que ce qu'ils fabriquaient dans cette petite forêt ait quoi que ce soit à voir avec le meurtre de Big John. Mais, comme tout policier, il était curieux et, à ce stade, il ne voulait exclure aucune hypothèse.

Son instinct lui soufflait que Caleb ne se contentait pas de se promener dans ce bois et d'y prendre de belles photos.

— Oui, reconnut-elle.

— Et où sont-ils exactement, ces bois ?

Alors qu'elle expliquait encore une fois où ils se trouvaient sur la propriété, Jacob prit des notes.

Finalement, il la regarda et sourit.

— Je pense que nous en avons fini.

Il appuya sur le bouton pour arrêter le magnétophone.

— Cela n'a pas été trop difficile, n'est-ce pas ?

Elle prit une profonde inspiration et la relâcha lentement.

— Pas trop, reconnut-elle. Pourquoi m'as-tu posé tant de questions sur cette petite parcelle boisée ?

— Je ne peux pas m'empêcher de croire qu'il s'y passe quelque chose, qu'il ne s'agit pas uniquement d'un endroit magnifique, d'une source d'inspiration pour des photos ou des tableaux.

De nouveau, elle fronça les sourcils.

— Alors, qu'as-tu l'intention de faire ?

— Lorsque la nuit tombera ce soir, j'ai bien envie d'aller y faire un tour.

— Jacob, c'est peut-être dangereux, s'exclama-t-elle, alarmée. Ce Joker traîne peut-être encore là-bas. Et d'après Luke, il est armé.

— Je suis policier, Ashley, lui rappela-t-il. Moi aussi, je suis armé. Ne t'inquiète pas pour moi. Je sais comment me comporter dans un environnement hostile pour limiter les risques. De plus, j'ai seulement envie d'aller y jeter un coup d'œil. Je préfère m'assurer qu'il ne s'y passe rien de criminel.

Il se leva de sa chaise et lui fit signe de l'imiter.

En silence, ils remontèrent le couloir jusqu'à la porte. Ils sortirent dans la chaleur de l'après-midi, et il l'escorta jusqu'à sa boutique, située à quelques pas.

— Merci de m'avoir accordé un peu de ton temps, Ashley, déclara-t-il. Aimerais-tu dîner avec moi au restaurant demain soir ?

Elle le regarda de ses beaux yeux.

— D'accord, avec plaisir, répondit-elle.

— Super. Cela te va si je passe te prendre en fin d'après-midi, demain ?

— Très bien mais au lieu de venir me chercher devant mon magasin, passe par-derrière. Tu verras un escalier qui mène à mon appartement.

— Parfait, j'y monterai, affirma-t-il. Bonne journée et à plus tard.

Il la quitta et retourna dans la salle de conférences. Là, il s'assit pour relire les notes qu'il avait prises tout au long de l'entretien.

Alors qu'il repensait à ce qu'elle lui avait dit, il se remémorait les peintures sombres et dérangeantes qu'il avait vues le 4 Juillet. Caleb restait en tête de sa liste de suspects. Il avait eu des rapports difficiles avec son père. Jacob devait découvrir si ces relations conflictuelles avaient conduit le petit frère d'Ashley au meurtre.

Il devinait qu'il se passait des activités potentiellement criminelles dans les bois du ranch des King. Et ce soir, il avait l'intention de se rendre là-bas et de découvrir de quoi il retournait.

Demain soir, il avait envie de dîner tranquillement avec Ashley et de ne pas parler de meurtre.

Son seul souci était de savoir comment elle réagirait s'il finissait par arrêter Caleb pour meurtre ou pour un autre crime.

Peut-être se mettrait-elle alors à le détester…

Comme la nuit tombait, Ashley se cacha derrière la grange. Autour d'elle, les ombres grandissaient. Elle s'était garée dans un coin discret de la propriété et avait veillé à ce que sa voiture ne soit pas visible de la route. Elle avait réussi à atteindre le sentier qui menait dans les bois sans que personne ne remarque sa présence.

Dans cette intention, elle s'était habillée tout en noir et tenait une lampe torche à la main. Il n'était pas question pour elle de laisser Jacob se rendre dans les bois tout seul. S'il se passait quelque chose là-bas, à la nuit tombée, elle tenait à le découvrir de ses propres yeux.

Bien sûr, elle espérait qu'il n'y aurait rien à voir, que Caleb passait beaucoup de temps dans les bois pour y prendre des photos… exclusivement… et qu'il n'y commettait rien de répréhensible.

Elle était parvenue à un tel point d'angoisse et de frustration qu'il lui fallait à tout prix des réponses. Elle ne voulait pas seulement entendre parler de faits criminels, elle avait besoin d'en être témoin.

Pour le moment, Caleb était dans la grange, elle le savait. De petites chambres avaient été aménagées à l'étage pour les hommes du ranch qui préféraient vivre sur place. Chaque logement bénéficiait d'une salle de douche et, actuellement, deux cow-boys y habitaient, non loin de son frère.

Caleb avait quitté la maison familiale et emménagé dans la grange à l'âge de seize ans après une violente altercation avec Big John. Il y vivait depuis.

Lorsque Jacob lui avait fait part de son intention de venir dans les bois ce soir, elle s'était demandé quoi faire. Et, après avoir beaucoup hésité, elle avait décidé de s'y rendre, elle aussi.

S'il s'y déroulait quelque chose qui pourrait les aider à élucider le meurtre de son père, elle voulait absolument le savoir. Comme toujours, le simple fait de se remémorer le drame suffisait à lui briser le cœur.

Qui avait tué son père et pourquoi ?

Alors que les ombres s'allongeaient autour d'elle et qu'elle n'entendait aucun véhicule approcher, elle se demanda si Jacob avait changé d'avis et renoncé à venir. En proie à une nervosité croissante, elle sautillait d'un pied sur l'autre.

Sa vision s'était ajustée à l'obscurité, et la pleine lune au-dessus de sa tête l'aidait également à voir les alentours sans sa lampe de poche.

Après son entretien avec Jacob, elle n'avait cessé de songer à Caleb. Elle s'inquiétait d'avoir trop parlé de son frère au policier. Johnny et Luke seraient sans doute en colère contre elle et lui reprocheraient de s'être confiée à lui.

Peut-être avait-elle eu tort d'être aussi franche. Mais elle tenait à obtenir des réponses et, si Caleb était responsable de la mort de Big John, elle voulait le savoir. Et il devrait assumer les conséquences de ses actes.

Pourtant, elle espérait encore que Caleb était innocent et que Jacob le prouverait.

Où était Jacob ? se demanda-t-elle pour la énième fois.

Elle se tourna vers sa gauche lorsqu'elle entendit un bruissement à côté d'elle.

— Jacob ? chuchota-t-elle.

Comme un lapin bondissait des broussailles, elle étouffa un cri. Elle se mit à trembler. Elle n'avait jamais aimé le noir. Depuis l'enfance, elle craignait toujours qu'un croque-mitaine lui saute dessus. Cette peur irrationnelle était la raison pour laquelle, bien qu'étant maintenant adulte, elle dormait encore avec une veilleuse dans sa chambre.

Une fois de plus, elle dansa d'un pied sur l'autre. Au fur et à mesure que le temps passait, elle devenait de plus en plus nerveuse.

Elle entendit un autre léger bruit.

— Jacob… est-ce toi ?

Il sortit soudain de l'obscurité.

Le clair de lune au-dessus de leurs têtes illuminait ses traits crispés par la colère.

— Ashley, que fais-tu ici ?

— Je viens avec toi, répondit-elle.

— Bon sang, ce n'est pas vrai !

— Je t'accompagne, Jacob, répéta-t-elle fermement.

— Non. Retourne chez toi ! Et tout de suite.

— Arrête de me donner des ordres, dit-elle avec une pointe d'irritation. De plus, tu ne peux pas m'ordonner de quitter ma propre propriété. J'y vais avec toi ou j'y vais seule. D'une manière ou d'une autre, je fouillerai ces bois. J'ai besoin de voir ce qui s'y passe.

— Ashley, je t'en prie, retourne chez toi et attends-moi.

— Non, Jacob. Il est plus que temps que quelqu'un inspecte les bois que mon frère fréquente avec tant d'assiduité, rétorqua-t-elle en relevant le menton d'un air de défi. Maintenant, si tu veux bien m'excuser, je continue… avec ou sans toi.

Alors qu'elle s'éloignait dans la pénombre, il la rattrapa par le bras.

— Bon sang, Ashley, si tu tiens tellement à y aller, fais-le au moins avec moi. Je ne vais pas te laisser errer toute seule dans le noir. Maintenant, mets-toi derrière moi et allons-y.

Il était très en colère contre elle, elle le voyait, mais elle s'en fichait. Elle avait besoin de faire partie de cette expédition. Il en relevait de sa santé mentale. Elle en avait assez d'essayer de deviner ce que fabriquaient son frère et Leroy dans cette petite forêt.

Le sentier disparut alors qu'ils s'enfonçaient dans les bois. Ils butaient parfois sur des racines, ou se tordaient la cheville sur des terriers. Des broussailles les obligeaient à serpenter entre les arbres. Ils devaient également se méfier des branches basses.

L'obscurité s'épaississait. Le clair de lune ne parvenait plus à percer le feuillage au-dessus de leurs têtes.

Jacob finit par lui prendre la main pour lui épargner de s'étaler dans les ronces. Elle fut étrangement réconfortée par leurs doigts enlacés alors qu'ils continuaient leur progression dans le noir.

Effrayées par leur présence, de petites créatures nocturnes s'écartaient d'eux. Leur fuite éperdue était bruyante, et Ashley sentait sa gorge se serrer. Ils marchèrent sans échanger un mot pendant ce qui parut être une éternité.

Finalement, ils parvinrent à une petite clairière. Si les sous-bois avaient senti la terre noire, la mousse et les fleurs sauvages, maintenant, une insupportable odeur d'œufs pourris flottait dans l'air.

Ashley ne put retenir un cri à la vue d'une cabane à moitié en ruine dressée au milieu de nulle part. Une porte et une fenêtre leur faisaient face. L'endroit était sombre mais bien visible, grâce au clair de lune.

La main de Jacob serra plus fort la sienne. Il ralentit le pas. La bicoque paraissait abandonnée.

Mais de quoi s'agissait-il exactement ? se demandait-elle. Qui l'avait construite et pourquoi ?

Caleb et Leroy venaient-ils traîner par là ? L'avaient-ils bâtie ? Mais pour quelle raison ? Ils avaient la grange pour se retrouver. Pourquoi auraient-ils besoin de cet endroit au fond des bois ?

Tout cela n'avait aucun sens.

Jacob se tourna vers elle.

— Reste ici, murmura-t-il. Je vais voir.

Il la lâcha, dégaina son arme et s'accroupit.

Mais dès qu'il eut fait quelques pas, elle le suivit. Elle avait besoin de voir ce qu'il apercevrait quand il regarderait par la fenêtre pour inspecter cette cabane. Elle avait besoin de constater de ses propres yeux ce qui se trouvait à l'intérieur.

Heureusement, il ne tourna pas la tête vers elle et ne remarqua pas sa présence. Il continuait de ramper vers la structure en bois, et Ashley l'imita. Plus ils se rapprochaient, plus l'odeur âcre d'œufs pourris, mêlée à d'étranges fragrances chimiques, devenait forte.

Jacob atteignit la fenêtre. Il alluma une lampe de poche et balaya la cabane de son faisceau lumineux pour en examiner l'intérieur.

Il se retourna alors et repéra Ashley. D'un geste, il

l'exhorta à reculer. Mais elle feignit de ne pas comprendre et continua d'avancer vers lui.

Il se dirigea vers la porte et l'ouvrit.

Instantanément, un éclair aveuglant zébra la nuit puis une énorme déflagration retentit alors que la cabane explosait. La violence du souffle souleva Ashley et la projeta en arrière. Lorsqu'elle retomba, elle percuta durement le sol. Elle ressentit une vive douleur à l'arrière de la tête.

Puis, plus rien.

— Ashley, Ashley, chérie. Reviens à toi et ouvre les yeux, cria une voix dans le lointain.

Mais elle ne voulait pas revenir à elle. Elle faisait un merveilleux rêve, le plus merveilleux des rêves, dans lequel Jacob la tenait dans ses bras, les yeux brillant d'amour.

Mais pourquoi le lit était-il si dur sous eux ?

— Ashley, répéta Jacob d'une voix grave. Pour l'amour de Dieu, s'il te plaît, ouvre les yeux.

Elle fronça les sourcils puis battit les paupières. Comme elle le dévisageait, elle s'aperçut que ce n'était pas de l'amour qui brillait dans ses yeux. Mais de la terreur. Et ils n'étaient pas sur un lit. Mais sur la terre, dans les bois.

Tout remonta alors à sa mémoire. L'étrange cabane dans la clairière et l'explosion…

Une intense émotion se déchaîna soudain en elle, et elle fondit en larmes.

— Ça va, Ashley. Ne pleure pas, je vais te sortir d'ici.

Il se leva et la prit dans ses bras.

Elle enfouit la tête dans le creux de son cou et, à sa grande consternation, continua de pleurer.

Que s'était-il passé ? Pourquoi la cabane avait-elle explosé ? Elle avait l'impression que son crâne était pris dans un étau. Elle n'avait jamais souffert d'une telle migraine.

Comme il la portait hors de la forêt, elle désigna un chemin envahi par la végétation près de l'entrée du ranch.

— Ma voiture est par là, dit-elle.

— Nous nous en occuperons plus tard. Je te conduis directement à l'hôpital, répondit-il. Tu es tombée sur la tête et tu dois être examinée.

— Je vais... je vais bien, murmura-t-elle.

— Je suis malade d'inquiétude, Ashley, et tant que tu n'auras pas vu un médecin, je me sentirai mal, dit-il d'un ton sans réplique.

Elle céda. Elle était trop faible pour ergoter. Ils arrivèrent à la voiture de Jacob, garée devant l'entrée du ranch, le long de la route.

Il l'aida à s'asseoir sur le siège passager puis fit le tour du véhicule. Il démarra et fonça sur la route comme si Ashley se vidait de son sang et n'avait plus que quelques instants à vivre.

— Jacob, ralentis, je ne suis pas à l'agonie.

— Tu aurais pu mourir, répondit-il, les doigts serrant un peu plus fort le volant. Voilà pourquoi tu n'avais rien à faire là. J'aurais dû insister, et tu aurais dû m'obéir quand je t'ai dit de rentrer chez toi. Pourquoi es-tu si têtue ?

— Arrête de crier, protesta-t-elle. J'ai mal à la tête.

— Tu n'aurais pas mal à la tête si tu m'avais écouté, dit-il.

— Jacob, tu as fait valoir ton point de vue, et j'en ai un autre, d'accord ?

Il lui jeta un coup d'œil.

— D'accord. Souffres-tu ailleurs qu'à la tête ?

Elle passa une main sur l'arrière de son crâne. Elle sentit une grosse bosse... incontestablement douloureuse.

— Non, grommela-t-elle. Seule ma tête me fait mal.

— Dieu merci, répondit-il. Quand je t'ai vue voler en

arrière et t'écraser sur le sol, je jure que mon cœur s'est arrêté de battre. Je pensais… j'ai eu tellement peur…

Sa voix s'éteignit.

Elle posa la main sur son avant-bras.

— Détends-toi. Je vais bien, Jacob.

Il lui lança un autre regard et, pour la première fois, elle remarqua une plaie sur le front de Jacob, une plaie qui saignait.

— Oh ! mon Dieu, Jacob, tu es blessé.

— Ce n'est rien, une petite coupure et quelques contusions. Heureusement, juste avant que le bâtiment explose, j'ai senti un danger et j'ai eu le réflexe de me jeter au sol.

— Pourquoi cette cabane a-t-elle explosé ?

— La porte avait été piégée. Les gens qui y travaillent ont des coupe-circuits qui désarment la bombe lorsqu'ils vont et viennent.

— Mais je ne comprends pas. Pourquoi cette cabane contenait-elle une bombe ?

— Pour que l'explosion détruise toutes les preuves si quelqu'un comme moi décidait de venir y fouiner.

Elle le regarda, le cœur serré.

— Des preuves de quoi ?

Il la dévisagea une fois de plus, les traits tendus.

— Ashley, il s'agissait d'un laboratoire clandestin de fabrication d'amphétamines.

Alors qu'elle digérait lentement ses paroles, des larmes brûlèrent de nouveau ses paupières.

Dans quoi Caleb s'était-il embarqué ? Leroy et lui confectionnaient-ils des amphétamines et les vendaient-ils ? Et était-il possible que Caleb n'ait pas tué Big John mais que l'un de ses amis toxicomanes soit l'auteur du meurtre ?

5

Ashley enveloppa le ravissant vase rose dans du papier brun avant de le glisser dans un joli sac cadeau aux couleurs de sa boutique.

— Et voilà, madame Dodd, dit-elle en le tendant à sa cliente, une vieille dame aux cheveux blancs. J'espère qu'il s'intégrera bien à votre salon.

— Oh ! j'en suis certaine, ma chère. Je lui ai déjà trouvé une place. Sur la cheminée. Il y sera bien mis en valeur. Et le mois prochain, je reviendrai vous acheter le grand bol assorti là-bas. George va me maudire – il déteste le rose –, ce qui ne fera qu'attiser mon envie de compléter ma collection.

Ashley se mit à rire.

— Cela m'ennuierait de briser un ménage…

Mme Dodd s'esclaffa à son tour et lui lança avec un clin d'œil complice :

— Je suis mariée à cet homme depuis plus de cinquante ans. Il lui en faudra plus qu'un vase rose pour me quitter. Maintenant, je vous laisse, ma chère. Et à bientôt.

Elle agita les doigts pour dire au revoir à Ashley et sortit du magasin.

Mme Dodd lui rendait visite une fois par mois, dès qu'elle avait encaissé son chèque de retraite, et lui prenait en général un seul article. Elle était charmante et amusait

Ashley avec des histoires drôles mettant en scène son mari, George.

Dès qu'elle fut partie, Ashley se laissa tomber sur la chaise derrière la caisse enregistreuse et poussa un profond soupir. Elle était fatiguée. La nuit précédente lui avait paru interminable. Jacob et elle avaient tous deux passé un temps infiniment long aux urgences – elle pour faire examiner sa tête et lui pour sa coupure au front.

Le médecin s'était montré rassurant. Elle ne souffrait pas de traumatisme crânien et s'en tirait avec un gros hématome.

Il avait ensuite nettoyé la coupure de Jacob, y avait collé deux pansements papillon et lui avait conseillé de se reposer pendant un jour ou deux.

Ashley avait insisté pour que Jacob la reconduise à sa voiture, et ils s'étaient séparés là-bas. Mais une fois rentrée chez elle, elle avait été incapable de s'endormir. Toute la nuit, elle s'était tournée et retournée dans son lit sans parvenir à s'assoupir.

Comment aurait-elle pu trouver le sommeil alors que des idées noires à propos de Caleb et de ce laboratoire d'amphétamines ne cessaient de la tourmenter ?

Elle se posait mille questions, échafaudait des dizaines de scénarios et se perdait en conjectures.

Elle ignorait à quelle heure elle avait enfin réussi à s'endormir mais, depuis ce matin, le manque de sommeil se faisait cruellement sentir. Elle avait du mal à garder les yeux ouverts. Sa tête aussi la faisait souffrir. Sa violente chute sur le sol, la veille au soir, avait laissé des traces.

Midi sonnait à l'horloge du village, et elle n'avait pas eu de nouvelles de Jacob de toute la matinée, à l'exception d'un bref texto lui confirmant leur rendez-vous pour le dîner de ce soir. Malgré sa fatigue, elle avait hâte de le revoir.

Sans doute était-il en train de travailler à démasquer l'assassin de son père. Elle tenta de se convaincre qu'elle comptait les heures pour cette raison, dans l'espoir qu'il aurait des réponses à lui apporter. Mais au fond de son cœur, elle savait que ce n'était pas la seule cause de son impatience, loin de là.

Il lui plaisait. Elle l'aimait bien. Elle l'aimait même plus que bien et, plus important encore, elle devinait qu'elle ne le laissait pas indifférent. Mais pour tout dire, elle craignait aussi de nouer une véritable relation avec lui. Parce qu'elle ignorait à quel point son attirance pour lui était liée à la détermination de Jacob à résoudre le meurtre de son père.

S'il réussissait, s'il parvenait à identifier et à arrêter le tueur, cesserait-elle alors d'être charmée par lui ? Et s'il échouait à élucider l'affaire, serait-elle alors tellement déçue qu'elle ne voudrait plus sortir avec lui ?

En tout cas, elle n'avait aucun avenir à espérer avec Jacob. Impossible. Il n'était pas à la recherche d'une épouse, il ne souhaitait pas fonder une famille. Elle, au contraire, rêvait de se marier et d'avoir des enfants. Ils n'étaient pas du tout dans la même optique.

Pourtant, elle n'avait pas envie de cesser de le voir.

Elle se leva et s'affaira à disposer des bijoux dans la vitrine pour qu'ils soient mieux mis en valeur. Songer à Jacob la troublait. Mais penser à son frère la plongeait dans une indicible angoisse et se remémorer son père lui déchirait toujours le cœur.

De toute façon, elle ne parviendrait à rien de positif ou de constructif aujourd'hui. Elle était trop fatiguée pour réfléchir posément.

Le carillon de la porte tinta pour annoncer l'arrivée d'un client. Comme elle levait les yeux, Ashley vit entrer Brandi Stevens. Sa présence la surprit un peu. Depuis l'ouverture de sa boutique, Brandi n'était encore jamais venue voir ce qu'elle vendait.

— Bonjour, Brandi.

Vêtue d'un élégant chemisier noir et blanc et d'un pantalon noir ajusté, Brandi avait noué ses cheveux blonds en un chignon faussement désordonné tout à fait charmant.

— Puis-je vous aider à faire votre choix ? ajouta-t-elle.

— Non merci, je jette un œil, c'est tout, répondit Brandi avec désinvolture.

— Très bien. Si je peux vous conseiller en quoi que ce soit, n'hésitez pas à faire appel à moi, déclara Ashley avant de retourner s'asseoir derrière sa caisse.

Pour sa part, elle détestait les vendeuses insistantes et avait juré qu'elle n'en serait pas une. Elle laissait les gens se balader entre les rayons et s'interdisait de regarder par-dessus leur épaule.

Brandi se promena dans les allées, en s'emparant parfois d'un article pour un examen plus approfondi. Enfin, elle s'approcha de la caisse, une petite boîte à bijoux à la main.

— Vous avez de jolies choses, dit-elle.

— Merci. J'ai essayé de combiner élégance, originalité et plaisir des yeux.

— Alors vous avez réussi, assura Brandi en lui tendant une carte de crédit.

Après l'avoir encaissée, Ashley emballa le coffret. Pendant qu'elle s'activait, Brandi lui tourna le dos pour continuer à inspecter la boutique.

— Voilà, annonça Ashley en lui tendant le sac.

Brandi le lui prit des mains.

— Merci.

Ses jolis yeux bruns se rétrécirent soudain.

— Ashley, il y a quelque chose que j'aimerais vous dire…

— Oui ? s'enquit Ashley avec curiosité.

— Vous ne l'aurez jamais.

— Pardon ? répondit Ashley, certaine d'avoir mal entendu.

— Jacob. Vous ne l'aurez jamais. Vous êtes trop jeune pour lui, et il se lassera vite de vous. Il était fou de moi, quand nous étions lycéens, et il ne lui faudra pas longtemps pour retrouver la flamme amoureuse dont il brûlait pour moi.

Elle sourit à Ashley, d'un sourire condescendant.

— Ne vous en faites pas, ma chère. Un autre homme jettera un jour son dévolu sur vous, je n'en doute pas. Mais si le destin a ramené Jacob à Coyote Creek, c'est pour moi. Je voulais vous le dire pour vous épargner de souffrir. Mieux vaut prévenir que guérir, non ?

— J'apprécie votre franchise et votre sollicitude, lança Ashley, stupéfaite par les paroles de Brandi.

— C'est normal, répondit Brandy sans percevoir l'ironie du ton d'Ashley. Entre femmes, il faut savoir s'entraider, non ? À plus tard.

Et sur ces mots, elle tourna les talons et quitta la boutique.

Ashley la regarda s'éloigner, encore sidérée par leur échange. Jacob n'avait rien d'un trophée à gagner dans un concours. Pourtant, elle avait l'impression que Brandi venait de la confronter en un duel à la vie, à la mort, dont il était l'enjeu.

Pourtant, Jacob et Ashley n'étaient même pas dans une relation amoureuse. Ils s'appréciaient beaucoup et aimaient passer du temps ensemble, voilà tout. Elle n'allait pas cesser de le voir pour ne pas contrarier Brandi. Elle ignorait quel était le problème de cette femme mais elle n'avait pas l'intention de s'en charger.

En vérité, elle était un peu inquiète à l'idée de dîner avec Jacob. Après l'explosion de la cabane, hier soir, elle devinait que Caleb allait au-devant de sérieux problèmes.

Un laboratoire d'amphétamines. Elle n'arrivait toujours pas à croire que Caleb soit mêlé à des faits aussi graves.

Jacob n'allait certainement pas considérer la présence de ce laboratoire clandestin au milieu des bois comme un détail. Sans parler de l'explosion. En tant que policier, il était tenu d'en informer Lane. Pour autant qu'elle le sache, Caleb avait peut-être déjà été mis en examen ou, pire, en prison… Une telle catastrophe ne ferait que briser un peu plus le cœur d'Ashley et celui de sa mère.

Elle avait déjà perdu son père. L'arrestation de Caleb serait non seulement terrible pour lui-même mais anéantirait sa famille.

Le reste de l'après-midi s'écoula lentement. Elle ne reçut la visite que de deux femmes qui se contentèrent de regarder sans rien acheter. Dès qu'elle ferma le magasin, elle monta chez elle pour se rafraîchir avant l'arrivée de Jacob.

Elle se changea pour enfiler une robe d'été bleue qui lui allait bien, puis noua ses longs cheveux en queue-de-cheval haute, en laissant des mèches encadrer son visage. Des boucles d'oreilles bleues complétaient sa tenue.

Enfin prête, elle se laissa tomber sur son canapé pour attendre Jacob. Elle adorait son petit trois-pièces à la fois chic et confortable. Le salon était décoré dans les couleurs pêche et vert clair. Sa chambre également. La cuisine était minuscule mais contenait tout ce dont elle avait besoin pour confectionner un repas. La chambre d'amis lui servait à la fois de bureau et d'espace de stockage.

Cet appartement était vite devenu son foyer, l'endroit où elle se sentait bien, chez elle, et où elle adorait vivre. Et le fait que la fenêtre de sa chambre donne sur Main Street ne l'avait jamais empêchée de dormir.

Quand on frappa à la porte, elle bondit du canapé, attrapa son sac à main et courut ouvrir. Jacob l'accueillit avec son sourire habituel, un sourire qui la réchauffait toujours de la tête aux pieds.

— Bonsoir, Ashley, dit-il.

— Salut, Jacob. Je suis prête.

Elle sortit, claqua la porte et donna un tour de clé.

— Tu es absolument ravissante, lança-t-il avec conviction.

— Merci, répondit-elle, le rouge aux joues.

Et lui était magnifique dans son pantalon noir et sa chemise blanche à manches courtes.

Ils descendirent l'escalier et se dirigèrent vers la voiture de Jacob, qu'il avait garée à côté de celle d'Ashley. Deux grandes bennes à ordures étaient rangées à proximité. Dans la chaleur de l'été, elles dégageaient de mauvaises odeurs

— Comment te sens-tu aujourd'hui ? demanda-t-il dès qu'il démarra pour prendre la direction du restaurant.

— Un peu endolorie d'avoir trébuché par terre hier soir, reconnut-elle.

— Tu as fait plus que « trébucher », remarqua-t-il.

— Alors que se passe-t-il, à présent ? Caleb… Caleb est-il en prison ? s'enquit-elle timidement.

— Pas encore, répondit Jacob. Nous en parlerons, une fois arrivés au restaurant.

Il ne leur fallut qu'un petit moment pour atteindre l'établissement.

Ils s'installèrent à une table au fond de la salle, en devinant qu'ils y bénéficieraient de plus d'intimité qu'au centre.

Très vite, ils passèrent leurs commandes.

— Maintenant, raconte-moi ta journée, dit-elle, une fois la serveuse partie.

— Lane, les policiers Jeffrey Richman et Chad Burwell, et moi avons passé la matinée dans les bois de la propriété des King à prendre des photos, à recueillir des indices et à rassembler des preuves, expliqua-t-il. Johnny et Luke étaient présents. Et cet après-midi, Lane et moi avons interrogé Caleb.

Elle sentit aussitôt une forte tension s'emparer d'elle.

— Et qu'a-t-il dit ? Comment a-t-il justifié l'existence de cette cabane, de ce laboratoire ?

Il hésita un instant.

— Je n'ai pas trop le droit de te parler d'une enquête en cours.

— Jacob, il ne serait pas juste que tu ne m'en dises rien ! J'y étais hier soir. J'ai assisté à cette explosion. J'ai besoin d'entendre la suite, de savoir ce que vous avez découvert au cours de ces investigations et de cet interrogatoire.

Il la regarda un long moment puis hocha la tête.

— D'accord. Ton frère prétend n'avoir rien à voir avec ce cabanon et encore moins avec ce qu'il contenait. Il a expliqué avoir loué cette parcelle de terrain à quelqu'un. Il espérait ainsi gagner de l'argent pour ouvrir une galerie d'art afin d'y exposer et d'y vendre ses tableaux.

Elle plongea les yeux dans les émeraudes de Jacob. Elle aurait aimé se noyer dans leurs magnifiques profondeurs vertes… et ne plus penser au reste.

Elle aurait surtout voulu que son père soit encore en vie, que son frère n'ait aucun problème. Mais, bien sûr, elle n'avait aucune prise sur les événements. Elle devait se contenter d'espérer qu'obtenir des réponses suffirait à apaiser son cœur.

— L'as-tu cru ? demanda-t-elle.

Il hésita avant de répondre.

— Je voudrais le croire, dit-il finalement. En tout cas, je m'interroge sur plusieurs points et peut-être pourrais-tu m'aider à comprendre.

— Bien sûr, n'hésite pas à faire appel à moi. Demande-moi

ce que tu veux, n'importe quoi, répondit-elle, parcourue par un frisson de nervosité.

— Le ranch familial se porte bien, financièrement, n'est-ce pas ?

— Très bien, oui.

— Alors pourquoi Caleb manque-t-il d'argent ?

Elle poussa un profond soupir.

— C'est un peu compliqué mais, pour faire court, mon père estimait qu'il n'avait pas à nous donner de l'argent, à aucun d'entre nous, sans contrepartie. Il voulait que nous travaillions pour le ranch. Depuis des années, Johnny et Luke s'y activent à temps plein. Quant à moi, je me suis chargée de la comptabilité depuis mes seize ans. J'ai cessé de le faire, l'année dernière. Ce travail m'a permis de gagner de quoi ouvrir ma boutique. Caleb n'a jamais rien fait pour le ranch. Il a toujours refusé de s'occuper du bétail, des clôtures ou des étables. Il reçoit une petite allocation, qui suffit à peine à payer la facture de son téléphone portable et ses tubes de peinture, mais c'est à peu près tout.

— Et voilà pourquoi la location des bois lui a paru un moyen simple de trouver de l'argent, conclut Jacob. Bien qu'il ait juré ignorer que les personnes à qui il louait ce terrain y fabriquaient des stupéfiants, je trouve cela difficile à croire.

— Moi aussi, reconnut-elle, le cœur serré. Il aurait dû au moins sentir cette odeur d'œuf pourri aussi puissante qu'incongrue dans les bois. Cela dit, Caleb n'a pas besoin d'aller en prison. Il faut qu'il se fasse soigner.

— Malheureusement, ce qui va advenir de lui ne me concerne plus. Mon travail consistait à recueillir des preuves. Le dossier n'est plus entre mes mains, maintenant. Si Lane l'arrête, ce sera au procureur de décider d'éventuels chefs d'accusation justifiant ou non une incarcération, expliqua-t-il. Pour être honnête, je n'ai pas beaucoup de sympathie pour les trafiquants ni pour les personnes qui fabriquent des amphétamines. Non seulement il s'agit d'un crime puni par la loi, mais ces drogues tuent beaucoup de gens et détruisent de nombreuses familles.

Pendant un instant, elle crut voir des ombres sombres passer dans son regard. Mais elles disparurent aussi vite qu'elles étaient apparues et elle se demanda si elle les avait imaginées.

Il tendit le bras par-dessus la table pour lui prendre la main.

— Ashley. Je suis désolé de ce qui arrive.

— Ce n'est pas ta faute.

— Non, mais ma plus grande peur à présent est que tu te mettes à me détester, répondit-il en la serrant plus fort.

— Une telle hypothèse me semble inconcevable, assura-t-elle, un peu déstabilisée par l'intensité de son regard.

Il la lâcha lorsque la serveuse revint avec leurs assiettes.

— As-tu eu l'occasion d'interroger Caleb à propos du meurtre de mon père ? demanda-t-elle, une fois qu'ils furent de nouveau seuls.

— Bien sûr. En fait, nous avions obtenu du juge un mandat de perquisition et avons fouillé sa chambre. Nous y avons découvert un fusil. Pour l'instant, nous ignorons s'il s'agit ou non de l'arme du crime. Nous n'avons pas le matériel nécessaire pour comparer les stries de balles et nous avons donc confié cette partie de l'enquête au département balistique de la police de Wichita. Il faudra probablement patienter des semaines avant de recevoir une réponse de leur part.

Il prit une gorgée de son soda et poursuivit :

— Caleb a reconnu sans difficulté que Big John et lui

ne s'entendaient pas mais, en fin de compte, je pense que ton frère l'aimait beaucoup.

— Mon père ne le comprenait pas, c'est aussi simple que ça. Et Caleb a toujours été trop sensible pour supporter le côté carré de mon père. Ils se sont beaucoup heurtés mais je n'ai jamais douté de leur amour mutuel. Cela dit, si je comprends bien, mon frère reste sur la liste des suspects ?

— Malheureusement, oui. Nous avons trouvé dans sa chambre des peintures encore plus dérangeantes que celles qu'il exposait à la brocante du 4 Juillet, bien qu'elles n'aient aucun rapport avec l'enquête sur le meurtre.

— Quel genre de peintures ?

— Ashley, mieux vaut vraiment que tu ne t'intéresses pas trop à cet aspect de l'affaire. Maintenant, assez parlé de ma journée, comment s'est déroulée la tienne ?

Sa tentative pour changer de sujet était criante mais Ashley l'accepta parce que discuter de Caleb et de l'assassinat de son père devenait trop déprimant.

— Les affaires étaient plutôt calmes aujourd'hui, dit-elle.

Elle hésita un instant avant de poursuivre :

— Cependant, j'ai reçu la visite d'une cliente disons... intéressante, cet après-midi.

Il leva un sourcil interrogateur.

— Intéressante comment ?

— Brandi est venue m'acheter une boîte à bijoux. Quand je l'ai encaissée, elle m'a prodigué des conseils que je n'avais pas sollicités.

— Quels conseils ? demanda-t-il.

Ashley baissa le nez sur son assiette.

— En gros, elle m'a dit que j'étais trop jeune pour toi et que tu te lasserais vite de moi.

Elle leva les yeux vers lui.

— Elle a également précisé que tu étais fou d'elle au

lycée et qu'elle avait l'intention de raviver ces vieux sentiments entre vous. Elle m'a assuré que d'autres hommes jetteraient leur dévolu sur moi. J'étais tellement abasourdie que je n'ai même pas eu la présence d'esprit de lui placer que nous n'étions pas ensemble !

— Et que faisons-nous, à ton avis ?

— Euh… nous passons du temps tous les deux, voilà, répondit-elle.

— J'aime beaucoup passer du temps avec toi, Ashley. Et j'adore ta compagnie.

— Moi aussi, reconnut-elle.

Mais elle trouvait toujours difficile de savoir si elle appréciait « Jacob, l'homme » ou si elle comptait sur « Jacob, le policier » pour arranger ce qui n'allait pas dans sa vie.

Pendant un moment, ils se concentrèrent sur le contenu de leur assiette et bavardèrent de tout et de rien. Ils eurent aussi une discussion animée à propos d'une émission de télévision controversée que tous deux avaient vue. Et ils évoquèrent différentes personnes que Jacob avait rencontrées depuis son retour.

Comme toujours, la conversation coulait facilement entre eux. Il lui raconta des histoires drôles datant de l'époque où il travaillait au sein de la police de Kansas City, et elle se surprit à rire à ne pouvoir s'arrêter.

C'était si bon de rire. Depuis le meurtre de son père, elle ne riait plus beaucoup. Pour Ashley, le sens de l'humour était un plus chez un homme.

Après le dessert, ils s'attardèrent autour d'un café. Lorsqu'ils se levèrent de table, elle se sentait repue, détendue et plus proche de Jacob que jamais.

Ils remontèrent en voiture pour retourner chez elle. Tandis qu'ils dînaient, le soleil s'était couché et une épaisse couche de nuages s'était installée, faisant paraître le ciel plus sombre que d'habitude.

L'épuisement dû au manque de sommeil durant la nuit précédente finit par rattraper Ashley.

Alors que Jacob s'arrêtait à côté de la voiture d'Ashley, elle essaya d'étouffer un gros bâillement mais sans succès.

— Je te sens très fatiguée, dit-il en coupant son moteur.

— Je n'ai pas beaucoup dormi la nuit dernière, avoua-t-elle. Je me suis tournée et retournée dans mon lit en ressassant les événements.

— Alors j'espère que tu dormiras mieux cette nuit.

Il sortit de la voiture et vint lui ouvrir sa portière.

— Inutile de me raccompagner en haut de l'escalier, précisa-t-elle alors qu'ils se dirigeaient vers son appartement. Nous pouvons nous souhaiter bonne nuit ici.

— Ashley, la situation est difficile, douloureuse, j'en suis conscient. Ton frère devra peut-être faire face aux conséquences de ses erreurs.

Elle poussa un profond soupir.

— Je sais mais, à cette idée, je sens mon cœur se briser.

— Et j'aimerais ajouter un détail… Je ne pense jamais à notre différence d'âge quand je suis avec toi. Quelle est-elle ? Six ou sept ans ? Cela paraît énorme durant l'enfance mais n'a vraiment plus la moindre importance à notre âge. Et dans mille ans, je pense que je n'aurai pas encore eu l'occasion de m'ennuyer un seul jour avec toi.

Elle lui sourit.

— Le temps nous le dira. Merci pour le dîner, Jacob.

— Merci de l'avoir partagé avec moi. Nous recommencerons très bientôt. D'accord ?

— Et si, la prochaine fois, tu venais chez moi et que je te préparais un repas ? proposa-t-elle.

— Avec plaisir. Ce serait formidable. Quand ?

— Après-demain ?

— Parfait. Vers 18 heures ?

— Parfait, répondit-elle, et tous les deux éclatèrent de rire.

Il fit un pas vers elle.

— Ashley, puis-je t'embrasser pour te souhaiter une bonne nuit ?

La question la désarçonna.

— D'accord.

Elle s'attendait à un petit baiser rapide. Mais lorsqu'il la serra dans ses bras et posa les lèvres sur celles d'Ashley, elle prit vite conscience qu'il n'en serait rien.

La bouche de Jacob captura la sienne, et elle sentit aussitôt une douce chaleur au creux de son ventre de femme. Elle ne put s'empêcher d'ouvrir la bouche pour l'inviter à approfondir son baiser.

Comme leurs langues entamaient une danse passionnée, elle s'envola. Mais brusquement, il rompit le charme et s'écarta d'elle. Elle n'en revenait pas de la vitesse avec laquelle elle avait répondu à son baiser.

Il lui sourit, ses beaux traits à peine visibles dans la pénombre.

— Bonne nuit, Ashley.

— Bonne nuit, Jacob, balbutia-t-elle.

Alors qu'elle commençait à grimper les marches de l'escalier, il sauta dans sa voiture mais attendit qu'elle parvienne à bon port pour démarrer.

Comme elle atteignait le palier, elle vit immédiatement le morceau de papier accroché à la porte. À cause de l'obscurité, elle ne parvenait pas à lire ce qui y était écrit mais il s'agissait sans doute d'un dépliant publicitaire.

Elle le saisit, déverrouilla sa porte puis se retourna pour saluer Jacob de la main.

Elle entra, posa son sac sur son canapé puis regarda le feuillet :

ÉLOIGNEZ-VOUS DE LUI.

Les mots étaient tracés en grosses lettres majuscules. Il n'était pas nécessaire d'être spécialiste ou médium pour comprendre que « lui » désignait Jacob.

Brandi lui avait-elle laissé ce message ?

Elle regarda fixement la note en réprimant un frisson. Cette injonction, teintée de menace, était dérangeante. Le fait d'imaginer quelqu'un monter l'escalier pour laisser ce mot sur sa porte accentua son malaise. Elle revint vers la porte, écarta les rideaux devant la fenêtre pour inspecter la cour.

Il y avait très peu de lumière à l'arrière du bâtiment. Un seul réverbère, dressé derrière les bennes à ordures, éclairait la ruelle. Elle ne savait pas très bien ce qu'elle cherchait et, au début, elle ne remarqua rien d'anormal.

Elle s'apprêtait à remettre le rideau en place lorsqu'un mouvement attira son attention. La gorge serrée, elle aperçut une silhouette vêtue de noir à l'arrière d'une des bennes à ordures.

Il était difficile de dire s'il s'agissait d'un homme ou d'une femme. Mais, alors qu'il ou elle levait le visage, Ashley ne put réprimer un cri. Il ou elle portait un masque – un de ces horribles masques blancs. L'individu fit quelques pas en avant, regarda Ashley en face et brandit alors un énorme couteau de boucher.

Ashley laissa tomber le rideau et recula, le cœur battant à un rythme effréné.

Qui était-ce ? Quelle qu'elle soit, cette personne allait-elle tenter d'entrer ? Quelles étaient ses intentions ?

Seigneur, que se passait-il ?

Elle s'assura rapidement que la porte était verrouillée. Paniquée, elle prit alors une profonde inspiration pour tenter de se calmer et regarda de nouveau par la fenêtre.

Il n'y avait plus personne. Il n'y avait plus le moindre signe de la silhouette menaçante qui l'avait terrifiée quelques instants plus tôt. Elle vérifia une dernière fois que la porte était bien fermée, puis marcha, les jambes tremblantes, jusqu'à son canapé.

Que venait-il de se passer ? Et que risquait-il de survenir d'autre avant la fin de la nuit ?

6

Alors qu'il roulait vers le ranch de sa mère, Jacob se demanda à quoi il jouait avec Ashley. Après son histoire catastrophique avec Shannon, il s'était juré de ne plus jamais retomber amoureux. Et pourtant, il se rendait compte qu'il en prenait le chemin avec Ashley.

Elle lui avait paru si belle ce soir dans cette jolie robe d'été qui enserrait sa taille et mettait en valeur son décolleté. Ses cheveux relevés en queue-de-cheval soulignaient ses pommettes saillantes et la finesse de ses traits.

Leur étreinte l'avait surpris, aussi bien son désir de l'embrasser que le baiser lui-même. Celui-ci avait été si sensuel, si agréable, que Jacob s'était senti obligé de l'interrompre et de s'écarter d'elle. S'il avait continué, il aurait sans doute été incapable de résister à la tentation. Il l'aurait entraînée vers le lit le plus proche pour lui faire l'amour.

Comme la situation avec Caleb dégénérait, Jacob s'inquiétait de plus en plus. Quand tout serait fini et que la poussière serait retombée, Ashley lui reprocherait-elle les événements ? Lui en voudrait-elle d'avoir détruit un peu plus sa famille ?

Il ne devait plus l'embrasser. Il lui fallait désormais s'interdire le moindre rapprochement physique avec elle. Aller plus loin ne serait pas juste pour elle. Il ne cherchait pas à nouer de relations sur le long terme. Il n'avait aucune envie de se marier ou de fonder une famille.

Bien sûr, il l'appréciait beaucoup comme amie et il espérait qu'elle éprouvait pour lui des sentiments similaires. Tant qu'ils resteraient sur une base amicale, tout irait bien. Mais il avait besoin de s'assurer qu'ils étaient sur la même longueur d'onde.

Comme la sonnerie de son smartphone retentissait, il jeta un œil à l'écran. Lorsqu'il vit le nom de Lane s'afficher, il en fut surpris. Son supérieur voulait-il lui apprendre un fait nouveau concernant l'enquête ? Lane Caldwell ne lui téléphonerait pas à cette heure tardive s'il ne s'était pas produit un événement important, non ?

Il prit l'appel.

— Que se passe-t-il, chef ?

— Je viens de recevoir un coup de fil d'Ashley. Apparemment, il s'est passé quelque chose chez elle. Quelque chose d'étrange qui l'a déstabilisée et qu'elle tenait à signaler à la police. Accepteriez-vous de me retrouver chez elle ?

— Bien sûr, répondit Jacob en cherchant des yeux un endroit sur la route pour y opérer un demi-tour. J'y serai dans moins de cinq minutes.

Jacob trouva un petit parking qui lui permit de repartir en sens inverse en sécurité. Il mit alors le cap sur le centre-ville.

Que s'était-il passé ? s'interrogeait-il. Il venait de la quitter. Lane avait indiqué que « quelque chose d'étrange » s'était produit. Qu'avait-il voulu dire ?

Il accéléra. Ashley ne lui semblait pas du genre à s'angoisser pour rien. Si elle avait estimé nécessaire de contacter la police, il s'agissait certainement d'un événement criminel.

Il roulait aussi vite que possible, le cœur battant. Il

tentait de se rassurer en se répétant que, quoi qu'il soit arrivé, elle s'en était sortie saine et sauve. Elle avait été capable d'appeler Lane donc elle allait bien. Mais il était préoccupé et assailli par mille questions.

Il parvint enfin dans la ruelle, à l'arrière de la boutique d'Ashley où se trouvait déjà le véhicule de Lane, les phares éteints. Il se gara à son tour.

Comme il sortait de sa voiture, Lane l'imita.

— Je sais que vous avez passé la soirée avec Ashley et voilà pourquoi j'ai estimé que vous deviez être prévenu de la situation, dit Lane.

— Je suis parti d'ici il y a moins de dix minutes, répondit Jacob. Que lui est-il arrivé ?

— Elle ne me l'a pas dit. Elle voulait signaler quelque chose, porter plainte, peut-être, mais ne m'a donné aucune précision.

Jacob le suivit dans l'escalier.

— Nous avons dîné ensemble au restaurant, et je l'ai ensuite déposée en bas de chez elle. Tout semblait tranquille.

Lane frappa à la porte. Ils entendirent Ashley s'approcher, devinèrent qu'elle regardait par l'œilleton avant de leur ouvrir.

— Merci d'être venus, dit-elle en les faisant entrer.

— Tout va bien, Ashley ? demanda Jacob.

— Oui, merci, répondit-elle.

Pourtant, elle n'avait pas l'air en forme. Son visage était d'une pâleur inhabituelle, et elle semblait la proie d'une grande nervosité. Il remarqua alors la feuille de papier qu'elle tenait à la main.

Elle les invita à prendre place sur le canapé tandis qu'elle s'asseyait sur une chaise en face d'eux.

— Je… J'ai trouvé ce message accroché à ma porte quand je suis rentrée.

Lane se leva pour lui prendre le feuillet. Il le lut puis le tendit à Jacob qui le parcourut à son tour des yeux.

ÉLOIGNEZ-VOUS DE LUI.

Que signifiaient ces mots ? Qui lui donnait un ordre pareil ?

— Après avoir découvert cette missive, j'ai regardé dehors et j'ai aperçu quelqu'un vêtu de noir près de la benne à ordures.

Elle se tordait les mains, et Jacob mesura à quel point elle était bouleversée.

— Avez-vous vu de qui il s'agissait ? demanda Lane.

— Cette personne portait un masque.

Elle leur décrivit alors le masque, semblable à celui que portaient les enfants à Halloween.

— Pensez-vous que vous aviez affaire à un homme ou à une femme ? s'enquit Lane.

— Impossible à dire avec certitude mais, après avoir lu le message, je pencherais plutôt pour une femme, répondit-elle. Elle m'a fixée pendant un long moment puis a brandi un grand couteau dans ma direction. J'ai reculé et, quand j'ai regardé de nouveau, elle était partie.

Jacob sentit un frisson le parcourir.

— Vu ce qu'elle t'a dit cet après-midi, je ne serais pas surpris qu'il s'agisse de Brandi, lança-t-il.

— Brandi ? De quelle Brandi parlez-vous ? Brandi Stevens ? demanda Lane.

Jacob hocha la tête.

— Je ne comprends pas, insista Lane. Que vous a-t-elle donc dit ?

Ashley résuma à Lane l'échange qu'elle avait eu avec Brandi dans sa boutique. Gênée d'évoquer cette conversation, elle rougissait en lui racontant la scène.

— Cela dit, j'ai du mal à imaginer Brandi s'abaissant à une mascarade d'aussi mauvais goût, ajouta-t-elle.

Lane reporta son attention sur Jacob.

— Quel est votre avis ?

— Je ne sais quoi en penser, répondit Jacob. J'ai eu très peu de contacts avec Brandi depuis mon retour.

— Une autre femme de votre connaissance pourrait-elle être contrariée de vos relations avec Ashley ? poursuivit Lane.

— Non, je ne vois pas qui, répondit Jacob. J'ai été concentré sur mon travail ces temps-ci et, Ashley mise à part, j'ai croisé très peu de femmes.

Lane regarda Ashley.

— Je crains de ne pouvoir faire grand-chose dans cette histoire…

— Je sais, je voulais seulement faire un rapport au cas où d'autres épisodes du même genre se produiraient par la suite, répondit-elle.

Elle avait l'air mieux, maintenant, constata Jacob. Et elle avait repris des couleurs. Assise sur sa chaise, les doigts posés sur les genoux, elle semblait se détendre un peu.

— Il s'agit apparemment d'une tentative de vous éloigner de Jacob, déclara Lane. Cette femme n'a pas essayé d'entrer, elle ne vous a pas menacée physiquement.

— Non, rien de tout ça, reconnut Ashley. Elle est restée dans la cour avant de disparaître dans la nuit.

— Dieu merci, murmura Jacob.

Il était d'accord avec Lane. Une inconnue avait sans doute cherché à effrayer Ashley dans l'espoir de l'écarter de lui. Mais le danger ne lui paraissait pas sérieux. D'ailleurs, s'il croyait que passer du temps avec elle l'exposerait, il mettrait immédiatement fin à leurs relations.

— Je vais jeter un œil autour de la benne à ordures au

cas où cette personne aurait laissé des traces, un indice, derrière elle, poursuivit Lane en se levant. Et je compte interroger Brandi dès demain, lui demander où elle était et ce qu'elle faisait ce soir. Si cela ne vous dérange pas, Ashley, je vais emporter ce message.

— Prenez-le. Je n'ai aucune envie de le garder, assura-t-elle.

Elle accompagna Lane jusqu'à l'entrée. Jacob resta assis sur le canapé. Il avait besoin de parler à Ashley seul à seule.

Une fois qu'elle eut verrouillé la porte, il tapota le canapé.

— Viens t'asseoir.

Elle s'avança et se laissa tomber à côté de lui.

— Ça va ? s'enquit-il avec douceur.

Elle prit une profonde inspiration et la relâcha lentement.

— Oui, ça va, mais je suis plus qu'un peu en colère. Si Brandi est derrière cette histoire, si c'est elle qui me menace dans l'espoir de m'éloigner de toi, elle a raté son coup. Pire, son plan s'est retourné contre elle. J'ai la ferme intention de continuer à te voir et aussi souvent que j'en aurai envie.

— Ashley, je ne ferais jamais rien qui te mette en danger.

Elle posa ses yeux bleus sur lui et demanda avec gravité :

— Es-tu en train de me dire que tu ne souhaites plus me voir ?

— Non, pas du tout. Pour le moment, rien ne justifierait une telle décision.

Il prit ses mains dans les siennes.

— Ashley, si tu reçois d'autres menaces et si j'estime un jour que tu es en danger avec moi, alors je mettrai un terme à nos relations. S'il t'arrivait malheur à cause de moi, je ne me le pardonnerais jamais.

Elle releva légèrement le menton.

— Je refuse qu'une personne masquée sur un parking

ou un message anonyme accroché sur ma porte viennent me dicter ma conduite. Je suis la seule à décider de ma vie.

Comme elle était belle avec ses yeux brillant de colère ! Incapable de résister à la tentation, il oublia ses résolutions et l'attira à lui pour capturer ses lèvres.

Elle répondit avec une telle fougue à son baiser qu'un feu puissant jaillit aussitôt dans ses veines, un feu qui menaçait de le consumer. Sa bouche était d'une merveilleuse douceur et, alors que leurs langues entamaient une danse sensuelle, son esprit oublia tout ce qui n'était pas elle.

Enveloppé dans ses fragrances évocatrices, il l'embrassa avec passion tandis qu'elle nouait les bras autour de son cou. Insatiable, il picora ensuite ses joues et sa nuque de baisers brûlants.

Avec un gémissement, elle l'étreignit plus fort, et il reprit possession de sa bouche alors que ses mains caressaient le dos d'Ashley.

Arrête ! Tu dois arrêter, lui ordonna une petite voix au fond de sa tête. Deux heures plus tôt, il s'était juré de ne plus approcher physiquement Ashley. Pourtant, il était là... en train de l'embrasser comme un fou. *Tu dois arrêter*, répéta la voix mais, une fois de plus, il l'ignora.

Il n'avait aucune envie de s'arrêter. Un désir impérieux brûlait dans ses veines.

Finalement, elle s'écarta pour s'asseoir un peu plus loin de lui. Ses yeux brillaient.

— Jacob, viens avec moi dans ma chambre. Et faisons l'amour.

Il eut l'impression que son cœur cessait soudain de battre. Elle le tuait. Son bon sens avait de plus en plus de mal à lutter contre le puissant désir dont il était la proie.

— Ashley, ce n'est sans doute pas une bonne idée, dit-il.

— Pourquoi ? Tu ne veux pas de moi ?

— Crois-moi, ce n'est pas le sujet. Je t'ai dit que je n'avais pas l'intention de me marier et je refuse de t'entraîner dans une aventure qui te ferait souffrir.

— Tu ne m'entraînes pas, Jacob. Je te désire. Je meurs d'envie de faire l'amour avec toi et je ne pose aucune condition. Je suis majeure et vaccinée… et tout à fait consciente de ce que je fais.

Elle se leva et lui tendit la main.

— Viens.

Ses yeux l'appelaient, le suppliaient.

Tout en sachant que céder à leur désir mutuel allait certainement compliquer les choses entre eux, la fièvre qui le consumait fut la plus forte. Il se leva et la laissa le conduire dans sa chambre.

Une fois à l'intérieur, elle alluma une lampe de chevet qui diffusait une douce lumière tamisée.

Elle déboutonna alors sa jolie robe. Alors qu'elle la faisait glisser de ses épaules et tomber sur le sol, il enleva ses chaussures. Vêtue uniquement d'un soutien-gorge blanc en dentelle et d'une culotte assortie, Ashley s'avança vers lui. Comme elle entreprenait de déboutonner sa chemise, un feu puissant le traversa.

À chaque bouton, elle embrassait la peau qu'elle découvrait, et ces petits baisers ne faisaient qu'augmenter la passion qui le dévorait. Lorsqu'elle les eut tous défaits, elle lui retira le vêtement.

Elle s'assit alors sur le lit.

Rapidement, il enleva son pantalon et la rejoignit. Il la prit dans ses bras et, de nouveau, sa bouche captura la sienne. Il n'avait jamais aimé embrasser une femme autant qu'à présent, avec Ashley. Ses lèvres étaient pleines, douces, et incroyablement chaudes. Leur saveur incomparable. La sensation de sa peau nue contre la sienne était un enchantement. Elle le rendait fou.

Il changea de position pour avoir les mains libres de caresser son corps de reine. Elle gémissait de plaisir et se tortillait contre lui, en attisant encore le feu dans ses veines.

— Jacob, murmura-t-elle avant de le repousser.

Elle se redressa et dégrafa son soutien-gorge afin de l'envoyer valser. Ses seins ronds étaient parfaits.

Quand elle se recoucha, il caressa d'abord un téton puis l'autre. Il baissa ensuite la tête pour saisir l'un des mamelons dans sa bouche. Il en taquina longuement la pointe de la langue.

— Oui, oui, balbutia-t-elle, éperdue.

Il promena ensuite les mains sur son corps de femme, sur son ventre. Il voulait lui donner l'orgasme le plus fort qu'elle n'ait jamais eu de toute sa vie.

Il s'aventura dans sa culotte, dans sa grotte secrète. Pour l'encourager, elle se souleva et captura de nouveau ses lèvres. Mais très vite, elle se détacha de lui et, d'un geste, retira sa culotte. Il retourna à son centre, déjà humide de plaisir, alors qu'elle caressait le haut de son boxer. À ce simple contact, il crut exploser.

Il accéléra le rythme de ses doigts alors qu'elle bougeait les hanches de façon frénétique. Il ne fallut pas longtemps avant qu'elle se raidisse et se mette à crier. Il sut qu'elle avait joui lorsqu'elle se relâcha avec un profond soupir.

— Jacob, prends-moi maintenant, dit-elle, les yeux brillant dans la pénombre.

Elle n'eut pas à le répéter. Il acheva de se déshabiller puis se positionna entre ses jambes. Comme il glissait en elle, il l'embrassa de nouveau.

Intenses et puissantes, les sensations qui le traversaient étaient au-delà du merveilleux. Il craignait de bouger…

de partir trop vite, que tout soit fini avant d'avoir vraiment commencé.

Alors qu'il allait et venait lentement entre ses cuisses, il essaya de se maîtriser. Mais elle attrapa ses fesses et l'exhorta à accélérer.

Bientôt, ils s'envolèrent ensemble. Elle cria, hurla son nom alors qu'il touchait à son tour le ciel.

Quand ce fut fini, il s'effondra à côté d'elle et tous deux s'efforcèrent de recouvrer leur souffle.

— Waouh, dit-il finalement.

— C'est un euphémisme, répondit-elle en riant.

Elle roula sur le côté pour lui faire face.

— Maintenant, je t'en prie, ne me dis pas que tu regrettes ce qui vient de se passer.

Il sourit.

— Comment pourrais-je regretter une telle magie ?

Elle lui rendit son sourire puis se redressa.

— Ne bouge pas. J'ai besoin de retourner dans la salle de bains mais je fais vite.

— Ne t'inquiète pas. Je ne suis pas encore prêt à partir, rétorqua-t-il.

Elle se mit à rire.

— Je reviens tout de suite.

Lorsqu'elle retourna dans la chambre, elle portait une chemise de nuit rose. À contrecœur, il se leva à son tour, ramassa ses vêtements par terre puis se dirigea vers la salle de bains pour se rhabiller.

Il considéra alors son reflet dans le miroir au-dessus du lavabo.

Ce n'était pas la première fois qu'il se demandait ce qu'il fabriquait avec Ashley. Sans doute faisait-il preuve d'un manque de professionnalisme coupable. Il passait beaucoup de temps avec elle, alors qu'il était censé résoudre le meurtre de son père…

Il s'était juré de ne plus l'embrasser et pourtant, ce soir, ils étaient passés à un nouveau stade, ils avaient poussé leur relation à une nouvelle profondeur… Et le pire était qu'il ne le regrettait pas du tout.

À plusieurs reprises, il avait fait comprendre à Ashley qu'il n'avait pas l'intention de se marier. Si elle cherchait un époux, elle perdait son temps avec lui. Mais finalement, faire l'amour avait été son choix à elle. Tant qu'ils étaient tous les deux sur la même longueur d'onde, personne ne souffrirait.

Au moins maintenant, Caleb n'était-il plus vraiment son problème. Jacob avait rassemblé les preuves, interrogé Caleb et, à présent, il revenait à Lane de décider des suites à donner à l'affaire. Il était temps que Jacob se concentre sur d'autres suspects dans l'enquête sur le meurtre de Big John. Plus que tout, il voulait aboutir pour le salut d'Ashley et de sa famille.

Il retourna dans la chambre et sourit à Ashley, allongée dans le lit.

— Ne te lève pas, lui dit-il. Je vais m'en aller maintenant. Je fermerai la porte à clé en sortant.

Il s'approcha d'elle et l'embrassa d'abord sur les lèvres puis sur le front.

— Tout va bien ?

— Ça va aller, lui assura-t-elle.

Mais ses yeux étaient plus sombres que d'habitude, et il demanda avec inquiétude :

— En es-tu sûre ?

Elle lui sourit.

— Sûre et certaine. Maintenant, va-t'en. Tu travailles, demain matin, et j'ai un magasin à ouvrir.

— Ashley, si quoi que ce soit te rend nerveuse ou inquiète, appelle-moi immédiatement.

— Crois-moi, je le ferai sans hésiter, répondit-elle avec conviction.

Il partit et, alors qu'il descendait vers sa voiture, il scanna des yeux la cour, la ruelle et les alentours pour s'assurer que personne ne s'y cachait. Il ne remarqua rien d'anormal mais, alors qu'il s'éloignait au volant de sa voiture, il ne cessait de penser à la femme qu'il venait de quitter.

Il détestait l'idée que quelqu'un la menace et cherche à lui faire peur.

Jacob ignorait quel genre de personne Brandi était devenue en grandissant mais, au lycée, elle avait eu un côté théâtral. Cet aspect de son caractère faisait partie des raisons pour lesquelles il avait rompu avec elle.

Si Brandi était derrière cette histoire, il espérait que Lane aurait une petite conversation avec elle et la recadrerait. Il ne voulait pas que de tels événements se reproduisent.

Si Ashley avait semblé détendue et souriante quand il l'avait quittée, les ombres sombres dans ses yeux n'avaient pas totalement disparu. Il avait le sentiment que la seule façon de la voir heureuse était de résoudre le meurtre de son père, une bonne fois pour toutes.

Plus Ashley prenait de la place dans son cœur, plus la pression qui pesait sur ses épaules pour élucider l'assassinat de Big John King s'accentuait.

Les jours qui suivirent passèrent vite pour Ashley.

Aucune inconnue armée ne revint sur son parking, et rien d'effrayant ne perturba son quotidien. Lane avait parlé à Brandi qui lui avait juré n'avoir pas menacé Ashley de quelque façon que ce soit. Mais Ashley n'imaginait personne d'autre lui faire une mauvaise blague de ce genre.

Elle avait préparé un bon dîner pour Jacob. Comme il aimait la cuisine mexicaine, elle lui avait confectionné des burritos au bœuf, servis avec du riz et des haricots au fromage. Son repas avait remporté un franc succès.

Et à présent, elle se rendait au ranch de la mère de Jacob, pour une balade à cheval avec lui.

Chelsea la remplaçait à la boutique, et Ashley se sentait presque en vacances. Elle avait toujours aimé monter mais n'avait pas eu l'occasion de le faire depuis la mort de son père. Le temps qu'elle passait au ranch King, elle le consacrait exclusivement à sa mère.

La journée était parfaite pour une promenade équestre. Un petit vent frais s'était levé pendant la nuit et, s'il faisait encore chaud, les températures redevenaient vivables.

Pendant qu'elle roulait dans la campagne, elle essayait de ne pas trop réfléchir à sa relation avec Jacob. Il ne faisait aucun doute qu'elle se sentait plus proche de lui depuis leurs ébats amoureux. Mais elle avait décidé de ne pas faire de plan sur la comète et de vivre cet amour au jour le jour.

Elle avait compris qu'elle n'avait aucun avenir à espérer avec lui. Elle n'allait pas se leurrer en imaginant qu'il changerait pour elle. Il avait clairement exprimé son souhait de ne pas se marier. Certes, elle rêvait d'être un jour épouse et mère mais, en attendant que le prince charmant se présente et lui propose la bague au doigt, elle n'avait aucune raison de se priver de passer du bon temps avec Jacob.

En tout cas, là, elle avait hâte de le voir. La veille, son frère Luke s'était arrêté à la boutique. Il lui avait dit qu'il se rendait au poste de police pour être interrogé par Jacob.

Elle ne savait pas encore comment l'entretien s'était déroulé. Depuis des semaines, Luke menait sa propre enquête sur la mort de Big John. Elle espérait qu'il avait aidé Jacob à réduire la liste des suspects et contribué à identifier le coupable.

Elle avait beau se répéter qu'elle appréciait la compagnie de Jacob parce qu'il était un ami, en vérité, chaque fois qu'elle le retrouvait, elle en était tout excitée.

Alors qu'elle se garait devant la belle maison de Stella, un délicieux frisson de plaisir anticipé la parcourut.

Jacob sortit pour l'accueillir. Il était toujours aussi beau, et un large sourire éclairait son visage.

Elle lui rendit son sourire.

— Belle journée pour une balade, dit-elle.

— C'est sûr. Entre saluer ma mère. Ensuite, nous irons aux écuries.

Il lui tint galamment la porte ouverte. Enfant, Ashley était souvent venue jouer chez les Black. Le salon était décoré en noir et or, et avait toujours l'air prêt pour une réception.

— Ma mère vient de finir de déjeuner, expliqua-t-il. Et elle s'apprête à partir pour une réunion à la mairie ou ailleurs.

Ashley le suivit dans la grande cuisine lumineuse où Stella était encore attablée. Vêtue d'un tailleur bleu et d'un corsage blanc, elle était ravissante et dégageait un air très professionnel. Ses cheveux argentés étaient parfaitement coiffés.

En reconnaissant Ashley, elle sourit et se leva.

— Ashley, cela me fait toujours plaisir de te voir, ma chère, dit-elle en l'attirant à elle pour une brève étreinte.

— J'en suis moi aussi très heureuse, répondit Ashley. Vous êtes très belle.

— Merci, répondit Stella. Malheureusement, je suis surtout très occupée et toujours à courir ces temps-ci.

Comme elle regardait Jacob, tout l'amour qu'elle ressentait pour son fils brillait dans ses yeux.

— Et vous deux semblez très occupés l'un avec l'autre, ajouta-t-elle. Je ne vois presque plus Jacob.

Il se mit à rire.

— Tu me vois beaucoup, au contraire, répliqua-t-il. Et quand je suis à la maison, tu es en général sortie.

Stella consulta sa montre.

— D'ailleurs, je dois vous laisser. Je suis attendue à la mairie et, si je ne pars pas maintenant, je serai en retard. Ashley, ravie de t'avoir revue, et à plus tard, mon fils.

Sur ces mots, elle se précipita hors de la cuisine.

— Veux-tu un café ou un soda avant de monter en selle ? demanda Jacob.

— Non, merci. Je suis prête, j'ai hâte de galoper.

— Alors, allons-y.

Il attrapa un chapeau sur le comptoir de la cuisine puis l'entraîna vers les écuries qui se profilaient au loin.

— J'espère que tu m'as choisi une monture douce et docile, dit-elle alors qu'ils marchaient.

— Pour être tout à fait honnête, je ne suis pas revenu depuis assez longtemps pour connaître nos chevaux, donc j'ai demandé à l'un des employés du ranch de nous en préparer deux pour la journée.

— Alors prions pour qu'il m'en ait pris un gentil, s'exclama-t-elle en riant. Voilà plusieurs mois que je n'ai pas monté.

Quelques instants plus tard, elle se hissait sur le dos d'une jument, Rose, et Jacob sur celui d'un étalon, Dusty. Ils se dirigèrent vers le pâturage au petit trot.

— J'ai entendu dire que tu avais interrogé Luke hier, lança-t-elle.

— En effet, et notre échange a été très constructif, très utile. Ton frère avait beaucoup réfléchi à l'affaire.

— Cette histoire l'obsédait tant que nous finissions par nous inquiéter pour lui.

— Les deux coups qui ont tué ton père étaient précis. L'assassin n'était pas un quidam quelconque armé d'un fusil. Il s'agissait d'un excellent tireur. Luke m'a apporté une liste de toutes les personnes capables de réussir un tir pareil.

Elle le regarda avec surprise.

— C'est la première fois que j'entends parler d'une telle liste. Mon frère l'avait-il donnée à Lane ?

— Il me l'a affirmé mais Lane ne se souvenait pas de l'avoir déjà vue.

Jacob avait fière allure à cheval. Sa posture était parfaite et ses hanches épousaient naturellement les mouvements de l'animal. Avec son arme à sa taille et son Stetson noir sur la tête, il semblait tout droit sorti d'un western.

— Cela dit, à l'époque, Lane et ses hommes étaient occupés à découvrir qui voulait la mort de la petite amie de Luke, ajouta-t-il. Carrie.

Carrie travaillait comme infirmière et, quelques mois plus tôt, le mari d'une de ses patientes avait tenté de la tuer. Il lui reprochait les séquelles de l'AVC de sa femme, en rendait Carrie responsable. La mésaventure de Carrie avait fait évoluer Luke. Il s'était rendu compte que sa colère était devenue toxique et que le désir de vengeance était susceptible de ruiner une vie.

— Dieu merci, Luke et Lane ont réussi à attraper le gars avant qu'il tue Carrie, dit-elle. Quoi qu'il en soit, revenons à cette liste… Combien de personnes y figurent-elles ?

— Tu es tenace !

— Quand il s'agit de sujets importants, oui.

— Elle comporte une dizaine de noms… dont celui de ma mère, ajouta-t-il en riant. Je sais qu'elle était autrefois un très bon fusil.

— D'autres surprises ? demanda-t-elle.

Elle ne soupçonnait certainement pas Stella. L'imaginer tirer sur son père serait ridicule. Stella avait toujours entretenu de bonnes relations de voisinage avec les King. Et Margaret et elle étaient des amies de longue date.

— En tout cas, un nom ne m'a pas étonné. Celui de Peter Jeffries. Je l'ai convoqué demain pour un entretien.

Il lui décocha un sourire malicieux.

— Et j'en profiterai pour lui parler de la façon de traiter les femmes…

— Bonne chance, répliqua-t-elle en riant. Je ne suis pas sûre qu'il soit capable d'évoluer sur ce sujet.

Ils continuèrent à trotter sans rien dire.

C'était un silence amical qui n'avait pas besoin d'être comblé par des bavardages creux.

— Prête à accélérer ? demanda-t-il après un moment.

— Quand tu veux.

Ils poussèrent tous deux leurs chevaux au galop puis firent la course. Ashley avait oublié à quel point elle aimait monter. Pourtant, malgré sa joie, son plaisir, elle sentit soudain une tristesse revenir la tourmenter.

Autrefois, elle avait souvent chevauché avec son père. Habituellement, après le dîner, ils sellaient des chevaux et se dirigeaient vers les pâturages pour une petite promenade à travers le ranch.

Tous deux considéraient cette balade comme un moment sacré entre père et fille. Pendant qu'ils trottaient, Big John écoutait ses problèmes et lui prodiguait des conseils.

Ensemble, ils avaient ri, refait le monde… et le fait de prendre conscience qu'elle ne partagerait plus jamais de tels moments de bonheur avec cet homme hors du commun la remplit d'une indicible tristesse. Pourtant, galoper avec Jacob était exaltant. Elle riait en exhortant sa jument à le dépasser. Comme ils se coursaient dans les champs, une brise chaude caressait son visage et faisait voler ses cheveux.

Jacob finit par ralentir, et elle l'imita. Ils remirent les chevaux au pas pour les rafraîchir un peu.

— Voilà longtemps que je ne m'étais pas autant amusée, dit-elle.

— C'était une bonne course, oui.

— Alors, as-tu l'intention de concentrer ton énergie sur la liste que Luke t'a donnée, à présent ? demanda-t-elle.

— Absolument. Il n'y a aucune raison de mener des investigations poussées sur des personnes qui n'auraient pas eu la capacité d'effectuer ces tirs. Luke m'a épargné beaucoup de travail en me fournissant cette liste, et je compte enquêter sur tous les noms qui y figurent.

— Si tu veux, je peux y jeter un œil et te dire si mon père avait noué des relations d'affaires ou autres avec ces personnes, proposa-t-elle.

— Ce serait formidable, d'autant plus que je ne connais pas la plupart d'entre elles personnellement, répondit-il.

— Si ça te va, je viendrai demain après le déjeuner. Je ferai tout mon possible pour t'aider, Jacob. Pour tout te dire, j'aimerais espionner ces suspects moi-même pour démasquer celui qui a tué mon père.

— Doucement, Ashley ! Je t'en prie, ne t'approche pas des personnes inscrites sur cette liste. Je n'aimerais pas que tu leur mettes la puce à l'oreille.

Elle le dévisagea d'un air faussement indigné.

— Je ne ferais jamais une bêtise pareille !

Il lui rendit son sourire et s'exclama :

— Quand tu me souris comme ça, je…

Une déflagration l'interrompit soudain, et une balle siffla près de la tête d'Ashley.

Que se passe-t-il ? se demanda-t-elle, terrifiée.

Alors qu'un autre coup de feu retentissait, elle tomba de cheval et heurta violemment le sol.

7

Une indicible terreur souleva Jacob lorsqu'il vit Ashley dégringoler de sa monture et tomber à terre.

Que se passait-il ? Qui leur tirait dessus ?

Il sortit son arme et se jeta également sur le sol. Effrayés, les deux chevaux s'enfuirent au galop vers les écuries.

Jacob rampa vers Ashley qui n'avait pas bougé. La gorge serrée, il sentait son cœur battre la chamade.

Avait-elle été touchée ? Était-elle gravement blessée ?

Alors qu'il s'avançait vers elle, son regard balayait les alentours, en particulier les bois d'où étaient sans doute venus les coups de feu.

— Ashley… Ashley, réponds-moi, ça va ?

Il s'approcha d'elle et fut intensément soulagé de la voir battre des paupières. Elle n'avait pas de sang sur elle mais cela ne voulait rien dire. Peut-être souffrait-elle d'une hémorragie interne.

— Je vais bien, répondit-elle.

— As-tu été touchée ?

— Non, ne t'inquiète pas.

— Reste allongée, ordonna-t-il d'un ton qui ne souffrait pas de réplique.

Parvenu à sa hauteur, il s'étendit sur elle. Au cas où la fusillade ne serait pas terminée, il voulait la protéger de son propre corps, lui servir de bouclier.

Les secondes s'égrenèrent, se transformèrent en minutes. Dans les arbres, les oiseaux recommençaient à chanter et, après un moment, il estima que le danger était passé.

Leroy Hicks et Joshua Martinez arrivaient en courant, l'arme au poing.

— Reculez, leur cria Jacob.

Il craignait qu'ils ne prennent eux aussi une balle.

Agenouillé près d'Ashley, il attendit encore un long moment. Comme rien ne se produisait, il finit par se lever. De nouveau, il regarda vers les bois mais ne remarqua rien d'inhabituel.

Rassuré, il aida Ashley à se mettre debout.

— Quand je t'ai vue toucher le sol, j'ai cru que mon cœur cessait de battre, lui dit-il.

— Le mien s'est arrêté lorsqu'une balle a sifflé près de ma tête, répondit-elle d'une voix tremblante.

— Nous avons entendu les coups de feu, lança Leroy qui s'approchait d'eux. Que s'est-il passé ?

— Quand les chevaux sont rentrés sans cavalier, nous nous sommes inquiétés, ajouta Joshua.

— À l'instant où cette balle a fusé à mes oreilles, j'ai compris que je devais me laisser tomber à terre pour ne pas devenir une cible trop facile, expliqua Ashley.

Son visage était pâle, et sa voix tremblait encore un peu.

Il passa un bras autour de ses épaules et l'attira contre lui. Il voulait la rassurer mais aussi la protéger si la fusillade reprenait.

— Avez-vous vu où était positionné le tireur ? demanda Leroy.

Jacob désigna les bois.

— Il se trouvait là-bas, j'en suis certain. Je tiens absolument à inspecter la zone. Mais avant tout, il faut ramener Ashley à la maison, la mettre en sécurité.

— Je vais la prendre avec moi, déclara Leroy.

— Et vous, patron, grimpez derrière moi, proposa Joshua.

Leroy aida Ashley à se hisser en selle devant lui tandis que Jacob sautait derrière Joshua. Les cow-boys les déposèrent tous deux devant la maison.

Leroy et Joshua retournèrent ensuite au galop vers les bois. Jacob enlaça Ashley pour la faire entrer dans la cuisine. Elle frissonnait encore.

— Que s'est-il passé ? demanda-t-elle.

— Je n'en sais rien, répondit-il avec sincérité. Je dois appeler Lane.

— À qui ces balles étaient-elles destinées ? À toi ou à moi ? ajouta-t-elle, parcourue par un autre frisson glacé.

— Je l'ignore. Peut-être quelqu'un a-t-il eu vent de ma détermination à résoudre le meurtre de Big John et tente-t-il de m'en empêcher.

— Ou peut-être quelqu'un souhaite-t-il me sortir, moi, du jeu pour prendre ma place dans tes bras…

— Je ne veux personne d'autre que toi dans mes bras, répliqua-t-il. Et si tu crois que Brandi est derrière cette fusillade, rassure-toi. Elle n'était pas sur la liste de suspects dressée par ton frère. Et je doute fort qu'elle sache se servir d'un fusil.

Il lui fit signe de s'asseoir puis il téléphona à Lane.

— Il arrive, déclara Jacob après avoir raccroché. Aimerais-tu boire un verre en attendant ?

— Non, merci.

Il enleva son chapeau et le posa sur le comptoir.

Comme il reportait son attention sur elle, il remarqua que son visage était encore anormalement pâle. Il regretta d'être incapable de la rassurer, de faire ou de dire quoi que ce soit pour balayer la peur de ses yeux.

Il se laissa tomber sur une chaise en face d'elle.

— Ashley, je suis vraiment désolé, dit-il en lui prenant les mains.

— Tu n'as pas à t'excuser. Tu n'as rien fait de mal, tu n'y es pour rien, Jacob.

Il lui embrassa les doigts, soulagé de la voir sourire.

— Je suis quand même désolé que tu te sois retrouvée au milieu de ces coups de feu.

— Et moi, je suis désolée de l'avoir été alors que j'étais chez toi, répliqua-t-elle. Du coup, tu culpabilises alors que, encore une fois, tu n'as rien à te reprocher.

Il la lâcha et se rassit, en se remémorant mentalement la fusillade. Qui avait tiré ? Et pourquoi ? Et qui avait été visé ? La première balle avait semblé destinée à Ashley. Mais il n'était pas question de le dire et de l'effrayer plus qu'elle ne l'était déjà.

Quelques instants plus tard, quelqu'un frappa à la porte.

— C'est sans doute Lane, dit-il en se levant.

Il revint dans la cuisine avec Lane et deux autres policiers. Jacob leur résuma les événements puis les quatre hommes laissèrent Ashley pour se rendre sur les lieux.

Jacob les entraîna là où Ashley et lui se trouvaient lorsque le premier coup de feu avait claqué. Il leur montra alors le petit bois d'où le tireur les avait ciblés.

Lane et Jacob restèrent là tandis que les deux autres policiers se dirigeaient vers le bosquet pour y chercher des indices et tout ce qui pourrait leur permettre d'identifier le coupable.

Lane se tourna vers Jacob.

— Des idées ?

— Pas la moindre. Je ne sais même pas qui le tireur avait dans son collimateur. Cela dit, la première balle a failli arracher la tête d'Ashley.

Alors que Jacob se remémorait ce moment, il sentit son ventre se nouer d'angoisse.

— Néanmoins, nous étions peut-être visés l'un et l'autre, poursuivit Jacob.

— Pensez-vous que cet épisode soit lié au message anonyme laissé sur la porte d'Ashley et à la personne masquée qui l'a menacée sous ses fenêtres ? s'enquit Lane.

— Pourquoi pas, tout est possible. Mais il s'agit peut-être de quelqu'un que mon enquête sur le meurtre de Big John rend nerveux, répondit Jacob.

Il préférerait être la cible, lui, plutôt qu'Ashley.

— Avez-vous senti que vos investigations inquiétaient quelqu'un ?

— Non, mais dans les prochains jours, j'ai bien l'intention d'augmenter la pression sur plusieurs personnes.

Lane poussa un profond soupir et reporta son attention sur ses hommes qui inspectaient toujours les bois.

— Nous n'obtiendrons sans doute aucun indice sur l'auteur de ces tirs, vous savez. Avez-vous eu des mots avec l'un des employés du ranch de votre mère depuis votre retour ? ajouta-t-il en regardant Jacob en face.

— Non, avec personne, assura-t-il.

Depuis son retour de Kansas City, il n'avait même pas encore trouvé le temps de faire le tour de la propriété.

— Je dois retourner à la maison, m'occuper d'Ashley, poursuivit-il. Inutile de dire qu'elle a été secouée.

— De notre côté, nous continuons à fouiller les alentours, dit Lane. Je vous appellerai quand nous aurons terminé.

— Merci, chef.

Lorsque Jacob regagna la maison, Ashley se tenait devant la porte-fenêtre de la cuisine et regardait au-dehors.

Elle s'écarta pour le laisser passer.

— Ils ne trouveront rien, j'en mettrais ma main au feu,

dit-elle, découragée. C'est comme pour le meurtre de mon père. Quand il a été abattu, il n'y avait plus la moindre douille pour aider Lane à identifier le tueur.

Elle se frotta les bras comme si elle avait froid.

— Ces policiers ne trouveront rien ici non plus, je le sais, ajouta-t-elle.

Il la prit contre lui.

— Tôt ou tard, nous démasquerons ce tireur ainsi que la personne qui a tué ton père, assura-t-il avec optimisme.

Comme elle levait les yeux vers lui, la vue des ombres mauves qui les cernaient brisa le cœur de Jacob.

Elle hocha la tête.

— Quand quelqu'un que tu aimes a été assassiné, le pire est de ne pas savoir qui l'a tué et pourquoi, dit-elle. Tu n'imagines pas à quel point c'est douloureux.

Il ne répondit pas mais, en réalité, il n'avait pas besoin de l'imaginer. Il le savait. Il connaissait l'indicible souffrance de perdre un être cher, assassiné. Et, contrairement à ce qu'elle pensait, le pire du pire était de connaître le meurtrier et d'être incapable de prouver sa culpabilité.

Il avait vécu ce cauchemar à la mort de Shannon.

Il connaissait la raison pour laquelle elle avait été tuée et était certain de l'identité du tueur, mais le crime n'avait jamais été officiellement élucidé.

Oh ! oui, il comprenait trop bien la douleur d'Ashley.

En se remémorant les dernières heures, il se demandait maintenant si elle vivrait assez longtemps pour savoir qui avait tué son père…

Ashley se réveilla en sursaut, le cœur battant à tout rompre. D'un regard paniqué, elle inspecta la pièce sombre. Elle ne vit rien d'anormal. Pourtant, quelque chose l'avait bel et bien tirée du sommeil. Mais quoi ?

Pour en avoir le cœur net, elle finit par se lever. Elle s'empara de la lampe de poche qu'elle gardait toujours à côté de son lit et l'alluma. Mais comme elle balayait la chambre du faisceau lumineux, elle ne remarqua toujours rien d'inhabituel.

Elle ouvrit la porte et traversa le petit couloir jusqu'au salon. Là encore, elle fit jaillir la lumière mais ne vit rien qui puisse expliquer son réveil. À pas de loup, elle se rendit dans l'entrée et colla l'œil au judas pour observer le palier.

Aucune silhouette inquiétante ne se tenait sur son paillasson. Il n'y avait rien d'alarmant.

Avec un gros soupir, elle retourna dans sa chambre, s'assit sur le bord du lit et attendit que sa respiration s'apaise.

Ces derniers jours, depuis la fusillade au ranch des Black, elle vivait sur les nerfs. Plus elle y réfléchissait, plus elle était convaincue que la première balle lui avait été destinée. Le projectile l'avait ratée de peu. En tout cas, il était passé trop près d'elle pour imaginer qu'elle n'avait pas été ciblée.

Depuis lors, elle devenait paranoïaque. Elle n'allait plus nulle part. Désormais, elle se contentait de se rendre à sa boutique en dessous de chez elle et de remonter le soir à son appartement. Jacob lui rendait visite tous les jours à la fin de son service et lui parlait des personnes qu'il avait interrogées l'après-midi.

Comme elle l'avait soupçonné, le tireur qui les avait attaqués, Jacob et elle, n'avait laissé aucune douille ni aucun indice derrière lui. Personne n'avait été arrêté, et Jacob avait dû avouer qu'ils n'avaient pas le moindre suspect en vue.

Elle se recoucha et éteignit la lampe de poche. Les yeux rivés au plafond, elle essaya de se rendormir mais le sommeil la fuyait.

Et ses pensées la ramenèrent à Jacob. Au départ, elle

avait cru qu'elle aimait passer du temps avec lui parce qu'il était un vieil ami d'enfance. Et qu'il parviendrait peut-être à résoudre le meurtre de son père. Mais depuis quelque temps, ses sentiments pour lui avaient changé.

Le fait qu'ils aient fait l'amour n'expliquait pas tout mais cela avait certainement contribué à l'évolution de son état d'esprit. En réalité, leurs conversations du soir – qui ne portaient bien sûr pas seulement sur le meurtre mais sur toutes sortes de sujets – les avaient beaucoup rapprochés.

Non seulement Jacob était d'une immense gentillesse et attentionné, mais aussi passionné par son travail. Et chaque fois qu'elle lui parlait, elle sentait qu'il l'écoutait, qu'il l'écoutait vraiment. C'était une qualité rare et très attirante chez un homme.

Elle se répétait qu'il n'était qu'un ami, qu'ils ne faisaient que s'amuser ensemble.

Jacob avait été clair sur le fait qu'il n'avait aucun désir de se marier. Parfois, elle surprenait des ombres dans ses yeux et se demandait quels fantômes de son passé le hantaient.

Elle avait l'intuition que, s'ils continuaient sur cette voie ensemble, elle finirait avec un cœur brisé. Cependant, elle avait déjà connu le pire chagrin lorsque son père avait été assassiné.

Quoi qu'il arrive avec Jacob, elle y survivrait. Parce qu'elle avait survécu à la mort de son père, la pire des tragédies à ses yeux.

Sur cette dernière pensée, elle se rendormit.

Plusieurs heures plus tard, alors qu'Ashley était seule dans sa boutique, Brandi entra. Comme d'habitude, la blonde était tirée à quatre épingles mais, à la façon dont elle s'approcha d'elle, Ashley comprit que leur échange n'aurait rien d'amical ni même d'aimable.

Les lèvres de Brandi étaient serrées, et ses yeux brillaient de colère quand elle lança :

— Lane m'a parlé deux fois de vous.

— À quel sujet ? s'enquit Ashley d'un air innocent, même si elle en avait en réalité une petite idée.

— Si vous croyez que j'ai essayé de vous tirer dessus pendant que vous montiez à cheval pour vous enlever Jacob, vous êtes folle.

— Brandi, je n'ai jamais demandé au chef de la police de vous interroger. Lane Caldwell mène ses enquêtes comme il l'entend, répondit Ashley.

— Je ne vous ai pas tiré dessus, et l'idée de mettre un masque d'Halloween pour vous effrayer ne m'a jamais effleurée. Ce serait minable et, croyez-moi, il n'y a rien chez moi qui soit minable.

— Ravie de l'apprendre.

— Et je vous préviens que, si vous prononcez une fois de plus mon nom en lien avec les horreurs qui frappent votre vie, je vous poursuivrai en justice pour diffamation.

— Bonne nouvelle, répondit Ashley. Je ne prononce jamais votre nom.

Brandi pinça les lèvres comme si elle ne savait pas si elle devait en être offensée ou non.

— Profitez de votre amourette avec Jacob. Elle sera de courte durée. Je vais le reconquérir à l'ancienne, avec mon charme et ma personnalité. Pas en vous tuant.

Sur ces mots, elle tourna les talons et sortit du magasin. Ashley se laissa tomber sur sa chaise, surprise que Brandi ait ressenti le besoin de l'affronter. Et cet échange raviva des souvenirs de Jacob la serrant dans ses bras.

Cette petite explication innocentait-elle Brandi des deux agressions qu'avait dernièrement subies Ashley ? Elle ne savait pas quoi penser. À vrai dire, elle avait du mal à l'imaginer un fusil dans les mains, et encore moins manquant de l'atteindre.

Mais si la coupable n'était pas Brandi, alors qui ? Qui avait eu un problème en comprenant qu'Ashley ne laissait pas Jacob indifférent ?

À midi, elle devait retrouver Jacob au poste de police pour étudier avec lui la liste des suspects que Luke avait compilée. Elle répertoriait les noms de tous ceux qui, dans la petite ville de Coyote Creek, auraient eu la capacité de tirer les deux coups de fusil qui avaient tué Big John.

Au cours des deux derniers jours, Ashley avait vu plusieurs hommes se succéder au poste de police, des hommes qui s'y rendaient sans doute pour être interrogés par Jacob.

Tous les matins, il sillonnait la ville, afin de se faire connaître et de nouer des liens de confiance avec les habitants. Il commençait toujours par une petite halte à sa boutique pour lui dire bonjour. Ils n'avaient pas refait l'amour, et elle se surprenait souvent à y penser, à le regretter. C'était si bon d'être dans ses bras puissants. Cela dit, sans doute valait-il mieux ne pas réitérer l'expérience, même si celle-ci avait été merveilleuse. Il serait alors plus facile de lui dire au revoir le moment venu.

Maintenant qu'elle avait lancé sa boutique et remporté un réel succès, Ashley commençait à penser à son prochain objectif dans la vie : se marier et avoir des enfants. Manifestement, Jacob ne poursuivait pas le même but. Pourtant, elle appréciait de passer du temps avec lui et n'était pas prête à mettre un terme à leurs relations.

Caleb n'avait pas encore été arrêté, même si Lane enquêtait toujours sur le laboratoire d'amphétamines découvert dans les bois. Il cherchait à savoir si Caleb était impliqué. Ashley n'avait pas parlé à son petit frère depuis l'explosion.

En tout cas, à présent, elle avait très envie d'entrer en

catimini dans la chambre qu'il occupait dans la grange pour voir les tableaux dérangeants auxquels Jacob avait fait allusion. Elle craignait toujours que Caleb n'ait tiré sur Big John.

Elle espérait examiner les toiles de son frère, ce soir. En effet, Johnny lui avait appris que leur mère avait invité Caleb à dîner et lui avait préparé son repas préféré. Margaret croyait pouvoir « soigner » son plus jeune fils avec de bons petits plats.

Il était midi quand elle ferma le magasin pour monter au poste de police. Une épaisse couche de nuages noircissait le ciel et l'atmosphère lourde depuis le début de la matinée devenait suffocante. Le bulletin météo avait annoncé des orages mais plus tard, dans la soirée. Elle espérait qu'ils n'éclateraient pas avant qu'elle ait quitté la chambre de Caleb.

Alors qu'elle entrait dans le poste de police, elle croisa Leroy Hicks qui en sortait.

— Restez en dehors de ma vie, dit-il en la fusillant d'un œil noir.

Elle le regarda avec surprise.

— Pardon ?

— Vous m'avez très bien entendu.

Ses traits semblaient encore plus pincés que d'habitude.

— Votre famille a déjà failli détruire ma vie, ajouta-t-il. Mais j'ai survécu. Ne venez pas me chercher des problèmes maintenant sous prétexte que votre frère est un ami.

— Je n'ai aucune envie de vous créer des ennuis, répondit-elle.

— Tant mieux, grogna-t-il avant de s'éloigner.

Ashley continua de traverser le poste de police.

— Je viens de rencontrer un ours grincheux, dit-elle une fois assise en face de Jacob dans la salle de conférences.

— Un ours ?

— Un ours avec les traits de Leroy Hicks.

Elle lui raconta rapidement leur échange.

— Il est contrarié parce que son alibi au moment de la mort de ton père n'a pas résisté à un examen plus approfondi.

Elle se redressa sur sa chaise.

— Que veux-tu dire ?

— Il a prétendu qu'il était au Red Barn en train de boire des bières au moment où ton père a été abattu. Lane a interrogé le barman, Adam Woodbright, qui a confirmé la présence de Leroy, le soir du meurtre. Mais quand j'ai à mon tour interrogé Adam hier, il s'est souvenu qu'il était malade le jour de la mort de ton père et que Gary Glendall l'avait remplacé au bar. J'ai donc parlé à Gary et il ne se souvient pas d'avoir vu Leroy au bar, ce soir-là.

Ashley prit une profonde inspiration.

— Il était tout en haut de la liste des suspects et n'en avait été retiré que parce qu'il avait un alibi.

— En parlant de la liste de suspects…

Il tira une feuille de papier du dossier posé devant lui et la lui tendit.

— Voilà la liste que Luke avait dressée des personnes capables à ses yeux de tirer les coups qui ont tué ton père. Peux-tu y jeter un œil et me dire si, d'après toi, l'une d'entre elles aurait voulu l'assassiner ?

Elle parcourut la liste du regard, vaguement distraite par l'odeur familière de Jacob. Il sentait toujours si bon, et ces fragrances lui remémorèrent les moments d'ivresse dans ses bras.

Elle ne fut pas surprise que le premier nom sur la liste soit Peter Jeffries.

— Luke pense que Peter est le coupable.

— Je sais, mais Peter a un solide alibi. Même si je n'aime pas cet homme, je l'ai retiré de la liste des suspects.

Elle reporta son attention sur la feuille de papier. Les noms de ses trois frères y figuraient, elle n'en fut pas étonnée. Ainsi que celui de Stella. Jacob lui avait déjà dit que sa mère avait longtemps été une excellente tireuse.

Leroy était sur la liste et, vu que son alibi ne tenait plus, il redevenait aux yeux d'Ashley l'un des principaux suspects.

— Quand mon père l'avait renvoyé de notre ranch pour vol et ivresse au travail, Leroy était contremaître. Et l'avait menacé de représailles.

— C'est ce que j'ai entendu dire, oui. Maintenant que son alibi s'est effondré, il est en haut de ma liste, mais je voulais que tu me dises s'il y a quelqu'un d'autre que je devrais étudier de plus près… Peut-être quelqu'un avec qui ton père faisait des affaires ?

Elle fronça les sourcils et lut le reste des noms.

— Au moment du meurtre, Travis Trenton et mon père avaient eu une petite altercation. Papa lui avait prêté de l'argent et trouvait qu'il tardait à le rembourser.

— Travis est propriétaire du magasin général, n'est-ce pas ? demanda Jacob.

— Tout à fait, répondit-elle. Mais il m'a toujours paru très gentil, et je ne peux pas l'imaginer en train de tuer mon père pour un prêt, somme toute, modeste.

— Des hommes ont tué pour des motifs plus insignifiants encore, répliqua Jacob. Mais vois-tu quelqu'un d'autre ?

— Non, dit-elle d'un ton hésitant.

Le regard perçant de Jacob soutint le sien.

— Cela n'est pas vraiment un « non » franc et massif. À quoi penses-tu, Ashley ?

Elle se mordilla les lèvres, en se demandant visiblement si elle devait en révéler davantage.

— Dis-moi, insista-t-il.

— Je repense à l'étrange amitié que Caleb a nouée avec Leroy. Lorsque nous avons découvert le laboratoire d'amphétamines, j'en avais déduit que leur relation était fondée sur la drogue. Mais tous les deux avaient une autre raison de tuer mon père, et je me demande à quel point ils se sont nourris mutuellement de leurs colères respectives.

Elle s'arrêta pour prendre une profonde inspiration puis continua.

— Est-il possible qu'ils aient caché l'arme du crime quelque part dans les bois ? Quand tu as fouillé la chambre de Caleb, tu as dit avoir trouvé un fusil. As-tu également eu accès à celle de Leroy ?

— Lane et quelques-uns de ses hommes sont en route pour l'inspecter, au moment où nous parlons. Ils ont obtenu un mandat du juge. J'ai prévenu ma mère, mais elle ne fera rien pour entraver l'enquête.

Des larmes brûlaient les paupières d'Ashley alors qu'elle se demandait s'il était possible que Leroy ait encouragé Caleb à tuer Big John. Ou était-ce l'inverse ? Leroy était-il celui qui avait appuyé sur la gâchette ?

— Ne pleure pas, dit Jacob en lui prenant les mains. Je sais à quel point la situation est difficile pour toi.

Elle hocha la tête et essuya ses larmes d'un geste rageur.

— J'ai l'impression que je ne pourrai pas reprendre le cours de ma vie tant que je ne saurai pas qui a mis fin à celle de mon père.

Il lui serra la main.

— J'y travaille, Ashley.

Elle lui sourit.

— Je sais.

Elle retira sa main de la sienne.

— Je ferais mieux de retourner à ma boutique.

— Pourquoi ne dînerions-nous pas ensemble ce soir, au restaurant ? proposa-t-il.

— Oh ! euh… Je ne suis pas disponible. Je, euh, je vais dîner avec ma famille ce soir.

— D'accord, alors peut-être demain soir ?

— Ça me va, formidable, dit-elle en se levant. Tu me diras s'il y a du nouveau ?

— Tu le sais bien, répondit-il en se mettant également debout.

— Inutile de me raccompagner, je connais le chemin. Et à plus tard.

Elle se sentait mal de lui avoir menti à propos de ses projets pour la soirée. Mais, plus que jamais, elle tenait à jeter un œil dans la chambre de Caleb.

Au fond de son cœur, elle espérait trouver un élément – n'importe quoi – qui prouverait l'innocence de Caleb une bonne fois pour toutes.

8

Les sourcils froncés, Jacob regarda Ashley quitter la pièce. Il la soupçonnait de lui avoir menti à propos de ses projets pour la soirée et il se demandait ce qu'elle avait en tête.

Depuis qu'elle avait été la cible de coups de feu, il s'inquiétait pour elle. Il était réconfortant pour lui de savoir qu'ils travaillaient à proximité l'un de l'autre durant la journée. Et aussi, bien sûr, qu'elle vive dans un appartement situé sur le même palier que le poste de police.

En revanche, si elle sortait sans lui, tout pouvait lui arriver. Si elle n'était ni dans sa boutique ni avec lui, le pire était à craindre.

Il tenait autant à identifier son agresseur qu'à démasquer l'assassin de Big John. Et il lui fallait y parvenir le plus vite possible, avant qu'Ashley subisse une nouvelle attaque.

Il se demandait si le message sur sa porte n'avait été qu'une ruse, une façon de noyer le poisson, et si la personne, quelle qu'elle soit, qui s'en prenait à elle se moquait en réalité qu'elle sorte avec lui. Cela dit, il n'imaginait aucune autre raison pour laquelle quelqu'un voudrait lui faire du mal.

Il avait vu le respect qu'elle inspirait à Coyote Creek et à quel point elle se montrait amicale avec les habitants de la ville. Tout le monde semblait l'aimer. Alors qui avait essayé de lui tirer dessus ? Qui s'était faufilé dans sa cour pour y brandir un couteau dans sa direction d'une manière menaçante ?

Quelques instants plus tard, Johnny entra dans le bureau. Il avait sollicité cet entretien. Comme tous les King, il avait les cheveux bruns et les yeux bleus.

Jacob l'invita à s'asseoir et, pendant un petit moment, ils échangèrent des plaisanteries sur des sujets futiles.

Mais très vite, Johnny redevint sérieux.

— J'aimerais que tu me dises ce que tu penses de Caleb, lança-t-il.

— Je ne suis pas censé discuter des détails d'une enquête en cours, mais nous nous connaissons depuis toujours et je te fais confiance. Bref, ton petit frère est toujours en haut de ma liste de suspects ainsi que son ami Leroy Hicks.

— Leroy est un fourbe qui le manipule sans doute depuis le départ. Ta mère aurait intérêt à l'avoir à l'œil. Je n'arrive pas à croire qu'elle l'ait embauché comme contremaître. Fais-moi confiance, il la volera comme il nous a volés et il se soûlera au travail.

— Je voulais justement te demander ce que tu pensais de lui, dit Jacob avec ironie.

Johnny sourit et s'adossa à sa chaise.

— Je ne l'aime pas beaucoup, je ne le cache pas.

— C'est bien noté, répondit Jacob. Et pour aggraver son cas, son alibi vient de tomber à l'eau.

Il résuma à Johnny ce qu'il venait d'expliquer à Ashley.

— Quel bâtard, grommela Johnny.

— Laisse-moi m'occuper d'eux, dit Jacob. L'enquête est difficile parce que mes deux principaux suspects sont très proches mais, tôt ou tard, je découvrirai la vérité. J'ai besoin d'un peu plus de temps, voilà.

— Où en sont les accusations qui pèsent sur Caleb, à propos de la drogue ?

Une pointe de lassitude était perceptible dans la voix de Johnny.

— Nous sommes toujours en train d'enquêter sur le sujet, répondit Jacob. Lane s'est chargé des investigations. Ton frère soutient qu'il n'a rien à voir avec le laboratoire clandestin, qu'il ignorait que ses « locataires » fabriquaient des amphétamines dans ces bois, mais Lane n'a pas fini de le vérifier.

— Y a-t-il moyen de savoir quand cette enquête se terminera ?

— Non, désolé, Johnny, répondit Jacob. J'aimerais vraiment être en mesure de te le dire mais je ne peux pas.

— Lane te donne-t-il tout ce dont tu as besoin pour espérer aboutir ?

— Tout à fait. Il me soutient et poursuit les mêmes objectifs que moi. Nous voulons en finir avec ces histoires de drogue et, surtout, nous tenons à ce que le meurtrier de ton père soit arrêté et emprisonné.

— C'est évidemment le souhait le plus cher de ma famille. Et à propos de ma famille, tu vois beaucoup Ashley depuis ton retour, non ? Qu'y a-t-il entre vous deux exactement ?

— Euh... Que t'a dit Ashley à ce sujet ? demanda Jacob.

Johnny laissa échapper un petit rire.

— De m'occuper de mes affaires.

Jacob s'esclaffa également, puis redevint sérieux.

— J'aime beaucoup ta sœur, Johnny. Et elle semble apprécier, elle aussi, ma compagnie. Nous passons souvent du temps ensemble. Cela te dérange-t-il ?

Sans comprendre très bien pourquoi, il lui paraissait soudain d'une importance vitale d'obtenir l'approbation du frère d'Ashley.

— Non, non, cela ne me pose aucun problème, déclara

Johnny. Ashley est une grande fille, libre de voir qui elle veut. J'étais seulement curieux.

— Pour l'instant, il n'y a rien de sérieux entre nous, précisa Jacob. Nous n'avons pas de projet, nous vivons au jour le jour.

— Tant que vous êtes tous les deux sur la même longueur d'onde, c'est parfait. Maintenant, je te laisse, ajouta-t-il en se levant. Merci de m'avoir reçu.

Jacob repoussa également sa chaise.

— Reviens quand tu veux, Johnny.

Tous deux se serrèrent la main puis Johnny quitta la salle de conférences.

« Pour l'instant, il n'y a rien de sérieux entre nous. »

Comme Jacob se remémorait ses paroles, des images d'Ashley nue sur son lit envahirent son esprit, des souvenirs de la douceur de sa peau sous ses mains, de la chaleur de ses baisers. Il la désirait toujours mais elle ne lui avait donné aucun signe laissant à penser qu'elle avait envie de réitérer l'expérience.

Il se demandait comment réagirait Johnny s'il apprenait que Jacob avait couché avec sa sœur. Il se demanda également si Ashley avait raconté à son frère qu'une silhouette avait brandi un couteau sous ses fenêtres et qu'une balle avait frôlé sa tête.

Il avait l'intuition qu'Ashley n'en avait soufflé mot aux membres de sa famille. Si elle leur en avait parlé, Johnny et Luke seraient certainement déjà venus le trouver et auraient exigé des explications.

Alors, qu'allait donc fabriquer Ashley, ce soir ?

Il devinait qu'elle lui avait menti au sujet de ce prétendu dîner familial. Au cours de sa formation, Jacob avait été entraîné à repérer les menteurs. Il savait remarquer certains tics faciaux, certains mouvements oculaires ou encore des changements de couleur de peau qui trahissaient les affabulateurs. Et il avait vu presque tous les signes sur Ashley lorsqu'elle lui avait fait part de ses projets pour la soirée.

Était-il possible qu'elle sorte avec un autre ? Certes, tout était envisageable mais il ne la croyait pas du genre à tromper ainsi les gens. Il était certain qu'elle serait honnête et le lui dirait, si elle avait rencontré un autre homme.

Non, son instinct lui soufflait qu'il s'agissait d'autre chose. Sa plus grande peur était qu'elle se mette en danger. Bien qu'il ne sache pas ce qu'elle avait en tête, il craignait qu'elle ne s'apprête à s'embarquer dans une entreprise périlleuse.

À la fin de son service, il quitta le poste de police et s'installa au volant de sa voiture. Mais au lieu de prendre la direction du ranch des Black, il sortit du parking et gagna la ruelle. Il se gara à un endroit d'où il voyait la voiture d'Ashley. Il espérait qu'elle ne remarquerait pas sa présence.

Le ciel s'assombrissait et plongeait la ville dans une nuit surnaturelle. Cette obscurité étrange lui permettrait au moins de la suivre sans se faire repérer.

Une petite demi-heure plus tard, la porte arrière s'ouvrit et Ashley apparut. Elle courut vers sa voiture. En la voyant intégralement vêtue de noir, il se tendit.

Que fabriquait-elle ? Pourquoi était-elle habillée comme un cambrioleur s'apprêtant à passer à l'action ? se demanda-t-il en démarrant. Qu'avait-elle donc prévu pour la soirée ?

Il attendit qu'elle sorte du parking et s'engage sur Main Street pour la suivre, en veillant à laisser un ou deux véhicules entre eux.

Une impression de « déjà-vu » l'envahit. La dernière fois qu'il avait pris une femme en filature, il s'agissait de Shannon. À l'époque, elle lui avait juré avoir cessé de consommer des drogues. Elle prétendait être « clean » et remettre enfin sa vie sur les rails. Mais elle avait menti et payé le prix ultime pour s'être impliquée avec des personnes qu'elle aurait dû fuir.

Ce lourd passé était la raison pour laquelle il avait été heureux que Lane se charge d'enquêter sur l'aspect « drogue » de l'affaire. Jacob détestait plus que tout les trafiquants qui s'attaquaient aux personnes fragiles. Il était bien placé pour mesurer les dégâts des drogues dures. Elles détruisaient les familles. Elles causaient du tort non seulement aux toxicomanes mais aussi à ceux qui les aimaient.

Ashley semblait se rendre au ranch des King, constata-t-il. Peut-être s'était-il trompé sur elle, après tout. Peut-être se rendait-elle vraiment à un dîner en famille.

Mais son instinct de policier refusait d'y croire. Pourquoi était-elle toute de noir vêtue ? Pourquoi avait-il eu la nette impression quand elle lui avait évoqué ses projets de soirée qu'elle lui mentait ?

Il continua à la suivre, restant à une certaine distance derrière elle et soulagé que l'obscurité lui permette de demeurer caché. Au loin, des éclairs de chaleur zébraient le ciel et le tonnerre grondait.

Lorsqu'ils atteignirent l'allée menant au ranch des King, elle passa devant la maison de sa mère sans s'y arrêter et se dirigea vers les bois. Bientôt, elle disparut de sa vue.

Où allait-elle ?

Ashley sortit de sa voiture, satisfaite que la nuit soit tombée tôt et que la campagne soit plongée dans la pénombre. Alors qu'elle se dirigeait vers le ranch familial, elle s'efforça de se fondre dans l'ombre. L'objectif était d'arriver à la grange sans se faire remarquer.

Intégralement vêtue de noir, elle passait d'arbre en arbre en veillant à rester invisible. Le pire serait que l'un de ses frères l'aperçoive se faufilant en catimini sur la propriété.

Elle avançait vers la grange quand elle vit Johnny et Chelsea, main dans la main, sur le chemin. Sans doute rentraient-ils dîner chez eux. Elle se jeta sur le sol, en espérant que l'herbe était assez haute pour la dissimuler.

Elle retint son souffle tandis qu'ils s'approchaient de l'endroit où elle se trouvait. Alors qu'ils parvenaient à sa hauteur, Johnny dit quelque chose qui fit rire Chelsea.

Ashley se félicitait que son frère se soit remis avec Chelsea, son amour de jeunesse, après des années de séparation. Chelsea avait toujours été la femme qu'il lui fallait, la seule à le rendre heureux.

Dès qu'ils l'eurent dépassée, elle se redressa et se dirigea vers la grange. Lorsqu'elle l'atteignit, elle resta cachée dans les fourrés pour attendre que Caleb sorte de chez lui.

Où qu'il aille, Caleb était toujours en retard, et ce soir ne fit pas exception. Après près de trois quarts d'heure d'attente, elle commença à se demander s'il avait quitté la grange en avance et se trouvait déjà chez leur mère.

Elle décida de lui donner encore cinq minutes. Bien lui en prit parce qu'elle entendit alors la porte de la grange s'ouvrir et se refermer.

Caleb se dirigea vers la maison familiale qui se devinait au loin. Elle le suivit des yeux jusqu'à ce qu'il disparaisse dans l'obscurité, et se mit alors en mouvement.

La porte de la grange grinça un peu lorsqu'elle la poussa. Elle se glissa à l'intérieur et grimpa à l'étage, où se trouvait le petit logement de Caleb. Dès qu'elle ouvrit la porte, elle fut assaillie par des odeurs de térébenthine, de peinture et de vernis. Elle identifia aussi des relents de marijuana et de sueur.

La chambre était exiguë, à peine assez grande pour contenir un lit d'une place, une commode et une chaise.

Une minuscule salle de douche avait été installée sur la droite et, sur la gauche, Caleb avait suspendu des draps pour fermer une sorte de débarras. Près de la fenêtre était dressé un chevalet sur lequel attendait une toile vierge.

Ashley avait du mal à croire que son frère vive dans un tel dénuement. Le drap sur le lit était sale, et une atmosphère de désespoir flottait dans la pièce.

Caleb aurait pu emménager dans la grande maison et avoir une belle chambre. Mais il avait toujours refusé de respecter les règles édictées par leur père, l'interdiction de fumer à l'intérieur, par exemple. Il préférait habiter dans cette petite pièce, où il se sentait libre de fumer des joints, de boire à l'excès et de faire ce qu'il voulait.

Elle poussa le rideau pour découvrir le contenu du cagibi. Derrière quelques vêtements suspendus, se trouvaient des dizaines de tableaux. Les premiers qu'elle regarda représentaient de belles fleurs sauvages. Elle les avait déjà vus le 4 Juillet. Les contempler une fois de plus lui rappela le talent artistique de son frère.

Non loin de ceux-ci étaient entassées des toiles tailladées de coups de pinceau rouges et noirs, une collection qu'il avait intitulée *Feelings*. Son frère les avait également exposées le jour de la fête nationale mais elle avait oublié à quel point elles étaient sombres et emplies de colère.

Elle remarqua alors quatre autres tableaux tournés contre le mur. Elle saisit le premier et, en le découvrant, elle faillit hurler.

Sur un fond gris, sombre et triste, apparaissait la silhouette d'un homme. Une tache rouge vif jaillissait de sa poitrine.

Le cœur brisé, elle chancela en arrière.

Les larmes lui montèrent aux yeux. Cette peinture

évoquait le meurtre de leur père. Comment Caleb avait-il osé peindre une telle horreur ?

Au bord de la nausée, elle se laissa tomber sur le lit et explosa en sanglots, ravagée par ce tableau et ce qu'il signifiait. Après un moment, elle se ressaisit et examina les trois derniers, qui ressemblaient beaucoup au premier – des représentations violentes de l'assassinat d'un homme.

Pourquoi ? Pourquoi Caleb avait-il peint cette mise en scène ? Était-ce lui qui avait commis le meurtre ? Elle le craignait.

Caleb avait-il voulu se venger de son père, un père qui ne lui avait pas donné ce qu'il voulait ? Un père qui ne l'avait jamais compris ? s'interrogeait-elle, la gorge serrée.

Ce jour-là, son frère s'était-il caché quelque part sur la propriété des Black pour atteindre sa cible ?

Et pourquoi Jacob ne lui avait-il pas dit un mot de ces peintures ? se demandait-elle. Il lui avait expliqué qu'il y avait d'autres tableaux dérangeants mais il lui avait bien précisé qu'aucun n'était lié au meurtre.

Il lui avait menti, et une profonde colère l'envahit, déclenchant une nouvelle vague de larmes.

Si elle ne pouvait plus se fier à Jacob, alors à qui pourrait-elle faire confiance ? Elle ne parvenait pas à croire qu'il lui ait caché une telle horreur.

Sur quoi d'autre lui avait-il menti ?

Consciente de l'heure qui tournait, elle finit par remettre les tableaux à leur place, tels qu'elle les avait trouvés, puis sortit de la grange.

Elle perçut un bruit derrière elle mais, avant d'avoir le temps de se retourner, quelqu'un se jeta sur elle, plaqua une main sur sa bouche et la serra contre lui. Paniquée, elle sentit la lame froide d'un poignard contre sa gorge.

En proie à une folle terreur, elle commença à se débattre,

à tenter de se libérer. Cependant, elle s'immobilisa, figée de peur, lorsque le couteau lui piqua la base du cou et qu'elle sentit un filet de sang chaud couler sur sa peau.

— Ne criez pas, lui murmura à l'oreille une voix grave qu'elle n'avait jamais entendue. M'avez-vous compris, ma petite dame ? Si vous émettez un seul cri, je vous tranche la gorge d'une oreille à l'autre. Pigé ?

Elle hocha la tête.

— Maintenant, je vais retirer ma main de votre bouche. Rappelez-vous. Si vous criez, je vous tue.

Quand il libéra ses lèvres, elle avala une goulée d'air. Elle sentait son cœur battre la chamade. Elle espérait que l'inconnu allait la lâcher complètement mais il la serrait toujours contre lui, le couteau sur la gorge.

— Qui êtes-vous et qu'attendez-vous de moi ? demanda-t-elle.

— C'est moi qui pose les questions. Où est votre petit frère ?

— Qui êtes-vous et qu'attendez-vous de moi ? répéta-t-elle.

Le type sentait la sueur et le danger.

— Je vous dirai peut-être qui je suis quand je serai décidé à le faire. Et pas avant. Par ailleurs, j'attends toujours de vous que vous me disiez où est Caleb.

— Je n'en sais rien, mentit-elle.

— Oh ! jolie dame, il va falloir faire mieux que ça, dit-il en resserrant son emprise sur elle. Essayons de nouveau. Où est Caleb ?

— Je ne vous répondrai pas tant que vous ne m'aurez pas dit qui vous êtes et ce que vous lui voulez, répliqua-t-elle.

Il laissa échapper un rire cruel.

— Vous semblez oublier le couteau que je tiens.

— Vous semblez oublier que, si vous me tranchez la gorge, vous n'obtiendrez aucune réponse de ma part.

Elle retint son souffle.

Il rit encore une fois, mais son rire s'éteignit rapidement.

— Vous ne manquez pas de cran, jolie dame. Mais vous usez ma patience, et mettre ma patience à rude épreuve n'est jamais une bonne idée. Et ça finit mal, en général.

Il se raidit soudain puis la lâcha.

Elle se retourna à temps pour voir Jacob balancer un uppercut à son agresseur qui tomba au sol.

Vêtu d'un jean crasseux et d'un gilet en cuir noir, l'homme était débraillé avec de longs cheveux sales noués sur la nuque.

Jacob le menotta rapidement puis regarda Ashley.

— Voici Joker, dit-il.

Une fois les présentations faites, il fouilla rapidement le type. Il trouva sur lui un revolver et un autre couteau. Il envoya valser les armes sur le côté puis ordonna :

— Asseyez-vous, Joker. Nous vous cherchions depuis un moment.

— Pourquoi ? Je n'ai rien fait de mal, répliqua son interlocuteur d'un air maussade.

— J'ai dit, asseyez-vous. Tenir une femme sous la menace d'une lame n'est pas rien, rétorqua Jacob.

Il reporta son attention sur Ashley.

— Je vais appeler Lane. Ensuite, il faudra que nous ayons une petite conversation, tous les deux.

Il y avait plus qu'une touche de colère dans sa voix alors qu'il la fusillait du regard.

Elle se demanda par quel miracle Jacob était soudain apparu, mais elle en était infiniment soulagée.

Elle passa une main tremblante sur sa gorge là où l'entaille saignait un peu. Ses jambes ne la portaient plus qu'à peine. Elle ne voulait même pas penser à ce qui serait arrivé si Jacob n'avait pas surgi au bon moment.

Jacob appela Lane puis regarda de nouveau Ashley.

— Où avais-tu la tête, bon sang ?

Elle fondit en larmes.

9

— Que s'est-il passé ? demanda Johnny.

Alerté par le bruit, il était revenu avec Chelsea près de la grange. Joker était toujours assis par terre, et Ashley pleurait doucement.

Johnny se dirigea tout de suite vers sa sœur.

— Ashley, tu saignes. Que s'est-il passé ? répéta-t-il.

— Rien. Je… tout va bien, balbutia-t-elle. Ce n'est rien.

Peu convaincu, son frère se tourna vers Jacob pour l'interroger du regard.

— Joker a attaqué ta sœur par-derrière, l'a saisie par le cou et y a planté la pointe de son couteau en menaçant de lui trancher la gorge, répondit Jacob. Voilà des jours que nous le cherchions. Il fait l'objet de graves accusations de fabrication de stupéfiants et de trafic de drogue.

Chaque fois que Jacob posait les yeux sur Ashley, il sentait monter en lui une sourde colère. Il lui en voulait de lui avoir menti, de s'être aventurée dans les bois toute seule dans le noir. Il était encore plus furieux contre Joker qui, il le savait, n'aurait pas hésité à la tuer.

— Mais que faisais-tu ici, Ashley ? demanda Johnny.

— J'étais, euh, passée pour me balader. J'avais d'abord pensé venir dîner mais j'ai finalement changé d'avis et j'ai décidé de marcher un peu sur le ranch avant de rentrer chez moi, répondit-elle.

Johnny se doutait certainement qu'elle inventait cette histoire, songea Jacob. Ashley ne savait pas mentir. Son regard fuyant, son expression gênée, le timbre de sa voix, tout la trahissait. Pourtant, Johnny semblait la croire.

Chelsea s'approcha pour prendre Ashley par les épaules.

— Tu es sûre que ça va ? demanda-t-elle avec inquiétude.

— Oui, vraiment, je vais bien, répondit Ashley en essuyant les larmes de ses joues d'un revers de main.

— Je n'avais pas l'intention de lui faire du mal, intervint Joker.

— Taisez-vous, lui ordonna Jacob.

— J'exige un avocat, déclara Joker.

— Vous en aurez besoin, en effet, rétorqua Jacob.

Il mourait d'envie de prendre Ashley dans ses bras pour s'assurer qu'elle allait bien et la réconforter. Il refusait d'imaginer ce qui se serait passé s'il n'était pas intervenu à temps.

La voiture de Lane apparut au bout de l'allée et remonta vers eux, ses gyrophares peignant en rouge et bleu les environs plongés dans l'obscurité. Alors que le chef de la police sortait de son véhicule, Caleb arriva en courant de la grande maison.

Quand il reconnut Joker, il s'arrêta net.

Le trafiquant lui lança :

— Hé, mec, il faut qu'on parle.

— Nous n'avons rien à nous dire, répliqua Caleb.

Lane remit Joker debout et s'assura que ses menottes étaient bien serrées autour de ses poignets.

— C'est à moi que vous allez parler, maintenant, dit-il. Et sans doute ensuite à un juge.

— Suis-je en état d'arrestation ?

— Vous l'êtes.

— Pour quelle raison ? répliqua Joker d'un ton indigné.

— Pour tentative de meurtre et pour fabrication d'amphétamines dans l'intention de les vendre, pour commencer, déclara Lane. Et si cela ne vous suffit pas, nous trouverons d'autres crimes et délits au fur et à mesure.

— C'est injuste ! protesta Joker avec colère. Je n'ai pas tenté de tuer qui que ce soit.

— Il va falloir m'en convaincre, répliqua Lane. Je l'embarque pour vous laisser profiter de votre soirée, ajouta-t-il à la cantonade.

Quelques instants plus tard, Lane s'en alla à bord de sa voiture de patrouille, Johnny et Chelsea retournèrent chez eux et Caleb disparut dans la grange.

Jacob et Ashley se retrouvèrent seuls.

— Je vais t'escorter jusque chez toi, annonça Jacob. Et quand nous y arriverons, j'aurai deux mots à te dire.

Elle croisa les bras et répliqua :

— J'aimerais te parler, moi aussi.

Et elle tourna les talons pour rejoindre sa voiture.

Ce n'est qu'une fois au volant de la sienne, et roulant derrière elle en direction de la ville, que Jacob commença à se détendre. Les dernières heures avaient été particulièrement stressantes. Il avait vu Ashley entrer dans la grange, en ressortir un moment plus tard. Et il avait alors surpris Joker la menaçant de son couteau.

Quand il avait aperçu la pointe de la lame s'enfoncer dans le cou d'Ashley, il avait eu l'impression que son cœur cessait de battre. Il lui avait fallu contourner la grange pour se placer derrière eux. Cette manœuvre lui avait demandé un temps infini, et il avait craint que le trafiquant n'en profite pour trancher la gorge d'Ashley.

Le seul point positif de cette soirée était que le trafiquant avait enfin été arrêté et mis hors d'état de nuire. Voilà des semaines que Lane cherchait l'insaisissable Joker qui jouait manifestement un rôle pivot dans les trafics de drogue de la région.

Pourtant, Jacob était en colère contre Ashley qui lui avait menti et s'était exposée au danger. Il ne savait même pas ce qu'elle était venue faire dans cette grange. Elle n'avait certainement pas l'intention de rendre visite à Caleb, qui n'était pas chez lui, ce soir.

Alors qu'il la suivait jusque chez elle, des éclairs zébraient le ciel et le tonnerre grondait au loin. S'il ne pleuvait pas encore, l'orage n'allait plus tarder à éclater.

En arrivant dans le centre-ville, il se gara à côté d'elle sur le parking derrière sa boutique. Il la suivit alors dans l'escalier qui montait à son appartement. Elle l'invita à entrer et s'assit sur le canapé, les bras croisés dans un geste défensif.

Les mains dans les poches, il s'approcha d'elle.

— Ashley, as-tu perdu la tête ? Pourquoi être allée te balader toute seule dans le noir ? Quel sens cela avait-il ?

Un coup de tonnerre ponctua sa phrase.

Elle leva le menton, et la colère qu'il vit briller dans ses yeux le surprit.

— Et toi, Jacob, pourquoi m'as-tu caché la vérité ? Pourquoi ne pas m'avoir dit à quel point certaines peintures de Caleb étaient effroyables ? Quel sens cela avait-il de me mentir ?

— Pour l'amour de Dieu, Ashley, j'essayais évidemment de te protéger. Apprendre le thème de certains de ses tableaux ne t'aurait fait aucun bien. Au contraire. N'essaie pas de noyer le poisson. Ce que tu as fait ce soir était de la folie pure. Tu ne dois pas t'exposer au danger.

— Et toi, tu ne dois pas me mentir, rétorqua-t-elle. Tu m'avais assuré que les autres toiles de Caleb étaient dérangeantes mais n'avaient rien à voir avec le meurtre de mon père. C'est faux. Elles sont presque un aveu de culpabilité.

— Ashley, ne tire pas de conclusions hâtives et laisse-moi effectuer mon travail. Je suis désolé de t'avoir menti, mais, comme je l'ai dit, je ne voulais pas que tu voies ces tableaux. Je savais qu'ils te feraient du mal.

Des larmes embuèrent les yeux d'Ashley.

— J'ai seulement besoin de comprendre si mon frère est coupable… S'il est un… un… meurtrier… S'il a tué mon père…

Devant son émotion, il se leva et la rejoignit sur le canapé pour la prendre dans ses bras. Elle se tint d'abord toute raide contre lui puis, après un moment, elle finit par se laisser aller et recommença à pleurer.

— J'ai eu si peur, balbutia-t-elle entre deux sanglots. Quand il m'a attrapée, j'ai vraiment cru qu'il allait me trancher la gorge. Comment… comment savais-tu que… ?

Elle se recula pour le regarder en face.

— Par quel miracle t'es-tu trouvé là au moment précis où j'avais besoin de toi ?

— Ashley, je préfère te le dire pour t'épargner des déconvenues à l'avenir : tu n'es pas une bonne menteuse. Quand tu m'as raconté que tu allais dîner avec ta famille, j'ai deviné que ce n'était pas vrai et j'ai décidé de te suivre.

Les yeux d'Ashley s'assombrirent.

— En principe, je trouve odieux qu'un homme se permette de me suivre. Ce genre de comportement est insupportable. Cela dit, dans ce cas précis, je t'en suis reconnaissante. Mais promets-moi que tu ne me mentiras plus jamais, même pour la bonne cause, même pour épargner mes sentiments.

— Je te le jure mais, de ton côté, tu dois t'engager à ne

plus me mentir, toi non plus, et à ne plus partir toute seule n'importe où. J'espère que tu n'as pas oublié qu'une balle n'est pas passée loin de ta tête, l'autre jour.

Un énorme coup de tonnerre se fit entendre au-dehors puis la pluie se mit à crépiter contre les vitres.

— Crois-moi, je me souviens, dit-elle. Et je promets de ne plus prendre de risques de ce genre à l'avenir. J'ai appris ma leçon ce soir.

— Parfait. Maintenant, dis-moi si tu as de quoi nettoyer la plaie sur ta gorge.

— Il y a du désinfectant et une crème antibiotique dans la salle de bains, sous le lavabo.

Il la lâcha et se leva.

— Reste assise, je vais les chercher.

Alors qu'il gagnait le petit couloir qui menait dans la salle d'eau, il se remémora une fois de plus le moment où Joker avait saisi Ashley par le cou. Il avait alors craint de revivre l'instant terrible où il avait vu Shannon se faire tuer sans pouvoir la sauver.

Tout était soudain remonté à sa mémoire. Les crissements des pneus, les coups de feu, le cri… le silence de mort qui avait suivi.

Il repoussa ces douloureux souvenirs et attrapa les produits dont il avait besoin pour soigner Ashley. Il retourna ensuite au salon, où elle était prostrée dans un coin du canapé, l'air vulnérable.

Elle pencha la tête pour lui donner accès à la plaie. Celle-ci n'était pas profonde mais elle avait saigné. Il la désinfecta puis appliqua la crème antibiotique avant d'y coller pour finir un petit pansement.

— Là, tout ira bien, dit-il.

— Tu ferais mieux de te rasseoir, Jacob. Tu ne vas pas t'en aller sous l'orage.

Comme pour lui donner raison, un éclair zébra le ciel, suivi d'un énorme grondement de tonnerre.

— Tu veux boire un verre en attendant ? ajouta-t-elle.

— Qu'as-tu à me proposer ? demanda-t-il en se laissant tomber sur le canapé.

— Du vin, du whisky ou de la bière. Choisis ton poison préféré.

— Je veux bien un whisky avec de la glace.

— Je reviens tout de suite.

Elle se leva et disparut dans la cuisine. Un instant plus tard, elle revint avec deux verres. Elle lui en tendit un puis se laissa tomber à côté de lui.

— Santé, dit-elle en faisant tinter son verre contre le sien.

Il avala une gorgée, toujours incapable de chasser ses souvenirs de Shannon.

Un moment de silence pesant tomba entre eux. Ashley finit par le rompre en lançant :

— Quel est le problème ?

Il la dévisagea avec surprise.

— Il n'y a aucun problème. Pourquoi cette question ?

Elle soutint son regard un long moment.

— Je sens des tensions en toi. Qu'y a-t-il ? Dis-moi, Jacob. Es-tu toujours en colère contre moi ?

— Non, pas du tout.

Il se cala un peu plus profondément contre les coussins du canapé et baissa les yeux sur son verre.

— Ce qui s'est passé ce soir m'a simplement rappelé une autre nuit… Une nuit où une femme que j'aimais a été tuée.

À ces mots, elle se rapprocha aussitôt de lui sur le canapé, le regard doux et compatissant.

— Oh ! Jacob, je suis vraiment désolée ! As-tu envie d'en parler ?

Peut-être était-ce parce qu'il n'était pas du genre à s'épancher qu'il n'avait jamais parlé de Shannon à quiconque. Ni à sa mère, ni à sa sœur, ni à personne. Pendant quatre longues années, il avait gardé cette triste histoire pour lui et il se rendait compte soudain qu'il était enfin prêt à évoquer cet épisode.

— Elle s'appelait Shannon. Je l'avais rencontrée dans le cadre de mon métier de policier. Un jour, elle avait été victime d'un cambriolage et était venue au poste de police pour porter plainte. Par la suite, nous nous sommes revus et avons noué une relation amoureuse malgré nos différences.

Il s'interrompit, submergé par une myriade de souvenirs.

— Elle était belle, un peu excentrique, drôle… et toxicomane.

— Et tu étais amoureux d'elle, ajouta doucement Ashley.

— Oui, reconnut-il. Mais l'aimer était difficile et demandait beaucoup d'efforts. Parfois, elle disparaissait pendant des jours sans explication. Elle ne cessait de me répéter qu'elle était « clean », qu'elle avait cessé de se droguer. Mais elle mentait, je le savais. J'avais envie de l'aider. Je voulais la sauver mais, finalement, son addiction lui a coûté la vie.

— Oh ! Jacob, je suis vraiment désolée.

Elle se pencha vers lui, le regard encourageant.

— Comment est-elle morte ?

— Je n'avais pas mesuré à quel point elle était non seulement empêtrée dans la consommation de drogue et la dépendance mais aussi dans le trafic de stupéfiants. J'ignorais qu'elle et plusieurs de ses copines se fournissaient en cocaïne auprès d'un dealer de haut vol. Il leur avançait leurs doses – des doses très importantes – et, pour le rembourser, elles devaient en vendre. Malheureusement, elles en consommaient plus qu'elles n'en vendaient. Prises dans un engrenage infernal, elles ne parvenaient plus à honorer leurs dettes. Il ne l'a pas accepté. S'il avait toléré ce genre de comportements, il aurait non seulement perdu de l'argent, mais surtout la face.

Un autre grondement de tonnerre retentit au loin. L'orage s'éloignait, mais la tempête qui secouait Jacob montait en puissance.

— Cette nuit-là, elle m'a dit qu'elle avait besoin de retrouver une amie pour lui prêter une robe. J'ai immédiatement deviné qu'elle mentait et décidé de la suivre.

Il gardait les yeux rivés sur son verre, incapable de regarder Ashley en face pendant qu'il parlait de celle qu'il avait aimée dans le passé.

— Elle s'est rendue dans un quartier mal famé de la ville, connu pour être un repaire de dealers. Je l'ai vue se garer et se diriger vers une ruelle. Manifestement, elle avait rendez-vous avec quelqu'un. Une voiture a soudain surgi au coin de la rue, et j'ai entendu des coups de feu. Shannon a poussé un cri, un seul cri, avant de s'effondrer sur le trottoir. Je me suis précipité mais, quand je suis arrivé près d'elle, il était trop tard. Elle était morte.

Il poussa un profond soupir.

— J'étais flic et je n'ai pas réussi à la sauver. Pourtant, j'avais tout essayé et de toutes mes forces pour l'arracher à ce milieu, à cette dépendance. Et nous n'avons jamais réussi à prouver que son fournisseur était le tueur.

Il leva les yeux vers Ashley et laissa échapper un rire embarrassé.

— Je n'avais encore jamais parlé à personne de cette histoire. Je ne sais pas pourquoi je t'ai tout déballé, ce soir.

— Peut-être était-il temps de le faire. C'est un chapitre important de ton passé, dit-elle. Et je suis désolée pour toi. Quelle tragédie !

— C'était il y a longtemps. Et toi, es-tu tourmentée par des fantômes de ton passé ? D'anciens petits amis à qui tu as brisé le cœur, par exemple ? demanda-t-il.

— Non. En fait, je ne pense pas avoir jamais été amoureuse auparavant, répondit-elle.

— Vraiment ? Mais tu es déjà sortie avec des hommes, n'est-ce pas ?

— Bien sûr, mais je n'étais pas amoureuse. Je ne me projetais jamais dans l'avenir avec aucun d'eux. J'attends toujours le grand amour, l'élu avec qui je me marierai et passerai ma vie.

Elle regarda vers la fenêtre.

— On dirait que la pluie s'est arrêtée.

Elle se leva du canapé.

— Il est tard et je suis fatiguée, Jacob. La nuit a été longue.

Il se mit debout à son tour, et tous deux se dirigèrent vers sa porte.

— Merci de m'avoir confié cette histoire, dit-elle. Et surtout, merci de m'avoir sauvé la vie, ce soir, ajouta-t-elle en posant la main à la base de sa gorge.

— Tu me promets que tu ne te mettras plus en danger ?

— Et tu promets que tu ne me cacheras plus jamais quoi que ce soit ?

— Nous avons passé un accord.

Il avait envie de l'embrasser mais, sans lui en laisser la possibilité, elle ouvrit la porte et s'écarta de lui.

— Bonne nuit, Jacob.

— Bonne nuit, Ashley.

Quelques instants plus tard, il rentrait chez lui. Parler de Shannon avait été difficile mais, maintenant, il se sentait allégé, soulagé. Il en avait besoin. Il s'interrogeait aussi sur ce qu'il faisait avec Ashley.

Elle voulait se marier et avoir des enfants. Or, ce n'était pas ce dont il rêvait. Combien de temps accepterait-elle de poursuivre une relation avec lui en sachant qu'il ne serait jamais l'homme qu'il lui fallait ?

Le reste de la semaine s'écoula tranquillement. Ashley travaillait chaque jour dans sa boutique et passait ses soirées avec Jacob. Après avoir vu les peintures de Caleb, elle était consciente qu'il était tout à fait possible que son petit frère ait tué leur père. Cette éventualité l'accablait.

Jacob lui avait avoué qu'il n'avait qu'un seul autre suspect en tête, Leroy Hicks. D'après les rumeurs, Leroy faisait profil bas, travaillait sagement au ranch de Stella et ne consommait plus de drogue.

Ashley avait consacré une grande partie de son temps à réfléchir aux confidences de Jacob à propos de cette femme qu'il avait aimée. C'était une histoire tragique, et elle regrettait que le drame l'ait dissuadé de se marier et d'avoir des enfants. Manifestement, il n'avait pas l'intention de retomber amoureux.

Et pourtant, il n'arrêtait pas de lui envoyer des signaux contradictoires. D'un côté, il lui répétait qu'il n'aimerait plus jamais et, d'un autre côté, son regard s'attardait souvent sur elle. Elle aurait alors juré qu'elle voyait l'amour briller dans ses magnifiques émeraudes. Ou la main de Jacob caressait longuement la sienne, un geste teinté d'amour et non purement amical.

Jacob la troublait, et son comportement la déstabilisait. Elle avait du mal à savoir sur quel pied danser avec lui. Le béguin qu'elle avait nourri pour lui lorsqu'elle était petite fille s'était mué en un sentiment plus profond. Pourtant, elle refusait de le reconnaître parce qu'elle ne voulait pas souffrir à cause de lui.

Tout ce qu'elle espérait de Jacob était qu'il élucide le meurtre de son père, se répétait-elle. Mais au fond, elle savait que ce n'était pas la vérité. Elle craignait d'attendre de lui plus qu'il n'était prêt à lui donner. Toute cette histoire se terminerait sans doute par un chagrin d'amour et, pourtant, elle continuait à passer du temps avec lui.

Mais en cette fin d'après-midi, elle ne songeait plus à lui ni à ses propres contradictions. Lorsqu'elle ferma sa boutique, elle était fatiguée et aspirait à se reposer. Elle sortit sur le pas de sa porte et promena les yeux sur la rue. La journée avait été d'une chaleur inhabituelle, caniculaire, et les trottoirs goudronnés fondaient sous les rayons brûlants du soleil.

Elle ne verrait pas Jacob, ce soir. Il assistait à un dîner avec sa mère et d'autres maires de la région. Apparemment, Stella tenait à montrer son fils. Elle était fière de lui, et Ashley ne pouvait pas lui en vouloir.

Mais le fait que Stella n'ait jamais proposé à Chelsea de l'accompagner à un dîner professionnel la rendait triste. Stella avait toujours été méchante avec sa fille. Enfant, Chelsea en avait beaucoup souffert. Dieu merci, maintenant, elle avait l'amour de Johnny.

Ashley sourit en voyant Walt Eaton monter sur le trottoir. Malgré la fournaise ambiante, il maniait son fauteuil roulant avec vigueur et dextérité.

— Hello, Ashley. Comment allez-vous ? dit-il en arrivant devant la porte du commissariat.

— Je tiens le coup. Et vous ? Êtes-vous de service, ce soir ? demanda-t-elle.

— Toute la nuit. Et vous, j'imagine que vous êtes sur le point de rentrer chez vous.

— Je m'apprêtais à tirer le rideau, oui. J'étais sortie un instant avant de fermer pour la nuit, dit-elle.

— La chaleur est effrayante. Digne d'un sauna.

— Et elle empire de jour en jour ! renchérit-elle.

— Au moins, au poste de police, je bénéficierai de l'air conditionné. Prenez soin de vous, Ashley.

— Bon courage, Walt.

Elle le regarda se servir de sa canne pour presser le bouton qui ouvrait automatiquement les portes du commissariat. Un instant plus tard, il disparut à l'intérieur.

Ashley retourna dans sa boutique où régnait une agréable fraîcheur. Elle tourna le panneau sur « Fermé », puis verrouilla la porte.

Elle se dirigea vers la caisse enregistreuse, s'empara du tiroir-caisse et gagna l'arrière-boutique pour monter à son appartement.

L'escalier intérieur ouvrait sur sa cuisine. En arrivant, elle posa son chargement et les clés de la boutique sur la table avant de rejoindre sa chambre.

Elle avait hâte de troquer sa tenue de travail pour un vêtement plus léger. Elle enfila un caftan en lin puis s'assit pour compter la recette de la journée et préparer une enveloppe qu'elle déposerait à la banque dans la matinée.

Depuis qu'elle avait échappé de justesse à la mort chez Jacob, elle n'était pas retournée sur la tombe de son père. En vérité, elle avait peur de s'y rendre toute seule, maintenant. Et demander à Jacob de l'y accompagner semblait délicat.

Dès que la personne qui la poursuivait aurait été capturée, elle reprendrait ses visites au cimetière. Et si son agresseur réussissait à la tuer, alors au moins serait-elle de nouveau avec son père.

Après avoir cacheté l'enveloppe pour la banque, elle sortit une cuisse de poulet cuite du réfrigérateur, la coupa en gros dés et se confectionna une salade au poulet pour le dîner. Un plat léger et rafraîchissant, parfait pour une journée aussi chaude.

Une fois son repas terminé, elle nettoya la cuisine, se laissa tomber sur le canapé et alluma la télévision. Passer la soirée toute seule lui paraissait bizarre.

Elle s'était habituée à la compagnie de Jacob tous les soirs.

Elle aimait leurs conversations et les rires qu'ils partageaient chaque fois qu'ils étaient ensemble. Il défiait son esprit comme aucun autre homme ne l'avait jamais fait auparavant. Et, de plus en plus souvent, elle se surprenait à le désirer physiquement.

Recoucher avec lui et continuer à le fréquenter était dangereux, elle le savait. Pourtant, elle était déjà trop profondément liée à lui pour s'imaginer ne plus le voir.

Elle regarda une série puis une émission de variétés. Même s'il était encore relativement tôt, elle se sentit prête à se coucher. Elle se mit en chemise de nuit et se glissa sous les draps.

Elle venait d'éteindre la lumière quand la sonnerie de son smartphone retentit, et elle ne fut pas surprise de voir le numéro de Jacob s'afficher sur l'écran.

— Alors ? As-tu fait fureur au dîner des maires ? demanda-t-elle quand elle prit l'appel.

Il éclata de rire.

— J'ai mis le paquet pour que ma mère soit fière de moi.

— Je suis sûre qu'elle était heureuse de parader à ton bras.

— Elle l'était, mais le repas était infect, le rôti trop cuit, les légumes qui l'accompagnaient insipides. Et tout le monde parlait en même temps.

— Eh bien, j'ai l'impression que tu ne t'es pas beaucoup amusé.

— Pour être honnête, je n'ai jamais vu autant de gens imbus de leur petite personne réunis dans une même pièce.

Ma mère bien-aimée ne faisait pas exception. Elle est la seule femme maire de la région alors elle avait l'impression d'être la star de la soirée.

Ashley ne put s'empêcher de rire.

— Je suis sûre que ce n'était pas qu'une impression, qu'elle l'était vraiment aux yeux de tous ces hommes.

Le rire profond de Jacob lui fit du bien. Elle adorait son rire. Il était d'une joie communicative.

— C'est possible. Et toi ? Comment s'est passée ta soirée ? demanda-t-il.

— Très tranquille. J'ai dîné, regardé une émission de variétés à la télévision, et je venais de me coucher quand tu as appelé, répondit-elle.

— Alors je ne te garderai pas longtemps en ligne.

— Non, ça va. Il n'est pas tard. Cela m'a fait drôle de ne pas passer la soirée avec toi.

— Crois-moi, j'aurais préféré être avec toi plutôt qu'à faire des mondanités avec des gens prétentieux et sans intérêt. Mais je suis content que tu sois en sécurité dans ton lit et pas ailleurs à risquer ta vie.

Elle rit.

— De quoi parles-tu ? s'écria-t-elle avec une fausse indignation. Je ne prends jamais le moindre risque.

Il lui rendit son rire.

— Alors je dois confondre avec quelqu'un d'autre.

— Ne t'inquiète pas. Ma rencontre avec Joker m'a fait passer l'envie de ressortir toute seule la nuit.

— J'en suis soulagé, vraiment.

Ils bavardèrent encore un petit moment, puis se souhaitèrent bonne nuit. Après avoir raccroché, elle se blottit dans son lit, le sourire aux lèvres. Mais il s'envola vite.

Elle était tombée amoureuse de lui.

Cette prise de conscience la submergea de joie avant de

la plonger dans un puits sans fond de consternation. Parce que, tôt ou tard, elle le savait, elle en aurait le cœur brisé.

Elle était amoureuse d'un homme qui n'avait aucune envie de partager la vie d'une femme et encore moins de se marier.

Pour être heureuse, elle avait besoin de fonder une famille.

Pourtant, l'idée de le voir moins pour tenter de se protéger ne lui semblait pas juste. De toute façon, qu'elle continue à passer du temps avec lui ou non, le mal était fait.

Elle était folle amoureuse de Jacob Black.

Peut-être devait-elle faire cesser complètement leurs relations, rompre, même si cette option lui faisait mal au cœur. Une partie d'elle renâclait à se priver de sa compagnie. Alors s'éloigner un peu de lui était peut-être la meilleure solution.

Comme elle regrettait que son père ne soit plus là.

Elle était toujours allée le trouver lorsqu'elle s'interrogeait sur une histoire amoureuse. Il avait toujours été de bon conseil.

S'il était encore en vie, il aurait su comment réagir. Et lorsqu'elle aurait eu le cœur brisé, Big John l'aurait prise dans ses bras. Il lui aurait dit que tout irait bien, qu'il y avait une vie après Jacob et que, un jour prochain, celui qui la rendrait heureuse se présenterait à sa porte.

Avant que les larmes brouillent sa vision, elle éteignit la lampe de chevet. Le clair de lune argenté filtrait à travers les volets et créait des ombres qui dansaient sur le plafond. Une petite veilleuse brûlait également parce qu'elle craignait de dormir dans le noir complet. Elle regarda danser les ombres jusqu'à ce qu'elle s'endorme…

Elle se réveilla soudain en sursaut, le cœur battant à tout rompre. Elle était étendue sur le dos et, pendant un long moment, elle resta immobile en s'efforçant d'analyser ce qui se passait. Quelque chose n'allait pas.

Mais quoi ?

Elle comprit tout à coup ce qui clochait : sa veilleuse ne brillait plus. Pourquoi s'était-elle éteinte ? L'ampoule était neuve… Elle l'avait remplacée la semaine précédente.

Pire, elle sentait une présence dans la pièce. Devenait-elle paranoïaque ? Était-elle victime d'une imagination trop fertile ou y avait-il vraiment quelqu'un ?

Soudain, l'intrus lui sauta dessus. Son cauchemar d'enfant devenait réalité. Le croque-mitaine était dans sa chambre et l'attaquait. Une cagoule de ski couvrait le visage de son agresseur, mais elle voyait parfaitement la lame du poignard qu'il tenait à la main. Elle brillait au clair de lune.

Ashley hurla et bascula sur le côté au moment où le couteau frappa. Il creva le matelas. Terrifiée, elle se débattit dans l'espoir de repousser son assaillant. Les coups de poignard pleuvaient encore et encore et, totalement paniquée, elle se tournait et se retournait sur elle-même pour les éviter.

Son instinct de survie était à la manœuvre, heureusement, mais son cerveau avait du mal à comprendre la situation. Qui était son agresseur ? Qui voulait la poignarder avec une telle détermination ? La peur lui serrait la gorge et gênait sa respiration. Elle craignait que son cœur n'explose tant il battait fort.

Elle se défendit et donna tant de coups de pied qu'elle parvint à éjecter son assaillant masqué du lit. Lorsqu'il tomba sur le sol, Ashley en profita pour courir vers la porte de sa chambre.

L'autre se releva rapidement et la poursuivit. Quand il la rattrapa, la saisit par les cheveux pour la tirer en arrière, elle fut certaine qu'il s'agissait d'une femme. Une intense douleur déchira le cuir chevelu d'Ashley qui sentit des larmes brûler ses paupières. Pour cesser de souffrir, elle fut contrainte de reculer et, lentement, l'intruse la ramena dans la chambre.

Mais elle refusait de s'avouer vaincue. Elle lui écrasa le pied pour l'obliger à desserrer son emprise un bref instant. Elle se retourna alors et la frappa d'un violent coup de poing dans le ventre.

Enfin libre, elle fonça vers l'escalier qui menait à sa boutique et dévala les marches à toute vitesse.

Lorsqu'elle parvint au rez-de-chaussée, elle prit conscience avec horreur qu'elle n'avait pas les clés pour déverrouiller la porte qui donnait sur la cour. Elles étaient restées sur la table de sa cuisine. D'une main fiévreuse, elle pressa l'interrupteur au bas de l'escalier mais rien ne se produisit.

Le courant avait été coupé.

Des pas résonnèrent derrière elle. Dans l'obscurité, Ashley se rua dans son magasin et s'accroupit dans un coin, l'esprit en déroute. Que devait-elle faire ? Elle était piégée dans sa boutique avec une folle.

Qui était cette furie ? Pourquoi voulait-elle la tuer ? S'agissait-il de Brandi ? Ou d'une autre femme qui avait des vues sur Jacob ? Ou Jacob n'était-il pour rien dans cette histoire ?

Une batte de base-ball s'écrasa sur l'étagère au-dessus de la tête d'Ashley, et une pluie de verre brisé tomba sur elle. Une fois de plus, elle hurla et se précipita vers un autre endroit pour se cacher.

— Qui êtes-vous et pourquoi vous en prenez-vous à moi ? cria-t-elle, les larmes aux yeux.

L'intruse se trouvait quelque part entre Ashley et la porte de derrière. La seule issue, la seule chance d'Ashley, était la porte vitrée de sa boutique.

Mais si l'assaillante était armée à la fois d'une batte et

d'un couteau, Ashley, elle, n'avait rien pour casser la porte d'entrée, et le magasin était plongé dans la pénombre.

Les secondes puis les minutes s'égrenèrent en silence. Où était la folle, maintenant ? En proie à une sourde terreur, Ashley retenait son souffle. Par crainte de trahir sa présence, elle n'osait plus respirer.

Il lui fallait se munir d'un objet d'assez solide pour briser la vitrine, comprit-elle. Afin de s'échapper par là.

La batte de base-ball siffla de nouveau, et les bibelots exposés sur un autre rayonnage se fracassèrent sur le sol tandis que le petit meuble s'écroulait sur son épaule.

Ashley hurlait de peur et de douleur. Paniquée, elle se déplaçait d'un endroit à l'autre dans la boutique sombre.

Le mieux était sans doute de se cacher quelque part, de cesser de crier et de rester aussi silencieuse que possible, se dit-elle. Si elle émettait le moindre bruit, son attaquante saurait où elle se trouvait.

Pour s'enfuir, elle devait à tout prix réussir à casser la porte d'entrée, mais son cerveau avait cessé de fonctionner tant son épaule la faisait souffrir.

Ashley cherchait à tâtons une cachette où se terrer. Elle heurtait des présentoirs dans le noir, et d'autres objets s'écrasaient sur le sol.

Où était l'intruse, maintenant ? Certainement en embuscade quelque part à guetter le bon moment pour frapper de nouveau.

— Au secours ! Aidez-moi ! hurla Ashley, incapable de garder le silence.

— Ashley ?

Elle reconnut la voix de Walt qui l'appelait depuis le trottoir.

— Walt… aidez-moi, je vous en supplie, cria-t-elle. Je dois sortir d'ici.

Elle courut jusqu'à la porte d'entrée et aperçut Walt dans son fauteuil roulant de l'autre côté de la vitrine.

— Aidez-moi, Walt.

Elle jeta un coup d'œil par-dessus son épaule mais la femme n'était plus en vue nulle part.

— Brisez la vitre, Walt. Je vous en prie, cassez-la pour me permettre de sortir.

— Reculez, ordonna Walt.

Elle s'éloigna de la porte, en priant qu'il réussisse à la tirer de là. Elle aurait été incapable de dire quel outil il utilisa, mais il frappa la porte une fois, deux fois… et, la troisième fois, le verre éclata et commença à tomber.

De sa canne, il balaya ce qui restait dans le cadre et Ashley sortit en titubant dans l'air chaud de la nuit. Elle s'écroula sur le trottoir et explosa en sanglots, à la fois soulagée et à bout de douleur.

Walt avait dégainé son arme et la pointait vers le magasin.

— Ça va, Ashley ?

— Il y a quelqu'un à l'intérieur. Une femme. Elle a essayé de me tuer, balbutia-t-elle entre deux sanglots. Elle a essayé de me tuer, Walt.

— Lane est en route, répondit-il. Merde ! Si mes jambes fonctionnaient, je foncerais à l'intérieur et j'attraperais votre assaillante.

— Ça va, Walt. Vous m'avez tirée de ce piège, et c'est l'essentiel.

Elle inspira lentement et profondément dans l'espoir de se calmer. Bientôt, Lane arriva et se gara le long du trottoir. Il était suivi d'une autre voiture de patrouille conduite par le policier Ansel Blackburn.

Lane bondit hors de la voiture, l'arme au poing.

— Que se passe-t-il ?

— Il y a quelqu'un à l'intérieur, répéta Ashley. Une

femme, et elle a tenté de me tuer. Elle avait un couteau et une batte.

— Ne bougez pas. Ansel et moi allons inspecter le bâtiment.

Les deux hommes entrèrent par la porte brisée.

— Que puis-je faire pour vous, Ashley ? demanda Walt. Êtes-vous blessée ? Avez-vous besoin d'une ambulance ?

Même si son épaule lui donnait envie de hurler de douleur, elle n'était sans doute pas cassée.

— Non, merci. Je vais bien.

Mais en réalité, elle n'allait pas bien. Une vague de terreur l'envahit alors qu'elle se remémorait les événements. Une femme était entrée dans sa chambre et l'avait attaquée dans son lit. Armée d'un couteau, elle avait essayé de la tuer.

Ashley ne parvenait toujours pas à y croire. Ce qui venait de se passer était inimaginable, inconcevable.

Qui était cette folle ? Pourquoi quelqu'un voudrait-il sa mort ? Elle avait vraiment frôlé le pire, ce soir. Si Walt n'avait pas entendu ses appels au secours, elle serait morte, à présent.

Elle aurait été incapable de dire depuis combien de temps elle était assise sur le trottoir quand Jacob arriva. Dès qu'il sortit de sa voiture et se précipita vers elle, elle se leva.

Lorsqu'il la prit dans ses bras, elle s'accrocha à lui et recommença à sangloter.

— Calme-toi, dit-il en la serrant contre lui. Tout va bien. Tout ira bien, maintenant.

Il caressait son dos tout en murmurant des mots apaisants.

— Elle voulait me tuer, Jacob. Je dormais et, soudain, elle était sur moi avec un couteau.

— C'est fini, chérie. Tu es en sécurité maintenant avec moi, répéta-t-il.

Les lumières du magasin s'allumèrent soudain, et Lane et Ansel réapparurent devant la porte cassée.

— Nous avons inspecté la boutique et votre appartement, déclara Lane. Il n'y a plus personne à l'intérieur. Votre porte arrière avait été forcée et les fusibles avaient tous sauté. Allons à côté et vous nous raconterez ce qui s'est passé. Walt, vous gardez un œil jusqu'à ce que nous ayons fini ?

— Bien sûr, chef.

Ashley s'écarta de Jacob et s'approcha de Walt.

— Merci, Walt. Vous m'avez sauvé la vie ce soir.

Il se redressa dans son fauteuil roulant.

— Je faisais seulement mon travail, dit-il d'un ton bourru.

Sa modestie la toucha. Elle avait envie de l'embrasser pour lui exprimer sa gratitude mais elle craignait de le gêner et y renonça.

Quelques instants plus tard, ils prirent tous place dans la salle de conférences.

— Maintenant, détaillez-nous cette agression en commençant par le début, demanda Lane.

Assis à côté d'elle, Jacob lui tenait la main pour lui offrir son soutien silencieux alors qu'elle se remémorait les événements terrifiants de la nuit. Elle leur parla de la personne qui lui avait sauté dessus avec un couteau alors qu'elle dormait. Quand l'autre lui avait saisi les cheveux pour la tirer en arrière – un geste agressif typiquement féminin –, elle avait eu la certitude que l'intrus était en fait *une intruse*. Elle leur expliqua qu'elle avait réussi tant bien que mal à se libérer de son emprise et à s'enfuir dans l'escalier. Mais que son assaillante l'avait poursuivie.

— Elle était intégralement habillée de noir et portait une cagoule de ski. Je n'ai aucune idée de l'identité de cette femme. Elle ne parlait pas, et je n'ai donc pas eu la possibilité de reconnaître sa voix. J'ignore de qui il s'agissait et pourquoi elle tentait de me tuer.

Elle s'interrompit une fois de plus pour recouvrer son souffle afin d'éviter de sombrer dans l'hystérie qui la menaçait.

La main de Jacob serra plus fort la sienne alors qu'elle continuait à raconter à Lane ce qui s'était passé.

Dès qu'il eut obtenu toutes les informations qu'elle avait à lui donner, Lane hocha la tête et déclara d'un air ennuyé :

— Votre boutique est en piteux état. Il y a beaucoup d'objets cassés.

— Ça va, je suis assurée, répondit-elle.

— Je vais voir si je peux trouver quelque chose pour condamner l'ouverture de la porte d'entrée cassée jusqu'à ce qu'elle soit réparée, déclara Jacob. Il me semble me souvenir d'avoir vu des planches de bois dans le sous-sol.

— La porte en haut de l'escalier extérieur a également besoin de quelques travaux. La serrure a été forcée, dit Lane.

— Je vais m'en occuper aussi, assura Jacob. Au moins pouvons-nous parer au plus pressé pour la nuit. Je descends voir.

— Je vous accompagne, dit Ansel.

— Et moi, je reste avec Ashley, décida Lane. Vous savez qu'il va être difficile pour moi de retrouver cette personne, ajouta-t-il quand les deux autres furent partis.

— Je sais, répondit Ashley. Une meilleure description de l'assaillante vous aurait aidé à l'identifier mais, dans le noir, je ne l'ai pas bien vue. Je ne comprends pas, Lane. Qui veux me tuer et pourquoi ?

— J'aimerais le savoir pour la mettre derrière les barreaux, répondit Lane. Jacob ne semble pas en avoir la moindre idée. Si une femme voulait nouer une relation avec lui, il devrait être au courant, non ?

— Sans doute, répondit Ashley.

Maintenant que l'adrénaline l'avait quittée, elle avait terriblement mal à l'épaule, et l'épuisement la gagnait.

— Tout ça n'a peut-être rien à voir avec lui.

Sa plus grande peur était de ne plus jamais se sentir en sécurité chez elle. Elle se promit d'investir au plus vite dans des serrures robustes et un système d'alarme fiable. Plus jamais elle ne se retrouverait dans une situation où quelqu'un avait la possibilité de l'attaquer dans son propre lit.

Tandis que Jacob et son collègue revenaient avec des planches en bois, Ashley les suivit dans sa boutique. Elle s'attendait à voir des objets cassés à l'intérieur mais l'étendue des dégâts lui coupa le souffle.

Des éclats de verre craquaient sous ses pieds alors qu'elle faisait le tour des lieux. L'intruse avait brisé le contenu de deux présentoirs. De magnifiques vases et bols en cristal en avaient fait les frais. Pendant que les hommes travaillaient à réparer la porte, Ashley commença à balayer le sol.

Des larmes coulaient sur ses joues pendant qu'elle s'activait. Certes, elle avait une assurance qui lui rembourserait une grande partie des dommages, mais le processus serait long.

Une fois la porte fermée, Jacob s'approcha d'elle.

— Laisse ça, Ashley, dit-il doucement.

— Je dois nettoyer, répliqua-t-elle en serrant les doigts autour du manche.

Il lui retira le balai des mains.

— Cela attendra demain.

Il l'attira dans ses bras.

Elle s'appuya contre lui et enfouit son visage dans le creux de son cou. Elle se sentait accablée et toujours très effrayée.

— Je suis vraiment désolé, Ashley. J'aimerais pouvoir par magie tout arranger. Malheureusement, je n'en ai pas la possibilité. En revanche, j'ai l'intention de te protéger. J'emménage ici dès ce soir, et je resterai chez toi jusqu'à ce que nous trouvions la personne qui te veut du mal.

Elle le dévisagea, surprise du soulagement intense qui la souleva. Un peu plus tôt dans la soirée, elle avait sérieusement songé à ne plus le revoir. Et maintenant, elle voulait à tout prix qu'il reste avec elle jusqu'à ce que le danger soit passé.

10

— Je vais arrêter Caleb pour fabrication illicite de stupéfiants et trafic de drogue, annonça Lane à Jacob. Mais si vous estimez qu'il est en plus lié à une affaire de meurtre, je ne m'opposerai pas à ce qu'il soit également mis en examen pour ce motif.

Les deux hommes étaient assis dans la salle de conférences. Depuis le cambriolage chez Ashley, une semaine plus tôt, Jacob vivait chez elle.

Jacob prit une profonde inspiration et la relâcha lentement.

— Selon toute vraisemblance, le meurtrier de Big John est soit Caleb, soit Leroy, mais jusqu'ici je n'ai pas réuni assez de preuves pour inculper l'un ou l'autre, répondit-il d'un ton teinté de frustration. J'espère que le rapport balistique que doit nous envoyer Wichita nous donnera des réponses. Et nous dira si Caleb a tué son père ou Leroy, son ex-patron. Ces résultats ne devraient plus tarder à nous parvenir.

Ce fut au tour de Lane de soupirer.

— Mieux vaut attendre ce rapport pour procéder à une arrestation. D'ailleurs, Caleb ne semble pas du genre à s'enfuir pour échapper à la justice. Leroy fera également l'objet d'une mise en examen pour trafic de drogue. Il est quand même fou que le principal témoin à charge contre eux deux soit ce Joker.

Ce dernier avait été identifié. Originaire de Topeka, il s'appelait en réalité Bertrum Shorten et était connu des services de police. Dans le passé, il avait été arrêté à de multiples reprises pour avoir vendu de la drogue dans les rues de différentes villes du Kansas. À en croire Bertrum, Caleb l'avait embauché pour fabriquer des amphétamines. Caleb affirmait, lui, avoir loué le terrain à Bertrum sans savoir qu'il allait y construire un laboratoire clandestin. Il répétait qu'il n'avait rien à voir avec un quelconque trafic de drogue.

— Si le procureur a l'intention de conclure un accord avec Joker et de faire porter le chapeau à Caleb King, le comté va se soulever pour protester, assura Jacob. Les habitants de Coyote Creek chercheront à protéger l'un des leurs. Non seulement Joker est « l'étranger » mais il a de surcroît un casier judiciaire long comme le bras. Il a souvent été arrêté pour trafic de drogue. Il est capable de tuer père et mère pour échapper à la prison.

— Je le sais, déclara Lane. Et comme les gens du coin, j'ai du mal à croire que Caleb ait fait appel à ce type pour lui demander de fabriquer des amphétamines. Je pense plutôt qu'il avait en effet « loué » ce terrain à ce Joker sans mesurer dans quel engrenage il mettait le doigt.

— En fin de compte, cette histoire se terminera sans doute par un procès, et un jury devra trancher entre les deux versions.

— Comment Ashley prend-elle la situation ? demanda Lane.

— Que son frère soit peut-être un criminel lui brise le cœur. Mais elle ne se laisse pas abattre. Elle a pris contact avec sa compagnie d'assurances et commencé à remettre sa boutique en état.

Lane fronça les sourcils.

— J'aimerais pouvoir arrêter la personne qui l'a agressée.

— Moi aussi, répondit sombrement Jacob.

La vue de l'énorme ecchymose sur l'épaule d'Ashley l'avait rendu fou de colère. Le fait que quelqu'un ait osé la frapper à l'aide d'une batte de base-ball lui était insupportable.

Pourtant, ce qui le rendait vraiment furieux était sa propre incapacité à procéder à une arrestation dans cette affaire. Lane et lui n'avaient aucune idée de l'identité de la femme qui avait attaqué Ashley chez elle et endommagé son magasin. Et Jacob n'était pas davantage parvenu à élucider le meurtre de Big John.

Il avait échoué sur les deux affaires. Pire, ces derniers jours, il sentait Ashley prendre des distances avec lui. Elle se montrait inhabituellement silencieuse et, même s'ils dormaient côte à côte chaque nuit, elle ne l'avait jamais encouragé à faire l'amour. Même s'il en souffrait, il avait évidemment respecté ce choix.

— Alors nous devons continuer à enquêter, déclara Lane.

Tiré de ses pensées, Jacob hocha la tête.

— Nous n'avons pas d'autre option.

Lane se leva.

— Je vous laisse.

Quelques instants plus tard, Jacob se mettait debout à son tour et quittait le poste de police. La journée promettait d'être caniculaire. Malgré la chaleur, il ressentait le besoin de sortir du bureau et de s'aérer.

En passant devant la boutique d'Ashley, il jeta un œil par la vitrine, mais ne la vit pas à l'intérieur. Les portes avaient été remplacées, et elle attendait la livraison de nouveaux présentoirs pour rouvrir sa boutique.

Il l'avait aidée à faire le ménage du magasin. Pendant plusieurs jours après le dîner, ils avaient travaillé à tout remettre en ordre et, bientôt, elle pourrait reprendre son activité.

Tandis qu'il parcourait les trottoirs, en saluant les gens au passage, il songeait aux deux enquêtes dont il avait la charge et qui piétinaient. Si de nombreuses preuves circonstancielles désignaient Caleb comme le meurtrier de Big John, Jacob n'arrivait pas à imaginer le jeune homme commettre un tel acte.

Son instinct – qui le trompait rarement – lui soufflait que ni Caleb ni Leroy n'avaient tué Big John. Il avait tendance à se fier à ses petites antennes mais il se retrouvait alors devant une impasse. Si ni Caleb ni Leroy n'étaient coupables, alors qui avait assassiné Big John ?

Et qui avait attaqué Ashley ? Là encore, il ne voyait aucune femme de la ville qui puisse vouloir la tuer.

Ashley était gentille avec tout le monde et, depuis qu'il la connaissait et passait du temps avec elle, il ne l'avait jamais vue faire ou dire quoi que ce soit de désagréable.

Pourtant, elle avait déjà été victime de trois attaques : quelqu'un l'avait menacée depuis sa cour en brandissant un poignard dans sa direction, une balle avait frôlé sa tête alors qu'elle se promenait à cheval avec lui et, enfin, il y avait eu l'intrusion dans son appartement et la mise à sac de sa boutique.

Alors, qui voulait sa mort ? Et pourquoi ?

Il avait l'impression qu'un danger planait sur la ville. Dans les deux affaires, il n'avait pas de mobile. Certes, Caleb avait demandé de l'argent à son père qui le lui avait refusé. Mais, selon ses frères, Caleb et Big John ne s'entendaient pas et se disputaient souvent. Alors pourquoi, cette fois, Caleb aurait-il pris un fusil pour tirer sur son père ? Qu'avait-il à gagner en tuant Big John ? Avait-il agi dans un moment d'égarement sous l'emprise d'une drogue quelconque ?

Il s'interrogeait de la même façon à propos de Leroy. Celui-ci avait déjà quitté le ranch King au moment du meurtre de Big John. Qu'aurait-il obtenu en le tuant ? S'agissait-il d'un simple désir de vengeance ?

Perdu dans ses pensées, il arpenta encore un moment les rues mais retourna finalement dans la salle de conférences pour relire ses notes sur l'affaire.

Malheureusement, il ne trouva rien pour l'aider à résoudre le meurtre.

La journée passa et, à la fin de son service, il monta l'escalier jusqu'à l'appartement d'Ashley. Dès qu'il y entra, de délicieuses fragrances lui chatouillèrent les narines.

— Mmm, ça sent bon, dit-il en trouvant Ashley assise devant la table de la cuisine.

Elle leva les yeux de l'ordinateur posé devant elle et sourit.

— J'ai préparé un poulet rôti. J'espère que tu aimes.

— J'adore. Ai-je le temps de prendre une douche rapide ?

— Bien sûr, répondit-elle. Le dîner ne sera pas prêt avant un bon quart d'heure.

Il sourit.

— Je reviendrai quand je serai propre.

Lorsqu'il retourna dans la cuisine, le couvert était dressé et Ashley finissait de découper le poulet.

— Que puis-je faire pour aider ? demanda-t-il.

— Assieds-toi et détends-toi, proposa-t-elle. Cette cuisine est trop petite pour y travailler à deux.

Il se laissa tomber sur une chaise et la regarda mettre les plats sur la table. Quelques instants plus tard, tous deux se régalaient d'un succulent repas. Non seulement il y avait du poulet servi avec des tomates, des oignons, des poivrons et des champignons, mais aussi du riz cuit à la vapeur.

— Tu es un grand chef, dit-il avec conviction.

— Merci. Lorsque ma boutique sera de nouveau opérationnelle, je n'aurai sans doute plus beaucoup de temps pour m'activer aux fourneaux, expliqua-t-elle. Alors j'en profite.

— Alors comment s'est passée ta journée ? demanda-t-il.

— Bien. Je pense rouvrir les portes de Bling and Things après-demain. J'ai distribué des dépliants pour l'annoncer, et Kendall viendra demain mettre un système d'alarme.

Kendall Greyson travaillait à la quincaillerie et se chargeait d'installer les systèmes d'alarme chez les personnes qui en achetaient chez lui.

— Très bien. Cela signifie-t-il que tu as l'intention de me jeter ensuite sur le trottoir ?

Il prononça les mots d'un ton léger mais son cœur s'accéléra soudain dans sa poitrine. Il n'avait pas envie de s'en aller. Mesurer à quel point il tenait beaucoup à elle le surprit. Il n'avait jamais imaginé tomber amoureux de cette façon.

Elle soutint son regard pendant un long moment.

— Jacob, nous n'avons jamais vraiment décidé de vivre ensemble. Les événements nous y ont poussés. J'ai beaucoup apprécié que tu sois venu chez moi pour me protéger. Mais une fois le système d'alarme en place, je n'aurai plus rien à redouter.

— Donc, si je comprends bien, ce délicieux repas est un… repas d'adieu.

Elle se mit à rire.

— Je n'y ai pas vraiment pensé de cette façon. L'important pour moi est de retrouver une vie normale.

— Je suis d'accord. Il est temps pour nous deux de revenir à la normale. Au moins saurai-je que tu es en sécurité ici avec le système d'alarme. J'aurais dû te pousser à en faire l'acquisition bien plus tôt, dit-il.

— J'aurais dû en faire installer un dès que j'ai emménagé ici, répondit-elle.

Pendant qu'ils dînaient, la conversation resta légère. Après le repas, ils rangèrent la cuisine puis allèrent dans le salon pour regarder un peu la télévision.

Ashley était très silencieuse, ce qui ne lui ressemblait pas, et Jacob ne pouvait s'empêcher de se demander à quoi elle pensait. Était-elle fatiguée ? Lasse de sa compagnie ? Était-elle déçue qu'il n'ait pas encore résolu l'affaire du meurtre de son père ? Était-elle sur le point de rompre avec lui parce qu'il ne lui donnerait pas ce qu'elle espérait pour son avenir ?

À l'heure du coucher, il se mit de son côté du lit et elle du sien. Ils se murmurèrent un bonsoir poli mais il ne parvint pas à s'endormir. Le sommeil le fuyait.

Le parfum d'Ashley l'enveloppait, et ce soir, plus que n'importe quel autre, il la désirait comme un fou. Peut-être était-ce parce qu'il sentait que son temps avec elle touchait à sa fin. Couché à côté d'elle, il luttait contre le feu qui lui brûlait les reins et espérait que, une fois qu'elle dormirait, il se détendrait et trouverait lui aussi le sommeil.

Les minutes passèrent, et il sentit qu'elle était toujours éveillée.

— Ashley ? chuchota-t-il enfin.

— Oui ?

— À quoi penses-tu ?

Elle roula sur le côté pour lui faire face, son ravissant visage se devinant dans le clair de lune argenté qui perçait les volets.

— À rien… et à tout.

— Peux-tu être plus précise ?

— Mon père a hanté mon esprit toute la journée. Le chagrin est un drôle d'animal. Il te laisse tranquille pendant des jours et des jours puis te retombe dessus soudain avec la force d'une tornade.

— Je suis désolé, Ashley.

Incapable de s'en empêcher – il lui fallait absolument la toucher d'une manière ou d'une autre –, il écarta avec douceur une mèche de cheveux de son front.

— Ça va, répondit-elle. J'ai été triste aujourd'hui en pensant à lui, voilà tout.

— Si j'avais le pouvoir de te rendre heureuse, je le ferais.

Plus que tout, il voulait la prendre dans ses bras, l'embrasser, la caresser et lui faire l'amour.

— Je le sais et j'apprécie, Jacob.

Elle se pencha et l'embrassa sur la joue.

— Maintenant, nous ferions mieux de dormir un peu. Bonne nuit, Jacob.

Elle se retourna, et quelques instants plus tard il sut qu'elle dormait profondément.

Il resta à fixer le plafond alors que son désir pour elle s'atténuait peu à peu. Ses sentiments pour Ashley devenaient compliqués.

Peut-être était-ce une bénédiction qu'elle se fasse installer un système d'alarme. Peut-être avaient-ils besoin de s'éloigner l'un de l'autre.

Puisqu'il ne serait jamais le mari dont elle rêvait, peut-être était-il temps pour lui de s'en aller. Elle méritait de trouver un homme qui lui donnerait l'amour éternel et des enfants.

Oui, il était sans doute temps de tourner la page…

La réouverture de sa boutique attira beaucoup de monde et, à midi, la journée d'Ashley avait déjà été bien remplie. Elle était ravie que son commerce remporte autant de succès.

Assise derrière sa caisse, elle profita d'un petit moment d'accalmie pour se régaler d'un sandwich au fromage.

Exceptionnellement, elle n'avait pas fermé à l'heure du déjeuner. Mieux valait rester ouvert pour compenser le manque à gagner provoqué par sa mésaventure.

En effet, il lui avait fallu un peu plus de temps que prévu pour rouvrir. Elle avait dû attendre que certains articles lui soient livrés. Mais à présent, toutes les conditions étaient enfin réunies pour accueillir ses clients.

Elle espérait que Jacob descendrait lui dire bonjour à un moment ou à un autre. Voilà quatre jours qu'il avait quitté son appartement et, depuis lors, ils n'avaient passé qu'une soirée ensemble. En partie à cause des longues heures qu'elle avait dû consacrer à la réinstallation de sa boutique.

Comme si son désir suffisait à le faire apparaître, il entra dans le magasin.

Elle posa son sandwich et se leva pour l'accueillir.

— Salut, beau gosse.

— Salut, ma belle, répondit-il avec ce sourire chaleureux qui la faisait toujours fondre. Comment vont les affaires ?

— Merveilleusement bien. Je n'ai pas arrêté de la matinée. De nombreuses personnes sont venues soit pour m'acheter un article, soit pour m'apporter leur soutien.

— C'est formidable. Il est toujours agréable de voir une ville se mobiliser pour l'un des siens.

— C'est l'un des aspects de Coyote Creek que j'ai toujours aimés, dit-elle. D'ailleurs, je n'ai jamais compris pourquoi tu avais voulu t'exiler après le lycée.

Il était étrange qu'ils n'en aient jamais parlé auparavant.

— À l'époque, partir était nécessaire à ma propre survie, répondit-il. Ma mère m'étouffait. Je craignais de ne pas avoir la possibilité de vivre ma vie si je restais ici.

— Stella est une force de la nature, c'est vrai.

— J'espérais aussi que mon départ permettrait à ma mère

et à Chelsea d'établir de meilleures relations entre elles, continua-t-il. Malheureusement, cela ne s'est pas produit.

— Sais-tu pourquoi Stella n'a jamais « accroché » avec Chelsea ? demanda Ashley.

— Je peux spéculer en me basant sur d'anciennes confidences de ma mère. Quand je suis né, elle était mariée et heureuse avec mon père. Après sa mort, elle est restée seule pendant longtemps puis est arrivé Red Leakes, un saisonnier qui cherchait du travail. D'après ma mère, c'était un charmeur. Elle l'a embauché et, très vite, elle est tombée amoureuse de lui. Elle croyait qu'il était fou d'elle, lui aussi. Et à peine quatre mois plus tard, elle a découvert qu'elle était enceinte. Elle pensait qu'il serait aussi ravi qu'elle d'apprendre cette grossesse, mais il a fait ses valises et il a disparu.

— Et voilà pourquoi Stella en veut à Chelsea. Elle reproche à sa fille les fautes du père.

— Exactement, répondit Jacob. Heureusement, tes parents ont toujours été très gentils avec ma sœur.

Ashley sourit.

— Ils l'aimaient tous les deux beaucoup.

— Leur amour a permis à Chelsea de traverser son enfance, dit-il. Alors, raconte : qui est venu ce matin ?

Comme elle commençait à lui détailler sa matinée, la clochette de la porte tinta, annonçant une nouvelle arrivée.

— Est-ce mon fils chéri que j'aperçois ?

Stella entra et remonta l'allée vers la caisse enregistreuse, où se tenaient Ashley et Jacob.

— Bonjour, maman, dit-il en l'embrassant sur la joue. Que fais-tu ici ?

— Je voulais exprimer mon soutien à Ashley.

Elle sourit à celle-ci.

— Tu as tout remis en place, tout est arrangé. Bravo.

— Oui, les affaires reprennent, assura Ashley.

— Et toi, où en es-tu de l'enquête, Jacob ? Tu n'as donc pas encore identifié l'agresseur d'Ashley ? demanda Stella.

— Nous y travaillons, répondit Jacob. Et à propos de travail, je ferais mieux d'y retourner. Ashley, maman, à plus tard.

Ashley le suivit des yeux alors qu'il quittait la boutique.

— Tu l'aimes, lança soudain Stella.

— Pardon ? s'exclama-t-elle avec surprise.

— Tu es amoureuse de mon fils, dit Stella en souriant. Je ne vais pas te le reprocher. Je comprends très bien. Non seulement il est très séduisant mais il est merveilleux sur tous les plans. Connaît-il tes sentiments pour lui ?

— Non, répondit Ashley. Et je préfère qu'il les ignore.

— Pourquoi ? Je le soupçonne de les partager, d'être amoureux de toi, lui aussi.

Ces paroles ravirent Ashley et, pourtant, qu'il soit amoureux d'elle ou pas n'avait au fond pas beaucoup d'importance. Si Jacob n'avait pas envie de nouer avec elle une relation sur le long terme, de se marier et de fonder une famille, ses sentiments importaient peu.

— C'est agréable à entendre, dit-elle finalement.

— S'il se confirmait, j'approuverais ce choix. Je t'ai toujours trouvée lumineuse, ma chère, lança Stella. Et une union entre les Black et les King profiterait aux deux familles.

— Merci, répondit Ashley, ne sachant pas quoi dire d'autre.

Cette conversation la mettait mal à l'aise.

— Eh bien, ma chère, je te laisse, maintenant. Je voulais venir t'offrir mon soutien pour la réouverture de ta boutique. En tant que maire, je défends bien sûr les commerces de ma ville.

— Merci d'être passée, déclara Ashley.

Elle poussa un soupir de soulagement lorsque Stella sortit du magasin. La situation se compliquait avec Jacob, et elle ne savait pas quoi faire à ce sujet. Était-il possible que Stella ait raison, que Jacob soit amoureux d'elle ? Assez amoureux pour surmonter ses appréhensions sur le mariage ?

Il ne faisait aucun doute que son expérience passée avec Shannon l'avait marqué. Avait-il dépassé ce traumatisme ? Son cœur avait-il suffisamment cicatrisé ?

Un frisson de plaisir la traversa à l'idée que Jacob l'aime. Elle rêvait d'un avenir avec lui, qu'il soit son mari et le père de ses enfants.

À la fin de la journée, en proie à un début de vague à l'âme, elle décida de se rendre au ranch pour dîner avec sa famille chez sa mère.

Elle était en route quand Jacob l'appela.

— Qu'as-tu prévu pour la soirée ? demanda-t-il.

— Je vais dîner au ranch, dit-elle. Et je te promets que c'est vrai, ajouta-t-elle en riant.

Il s'esclaffa à son tour.

— Très bien. Et demain soir, accepterais-tu de m'accompagner au restaurant ?

M'aimes-tu, Jacob ?

La question s'imposa à son esprit sans y être invitée mais, même si celle-ci lui brûlait les lèvres, Ashley ne la posa bien sûr pas à voix haute.

— Avec plaisir.

— Bien. Alors je viendrai te chercher en fin d'après-midi, d'accord ?

— Parfait. Et toi, as-tu des projets particuliers pour ce soir ?

— En fait, oui. Quelques copains de mes années de

lycée m'ont invité à venir jouer au poker chez l'un d'eux. Puisque tu vas dans ta famille, je pense accepter leur proposition.

— Excellente idée, dit-elle. Mais ne les laisse pas te plumer.

Il rit.

— Je suis fonctionnaire, je n'ai pas beaucoup de plumes à leur laisser.

Quelques instants plus tard, Ashley s'arrêta devant la maison de son enfance et sortit de sa voiture.

— Bonjour, cria-t-elle en poussant la porte.

— Nous sommes au salon ! répondit sa mère.

Lorsque Ashley y entra, elle découvrit non seulement sa mère mais aussi ses frères, Chelsea et Carrie.

— Oh ! Ashley chérie, je suis si contente que tu sois là.

Margaret regarda autour d'elle, sourit et ajouta :

— Voilà longtemps que je n'avais pas eu tous mes poussins en même temps près de moi.

— Ta couvée s'est agrandie, déclara Johnny en passant un bras autour des épaules de Chelsea.

— Plus on est de fous, plus on rit, répondit Margaret.

Ashley constata avec bonheur que sa mère avait l'air en grande forme, ce soir. Ses yeux brillaient, et elle semblait avoir repris un peu de poids au cours des deux dernières semaines.

— Peut-être devrions-nous nous diriger vers la salle à manger.

Tout le monde s'installa. Comme toujours, la chaise vide en bout de table tordit le cœur d'Ashley de tristesse.

Sauraient-ils un jour qui avait tué leur père ? Découvriraient-ils un jour pourquoi il avait été assassiné ? Elle avait l'impression que sa famille ne parviendrait pas à faire son deuil tant que ces questions n'auraient pas obtenu de réponses.

Nellie Maddox, la cuisinière des King, avait préparé du poisson-chat frit croustillant, de la salade de chou et des biscuits au cheddar, ainsi qu'une tarte au citron pour le dessert. Comme d'habitude, le dîner fut délicieux.

Tout le monde semblait de bonne humeur, sauf Caleb, qui resta silencieux et ne participa à aucune conversation. D'un côté, Ashley souffrait pour son petit frère mais, d'un autre, elle était en colère contre lui.

Pourtant, elle était heureuse de partager un moment avec les siens. La conversation fut légère malgré les questions qui restaient en suspens. Johnny et Chelsea parlèrent de leurs projets de mariage, tout comme Luke et Carrie. Chelsea et Carrie lui firent plaisir en lui demandant d'être leur demoiselle d'honneur.

Une fois le repas terminé et Caleb prêt à partir, elle décida de l'accompagner jusqu'à la grange. Elle ne lui avait pas parlé en tête à tête depuis un certain temps.

— Comment vas-tu, Caleb ? demanda-t-elle alors qu'ils sortaient de la grande maison et cheminaient dans la chaleur du soir. Tu n'étais pas très bavard à table.

— Oui, j'ai un peu… honte de ce qui s'est passé, dit-il. Je n'avais pas réfléchi en louant ce terrain à Joker. Je te jure, cependant, que je n'ai rien à voir avec ce laboratoire d'amphétamines, Ashley. Mais je lui ai donné accès à la propriété et je le regrette.

Il poussa un profond soupir.

— J'espérais ainsi gagner de l'argent rapidement mais l'idée était stupide.

— Oui, complètement stupide, renchérit-elle. Où l'avais-tu rencontré ?

— Au Red Barn, répondit-il. Il venait prétendument

d'arriver en ville, et nous avons commencé à discuter. Je lui ai parlé des bois où je prenais des photos et il m'a proposé de m'accompagner. Et là, il m'a offert de l'argent si je lui louais une partie du terrain.

— Tu aurais dû te douter de la suite, Caleb, dit-elle doucement.

— Oui, j'aurais dû. Notre père me détesterait pour ce que j'ai fait. Il me détesterait d'avoir fait honte à notre famille.

Il s'arrêta pour la regarder, et la tristesse qui assombrissait ses yeux bleus brisa le cœur d'Ashley. Ces derniers jours, elle avait été très en colère contre lui, mais soudain, elle se souvint du petit frère qui avait souvent joué à la poupée avec elle. Luke et Johnny s'amusaient toujours ensemble autrefois. Et elle, avec Caleb.

— Maintenant, je ne sais pas comment réparer mes erreurs, Ashley, dit-il, des larmes dans la voix. Comment arranger la situation.

— Oh ! Caleb, tout d'abord, notre père ne t'aurait jamais détesté. Il ne comprenait peut-être pas tes choix de vie mais il t'aimait et rien n'aurait jamais remis cet amour en cause.

Il s'essuya les yeux d'un revers de la main.

— Merci de le dire, Ashley. Mais il se fait tard, il faut que tu rentres chez toi. La nuit va bientôt tomber.

— Je vais y aller, oui, mais d'abord, j'ai besoin de te poser une question, Caleb, et que tu me dises la vérité.

— Quoi ?

— As-tu tué notre père ?

— Certainement pas ! J'ai commis beaucoup d'erreurs dans ma vie mais jamais je ne me serais attaqué à lui.

De nouveau, les larmes remplirent ses yeux.

— Je te le jure, Ashley, c'est la vérité.

Elle le crut et se reprocha de l'avoir si longtemps soupçonné. Certes, il se droguait, et ses copains n'étaient pas très recommandables. Mais de là à le suspecter d'un parricide… Elle eut honte de la facilité avec laquelle elle avait fait des amalgames.

Lorsqu'elle l'attira à elle pour l'embrasser, il s'accrocha à Ashley comme si elle était sa dernière bouée de sauvetage. Elle le retint quelques instants puis recula.

— D'une manière ou d'une autre, tout finira par s'arranger, Caleb. Mais il y a des conséquences auxquelles tu devras peut-être faire face après ce qui s'est passé avec Joker.

— Ouais, je sais. Merci, Ashley.

Après un au revoir de la main, il reprit sa marche vers la grange tandis qu'Ashley retournait vers la grande maison.

Si Caleb n'avait pas tué Big John, alors Leroy était forcément le coupable.

Le soleil commençait à décroître à l'horizon tandis qu'elle regagnait sa voiture pour rentrer chez elle. Revoir ses frères et leurs fiancées lui avait fait plaisir. Elle espérait que, pendant ce temps-là, Jacob passait un bon moment à jouer aux cartes avec ses amis.

Jacob la comblait. Bien sûr, elle devait cesser de sortir avec lui, se protéger pour s'épargner un cœur brisé. Mais quelque part, elle continuait d'espérer qu'il tomberait amoureux d'elle, qu'il l'aimerait assez pour vouloir finalement l'épouser et fonder une famille.

Alors qu'elle quittait la propriété familiale, elle vit la voiture de Stella en travers de la route.

Surprise, elle s'arrêta et baissa la vitre côté passager.

— Stella ? Tout va bien ? demanda-t-elle.

— Je… euh, non, je ne me sens pas très bien, répondit la maire. Ashley… cela te dérangerait-il de te garer et de me reconduire à la maison à bord de mon véhicule ?

— Pourquoi n'appellerais-je pas plutôt une ambulance ? proposa Ashley, alarmée.

— Non, non, c'est inutile. J'ai seulement besoin de rentrer chez moi et de me reposer. Ce n'est qu'un petit malaise de rien du tout. Mais il fait si chaud… Au frais à la maison, je me sentirai vite mieux.

— D'accord, donnez-moi un instant.

Ashley recula dans l'allée des King, se gara rapidement et courut rejoindre Stella qui avait déjà pris place sur le siège passager. Ashley se glissa au volant.

— Êtes-vous sûre de ne pas avoir besoin de soins médicaux ? demanda Ashley en démarrant. Vous conduire aux urgences me serait très facile.

— Non, vraiment. Je suis seulement très fatiguée, répondit Stella. J'ai assisté à beaucoup de réunions ces derniers temps. Je n'ai pas bien dormi la nuit dernière et je n'ai pas eu le temps de me restaurer à midi. Et voilà sans doute pourquoi j'ai été soudain submergée par un épuisement total.

— Voulez-vous que j'appelle Jacob ? suggéra Ashley en s'engageant dans l'allée des Black.

— Non, je refuse de le déranger pour si peu, affirma fermement Stella. Je suis sûre que tout ira mieux une fois à la maison.

Comme Ashley s'arrêtait devant la porte d'entrée de la belle demeure de la maire, Stella se tourna vers elle.

— Si cela ne t'ennuie pas, entre donc t'asseoir un petit moment avec moi, d'accord ? Et reste peut-être jusqu'au retour de Jacob à la maison. Il te reconduira à ta voiture.

— D'accord, répondit Ashley.

Elle n'avait rien de prévu pour ce soir et, si Stella avait besoin d'elle, Ashley était heureuse de lui rendre service.

Elle sortit de la voiture et se précipita du côté passager pour aider Stella à s'extraire du véhicule. Celle-ci s'appuya lourdement sur elle alors qu'elles se dirigeaient toutes les deux vers la porte d'entrée.

Stella l'ouvrit, puis Ashley la suivit dans le salon.

— Assieds-toi, ma chère. Je vais me passer un peu d'eau sur le visage et je reviens tout de suite.

Ashley se laissa tomber dans le fauteuil qui faisait face au canapé. Elle espérait que Stella allait vite se sentir mieux et n'avait vraiment pas besoin d'un médecin.

Quelques instants plus tard, Stella revint. Elle tenait deux verres dans les mains.

— Ashley, il faut absolument que tu goûtes ce jus de fruit, dit-elle en lui en tendant un. C'est un mélange spécial conçu pour donner un coup de fouet, retrouver de l'énergie. Un pur délice ! Tu m'en diras des nouvelles.

Elle s'assit sur le canapé en face d'Ashley.

— Le secret pour qu'il soit efficace est de le boire d'un trait.

Stella leva son verre et le but, puis sourit à Ashley.

— Maintenant, à toi.

Ashley porta le verre à ses lèvres et avala une gorgée de son contenu. Le breuvage n'était pas mauvais.

— Bois-le en entier, Ashley. Tu seras surprise de constater à quel point ce nectar fait du bien, déclara Stella.

Ashley obéit. Le jus de fruit était assez bon mais avec un petit arrière-goût désagréable.

Stella se leva, lui prit le verre vide et le posa sur la table basse.

— Il faut un peu de temps avant qu'il fasse son effet.

Stella se réinstalla sur le canapé.

— Je ne peux pas te dire à quel point j'apprécie que tu sois assise ici avec moi, Ashley.

— Pas de problème.

— J'ai eu trois réunions différentes aujourd'hui, poursuivit Stella.

Alors que cette dernière commençait à lui raconter sa journée, Ashley se sentit soudain épuisée. Elle secoua la tête parce qu'elle avait l'impression que sa vision était dédoublée.

— Tout va bien, ma chère ? demanda Stella.

Il y avait deux Stella sur le canapé.

— Je… Non… J'ai un peu sommeil.

Ashley fut surprise de s'entendre articuler avec difficulté comme si elle avait de la bouillie dans la bouche.

Stella sourit.

— Bien sûr, c'est normal, déclara-t-elle. Ne cherche pas à lutter contre cette somnolence qui te gagne. Tu vas bientôt t'assoupir. Et dès que tu dormiras comme un bébé, je te descendrai au sous-sol. Je t'attacherai pour que tu restes tranquille jusqu'à ce que j'aie la possibilité de m'occuper de toi de façon définitive.

Ashley essaya de se redresser mais son corps ne lui obéissait plus.

— Stella ? Que… que dites-vous ?

— Malheureusement, je ne peux pas en finir avec toi ce soir, car j'ignore à quelle heure Jacob reviendra à la maison.

La peur saisit Ashley.

— En finir avec moi ? De quoi parlez-vous, Stella ?

Ses mots sortaient difficilement.

Oh ! mon Dieu, que lui avait fait Stella ? L'avait-elle droguée ?

— Pourquoi ?

— Depuis le retour de mon fils, tu as été envahissante. Trop. Tu lui prends tout son temps. Tu dois disparaître, Ashley. Tu aurais pu le comprendre et t'éloigner de lui. J'ai essayé de t'avertir, pourtant. Malheureusement cela n'a pas fonctionné, tu n'as pas compris. Ensuite, j'ai voulu me débarrasser de toi, par deux fois, mais tu as eu de la chance. Cependant, ce soir, le vent a tourné.

Lorsqu'elle comprit que Stella était derrière les attaques dont elle avait été victime, Ashley paniqua. C'était Stella qui avait laissé le message sur sa porte et brandi un couteau dans la cour. C'était la mère de Jacob qui lui avait tiré dessus lors de la balade à cheval et qui l'avait agressée dans son appartement et sa boutique.

Affolée, Ashley voulut se lever, s'enfuir… mais ses paupières devenaient de plus en plus lourdes. Ses jambes ne la portaient plus. Elle ne parvenait plus à bouger les bras ou les pieds. Sa tête retomba, et elle perdit connaissance…

Lorsqu'elle revint à elle, elle était assise sur une chaise dans un sous-sol sombre et humide. Stella finissait de lui ligoter les bras.

— S'il vous plaît, ne faites pas ça, Stella. Je vais cesser de voir Jacob, je vous le promets, déclara Ashley.

Dans son esprit, elle prononça les mots d'une voix forte mais, en réalité, elle les entendit flotter dans les airs et se perdre. Elle était toujours sous l'emprise du produit que Stella lui avait administré.

La maire secoua la tête.

— Il voudra continuer à te voir. Tu dois mourir, Ashley. C'est la seule façon pour moi de récupérer mon fils, d'obtenir qu'il passe plus de temps avec moi. Tu vas me débarrasser le plancher pour de bon.

Ashley commença à se débattre.

— Arrête, lança Stella. Ne bouge pas.

Ashley refusait de rester immobile. Elle se jeta de côté pour compliquer la tâche de Stella. Celle-ci la frappa au visage. Ashley cria de douleur alors que mille étoiles dansaient devant ses yeux.

— Stella, je vous en prie, laissez-moi partir maintenant et je ne dirai rien à personne… Personne ne saura ce qui s'est passé.

— Tu n'iras nulle part. Quand je te sortirai de mon sous-sol, tu rejoindras ta dernière demeure. Samedi soir, pendant que les employés du ranch seront partis en ville pour se détendre, nous jouerons à un jeu, toutes les deux. Je te détacherai et te laisserai filer… pour te chasser. Je suis un très bon fusil, Ashley… Demande à ton père.

Ashley se figea.

« Demande à ton père. Je suis un très bon fusil. »

Les mots de Stella tournaient encore et encore dans la tête d'Ashley. Stella avait tué Big John ? Mais pourquoi ?

Avant qu'Ashley puisse poser la question, Stella colla du ruban adhésif sur la bouche de sa prisonnière.

Elle finit ensuite de lui ligoter les jambes puis lui passa une corde autour de la poitrine et l'attacha à la chaise.

Quand elle eut terminé, il n'y avait aucun moyen pour Ashley de bouger ou de faire le moindre bruit. D'ailleurs, elle était toujours étourdie par la drogue que Stella lui avait administrée par ruse. Elle était encore abasourdie par le fait que Stella ait tué son père.

Après avoir fini de la ficeler, Stella fusilla Ashley d'un regard noir.

— Vous, les King, estimez que vous pouvez jouer avec les gens. Tu m'as enlevé mon fils sans penser à moi. Et de même, ton père s'imaginait pouvoir me couvrir de promesses quand il avait besoin de moi. Et les briser ensuite sans égard pour mes sentiments. Maintenant, vous savez tous les deux qu'il ne faut pas se moquer de Stella Black.

Sur ces mots, Stella tourna les talons et s'éloigna. Un instant plus tard, Ashley l'entendit monter à l'étage et claquer la porte du sous-sol.

Elle essaya de tirer sur ses bras pour se libérer. Mais elle n'avait aucune force. De même, elle tenta de se détacher les jambes, mais en vain. Non seulement Stella avait bien serré les nœuds mais Ashley était encore groggy et somnolente. Pourtant, elle devait à tout prix se libérer et s'échapper.

Elle cria contre son bâillon mais savait que personne ne pouvait l'entendre.

Stella. Stella était derrière tous les crimes. Ashley n'avait aucune idée de ce que son père lui avait fait, mais rien ne justifiait cette mise à mort. Et de même, la tuer, elle, pour la punir d'aimer Jacob était absurde.

Stella était manifestement mentalement déséquilibrée mais, maintenant, Ashley était confrontée à de gros problèmes.

Sa voiture était garée devant le ranch mais personne ne devinerait ce qui lui était arrivé.

Qui allait la trouver dans le sous-sol de la maire ? Qui la chercherait ici ? Qui imaginerait une telle situation ?

Elle était dans de sales draps.

Et elle avait beau tirer sur ses liens, ils ne céderaient pas.

Pire, la drogue qui lui avait été administrée fonctionnait toujours et, alors qu'elle interrompait ses efforts pour reprendre son souffle, elle sombra dans le néant.

11

— Je suis et relance de vingt, lança Jacob.

Ils étaient cinq, cinq hommes, attablés dans la cuisine de Colin Sydney, à taper le carton depuis deux heures.

Un peu plus tôt, ils s'étaient accordé une pause et Nikki, la femme de Colin, leur avait apporté des miniburgers au jambon avec des frites.

Aux yeux de Jacob, il était évident que ses quatre copains se réunissaient régulièrement pour des parties de poker endiablées.

Il avait été très proche d'eux au lycée mais les avait perdus de vue par la suite. Et maintenant, il était heureux de les retrouver. Ils étaient tous mariés et avaient des enfants. Et quand, en début de soirée, ils lui avaient montré des photos et lui avaient parlé de leurs épouses et de leurs progénitures, une nostalgie inattendue l'avait submergé. Peut-être n'était-il pas aussi hostile au mariage et à la paternité qu'il ne l'avait pensé. En tout cas, ces derniers jours, il avait beaucoup réfléchi à l'éventualité de passer la bague au doigt d'Ashley…

Après être resté chez elle toute la semaine, l'idée de vivre avec elle de façon permanente avait fait son chemin. Subtilement, son esprit commençait à l'envisager. En quelques jours, il avait beaucoup évolué. Il était passé de la conviction qu'il devait cesser de la voir à l'envie de lui demander sa main.

Cela dit, il voulait surtout qu'elle soit heureuse et n'était pas sûr d'être capable de la combler, d'être l'homme qu'il lui fallait. Il n'avait pas su sauver Shannon, l'arracher à la drogue ni identifier à temps les dangers auxquels elle s'était exposée. Ces échecs le hantaient.

Bien sûr, la situation avec Ashley était différente, il en était conscient. Contrairement à Shannon, Ashley n'était pas sous l'emprise de stupéfiants ni sous la coupe d'un dealer.

Il gagna la partie puis en perdit quatre d'affilée. Il en eut finalement assez et se sentit prêt à rentrer chez lui. Il était fatigué et tenait à appeler Ashley avant de se coucher.

— Ce sera tout pour moi, les gars, dit-il en se levant de table. Vous m'avez pris assez d'argent pour ce soir.

Ils se mirent tous à rire.

— Hé, reviens en perdre quand tu veux, répliqua Colin. Je t'appellerai quand nous nous réunirons de nouveau.

— Avec plaisir. Si je n'ai pas eu beaucoup de chance au jeu, je me suis bien amusé, répondit Jacob avec sincérité.

Quelques instants plus tard, il était dans sa voiture et roulait vers le ranch de sa mère. En quittant la ville, il téléphona à Ashley. L'appel fut directement dirigé sur sa messagerie vocale. Il fronça les sourcils et rappela aussitôt avec le même résultat.

Bizarre. En général, elle répondait toujours sur son téléphone. Il n'était pas si tard. Il semblait étrange qu'elle soit déjà endormie. Peut-être était-elle encore au ranch des King, avec sa famille, et n'entendait-elle pas son smartphone sonner. Ou peut-être était-elle rentrée chez elle mais sous la douche.

Lorsqu'il passa devant la propriété des King, il vit la voiture d'Ashley garée au bout de l'allée et poussa un soupir de soulagement. Au moins, elle était en sécurité avec les siens.

En arrivant, il trouva sa mère dans le salon, allongée sur le canapé. Elle était vêtue d'un pyjama et d'une robe de chambre.

— Que se passe-t-il ? demanda-t-il.

Elle lui décocha un faible sourire.

— Je me sens un peu patraque ce soir, alors j'ai préféré m'étendre pour attendre ton retour.

— Patraque comment ? demanda-t-il en s'asseyant en face d'elle.

— Je suis très fatiguée et j'ai souffert d'une insupportable migraine toute la journée.

— Veux-tu que j'aille te chercher de quoi te soulager ? Peut-être un ou deux cachets d'aspirine avec un verre d'eau ?

— Cela ne t'ennuie pas ? Tu serais un amour.

— Je reviens tout de suite.

Il alla dans la cuisine, remplit un verre d'eau et sortit une boîte d'antalgiques d'un placard. Il les lui rapporta.

— Merci, fils, dit-elle avec gratitude.

Elle avala deux cachets puis s'appuya de nouveau contre les coussins.

— As-tu passé une bonne soirée, chéri ?

— Je me suis bien amusé, même si j'ai perdu 20 dollars. C'était sympa de renouer avec mes vieux copains... Maintenant, j'aimerais savoir si je dois contacter un médecin ?

— Seigneur, non. J'ai seulement besoin d'une bonne nuit de sommeil.

Il la dévisagea avec attention. Elle avait les joues rouges, et ses yeux semblaient trop brillants.

— Peut-être devrais-tu prendre ta température, maman.

— Oh ! non, je n'ai pas de fièvre. Je suis épuisée, voilà tout.

— Alors, allons te mettre au lit. Y a-t-il moyen que tu t'accordes un jour de congé demain ? demanda-t-il alors qu'il l'aidait à se lever du canapé.

— Oui, répondit-elle. Souffler un peu me fera du bien. Et après tout, c'est moi le patron et, si j'ai besoin d'un jour de congé, je n'ai pas à en demander l'autorisation à quiconque.

— C'est vrai. Et en attendant, que pourrais-je t'offrir d'autre ? s'enquit Jacob alors qu'ils montaient l'escalier menant à leurs chambres.

— Rien du tout, merci, tout va bien. Maintenant, je vais te dire bonsoir et à demain matin.

Ils se séparèrent à la porte de la chambre de sa mère, puis Jacob regagna la sienne.

Il se mit au lit et essaya de nouveau de joindre Ashley mais, une fois de plus, l'appel bascula aussitôt sur la messagerie vocale.

Cette fois, il décida de laisser un message.

— Je te passais un coup de fil pour m'assurer que tout allait bien. Rappelle-moi plus tard, si tu en as l'occasion. Sinon, je te recontacterai demain.

Il ne lui fallut pas longtemps pour s'assoupir.

Lorsque la sonnerie de son smartphone le réveilla, il regarda l'heure et se rendit compte qu'il n'avait dormi qu'une demi-heure.

— Allô ?

— Jacob, c'est Johnny. Ashley est-elle avec toi ?

Il se redressa, instantanément en alerte.

— Non. Pourquoi ?

— Nous pensions qu'elle avait quitté le ranch depuis un bon moment. Mais sa voiture est là, dans l'allée. Sans elle. Nous espérions que tu étais peut-être venu la chercher.

Le cœur de Jacob se mit à battre à grands coups dans sa poitrine.

— Non, je ne l'ai pas vue de la soirée. J'arrive.

Il coupa la connexion et s'habilla rapidement.

Avant de quitter sa chambre, il prit son arme de service. La porte de la chambre de sa mère était fermée. Pour ne pas la déranger, il ne la prévint pas qu'il s'en allait. Sans bruit, il dévala les marches de l'escalier et sortit de la maison.

Quand il atteignit la propriété des King, quelques instants plus tard, la voiture d'Ashley était garée au même endroit que lorsqu'il était passé plus tôt sur la route.

La nuit était tombée mais les lumières étaient allumées dans la grande maison et, alors que Jacob se garait devant le ranch, il vit Johnny et Luke qui l'attendaient sous le porche.

— Toujours aucune nouvelle d'elle ? demanda-t-il en s'approchant d'eux.

— Aucune, pas un mot, répondit Johnny. Nous avons appelé dix fois son téléphone mais, chaque fois, nous tombons sur la messagerie vocale.

— Depuis combien de temps a-t-elle quitté la maison ? s'enquit Jacob.

— Elle nous a dit au revoir il y a plus d'une heure et s'est dirigée vers sa voiture, expliqua Luke. Mais, comme tu vois, celle-ci est toujours là.

— Sa voiture est là mais nous ne savons pas où elle est, résuma Johnny d'une voix teintée d'inquiétude.

La peur s'empara de Jacob.

— Est-il possible qu'elle soit avec Caleb ?

— Non, nous avons vérifié, répondit Johnny. Elle l'avait raccompagné jusqu'à la grange mais ensuite, elle est partie, en principe pour rentrer chez elle.

— J'appelle tout de suite Lane pour lui demander d'envoyer des hommes fouiller la propriété.

Jacob était malade d'angoisse. Il se rendit à la voiture

d'Ashley dans l'espoir de trouver un indice dans l'habitacle. Une indication de l'endroit où elle aurait pu aller.

Il n'y avait rien d'autre que des fragrances de son parfum. Où était-elle ? Que lui était-il arrivé ? Une indicible terreur le saisit en pensant aux menaces et aux attaques dont elle avait été victime, ces derniers temps.

Il avait imaginé qu'elle serait en sécurité ici, dans le ranch familial, qu'elle ne courait aucun danger sur ses terres.

Il s'était trompé.

Où était-elle ?

Une sourde inquiétude le rongeait, et il devinait que Johnny et Luke en étaient également la proie.

Lane arriva enfin, suivi de trois voitures de patrouille avec une dizaine d'hommes à l'intérieur. Ils laissèrent leurs gyrophares tourner et allumèrent de puissants projecteurs qu'ils avaient sortis de leurs coffres.

Une fois la zone éclairée, Lane organisa les recherches. Armés de lampes-torches, ils se déployèrent et ratissèrent le ranch, en criant son nom.

Peut-être avait-elle buté contre une racine, était-elle tombée et s'était-elle assommée ? Peut-être était-elle étendue inconsciente quelque part dans le noir, blessée et dans l'incapacité d'appeler au secours ? Jacob l'espérait presque. Si elle était évanouie, alors, tôt ou tard, ils la trouveraient et la secourraient. Mais si elle n'était pas là, il n'avait pas la moindre idée de l'endroit où la chercher.

— Est-ce que quelqu'un s'est assuré qu'elle n'était pas chez elle, dans son appartement ? demanda soudain Lane. On l'a peut-être reconduite chez elle. Et elle a laissé sa voiture ici jusqu'à demain.

— Je vais vérifier, dit Jacob, qui éprouvait le besoin de faire quelque chose, n'importe quoi.

Il y avait assez de policiers présents pour fouiller la

propriété des King. Il monta dans sa voiture et retourna en ville, le cœur battant d'effroi.

Il n'avait pas réussi à sauver Shannon d'elle-même, et maintenant il n'avait pas su protéger Ashley de celui ou celle qui voulait sa peau.

Était-elle déjà morte ? Découvriraient-ils son corps sans vie quelque part ? Était-il déjà trop tard ?

Seigneur, il refusait d'imaginer une telle éventualité.

En arrivant dans la rue principale, il passa devant sa boutique, sombre et fermée pour la nuit. Lorsqu'il atteignit le parking dans la cour, il sortit de sa voiture et monta les marches de l'escalier quatre à quatre. Il frappa chez elle, en priant pour qu'elle soit à l'intérieur et en sécurité, que toute cette histoire ne soit qu'une méprise, une fausse alerte.

Comme il n'obtenait aucune réponse, il cogna plus fort, tambourina la porte. En vain. Elle n'était pas là. L'appartement était plongé dans l'obscurité.

Il sortit son téléphone de sa poche et appela Lane.

— Il n'y a personne, dit-il, luttant contre un désespoir sans fond qu'il n'avait jamais connu.

— Alors nous continuons à chercher, répondit Lane.

Jacob raccrocha et s'effondra sur les marches de l'escalier, submergé par une vague de découragement. Bien sûr, ils continueraient à chercher.

Il ne savait tout simplement pas *où chercher.*

— Où es-tu, Ashley ? murmura-t-il. Que t'est-il arrivé ?

Elle avait dû faire une mauvaise rencontre au ranch des King entre la maison de sa mère et sa voiture. Il n'y avait aucun signe de lutte. Il était donc possible qu'elle connaisse son agresseur et lui fasse confiance. Mais qui ? Qui serait sur la propriété des King ?

Leroy. Le nom s'imposa soudain à son esprit.

Ashley ne lui aurait pas fait confiance mais peut-être

l'avait-elle laissé s'approcher, assez pour lui permettre de l'attaquer.

Malgré son amitié avec Caleb, Leroy avait gardé une dent contre les King parce que Big John l'avait renvoyé. Leroy avait-il décidé de se venger en s'en prenant à Ashley ? Leroy était-il à l'origine des agressions contre elle ?

Il savait que Leroy l'avait défiée verbalement quand il l'avait croisée au poste de police. Mais Jacob ne s'en était pas inquiété – pensant que Leroy n'avait fait que se défouler.

Il se releva et descendit l'escalier en courant. Si Leroy était le coupable, il était possible qu'il retienne Ashley dans le petit logement qu'il occupait au ranch des Black.

Si Leroy l'avait kidnappée, il était un imbécile. Il aurait dû se douter qu'il serait immédiatement soupçonné si elle disparaissait. Mais Leroy n'était pas très futé.

Jacob sauta dans sa voiture et rentra chez lui. Si les King logeaient certains de leurs employés dans des dortoirs ou dans des chambres aménagées dans la grange, les cow-boys des Black bénéficiaient d'une sorte de petit motel sur la propriété, abritant des studios. Les hommes qui n'avaient pas de famille y vivaient.

Lorsqu'il atteignit le ranch de sa mère, il remonta l'allée vers leur bâtiment, dressé derrière les écuries.

Il serrait le volant, en proie à un mélange de désespoir et de rage. Si Leroy était derrière la disparition d'Ashley, il le rouerait de coups. Si Leroy n'était pas responsable, alors Jacob ne savait pas quoi faire d'autre.

Il y avait de la lumière dans la chambre de Leroy. Jacob sortit de sa voiture et frappa plusieurs fois la porte du poing. Au bout d'un moment, Leroy vint ouvrir.

Vêtu d'un T-shirt crasseux et d'un jean, il sentait l'alcool et était manifestement ivre.

— Hé, patron, il est rare que vous veniez en visite, déclara Leroy.

Il brandit une bouteille.

— Envie d'un verre ? J'ai du whisky ou du whisky à vous offrir, proposa-t-il avant d'éclater de rire.

— Leroy, as-tu vu Ashley ce soir ? lança Jacob.

Il était assez facile de jeter un œil par-dessus l'épaule de Leroy et de constater que la petite chambre était vide.

— Pourquoi aurais-je dû voir Ashley ce soir ? demanda Leroy confus. On avait rendez-vous ?

Il était évident que Leroy avait passé la soirée à boire et qu'il n'était pas impliqué dans cette histoire.

— Non, je me suis trompé. Laisse tomber, répondit Jacob.

Il retourna à sa voiture. Il s'y installa, ne sachant pas où aller ni quoi faire ensuite. Tout ce qu'il voulait était prendre Ashley dans ses bras et l'étreindre comme un fou. Mais il craignait de n'en avoir plus jamais la possibilité et il était au désespoir.

De grosses gouttes de sueur perlaient sur le visage d'Ashley. Elle était bien éveillée, à présent. Et depuis des heures, elle tentait de se libérer de ses liens. En vain. Elle avait crié à travers son bâillon jusqu'à ce qu'elle n'ait plus de souffle. Et maintenant, à bout de fatigue, elle mesurait à quel point ses efforts avaient été infructueux.

Avec l'épuisement vinrent les larmes. Qu'avait-elle donc fait pour mériter un tel traitement ? Qu'aurait-elle dû faire différemment ? Quels indices n'avait-elle pas repérés chez Stella ?

Aucun. Elle n'avait eu aucun moyen d'anticiper cette attaque. Stella était manifestement très malade dans sa tête. Si elle croyait que la seule façon de garder Jacob auprès d'elle était de tuer toutes les femmes qui sortaient avec son fils, elle deviendrait bientôt une tueuse en série.

Une fois Ashley supprimée, il y aurait toujours une autre femme qui s'intéresserait à Jacob. Toutes les célibataires de la ville rêvaient de sortir avec lui et jetteraient leurs filets sur lui dès qu'Ashley serait hors jeu.

Elle devait cesser de pleurer. Plus elle pleurait, plus son nez se bouchait et, sa bouche étant couverte par le ruban adhésif, elle craignait d'étouffer.

Elle n'avait aucune idée de l'heure qu'il était, ni du temps durant lequel elle était restée sans connaissance. Elle ne percevait plus aucun bruit au-dessus d'elle, au rez-de-chaussée de la maison. Plus tôt, elle avait cru entendre Jacob, mais tout était redevenu silencieux.

Il était tout près mais ne se doutait pas qu'elle était emprisonnée là. Est-ce que quelqu'un la cherchait ? Ses frères s'étaient-ils rendu compte qu'elle manquait à l'appel ? Ils devaient sûrement avoir remarqué que sa voiture était toujours au ranch, mais pas elle.

Même si toute la ville se mettait à sa recherche, personne ne l'imaginerait ligotée dans le sous-sol de la maire.

Ashley ne parvenait pas à croire que Stella ait tué Big John. Personne ne l'avait jamais soupçonnée. Pourquoi l'avait-elle tué ? Elle avait évoqué des promesses non tenues. Quel serment le père d'Ashley avait-il fait à Stella ? Quel engagement avait-il rompu qui avait causé sa mort ?

Maintenant, elle était coincée dans ce sous-sol jusqu'à ce que Stella la libère pour la prendre en chasse et lui tirer dessus. Elle n'aurait aucune chance. Stella était une tireuse d'élite.

Oh ! mon Dieu, elle n'était pas prête à mourir.

Elle avait envie de vivre assez longtemps pour se

marier, pour avoir des enfants et les voir grandir. Et un jour, devenir grand-mère.

Elle souhaitait passer plus de temps avec sa famille, voir Johnny et Chelsea puis Luke et Carrie se marier, mettre des bébés au monde.

Des larmes jaillirent de ses yeux et coulèrent sur ses joues. Elle allait mourir parce qu'elle était amoureuse de Jacob. Elle allait mourir parce que Jacob aimait passer du temps avec elle.

Stella devait avoir sombré dans la folie lorsque Jacob avait quitté Coyote Creek, des années plus tôt. Quand son fils était parti, un rouage s'était manifestement détraqué dans sa tête.

Et, à cause de cette maladie mentale, Ashley allait mourir…

Des heures s'étaient écoulées depuis que Johnny avait appelé Jacob pour lui demander si Ashley était avec lui. Ils avaient passé une bonne partie de la nuit à la chercher sur toute la propriété des King et au-delà.

Au fur et à mesure que le temps passait, davantage d'hommes et de femmes s'étaient joints à eux pour fouiller les champs et les bois.

En vain, jusqu'à présent.

À croire qu'un vaisseau spatial s'était posé à proximité et avait enlevé Ashley de la surface de la terre sans laisser le moindre indice derrière lui.

L'aurore pointait à l'horizon lorsque Jacob retourna chez sa mère. Il avait l'intention de prendre une douche puis de retourner au poste de police où Lane continuait à organiser les recherches et à enquêter sur la disparition d'Ashley.

Il se gara devant la maison. En proie à un profond

épuisement et à une indicible lassitude, teintés d'un sentiment de défaite et de chagrin, il entra et monta l'escalier.

— Jacob ?

Stella apparut à la porte de sa chambre.

— Que fais-tu debout à cette heure-ci ? Tout va bien ?

— Non, ça ne va pas du tout, répondit-il. Ashley a disparu.

Stella le regarda avec surprise.

— Disparu ? Que veux-tu dire ?

— Sa voiture est restée au ranch des King mais elle est introuvable. Une équipe a fouillé leur propriété pendant des heures, expliqua Jacob. En vain.

— Oh ! mon Dieu… J'espère qu'elle va bien, s'exclama Stella. Que puis-je faire pour aider ?

— Rien. Je suis passé prendre une douche rapide, puis je retourne au poste de police.

Un bruit retentit au sous-sol. Comme si quelque chose était tombé.

— Tu as entendu ? C'était quoi ?

— Oh ! ne t'inquiète pas, lança Stella avec désinvolture. Un raton laveur a sans doute pris ses quartiers au sous-sol. Je demanderai à Leroy de s'en occuper tout à l'heure.

— À condition de ne pas être trop pressée. Je l'ai vu hier soir, et il était complètement soûl, dit Jacob. Maintenant, je vais me doucher et repartir en ville.

Sans attendre sa réponse, il monta dans sa chambre, s'empara d'une chemise d'uniforme propre avant de se rendre dans la salle de bains. Quelques instants plus tard, il se glissait sous le jet d'eau chaude. Les larmes lui brûlaient les yeux.

Où était-elle ? Où pouvait-elle être ? Que lui était-il arrivé ? Les questions tourbillonnaient dans sa tête.

Plus le temps passait, plus il perdait tout espoir de la revoir un jour.

Il était amoureux d'elle. Pourquoi avait-il fallu qu'elle disparaisse pour mesurer la profondeur de ses sentiments pour elle ? Il était amoureux d'elle et avait envie de passer le reste de sa vie avec elle.

Mais il n'aurait peut-être jamais l'occasion de lui déclarer sa flamme. Son cœur se brisa. Il voulait la retrouver saine et sauve, la prendre dans ses bras et la serrer contre lui. Il avait besoin de sentir le cœur d'Ashley battre contre le sien.

Mais où était-elle ? se répétait-il pour la énième fois. Que lui était-il arrivé ?

Sa douche fut brève mais lui donna un regain d'énergie. Il finissait de se sécher à l'aide d'une grande serviette-éponge quand il entendit un autre bruit provenant du sous-sol via le conduit d'aération.

Encore une fois, il eut l'impression que quelque chose était tombé. S'il s'agissait d'un raton laveur, il était sûrement très gros et ravageait la buanderie.

Il s'habilla, prit son arme et descendit. Sa mère était dans la cuisine.

— J'ai fait du café, dit-elle. J'ai pensé que tu en aurais besoin. Je vais le mettre dans un mug isotherme que tu pourras emporter.

— Merci, maman. C'est très réfléchi.

— Je suis encore capable de faire preuve d'un peu de jugeote, répondit-elle avec un petit rire.

— Pendant que tu finis de le préparer, je vais descendre au sous-sol et tenter de repérer ce raton laveur. J'ai l'impression qu'il fait des dégâts.

— Non, non, tu as plus important à faire !

— Je ne suis pas à cinq minutes près !

Une vague de chagrin l'envahit alors qu'il pensait à Ashley.

Il s'éclaircit la gorge.

— Si on le laisse faire, cet animal va saccager ton sous-sol.

— Il n'y a rien de valeur en bas, rien qui risque d'être endommagé. Leroy s'en occupera plus tard.

Elle versa le café dans le mug et revissa le couvercle.

— Voilà, et maintenant, file. Pense à Ashley. Elle a besoin de toi.

Il lui prit le mug et le posa sur la table.

— Avant de me mettre en route, je vais jeter un œil en bas.

Il se tournait vers la porte du sous-sol lorsque sa mère le saisit par le bras pour l'arrêter.

— Jacob, je ne veux pas que tu descendes au sous-sol, dit-elle. Je… Ça pourrait être dangereux. Les ratons laveurs sont méchants. Ils attaquent s'ils se sentent menacés.

— Maman, ne sois pas ridicule. Je suis policier et je suis armé. Je suis capable d'affronter un raton laveur.

Il essaya de se libérer mais elle resserra son emprise.

— Je t'ai dit de ne pas descendre au sous-sol. Tu dois respecter mes souhaits, Jacob.

Elle le dévisageait avec intensité.

Quelque chose n'allait pas. Jacob voyait dans les yeux de sa mère une lueur dérangeante.

Pourquoi s'opposait-elle aussi catégoriquement à ce qu'il descende ?

— Maman, lâche-moi, dit-il avec calme.

— Jacob, je t'en supplie. Nous nous occuperons du raton laveur plus tard dans la journée.

Ses ongles s'enfonçaient dans le bras de Jacob.

— Lâche-moi, répéta-t-il avec fermeté.

Son cœur battait la chamade alors qu'il regardait sa mère. Qu'est-ce qui ne tournait pas rond chez elle ?

Il se libéra et s'écarta d'elle.

— Tu ne comprends pas, dit-elle alors qu'il ouvrait la porte du sous-sol et allumait la lumière en haut des marches. Je vais tout t'expliquer. Jacob, écoute-moi.

Elle le suivit dans l'escalier.

Arrivé en bas, il regarda autour de lui. Tout semblait en ordre au sous-sol. Rien ne prouvait la présence d'un raton laveur. S'il y en avait un, il n'avait commis aucun dégât. L'espace était propre et bien rangé.

Il s'enfonça plus loin, vers la buanderie, et faillit crier de saisissement en voyant Ashley attachée à une chaise tombée à terre.

Que se passait-il ici ?

Sidéré, son cerveau ne parvenait pas à comprendre.

Au moment où il posa les yeux sur Ashley, sa mère s'approcha de lui, sortit son arme de service de son holster et la pointa sur lui.

— Maintenant, laisse-moi t'expliquer, Jacob.

12

Ashley regarda Jacob. Il semblait pétrifié alors que Stella le tenait sous la menace de son arme de service. Le cœur d'Ashley battait à tout rompre dans sa poitrine. Quand elle avait entendu la voix de Jacob dans l'escalier de la maison, elle avait tout fait pour attirer son attention. Elle avait basculé avec sa chaise pour faire le plus de bruit possible.

Consciente qu'il était sa seule chance de salut, elle avait finalement réussi à tomber et à renverser l'établi. Bon nombre d'outils avaient dégringolé avec fracas sur le sol en béton. Son stratagème avait fonctionné, Jacob était descendu.

Mais maintenant Ashley était terrifiée en se demandant comment allait réagir Stella.

Jacob parut sortir enfin de sa sidération et se tourna vers sa mère.

— Qu'as-tu fait ?

Sa voix était d'un calme trompeur.

— Laisse-moi t'expliquer, répondit Stella. Je voulais passer plus de temps avec toi. Reconnais-le, Jacob, depuis ton retour, je t'ai exprimé mon souhait de te voir le plus possible. Tu m'as tellement manqué ! J'ai attendu des années que tu reviennes, et tout ça pour quoi ? Depuis que tu es là, tu es un vrai courant d'air. Tu n'es presque jamais à la maison. Tu passes tout ton temps libre avec elle. Pourquoi semblais-tu incapable de rester avec moi ? Pourquoi ne m'as-tu pas écoutée ?

— Rends-moi mon arme, ordonna Jacob d'un ton toujours égal.

— Jacob, nous allons nous débarrasser d'elle. Personne ne le saura jamais. Faisons-la disparaître et, ensuite, nous serons heureux, tous les deux.

Elle lui sourit.

— Fais-le pour moi, mon chéri. Je ne t'ai jamais rien demandé alors rends-moi ce petit service. Tu es mon fils et tu dois me protéger.

Jacob la dévisagea pendant un long moment puis un doux sourire se dessina sur ses lèvres.

— Maman, je t'aime et je suis désolé d'être resté éloigné de toi si longtemps.

Ashley se sentit blêmir. Était-il d'accord avec Stella ? Avait-il vraiment l'intention de se débarrasser d'elle pour protéger sa mère ?

Horrifiée, elle le vit de nouveau sourire à sa mère.

— Maman, rends-moi mon arme, répéta-t-il. J'en ai besoin. Je ne peux rien faire sans mon arme de service.

Stella hésita puis finit par la lui tendre.

— Et maintenant ? demanda-t-elle.

— Maintenant…

Il décrocha une paire de menottes de sa ceinture puis attrapa le bras de sa mère.

— Attends, attends… que fais-tu, Jacob ?

— Ce que je dois faire.

Stella protesta et essaya de se libérer de son emprise, mais il réussit à la menotter avant de la forcer à s'asseoir sur le sol.

Il se précipita alors vers Ashley. Avec une force qu'elle

ne soupçonnait pas, il redressa sa chaise et se mit ensuite en devoir d'enlever le ruban adhésif de sa bouche.

Quand il y parvint, elle fondit en larmes.

— Elle… elle allait me tuer.

— Elle ment ! cria Stella.

— Elle avait l'intention de me pourchasser sur la propriété comme un gibier et de me tirer dessus comme elle l'a fait avec mon père.

Ashley ne parvenait pas à cesser de pleurer.

— Elle a tué mon père, Jacob.

— Elle ment, répéta Stella.

Jacob dénoua les liens qui emprisonnaient Ashley sur la chaise. Quand il y réussit, elle se jeta à son cou.

— Tout va bien maintenant, dit-il en la serrant contre lui. Tout ira bien, désormais.

C'était si bon de sentir de nouveau ses bras puissants autour d'elle. Elle avait craint de ne plus jamais pouvoir se blottir contre lui, de ne plus jamais le revoir.

Il la tint un moment contre lui puis la relâcha pour sortir son téléphone et appeler Lane. Il lui résuma en quelques mots la situation. Pendant tout ce temps, Stella criait, en exigeant d'être libérée, mais Jacob l'ignora.

Lorsqu'il mit fin à l'appel avec Lane, Jacob reprit Ashley dans ses bras.

— Dieu merci, murmura-t-il en l'étreignant. Dieu merci, je suis arrivé à temps, tu es saine et sauve. J'ai eu tellement peur.

— Moi aussi, répondit-elle.

— Je croyais que je ne te reverrais plus jamais.

— Je le craignais aussi.

Elle luttait contre les larmes qui lui brûlaient de nouveau les paupières. Cette fois, elle pleurait de soulagement et de bonheur. Elle était sauvée ! Jacob l'avait retrouvée.

Il ne fallut pas longtemps à Lane et à ses hommes pour arriver. Ils dévalèrent l'escalier du sous-sol, et Lane poussa une exclamation de surprise en découvrant la scène.

Les autres adjoints aidèrent Stella à se relever, puis l'emmenèrent à l'étage pour l'interroger dans la cuisine. Ashley et Jacob remontèrent au salon pour y attendre Lane.

Ils entendaient Stella continuer à nier et à hurler depuis la cuisine :

— Ashley s'est introduite chez moi avec l'intention manifeste de me cambrioler. J'ai réussi à la capturer alors qu'elle se glissait à l'intérieur. J'avais prévu de la garder enfermée au sous-sol jusqu'à ce matin. Je voulais seulement lui donner une bonne leçon. J'ignorais qu'il y avait une équipe à sa recherche.

— Par où s'était-elle glissée pour entrer dans la maison ? demanda Lane. Par une fenêtre ? Une porte ?

— Euh… par la porte d'entrée. Jacob était parti, et je l'avais laissée déverrouillée pour lui… Lane, retirez-moi ces menottes. Cette histoire est ridicule.

— Je ne peux pas, répondit Lane.

— Je suis le maire de cette ville. Vous êtes sous mon autorité, vous devez vous soumettre à mes ordres, Lane. Et je vous ordonne de me libérer et de me laisser partir.

Ashley avait envie d'entendre tous les mensonges de Stella. En fait, elle voulait surtout se confronter à elle, exiger des explications qui justifieraient ce qu'elle lui avait fait subir. Et donner à Lane sa version des événements.

Dans cette intention, elle se leva du canapé et se dirigea vers la cuisine. Elle était vaguement consciente de la présence de Jacob derrière elle.

Elle s'approcha de Lane.

— Sa voiture était arrêtée au milieu de la route à la sortie de notre propriété, dit-elle. Je lui ai demandé si elle allait bien. Elle a prétendu qu'elle se sentait mal et m'a demandé de la raccompagner jusque chez elle. Puis, quand nous sommes entrées ici, elle m'a droguée. Elle m'a fait boire un jus de fruit dans lequel elle avait dilué un somnifère. Dès que je me suis assoupie, elle m'a traînée en bas et m'a ligotée sur une chaise. Elle m'a expliqué que Jacob passait trop de temps avec moi et pas assez avec elle. Qu'il fallait que je disparaisse pour lui permettre de récupérer son fils.

— Des mensonges – tout cela n'est qu'un tissu de mensonges ! hurla Stella avec ferveur.

— Elle m'a aussi dit qu'elle avait tué mon père.

Des larmes de colère coulèrent sur les joues d'Ashley.

— Parce qu'il avait rompu une promesse qu'il lui avait faite, ajouta-t-elle, mais je ne sais pas de quoi il s'agit.

— Tu penses que ton père était un saint, dit Stella, les traits tordus par la haine. Tout le monde dans cette ville pensait que Big John King était incapable de faire du mal à une mouche. Eh bien, c'est faux. Quand Margaret était malade à cause de sa chimio, Big John avait l'habitude de venir ici. C'est moi qui l'ai aidé, qui l'ai soutenu moralement pendant cette période. Il m'avait dit que, dès que possible, nous allions nous enfuir ensemble. Mais il n'a jamais tenu parole. Il m'a menti, et voilà pourquoi je l'ai tué.

Elle leva le menton en signe de défi.

— Big John était un menteur. Il n'a pas eu le courage de quitter sa femme. J'étais celle qu'il lui fallait, celle qui l'aurait rendu heureux. Margaret ne savait que geindre et se plaindre, mais il a pourtant choisi de rester avec elle plutôt que de s'enfuir avec moi. Il pensait pouvoir jouer avec moi et avec mes sentiments, mais je lui ai montré ce qu'il en coûte de se moquer de moi.

Lane attrapa Stella par le bras et la tira de la chaise où elle était assise.

— Cela suffit ! Ansel, conduis-la à la prison et enferme-la. Je vous y rejoindrai quand nous en aurons fini ici.

Stella continuait à protester et à crier alors qu'elle était sortie *manu militari* de la maison.

Lane se tourna alors vers Ashley.

— Ça va aller ?

Elle hocha la tête. Les émotions dont elle était la proie étaient trop puissantes pour être gérées dans l'immédiat. Mais demain, tout irait mieux.

Elle savait à présent qui avait tué son père. De plus, elle ne risquait plus rien, désormais. Le danger avait été écarté. Le reste était secondaire et attendrait.

Pourtant, elle se sentait dépassée par les événements. Elle avait envie de prendre une longue douche chaude, de se mettre au lit et d'oublier les dernières heures.

— J'aurai besoin d'une déposition complète de votre part, Ashley, déclara Lane.

— Peut-elle attendre demain ? demanda-t-elle. J'aimerais retourner au ranch, dormir quelques heures. Et plus tard dans la journée, je réintégrerai mon appartement.

— Chad, pourquoi ne reconduirais-tu pas Ashley chez sa mère ? Ashley, je passerai vous voir cet après-midi, déclara Lane.

Elle hocha la tête, soudain épuisée. Jacob lui dit au revoir, puis elle partit avec le policier Burwell. Johnny et Luke l'attendaient sous le porche. Elle leur raconta brièvement ce qui s'était passé, et, après quelques échanges de baisers, ses frères se dirigèrent vers leurs maisons respectives et elle retourna vers celle de son enfance. Heureusement, sa mère dormait dans une aile suffisamment éloignée de la chambre d'Ashley pour qu'elle ne l'entende pas.

Alors qu'elle se tenait sous le jet d'eau chaude, elle pleura de nouveau. Ses larmes l'aidaient à évacuer le stress, la peur, et le chagrin d'avoir appris qui avait tué son père.

Et aussi le fait de ne pas savoir où elle en était avec Jacob.

Il la détestait sans doute à présent parce que, à cause d'elle, sa mère allait se retrouver en prison pour très longtemps. Cette histoire signait probablement la fin de toute possibilité de relation avec lui.

Quand elle sortit de la salle de bains, elle se rendit dans sa chambre d'enfant et trouva une chemise de nuit propre dans la commode. Elle l'enfila puis se mit au lit.

La dernière fois qu'elle y avait dormi, son père était vivant. Comment sa mère allait-elle réagir en apprenant que le mari qu'elle avait aimé et en qui elle avait confiance l'avait trompée avec Stella, alors qu'elle se battait à l'époque contre un cancer du sein ?

Elle ferma les yeux. Elle avait l'impression que sa vie était en mille morceaux. Cette nuit, elle avait découvert que l'amour d'une mère pouvait se muer en passion meurtrière et l'aura d'un père être ternie.

Plus tard, elle trouverait comment recoller les morceaux, comment continuer. Plus tard, elle espérait réussir à surmonter le traumatisme de ce qu'elle avait vécu.

Pour le moment, elle se sentait seule et d'une tristesse infinie.

Elle se réveilla quelques heures plus tard, en fin de matinée.

Elle trouva de vieux vêtements dans son armoire, s'habilla et descendit.

Sa mère se restaurait dans la salle à manger.

— Ashley, chérie, va te chercher un bol et viens t'asseoir avec moi, dit-elle.

Ashley se rendit à la cuisine puis s'affala sur une chaise à côté de sa mère.

— Lane vient de partir, lui annonça cette dernière. Il m'a chargée de te dire qu'il reviendra plus tard dans la journée. Il a besoin de ton témoignage rédigé en bonne et due forme.

Les larmes aux yeux, Margaret lui prit la main et la serra avec force.

— Je suis si heureuse que tu ailles bien. Je n'arrive pas à croire que tu as failli mourir.

Ashley se leva pour l'embrasser.

— J'avoue avoir eu très peur. Mais je ne risque plus rien à présent.

Elle hésita avant de poursuivre :

— Maman… Stella a tué papa.

Margaret ferma les yeux pendant un long moment mais, lorsqu'elle les rouvrit, ils étaient clairs et sereins.

— Lane me l'a dit, oui.

— Il voyait Stella quand tu étais malade, lança Ashley, une pointe d'indignation dans la voix.

— Ashley, si tu penses que ton père couchait avec elle dans mon dos, tu te trompes.

Margaret lâcha la main d'Ashley et lui décocha un sourire mi-figue mi-raisin.

— Ton père a paniqué quand je suis tombée malade. Il était terrifié. Il avait peur de me perdre. Je savais qu'il avait besoin de parler à quelqu'un, et je considérais Stella comme une amie. C'est moi qui l'ai encouragé à se confier à elle, à lui faire part de ses angoisses.

Margaret poussa un profond soupir.

— Dès que Stella a commencé à lui faire des avances, il m'en a parlé. Il m'a tout raconté à la minute où la situation a dégénéré. Soudain, mon « amie » le poussait à me quitter pour s'enfuir avec elle. Il n'a pas compris. Il a donc décidé de cesser de la voir, et nous pensions que cette histoire en resterait là. Qui aurait pu se douter qu'elle se vengerait et le tuerait ? Au fond de mon cœur, je sais qu'il ne m'a jamais trompée. Il a été fidèle à notre amour et à notre mariage.

Les paroles de sa mère apaisèrent Ashley qui se reprocha soudain d'avoir douté de l'amour inconditionnel de son père pour sa mère.

— Stella a tué papa et elle s'apprêtait à me tuer aussi. Elle est malade.

— C'est une grande malade, en effet. Assumer une mère pareille n'est pas simple, déclara Margaret. Jacob et Chelsea vont avoir besoin de soutien,

— Je ne sais même pas si Jacob voudra encore m'adresser la parole. À cause de moi, sa mère a été arrêtée et va passer des années en prison, dit Ashley.

— Je n'imagine pas Jacob te reprocher la situation. Tout va s'arranger, j'en suis certaine. Peut-être lui faudra-t-il un peu de temps, ajouta Margaret. Je sais combien tu l'aimes, chérie. Ne t'inquiète pas. Si vous êtes faits l'un pour l'autre, vous vous retrouverez. Laisse le destin suivre son cours.

L'après-midi touchait à sa fin quand Ashley s'effondra sur le canapé de son appartement. Lane venait de partir après avoir pris sa déclaration. Il lui avait tout raconté. Stella avait avoué avoir tué Big John mais prétendu que tout était sa faute à lui. Il l'avait trahie et en avait payé le prix. Elle avait également reconnu avoir voulu la mort d'Ashley – et, là encore, Ashley était seule en faute.

Elle avait enfin admis avoir tué aussi l'un de ses employés du ranch, il y a des années. Selon elle, le cow-boy lui avait manqué de respect et l'avait payé de sa vie.

Lane avait assuré à Ashley que Stella n'était pas près de

revenir dans les parages. Elle finirait ses jours en prison ou dans un établissement psychiatrique.

Pourtant, ce n'était pas Stella qui avait hanté Ashley toute la journée.

Mais Jacob.

Elle se demandait comment il gérait la situation. Elle tenta de se mettre à sa place, d'imaginer son choc en découvrant que sa mère était une tueuse. Compliqué. Chelsea s'en remettrait sans doute mieux. Elle n'avait jamais eu de relations étroites avec Stella, et elle avait Johnny sur qui s'appuyer.

Jacob n'avait personne pour l'aider à surmonter cette épreuve. Et elle ne pouvait s'empêcher d'avoir mal pour lui.

Comme le soir tombait, elle enfila une chemise de nuit avec l'intention de se coucher tôt.

Avant qu'elle atteigne sa chambre, quelqu'un frappa à la porte.

Dans l'œilleton, elle découvrit Jacob. Elle lui ouvrit et lui fit signe d'entrer. Elle l'invita à s'asseoir sur le canapé, puis s'effondra à côté de lui

— Comment vas-tu ? demanda-t-elle doucement.

Il lui décocha un petit sourire.

— La vraie question est : comment vas-tu, toi ?

— Je vais bien, répondit-elle. Je trouve encore cette histoire difficile à croire.

Vêtu d'un jean et d'un polo vert assorti à ses yeux, il avait l'air en forme. Pourtant, une certaine distance émanait de lui. Il semblait raide et mal à l'aise.

— Moi aussi, dit-il.

Ils restèrent assis pendant un long moment sans parler. Pour la première fois, le silence entre eux lui semblait pesant.

— Jacob, reprit-elle finalement. Je sais que tu me détestes et…

— Que je te déteste ? l'interrompit-il. Pour quelle raison ? Pourquoi te détesterais-je ?

— À cause de moi, ta mère a été arrêtée et mise en examen…

— Sa place est en prison ou dans un asile.

Il soutint son regard.

— Ashley, je ne sais pas comment te dire à quel point je suis désolé. Je suis certain que tu m'en veux.

Ses traits étaient crispés et son regard sombre.

— De quoi es-tu désolé ? Tu n'as rien à te reprocher, dit-elle.

— Pour l'amour de Dieu, Ashley, ma mère a essayé de te tuer. Elle a tué ton père. Elle a tué Big John…

Sa voix se brisa

— Jacob, les crimes de ta mère ne sont pas les tiens. Ta mère est manifestement malade.

— Elle est plus que malade, rétorqua-t-il avec colère. Elle est folle à lier. Quand j'ai quitté le ranch et Coyote Creek, il y a des années, je savais qu'elle avait un côté méchant. Je ne me pardonnerai jamais d'être parti sans Chelsea. Ma pauvre sœur a subi de plein fouet la folie haineuse de ma mère.

— Chelsea a survécu, et moi aussi.

— Mais peut-être que, si j'étais resté, j'aurais mesuré à quel point Stella était malade. Peut-être aurais-je pu la faire soigner et ton père serait-il encore en vie.

Elle posa la main sur son bras.

— Oh ! Jacob, avec des « si », on peut refaire le monde. Mais tu ne peux pas jouer à ce jeu sans tout remettre en cause. Si ma mère n'avait pas été atteinte d'un cancer, mon père serait toujours en vie. Je ne te reproche rien. Pour être parfaitement honnête, je suis… je suis amoureuse de toi.

Les mots lui vinrent spontanément.

Le regard de Jacob se posa une fois de plus sur elle.

— Je t'avais prévenue, Ashley. Je t'avais prévenue que je n'étais pas le genre d'homme dont tu voulais tomber amoureuse.

Sa réponse la remplit d'une immense tristesse.

— Je sais, Jacob. Je... Tu as été honnête avec moi depuis le début, donc je n'attends rien de toi.

— Es-tu sûre d'être amoureuse de moi, Ashley ? En es-tu vraiment sûre ?

— Oh ! Jacob, j'en suis sûre et certaine. Je suis folle de toi, mais je sais que tu n'es pas en mesure de me donner ce que j'attends d'un homme. Et voilà pourquoi il est sans doute temps d'arrêter de nous voir, ajouta-t-elle en détournant les yeux de lui.

Envisager cette rupture lui brisait le cœur mais il le fallait.

Il secoua la tête.

— Comment peux-tu me dire que tu m'aimes et ensuite que tu ne veux plus me voir ? demanda-t-il.

Les larmes commencèrent à embuer les yeux d'Ashley.

— Jacob, je ne peux pas continuer à t'aimer, en sachant que je ne t'aurai jamais dans ma vie comme je le veux vraiment.

— Je comprends. Mais si tu m'aimes et que je t'aime, alors il est peut-être temps de changer ton fusil d'épaule.

— Que veux-tu dire ? s'enquit-elle.

Les yeux de Jacob prirent un éclat qui lui coupa le souffle.

— Ashley, je suis moi aussi amoureux de toi. Je veux t'épouser, je veux des bébés avec toi, je veux vieillir avec toi. Je veux tout avec toi.

Elle le dévisagea avec surprise.

— Jacob, je... je ne comprends pas. Tu m'as dit que tu ne voulais pas te marier, que ton amour malheureux pour Shannon t'avait dégoûté d'une relation sérieuse.

— Je sais maintenant que je n'aimais pas vraiment Shannon. Je voulais la sauver et, comme je n'ai pas réussi à le faire, je me le suis reproché. J'ai porté la responsabilité de sa mort pendant longtemps, mais au cours des derniers mois, j'ai compris que ce n'était pas à moi de la sauver. Je n'étais pas son thérapeute.

Il prit une profonde inspiration audible.

— Je ne voulais pas me marier, c'est vrai, mais je n'avais pas prévu de tomber fou amoureux de toi.

Il se pencha en avant et la prit dans ses bras.

— Je t'aime, Ashley, et je ne peux pas imaginer ma vie sans toi.

Elle le regarda, en proie à une joie sauvage.

— En es-tu certain, Jacob ? Vraiment certain ?

— Je n'ai jamais été plus sûr de quelque chose dans ma vie. Épouse-moi, Ashley. Épouse-moi et fais de moi l'homme le plus heureux de la terre.

— Oui, dit-elle.

La bouche de Jacob captura la sienne pour un baiser teinté de désir, de tendresse et d'amour. Un amour qui, elle le savait, durerait toute une vie.

Épilogue

— Johnny, essaie de ne pas brûler les hamburgers comme à ton habitude, lança Luke à son frère.

Par cette belle soirée d'été, toute la famille King s'était réunie autour d'un barbecue. Johnny se chargeait de griller la viande tandis que Jacob et Luke installaient les tables et les recouvraient de nappes à carreaux rouges et blancs.

L'arrestation de Stella remontait à près d'un mois, et la ville se remettait peu à peu des événements. Des élections avaient été organisées en urgence, et Johnny s'était non seulement présenté mais les avait remportées. Il était le nouveau maire de Coyote Creek.

Toute la famille était fière de lui. Il occupait un poste que Big John avait brigué et aurait obtenu s'il n'avait pas été assassiné. Johnny avait juré de promouvoir les valeurs de son père et de défendre les projets que ce dernier avait concoctés pour sa ville.

Une fois les tables dressées, Chelsea, Carrie et Ashley confectionnèrent le repas. Des fèves au lard, une salade de pommes de terre, une autre de concombre et des macaronis au fromage faits maison étaient au menu. Et bien sûr, de la viande issue du ranch avec tous les ingrédients pour faire d'un burger une œuvre d'art.

Tandis qu'ils s'activaient à tout préparer, les rires fusaient. Caleb lui-même semblait de bonne humeur. Il n'avait pas encore été arrêté ni mis en examen. Lane poursuivait son enquête sur le trafic de drogue et parlait d'un accord entre Caleb et le procureur.

Désormais, tous allaient trouver la paix. Ils savaient qui avait tué leur père et pourquoi. Certes, il s'agissait de la mère de Jacob mais ce dernier avait été accueilli dans la famille à bras ouverts.

Une demi-heure plus tard, ils étaient attablés à se régaler d'un bon repas. Comme toujours, il y avait une chaise vide, celle sur laquelle Big John King aurait dû s'asseoir, mais son absence ne les hantait plus comme autrefois.

Johnny se leva et s'éclaircit la gorge :

— J'aimerais porter un toast, déclara-t-il.

— Oui, tu fais bien de t'entraîner parce que tu seras amené à en porter souvent, maintenant que tu es maire, répliqua Luke. Pas simple pour toi ! Chaque fois que tu as pris la parole en public, tu as toujours été nul.

— Tais-toi et laisse parler ton frère, protesta Carrie.

Luke la dévisagea et dans ses yeux brillait tout son amour pour elle.

— D'accord, je me tais, dit-il d'un ton contrit.

Johnny leva son verre de thé glacé et les autres l'imitèrent.

— Je veux porter un toast à Big John King. Il fut un homme bon, un mari aimant, un père extraordinaire qui nous a élevés avec amour pour faire de nous des êtres libres, forts et indépendants. Il va beaucoup nous manquer. Mais je sais qu'il veille sur nous.

À ces mots, les yeux de Margaret brillèrent de larmes. Son chagrin était immense et mettrait du temps à s'atténuer. Mais son mari lui avait prodigué beaucoup d'amour de son vivant et, maintenant, cet amour lui donnait la force de continuer…

Le repas fut joyeux, chaleureux… et délicieux. Comme

au bon vieux temps, passer un merveilleux moment ensemble leur fit du bien.

Ils finissaient le dessert lorsque Caleb se leva.

— J'ai une annonce à faire, dit-il.

Surpris et curieux, ils reportèrent leur attention sur lui.

Le benjamin de la famille enfonça les mains dans ses poches.

— Quand nous sortirons de table, je partirai à Louisville, dans le Kentucky. Je vais suivre une cure au centre de désintoxication que Johnny m'a trouvé. Je les ai appelés et pris les dispositions nécessaires. Bref, ils m'attendent.

— Caleb, c'est formidable ! s'écria Ashley.

Ses frères, Carrie et Chelsea firent chorus.

Margaret ouvrit les bras à son plus jeune fils.

— Je suis si fière de toi, Caleb, assura-t-elle.

— Moi aussi… Je suis enfin fier de moi, répondit Caleb.

Ashley savait que l'établissement dans le Kentucky ne se contentait pas de travailler sur les addictions aux stupéfiants ou à l'alcool. Caleb recevrait là-bas l'aide nécessaire pour surmonter les problèmes sous-jacents qui gâchaient sa vie depuis trop longtemps.

En fin d'après-midi, Ashley attendait Jacob qui rangeait les tables dans la grange avec Johnny.

Pendant qu'elle patientait, elle tendit la main pour admirer la bague qu'il lui avait offerte quelques jours auparavant pour officialiser leurs fiançailles.

Ce diamant témoignait de l'amour de Jacob pour elle, et elle ne se lassait pas de le contempler.

Elle sourit en voyant cet homme merveilleux sortir de la grange et s'avancer vers elle. Petite fille, elle avait eu le béguin pour lui. Quand il était revenu à Coyote Creek, ce béguin s'était mué en passion et, à présent, il s'agissait d'un amour profond et durable.

Son sourire s'élargit à mesure que Jacob se rapprochait d'elle.

Il la prit dans ses bras.

— Es-tu prête à rentrer à la maison ?

« À la maison » signifiait « dans son appartement ». Il y avait emménagé le jour où il l'avait demandée en mariage.

— Je suis prête, répondit-elle en lui souriant.

Main dans la main, ils rejoignirent sa voiture. Il lui ouvrit la portière mais, avant qu'elle puisse s'asseoir, il l'attira contre lui.

— Caleb ira bien, maintenant, dit-il.

Elle hocha la tête.

— Nous irons tous bien, maintenant. Nous sommes en train de panser nos blessures pour redevenir enfin une famille unie et heureuse.

Il se pencha et captura ses lèvres pour un baiser passionné.

Ashley n'avait jamais connu le bonheur qu'elle éprouvait à embrasser Jacob. Dans ses bras, elle savait que rien de fâcheux ne pouvait lui arriver.

Tous deux allaient s'aimer la vie entière, avoir des enfants. Ils leur parleraient de Big John, qui resterait ainsi présent dans leurs cœurs à tous.

Vous avez aimé ce roman ?
Retrouvez en numérique les premiers tomes
de votre série « Enquêtes à Coyote Creek » !

1. *En sécurité dans tes bras*
2. *Au-delà du mensonge*
3. *La menace sans nom*

JENNIFER D. BOKAL

L'ultime vengeance

Traduction française de
FABRICE CANEPA

BLACK ROSE

HARLEQUIN

Titre original :
THE AGENT'S DEADLY LIAISON

Prologue

Marcus, un an auparavant

Assis à sa table de travail, Marcus Jones contemplait d'un air pensif son nouveau bureau en se demandant s'il n'avait pas commis une énorme erreur en acceptant ce poste. En tant que responsable de l'antenne locale de Rocky Mountain Justice, il était censé superviser le travail de l'équipe chargée de l'État du Wyoming.

Lorsque Marcus avait rencontré Ian Wallace, le fondateur et directeur de RMJ, ce dernier traquait Nikolai Mateev, le chef redouté de l'une des branches de la mafia russe. En tant qu'agent spécial du FBI ayant ses quartiers à Denver, Marcus enquêtait également sur ce trafiquant de drogue notoire qui importait de l'héroïne d'Afghanistan pour la revendre à travers tout le sud-est des États-Unis.

En dépit de leurs méthodes très différentes, les deux hommes avaient été amenés à collaborer, ce qui leur avait permis d'anéantir définitivement l'organisation de Mateev.

Peu de temps après, Ian avait décidé d'étendre les activités de Rocky Mountain Justice en ouvrant une nouvelle antenne située à Pleasant Pines. Il avait alors proposé à Marcus d'en prendre la direction, et ce dernier avait accepté avec enthousiasme.

Malheureusement, les premières tâches qui lui avaient été confiées étaient loin d'être aussi exaltantes que la traque de Mateev. Il s'agissait pour la plupart de simples missions de sécurité privée : surveillance de bâtiments industriels sensibles, protection rapprochée d'entrepreneurs fortunés ou installation de systèmes d'alarme et de caméras…

Lorsqu'il s'en était ouvert à Ian, ce dernier l'avait encouragé à se rapprocher des autorités judiciaires qui lui confieraient peut-être des tâches plus intéressantes, à commencer par la traque de criminels et de fugitifs. Marcus avait donc pris rendez-vous avec le procureur chargé de la région de Pleasant Pines.

Jetant un coup d'œil à sa montre, il constata qu'il ne lui restait plus qu'une vingtaine de minutes avant l'heure fixée pour cette réunion. Quittant son bureau, il se dirigea vers la porte principale du bâtiment.

En dépit des apparences, la vieille demeure de style victorien qui abritait les locaux de RMJ à Pleasant Pines était un véritable bunker entièrement sécurisé et bardé de caméras de surveillance.

Le lourd battant métallique se referma derrière lui avec un léger chuintement, et Marcus descendit les marches du perron. En dépit du froid, il renonça à prendre sa voiture qui était garée devant la maison et se dirigea d'un bon pas vers le centre-ville de Pleasant Pines.

Il lui fallut moins de dix minutes pour atteindre le restaurant Chez Sally où il avait donné rendez-vous au procureur. Il s'agissait d'un *diner* typique d'une petite ville américaine mais la cuisine y était de bien meilleure qualité que dans la plupart de ces établissements.

Sally, la propriétaire des lieux, avait également su créer une ambiance accueillante et chaleureuse qui faisait de son restaurant l'un des endroits les plus incontournables de la ville.

En entrant, Marcus huma l'odeur délicieuse qui flottait dans l'air. Elle éveilla un léger grondement au creux de son estomac, lui rappelant qu'il n'avait rien avalé depuis la veille au soir.

Il chercha des yeux quelqu'un qui aurait pu faire figure de procureur. Seules quelques tables étaient occupées à cette heure. Parmi les rares personnes qui se trouvaient là, l'unique visage qu'il ne reconnut pas était celui d'une jeune femme d'une trentaine d'années aux cheveux noirs et aux grands yeux bleus. Le tailleur sobre mais élégant qu'elle portait tranchait avec la décontraction affichée par la plupart des autres clients.

Marcus prit soudain conscience du fait qu'il ignorait le sexe du procureur qu'il était censé rencontrer. Il ne connaissait que son nom de famille, Ryder, ainsi que l'initiale de son prénom qui apparaissait dans son adresse mail.

Comme il hésitait à se diriger vers la jeune femme, celle-ci l'aperçut et lui adressa un petit signe de la main. Le large sourire qui se dessinait sur ses lèvres ajoutait encore à son charme. Curieusement, plus il l'observait et plus son visage lui paraissait vaguement familier.

— Marcus Jones, lui dit-elle lorsqu'il la rejoignit. Il me semblait bien avoir reconnu votre nom. Je suis Chloe Ryder. Vous ne vous souvenez probablement pas de moi mais vous êtes intervenu dans ma classe, lorsque j'étais encore à l'école de la magistrature.

Marcus hocha la tête : il se rappelait parfaitement la présentation qu'il avait faite ainsi que la charmante étudiante qui l'avait ensuite bombardé de questions au sujet de son travail au FBI.

— Je suis ravi de refaire votre connaissance, lui répondit-il en serrant la main qu'elle lui tendait.

Il prit place sur la banquette qui faisait face à la jeune femme.

— Au moins, on dirait que je ne vous ai pas dégoûtée du métier de procureur, ajouta-t-il.

— Au contraire…, lui assura Chloe.

Sa voix demeura en suspens, et il l'encouragea du regard à lui poser la question qu'elle semblait avoir sur le cœur.

— Vous paraissiez aimer tellement votre métier, reprit-elle. Qu'est-ce qui vous a fait changer d'avis ?

Marcus la considéra pensivement avant de lui répondre.

— Je ne pense pas avoir changé d'avis, rétorqua-t-il. Disons que l'on m'a donné l'opportunité d'exercer ce métier un peu différemment et que je l'ai saisie…

— J'imagine cependant que Pleasant Pines doit vous paraître un peu ennuyeux, comparé à Denver.

Marcus haussa les épaules.

— À vrai dire, je trouve plutôt rassurant le fait qu'une petite ville comme celle-ci ne connaisse pas un taux de criminalité comparable à celui d'une métropole. Mais vous avez raison : c'est parfois un peu trop calme pour moi. C'est d'ailleurs la raison pour laquelle j'ai décidé de prendre contact avec vos services. Mais j'avoue que je ne m'attendais pas du tout à tomber sur vous…

— Parce que je suis une femme ? lui demanda Chloe en fronçant légèrement les sourcils.

— Pas du tout, lui assura précipitamment Marcus. Mais vous êtes plus jeune que je ne l'avais imaginé…

De fait, Chloe devait avoir dans les trente-cinq ans, soit sept ans de moins que lui. Son prédécesseur au poste de procureur en avait eu vingt de plus.

— Je suis désolée, s'excusa la jeune femme en lui

décochant un pâle sourire. Je ne voulais pas sous-entendre que vous étiez misogyne… Mais vous n'avez pas idée du nombre de fois où j'ai dû faire face à ce genre de préjugés…

— Je comprends, lui affirma Marcus.

Avant qu'il ait eu le temps de poursuivre, la serveuse s'approcha de leur table pour prendre leurs commandes. Chloe choisit une salade composée tandis que Marcus optait pour l'une des tourtes maison qui faisaient la réputation de Chez Sally.

— C'est tout de même une sacrée coïncidence que nous nous retrouvions tous deux à Pleasant Pines, remarqua Marcus lorsque la serveuse se fut éloignée.

— Dans mon cas, il s'agit seulement d'un retour aux sources, lui expliqua Chloe. Je suis originaire de la région. Je travaillais pour le bureau du procureur général de Laramie lorsque j'ai entendu que le procureur de Pleasant Pines venait de prendre sa retraite. Je me suis présentée comme candidate à sa succession et je l'ai emporté.

— Félicitations, lui dit Marcus. Votre famille doit être fière de vous…

Le sourire de Chloe s'évanouit, laissant place à une expression mélancolique.

— Mes parents sont décédés dans un accident de voiture, du temps où j'étais à l'université, répondit-elle. On n'a jamais retrouvé la personne responsable.

Elle haussa tristement les épaules.

— À vrai dire, c'est l'une des raisons pour lesquelles j'ai choisi de devenir procureure.

— Je suis vraiment désolé.

Chloe hocha la tête.

— Je ne sais pas pourquoi je vous raconte ça, lui dit-elle. Je n'ai pas l'habitude d'ennuyer les gens avec mes problèmes…

— Vous ne m'ennuyez pas le moins du monde, lui assura Marcus, touché par la détresse qu'il avait brièvement perçue dans sa voix et plus encore par le fait qu'elle lui ait fait cette confidence. Et je vous promets que cela restera entre nous.

— Merci, répondit Chloe. Quoi qu'il en soit, ce poste n'est qu'une étape, pour moi. À terme, j'espère pouvoir briguer le poste de procureure générale du Wyoming.

Marcus la considéra avec un mélange d'étonnement et de respect. Visiblement, Chloe Ryder ne manquait pas d'ambitions. Et son instinct lui soufflait qu'elle avait les moyens de les réaliser. Il émanait d'elle un mélange d'assurance tranquille et de volonté farouche qui forçait le respect.

— Et vous ? lui demanda-t-elle alors. Est-ce que vous comptez vous installer définitivement à Pleasant Pines ?

Marcus ne répondit pas immédiatement à la question. Contrairement à Chloe, il n'avait pas de plan de carrière clairement défini. Ou plutôt, celui qu'il avait eu jadis avait volé en éclats en même temps que le complexe industriel de la banlieue de Denver où s'était déroulée son ultime confrontation contre Nikolai Mateev.

Après cette explosion, on lui avait clairement laissé entendre qu'il n'avait plus aucune promotion à espérer. Bien sûr, il aurait pu demeurer indéfiniment agent spécial mais on ne lui aurait jamais confié de poste à responsabilités. C'était cette mise au placard qui l'avait poussé à accepter la proposition de Ian Wallace.

Initialement, il avait envisagé son poste à Rocky Mountain Justice comme un simple tremplin. Mais il avait découvert qu'il aimait diriger sa propre unité et prendre ses décisions en toute autonomie. Et il commençait même à apprécier sa vie à Pleasant Pines.

— Je compte surtout étendre les activités de l'agence de Pleasant Pines, déclara-t-il enfin. Et pour cela, j'ai besoin de votre aide.

— Parlez-moi un peu de votre mystérieuse entreprise, l'encouragea-t-elle. J'ai interrogé plusieurs personnes à votre sujet et aucune n'a pu m'expliquer ce que vous faisiez réellement.

Marcus lui exposa les différentes missions de Rocky Mountain Justice ainsi que ses méthodes de travail.

— En d'autres termes, vous êtes une société de mercenaires, déclara-t-elle avec une pointe de malice lorsqu'il eut terminé son exposé.

Le choix de ce terme inspira à Marcus une légère grimace.

— Nous nous considérons plutôt comme des auxiliaires des forces de l'ordre, objecta-t-il.

— Je vois, acquiesça Chloe, pensive. Et je comprends pourquoi vous avez demandé à me rencontrer. À l'occasion, je pourrais effectivement avoir du travail à vous confier...

Chloe, huit mois auparavant

— Un tueur en série ? s'exclama Chloe, sidérée. Tu en es vraiment sûr ?

Cela faisait quatre mois qu'elle connaissait Marcus Jones, et elle avait eu maintes fois l'occasion de s'assurer du sérieux et du professionnalisme dont il faisait preuve en toutes circonstances. Elle n'avait donc aucune raison de douter de ses dires. Mais elle avait pourtant du mal à croire qu'un tueur psychopathe puisse avoir élu domicile dans une ville aussi calme et sans histoire que Pleasant Pines.

— Certain, malheureusement, répondit Marcus.

Pour dissiper les doutes de Chloe, il entreprit de lui

résumer toutes les informations que Rocky Mountain Justice avait pu rassembler.

Apparemment, cette série de meurtres avait commencé à Las Vegas. Elle avait cessé avant que la police locale et le FBI soient parvenus à identifier le coupable.

Wyatt Thornton, l'un des agents spéciaux chargés du dossier, avait pourtant retrouvé la trace du meurtrier à Pleasant Pines. L'enquête qu'il avait menée avec l'aide de RMJ avait finalement permis d'identifier le coupable mais deux personnes étaient mortes : le cuisinier de l'auberge de Pleasant Pines ainsi que Carl Haak, le shérif de la ville.

— Et ce Wyatt Thornton est sûr de son fait ? s'enquit Chloe.

— Il n'y a pas l'ombre d'un doute. Darcy a bien failli assassiner sa petite amie.

— Darcy ? répéta Chloe, surprise.

— Darcy Owens, acquiesça Marcus. C'est le nom de la tueuse en série.

Chloe ne put réprimer une exclamation de stupeur.

— Est-ce que ce nom t'est familier ? lui demanda Marcus.

— Est-ce que cette Darcy Owens a fréquenté le lycée de Slippery Rock ?

Ce fut au tour de Marcus de la considérer avec étonnement.

— En effet, confirma-t-il. Comment le sais-tu ?

— J'ai connu cette Darcy Owens, répondit-elle. À l'époque, j'étais en stage auprès des services sociaux du comté. La directrice du lycée a fait appel à nous, et c'est moi qui ai été chargée de traiter le cas de Darcy.

— Est-ce que tu te souviens des détails ? l'interrogea Marcus, curieux.

— Je ne risque pas de les oublier, dit-elle en réprimant difficilement un frisson. C'était l'un des premiers dossiers que l'on m'ait confiés et rien ne m'avait vraiment préparée à ça… J'ai eu plusieurs entretiens avec Darcy au cours desquels elle a laissé entendre que son père abusait d'elle. Ne sachant comment réagir, j'en ai discuté avec la directrice de l'établissement qui m'a conseillé de contacter la police. Mais lorsque les policiers ont interrogé Darcy, elle a tout nié en bloc et a prétendu que je l'avais mal comprise.

— Mais ce n'était pas le cas, n'est-ce pas ?

Chloe secoua la tête.

— J'étais convaincue que non, à l'époque, et je le suis toujours aujourd'hui.

— Qu'as-tu fait, ensuite ?

— Rien, malheureusement.

— Rien ? s'exclama Marcus, étonné.

— Je voulais proposer un nouvel entretien à Darcy, expliqua Chloe. J'espérais que, si nous nous retrouvions en tête à tête, elle oserait peut-être me parler, se confier de nouveau à moi. Mais on m'a fait comprendre que ce n'était pas possible. Mes supérieurs craignaient que les parents de Darcy ne m'accusent de harcèlement. Cela aurait compromis non seulement mon stage mais aussi la suite de mes études…

Chloe ne put réprimer un soupir. À l'époque, elle s'était convaincue qu'elle n'avait d'autre option que d'obéir. Mais elle s'était souvent demandé par la suite si elle n'aurait pas dû insister, si, en renonçant aussi facilement, elle n'avait pas abandonné Darcy à son triste sort.

— On ne t'a pas vraiment laissé le choix, remarqua alors Marcus.

Ce n'était pas la première fois qu'il paraissait lire ainsi dans ses pensées.

— On a toujours le choix, objecta-t-elle avec un triste sourire. Et j'ai fait le mien, à ce moment-là.

— Est-ce que tu as su ce qui était arrivé à Darcy, par la suite ?

— Peu de temps après, son père est mort. Je t'avoue que, sur le moment, cela m'a presque soulagée. Je me suis dit que, si elle avait dit la vérité, il ne pourrait plus lui faire de mal désormais. Mais j'ai appris par la suite que sa mère s'était suicidée et que Darcy avait cessé d'aller au lycée. Évidemment, mon stage était terminé depuis longtemps lorsque je l'ai su…

— Est-ce que tu sais comment son père est mort ? s'enquit Marcus, curieux.

Chloe ramassa le stylo qui était posé sur son bureau et le fit tournoyer pensivement entre ses doigts.

— Si je me souviens bien, il est mort de froid après avoir passé la nuit dehors en plein hiver. Apparemment, il avait trop bu, ce qui lui arrivait régulièrement.

— La plupart des victimes de Darcy ont succombé à une intoxication à l'alcool, lui dit alors Marcus.

Un frisson glacé dévala le long de l'échine de Chloe.

— Elle cherche peut-être à revivre la mort de son père, suggéra-t-elle.

— Ou à reproduire le premier de ses meurtres, répondit Marcus, pensif. Il se peut d'ailleurs qu'elle ait également tué sa mère…

— Qu'est-ce qui te fait dire ça ? dit Chloe, effarée par ces révélations en cascade.

— La façon dont celle-ci est morte. D'après Wyatt, elle s'est pendue. Or Darcy a maquillé le meurtre du cuisinier de l'auberge de Pleasant Pines en suicide par pendaison.

Chloe ne put retenir un nouveau frémissement, plus violent encore que le précédent.

— Si elle a vraiment fait ça, murmura-t-elle, si elle

a vraiment tué ses parents… C'est peut-être à cause de moi… Si je lui avais parlé…

Sa voix se brisa, et elle réprima difficilement un sanglot. Aussitôt, Marcus se pencha en avant et posa la main sur celle de Chloe.

— Tu n'y es pour rien, lui assura-t-il.

— Au contraire, protesta-t-elle faiblement, c'est peut-être par ma faute que tous ces gens sont morts.

— Certainement pas. Si Darcy a tué ses propres parents, si elle a tué tous ces gens, c'est qu'elle avait déjà cela en elle. Elle est malade, Chloe. Et tu n'es pas responsable de sa psychose.

Le regard de Chloe tomba sur la photo de ses parents qui était posée sur son bureau. Elle se prit à songer qu'ils auraient probablement abondé dans le sens de Marcus. Malheureusement, cela ne suffisait pas complètement à dissiper la terrible culpabilité qui l'habitait en cet instant.

Nul ne pouvait savoir ce qui serait advenu de Darcy si Chloe était parvenue à la convaincre de porter plainte contre son père. Ce dernier aurait peut-être été arrêté. Cela lui aurait peut-être sauvé la vie. Darcy, quant à elle, aurait peut-être été prise en charge par les services sociaux. Ceux-ci auraient peut-être détecté cette fêlure psychologique avant qu'elle pousse la jeune fille au meurtre…

— Tu n'es pas responsable, lui répéta Marcus en lui serrant la main.

Le mélange de sollicitude et de douceur qui se lisait dans son regard toucha Chloe en plein cœur. Elle eut soudain très envie que Marcus la prenne dans ses bras et qu'il la serre contre lui.

Mais c'était absurde, bien sûr. Il n'était pas son petit ami – ni même véritablement un ami. Ils étaient seulement collègues de travail, et elle ne pouvait se permettre de compromettre les excellentes relations professionnelles qu'ils avaient établies en l'espace de quelques mois.

— Je suis désolée, s'excusa-t-elle en retirant doucement sa main. Je me conduis comme une idiote…

— Pas du tout, répondit Marcus. Je comprends parfaitement que tu te poses des questions. Mais je t'assure que tu n'as pas à te sentir coupable : tu n'avais strictement aucune raison de penser que Darcy pourrait un jour devenir une tueuse en série.

— Je sais, soupira Chloe. Mais cela ne m'empêche pas de penser que, en agissant autrement, j'aurais peut-être pu éviter le pire…

— Je connais cette sensation, acquiesça Marcus.

— Vraiment ? demanda-t-elle, étonnée.

— Oui. Je ne t'ai jamais raconté les circonstances exactes qui m'ont poussé à quitter le FBI et à rejoindre Rocky Mountain Justice. Sans entrer dans les détails, je te dirai juste que j'étais sur les traces d'un trafiquant de drogue russe. J'ai fini par le coincer avec l'aide de RMJ mais notre confrontation a causé de sérieux dégâts matériels.

— Ne me dis pas qu'on t'a renvoyé du FBI à cause de ça.

— Pas exactement, répondit-il. Mais on m'a clairement fait comprendre que j'étais devenu *persona non grata*. Et j'ai préféré partir plutôt que de me retrouver mis sur la touche. Quoi qu'il en soit, ce que je voulais te dire, c'est qu'il ne se passe pas une journée sans que je m'interroge sur ce que j'aurais pu faire différemment…

Chloe hocha la tête.

— Mais au fond de moi, reprit Marcus en la regardant droit dans les yeux, je sais que c'est une question absurde. J'ai fait mes choix en mon âme et conscience, en fonction des éléments dont je disposais à l'époque. Et il en va de même pour toi. Darcy n'était qu'une ado mal dans sa peau parmi d'autres, elle avait refusé la main que tu lui avais tendue et, en t'acharnant, tu risquais de mettre ta propre carrière en danger.

— Tu as sans doute raison, reconnut Chloe.

Elle lui décocha un pâle sourire.

— Tu sais que tu aurais fait un très bon avocat, lui dit-elle.

— Venant d'une procureure, je me demande si c'est réellement un compliment, ironisa Marcus.

Elle ne put s'empêcher de rire et s'émerveilla du don qu'il avait pour lui remonter le moral. L'espace d'un instant, elle se prit à regretter que tous deux ne se soient pas rencontrés en d'autres circonstances.

Marcus était doté d'un grand sens de l'humour et d'une intelligence aiguë. Et c'était indubitablement l'un des hommes les plus sexy qu'il lui ait été donné de rencontrer. De plus, elle était convaincue quc l'attirance qu'il lui inspirait était réciproque. Mais, étant donné la nature de leurs relations et la situation dans laquelle ils se trouvaient actuellement, elle ne pouvait se permettre d'y céder.

— Où se trouve Darcy Owens, à présent ? demanda-t-elle enfin.

— Nous l'ignorons. Elle a été blessée par balle mais nous n'avons pas réussi à nous emparer d'elle, et elle s'est enfuie à travers bois. Le plus probable, c'est qu'elle soit morte des suites de ses blessures. Mais nous ne pouvons l'affirmer. C'est la raison pour laquelle je suis venu te trouver : il est temps de faire appel au FBI.

— Telle est bien mon intention, acquiesça Chloe. Mais est-ce que tu crois que Rocky Mountain Justice pourrait leur prêter main-forte pour traquer Darcy ?

— Eh bien, c'est parfaitement dans nos cordes, reconnut

Marcus d'un ton hésitant. Mais je doute qu'ils aient besoin de nous…

— Je n'en suis pas si sûre. Si je comprends bien, sans l'intervention de RMJ, personne n'aurait songé à faire le rapprochement entre Darcy Owens et les événements qui se sont produits récemment à Pleasant Pines. De plus, vous travaillez avec l'homme qui connaît le mieux ce dossier.

— En effet.

— Dans ce cas, c'est entendu. Votre aide sera d'autant plus précieuse que la mort du shérif Haak risque de déstabiliser durablement la police locale. Il va nous falloir plusieurs semaines pour lui trouver un remplaçant.

— Tu peux compter sur nous, déclara Marcus. Nous retrouverons Darcy, qu'elle soit morte ou encore en vie. Je crois d'ailleurs connaître la personne idéale pour se charger de cette mission.

— N'hésite pas à faire appel à elle, dans ce cas. Nous ne pouvons pas nous permettre de la laisser filer au risque de la voir resurgir à l'autre bout du pays comme elle vient de le faire.

— Je suis d'accord, approuva Marcus en se levant.

— Tiens-moi au courant heure par heure de l'évolution de la situation.

Il hocha la tête et se dirigea vers la porte de son bureau.

— Marcus, le rappela-t-elle alors qu'il était sur le point de sortir.

Il se tourna vers elle, l'interrogeant du regard.

— Bonne chasse, lui dit-elle.

1

Darcy, aujourd'hui

— Ils ont enfin fixé une date pour votre procès.

Sans cesser de courir en rond dans la cour bétonnée, Darcy Owens tourna son regard vers Stuart Riskin, l'avocat commis d'office qui lui avait été affecté. Curieusement, ce dernier lui avait toujours fait penser à un bol de flocons d'avoine : grisâtre, relativement insipide mais plein de lui-même.

Cette comparaison lui arracha un sourire, ce qui provoqua chez l'avocat un froncement de sourcils réprobateur.

— C'est très sérieux, vous savez, lui dit-il. Il y a un témoin du meurtre du shérif Haak, et le procureur de l'État va demander la peine de mort.

Darcy ralentit progressivement sa course avant de s'arrêter, haletante. Du revers de sa manche, elle épongea la sueur qui perlait à son front. Depuis qu'elle avait été arrêtée et s'était vue accusée de six homicides volontaires, elle savait que ce moment finirait par arriver. Mais cela ne rendait pas les choses plus faciles pour autant.

— Il est grand temps que nous discutions sérieusement de votre défense, déclara Riskin.

— Effectivement, acquiesça Darcy.

— Je pense toujours que votre meilleure chance de vous en tirer – votre seule chance, même –, c'est de plaider la folie. Nous avons déjà établi que vous souffriez d'amnésie. Nous maintiendrons que vous n'avez aucun souvenir de vos crimes.

Darcy hocha la tête. C'était la défense derrière laquelle elle s'était réfugiée jusqu'alors. Plusieurs experts psychiatres étaient venus l'interroger pour tenter de déterminer si elle disait vrai. D'après Riskin, leurs conclusions avaient été plutôt contradictoires, ce qui jouerait en leur faveur au moment du procès.

— Malheureusement, reprit son avocat, même si nous parvenons à avoir gain de cause au Wyoming, nous devrons faire face à d'autres accusations et à d'autres procès pour meurtre au Colorado, au Nevada et au Texas. Et ces deux derniers États appliquent également la peine de mort…

Malgré elle, Darcy sentit le doute effleurer son esprit, menaçant d'ébranler la volonté farouche qui était désormais sa seule arme. Depuis qu'elle avait été capturée par les hommes de Rocky Mountain Justice et jetée en prison, elle passait près de vingt-trois heures sur vingt-quatre enfermée dans une cellule de neuf mètres carrés dans laquelle elle vivait seule.

Elle était tenue à l'écart des autres détenus et ne parlait à personne en dehors de Riskin et des gardiens qui lui servaient ses repas et l'escortaient chaque jour jusqu'à la cour. Privée de toute distraction, elle avait passé le plus clair de son temps à faire du sport. Elle entendait en effet se maintenir en forme dans l'attente de l'épreuve que lui avaient annoncée les Ténèbres.

Tout ce qu'elle pouvait faire en attendant le jour promis, c'était se tenir prête. Mais ce n'était pas toujours évident.

Il lui arrivait même parfois de douter de la promesse que lui avaient faite les Ténèbres.

Initialement, elle avait cru s'en tirer à bon compte en simulant l'amnésie. Elle avait espéré qu'on la transférerait dans un établissement psychiatrique d'où il lui serait nettement plus facile de s'évader. Mais il n'en avait rien été. À présent, le chemin qu'il lui faudrait emprunter serait beaucoup plus risqué. Mais elle n'avait pas le choix.

Ne t'en fais pas, tout se passera bien. Tu sais que nous ne t'avons jamais abandonnée…

Le murmure des Ténèbres la rasséréna, raffermissant la décision qu'elle avait prise.

— Je ne veux pas plaider la folie, déclara-t-elle.

Riskin la considéra avec stupeur.

— Pardon ? fit-il.

— Je ne veux pas plaider la folie, répéta-t-elle. Je suis prête à avouer tous mes crimes.

— Les six ? balbutia l'avocat, incrédule.

— Les vingt dont on me soupçonne, répondit-elle posément. Plus une douzaine d'autres que j'ai commis et dont la police n'a pas encore connaissance.

Il fallut une bonne dizaine de secondes à Riskin pour retrouver sa voix.

— Vous avez commis trente meurtres ?

— Trente-trois, pour être précise, affirma-t-elle. Et je suis prête à fournir toutes les précisions en échange d'une condamnation à perpétuité. Pensez-vous pouvoir négocier ça pour moi ?

Riskin passa nerveusement la main dans ses cheveux gris.

— Je croyais que vous ne vous souveniez de rien, objecta-t-il faiblement.

— Si vous me garantissez la prison à vie plutôt qu'une

exécution, je suis certaine que la mémoire me reviendra très rapidement, rétorqua Darcy d'un ton narquois.

— Cela devrait pouvoir se faire, décréta Riskin après réflexion. Mais je vous préviens : si vous passez un tel accord, vous n'aurez pas de procès et donc il n'y aura plus aucun appel possible.

— Je ne compte pas faire appel depuis le couloir des condamnés à mort, déclara-t-elle. Vous savez quelles seraient mes chances de voir ma peine commuée ?

— Assez faibles, reconnut Riskin. Très bien. Je vais immédiatement contacter le bureau du procureur de Laramie et entamer les négociations de votre part.

— J'ai une condition à poser, dit Darcy.

Riskin la considéra d'un air étonné et légèrement méfiant.

— Je veux que ce soit Chloe Ryder qui recueille ma confession.

— La procureure de district de Pleasant Pines ? fit Riskin, étonné. Pourquoi ?

— Parce que c'est elle qui a supervisé la chasse à l'homme qui a conduit à ma capture. De plus, nous nous connaissons depuis longtemps, toutes les deux. C'est à elle que je veux parler.

— Je soumettrai votre demande.

— J'aimerais aussi que Marcus Jones soit présent.

— Le nom ne m'est pas familier.

— C'est le chef de l'agence de sécurité privée qui m'a retrouvée, précisa Darcy. Je suis curieuse de savoir comment ses hommes et lui y sont parvenus.

— Je ne peux pas vous garantir qu'il acceptera, objecta Riskin.

— S'il refuse, je ne livrerai aucune confession, déclara Darcy avec une assurance tranquille.

Elle était convaincue que Marcus Jones ne laisserait pas

passer une telle opportunité. Les agents de RMJ étaient bien trop curieux pour cela.

— Je vais transmettre votre requête, soupira son avocat, visiblement résigné à tolérer ses excentricités. Mais je préfère vous prévenir : cette négociation risque de durer un certain temps.

— Combien de temps ? s'enquit Darcy.

— Plusieurs semaines au moins… Comme je vous l'ai dit, plusieurs juridictions sont concernées, et elles voudront toutes obtenir des garanties.

— Je ne suis pas pressée, dit Darcy en haussant les épaules.

— Très bien, conclut Riskin. Dans ce cas, je vais vous laisser.

Il fit mine de s'éloigner mais, au bout de quelques pas, il se tourna une dernière fois vers elle.

— Vous êtes vraiment sûre que c'est ce que vous voulez ? lui demanda-t-il.

Absolument certaine, lui soufflèrent les Ténèbres.

— Absolument certaine, répéta-t-elle d'une voix peut-être un peu plus assurée qu'elle ne l'était réellement.

Chloe referma l'épais dossier qu'elle venait de relire presque intégralement. Cela lui avait pris plus de deux heures mais elle avait tenu à le faire avant d'écrire ce qui serait probablement l'une des plaidoiries les plus importantes qu'elle ait encore jamais prononcées.

Le lendemain matin s'ouvrait en effet le procès des Transgresseurs, un gang de motards spécialisé dans le trafic de stupéfiants qui avait opéré dans toute la région avant d'être démantelé par le bureau du shérif de Pleasant Pines.

Mais ce qui révoltait Chloe peut-être plus encore que le commerce de la drogue, c'était les chefs d'accusation de proxénétisme, d'enlèvement et de trafic d'êtres humains qui figuraient au dossier.

Les Transgresseurs avaient effectivement attiré plusieurs jeunes femmes dans le campement qu'ils avaient installé dans une forêt du voisinage. Ils leur avaient promis de l'alcool à volonté, des drogues gratuites et des fêtes non-stop. Au lieu de cela, ils les avaient retenues contre leur gré et les avaient forcées à se prostituer.

Parmi la dizaine d'accusés, l'immense majorité avait accepté les accords proposés par le bureau du procureur. Seuls Luke Winston et Rex Vanguard les avaient refusés et c'était eux qui devaient être jugés le lendemain.

Tous deux étaient considérés comme les lieutenants de Christopher Booth, le chef du gang, qui avait quant à lui réussi à prendre la fuite. En dépit de tous les efforts déployés par la nouvelle shérif Julia McCloud, la police n'était pas encore parvenue à le retrouver. Au cours de sa cavale, Booth avait même grièvement blessé Travis Cooper, le shérif adjoint.

Chloe laissa échapper un soupir. L'idée que Booth soit toujours en liberté la rendait malade. Mais en attendant de pouvoir le déférer à son tour en justice, elle était bien décidée à obtenir une condamnation exemplaire pour ses lieutenants.

Cela aiderait peut-être les victimes et leurs familles à surmonter cette terrible épreuve et à se reconstruire avec le sentiment que justice avait été faite. Car le sort des victimes avait toujours été bien plus important aux yeux de Chloe que celui des criminels.

Elle était en effet bien placée pour savoir combien il était douloureux de demeurer sans réponse face à un crime. La mort de ses parents avait ouvert en elle une blessure qui ne s'était jamais vraiment refermée.

C'était sans doute la raison pour laquelle elle se consacrait corps et âme à son métier, négligeant au passage sa vie personnelle.

Comme elle s'apprêtait à lancer son traitement de texte pour commencer à rédiger sa plaidoirie, elle entendit frapper à sa porte.

— Entrez, lança-t-elle, surprise que quelqu'un vienne la trouver à une heure si tardive.

Elle fut encore plus étonnée en voyant Stuart Riskin avancer dans son bureau. L'avocat arborait une mine soucieuse.

— Le vigile m'a dit que vous étiez toujours là, lui dit-il. Est-ce que je peux vous parler ?

— Bien sûr, répondit-elle en désignant les chaises installées face à son bureau. Que puis-je faire pour vous ? Est-ce au sujet du procès de demain ?

— Non. C'est à propos de Darcy Owens.

— J'imagine que vous l'avez informée de la date qui a été fixée pour son procès ?

— Effectivement. Mais elle a apparemment décidé de changer de stratégie. Elle est prête à avouer ses crimes si elle obtient la garantie de ne pas être condamnée à mort. Elle dit qu'elle pourrait même vous parler de certains meurtres qui ne figurent pas sur la liste de ceux qui lui sont reprochés. Mais elle a posé une condition.

— Laquelle ?

— Elle veut que ce soit vous qui entendiez sa confession.

— Moi ? s'étonna Chloe. Mais pourquoi ?

— Je n'en ai aucune idée, répondit Riskin. Et elle ne me l'a pas dit.

La dernière fois que Chloe était allée voir Darcy en prison, celle-ci avait obstinément refusé de lui parler de ses crimes, affirmant qu'elle ne se souvenait de rien. En revanche, elle lui avait laissé entendre qu'elle se rappelait parfaitement les conversations qu'elles avaient eues, du temps où elle était au lycée et où Chloe travaillait pour les services sociaux.

Était-ce la raison pour laquelle elle l'avait choisie comme interlocutrice ? Espérait-elle trouver quelqu'un qui, à défaut de l'excuser, comprendrait les motivations profondes de ses crimes ? Ou bien était-ce parce que c'était Chloe qui avait supervisé la traque et la capture de Darcy ?

Quelle que soit la véritable raison, elle n'avait guère le choix que d'accepter cette macabre invitation.

— Je suis d'accord.

— Elle veut aussi que Marcus Jones soit présent, ajouta Riskin. D'après elle, c'est le chef de l'équipe qui est parvenue à l'arrêter. Est-ce que ce nom vous est familier ?

— Oui. C'est le directeur de l'agence locale de Rocky Mountain Justice, une entreprise spécialisée dans les questions de sécurité. Ils ont effectivement joué un rôle crucial dans l'interpellation de Darcy.

— Est-ce que vous pouvez me donner ses coordonnées ?

— Si vous voulez, je peux l'appeler et lui poser la question moi-même. Je suis convaincue qu'il donnera son accord, mais je lui demanderai de vous rappeler pour le confirmer.

— C'est parfait, acquiesça Riskin.

— J'imagine que vous serez présent durant cet interrogatoire.

— Hélas, non. C'est ce que j'ai suggéré à Darcy, vous vous en doutez bien. Mais elle a catégoriquement refusé. Elle ne veut parler qu'à vous et à ce Marcus.

— Vous a-t-elle dit pourquoi ?

— Non, répondit Riskin. Mais, même si elle l'avait fait,

je ne suis pas sûr que j'aurais compris ses raisons. Darcy ne pense pas comme vous et moi.

— Dieu merci.

Riskin hocha la tête.

— Pensez-vous pouvoir obtenir l'engagement des procureurs des différents États dans lesquels elle doit être poursuivie ? demanda-t-il.

— C'est le bureau du procureur de l'État qui va se charger de cette négociation. Mais je suis quasiment convaincue qu'ils obtiendront un accord. Cette confession permettrait d'apporter des réponses aux proches des victimes, y compris dans des dossiers qui ne sont pas encore résolus, apparemment. Je crois que tout le monde se contentera d'une peine de prison à perpétuité…

Riskin acquiesça. Il devait savoir qu'en cas de procès, sa cliente risquait la peine de mort dans plusieurs États. D'un autre côté, il aurait pu plaider la folie pour tenter d'obtenir un internement psychiatrique.

— J'espère juste que ce n'est pas un piège, reprit Chloe. Je ne voudrais pas qu'elle se rétracte par la suite et qu'elle prétende avoir confessé ses crimes sous la contrainte.

— C'est l'une des raisons pour lesquelles j'aurais préféré être présent, acquiesça Riskin. Je suggère que le procureur général prenne toutes les précautions nécessaires et qu'il fasse signer à Darcy un document préliminaire dans lequel elle acceptera les conditions de cette confession.

Chloe le considéra avec étonnement.

— Je suis l'avocat de Darcy et je continuerai à défendre ses intérêts, expliqua Riskin. Mais je tiens aussi à ce que justice soit rendue. Cette affaire est trop grave pour se solder par une annulation du jugement pour des raisons procédurales.

— Nous sommes d'accord, dit gravement Chloe. Je vais

enclencher la procédure et me mettre en lien avec le bureau du procureur. Nous vous recontacterons dès que possible.

— Parfait, déclara Riskin. En attendant, je vous souhaite une bonne soirée. Nous nous voyons demain matin.

— À demain, maître.

Riskin quitta son bureau en refermant doucement la porte derrière lui. Chloe demeura quelques instants immobile, réfléchissant à ce que l'avocat venait de lui dire. Une fois de plus, elle se retrouvait au cœur de cette terrible affaire. Et elle avait parfaitement conscience de l'enjeu que cela représentait.

Si Darcy passait réellement aux aveux, la justice disposerait enfin d'une liste précise de ses crimes. Cela permettrait au passage d'élucider un certain nombre de disparitions inquiétantes mais aussi de retrouver certains corps et d'offrir une sépulture décente aux victimes. Enfin, des dizaines de proches pourraient enfin commencer à faire leur deuil.

En se retrouvant au centre de cette procédure, Chloe aurait également une occasion unique de démontrer sa valeur. Mais elle avait pleinement conscience du fait que, ce faisant, elle n'aurait pas le droit à l'erreur.

La journée avait été longue et Marcus avait hâte de rentrer chez lui, de prendre une douche, de se servir une bonne bière bien fraîche et de mettre sur sa platine l'un de ses disques de jazz préférés. Mais en attendant, il devait encore faire son compte rendu hebdomadaire à Ian Wallace, le patron de Rocky Mountain Justice.

Il avait demandé à Wyatt Thornton de demeurer à ses côtés pour apporter d'éventuelles précisions au sujet des dossiers en cours.

Au fil de ces dernières semaines, Wyatt était effectivement

devenu pour lui un véritable bras droit sur lequel il savait pouvoir se reposer entièrement en cas de besoin.

Les deux hommes se tenaient face à un large écran sur lequel apparaissait le visage avenant et volontaire de Ian.

— Alors, comment ça se passe, du côté de Pleasant Pines ? leur demanda-t-il en guise de préambule.

— C'est plutôt calme depuis que Darcy Owens et la plupart des Transgresseurs se trouvent derrière les barreaux, répondit Marcus.

— C'est le revers du succès, acquiesça Ian en souriant. Est-ce que vous avez des nouvelles au sujet de Darcy ?

— Pas vraiment. Le juge a fixé une date pour le procès mais il ne se tiendra pas avant plusieurs mois pour que toutes les parties concernées aient le temps de travailler le dossier. Évidemment, la demande de caution a été refusée.

— N'hésitez pas à vous rapprocher de la procureure de Pleasant Pines pour voir si vous pouvez contribuer à la constitution du dossier d'accusation.

— Ce sera fait, affirma Marcus.

L'idée de revoir Chloe Ryder était loin de lui déplaire. Leur collaboration lors de la traque de Darcy n'avait fait que renforcer la haute idée qu'il avait de la jeune femme – et l'attirance qu'elle exerçait sur lui. Bien sûr, ils étaient bien trop professionnels l'un et l'autre pour y céder. Mais cela ne l'empêchait pas d'apprécier chacune de leurs rencontres.

— Darcy a déjà prouvé combien elle pouvait se montrer retorse, reprit Ian. Nous ne devons lui laisser aucune chance d'échapper à la condamnation qui l'attend.

— C'est l'une des raisons de la présence de Wyatt à mes côtés, expliqua Marcus. Nous avons passé une partie de l'après-midi à étudier les disparitions qui pourraient lui être imputées maintenant que nous avons pu reconstituer la plupart de ses déplacements.

— Est-ce que vous avez découvert quoi que ce soit d'intéressant ?

— Peut-être, dit prudemment Marcus. Nous avons quatre dossiers qui pourraient correspondre. Deux hommes dans le Wyoming, un dans le Nevada et un au Texas.

— Beau boulot, approuva Ian. N'hésitez pas à poursuivre vos investigations et à transmettre aux juridictions compétentes vos hypothèses et les preuves que vous pourriez réunir. En attendant, est-ce que vous avez trouvé de nouveaux débouchés ?

Marcus se renfrogna légèrement.

— Pas autant que je le souhaiterais, avoua-t-il. La région est plutôt calme, en temps normal. Nous avons bien eu deux demandes d'installation de systèmes de sécurité. Il y a également un acteur qui nous a contactés. Il doit participer à un tournage dans le Wyoming et voulait savoir combien lui coûterait un service de garde du corps à plein temps. Je lui ai envoyé un devis mais, d'après sa réaction, je doute qu'il nous recontacte.

— Ne vous en faites pas si les choses prennent un peu de temps, dit Ian qui connaissait les inquiétudes de Marcus en la matière. Dans notre secteur d'activité, les périodes calmes alternent avec des périodes où nous sommes complètement débordés. C'est dans l'ordre des choses.

À cet instant, le téléphone portable de Marcus se mit à vibrer. Il jeta un coup d'œil à l'écran et se redressa aussitôt.

— Qui est-ce ? s'enquit Wyatt.

— Chloe, répondit-il. Chloe Ryder, précisa-t-il à l'intention de Ian. C'est la procureure de district de Pleasant Pines.

— Vous devriez prendre l'appel. Avec un peu de chance, elle a de nouveau du travail pour vous. On se tient au courant.

Ian les salua avant de couper la communication. Marcus décrocha alors son téléphone.

— Bonjour, Chloe, je suis avec Wyatt et tu es sur haut-parleur.

— Tant mieux. Je pense que cette nouvelle devrait l'intéresser aussi au plus haut point, répondit Chloe.

La voix de la jeune femme trahissait une certaine excitation qui ne fit qu'aviver la curiosité de Marcus.

— Darcy Owens a accepté d'avouer l'ensemble de ses crimes, déclara-t-elle.

Marcus et Wyatt échangèrent un regard stupéfait.

— Elle est vraiment sérieuse ? demanda Wyatt.

— Oui. Elle veut échanger cette confession contre l'assurance de ne pas être exécutée.

— Cela peut se comprendre, vu le nombre de procès qui l'attendent, acquiesça Marcus.

— Mais elle a posé une condition : elle ne veut faire ses aveux qu'à nous deux.

Marcus fronça les sourcils, se demandant ce que cela pouvait bien cacher. Darcy était rusée et pleine de ressources. C'était ce qui lui avait permis d'échapper à la police durant si longtemps. Cherchait-elle à leur tendre un piège ?

— Pourquoi nous, spécifiquement ? s'enquit-il.

— Probablement parce que c'est nous qui sommes responsables de sa capture, répondit Chloe.

— C'est vrai, concéda Marcus.

— Quoi qu'il arrive, nous prendrons toutes les précautions qui s'imposent, lui assura Chloe qui devait percevoir ses réticences. Même si elle échappe à la peine capitale, elle passera le reste de ses jours en prison.

— Je l'espère bien. Et quand aura lieu cette rencontre, si le procureur te donne son accord ?

— Cela risque de prendre un certain temps. Nous allons

devoir nous entretenir avec les procureurs de tous les autres États où des poursuites ont été engagées et obtenir leur assentiment. Cela pourrait prendre jusqu'à un mois ou deux. J'espère que Darcy ne changera pas d'avis entre-temps.

— Elle doit savoir ce qu'elle risque, objecta Marcus. Et si elle n'est pas prête à mourir, il n'y a pas de raison pour qu'elle revienne sur cette proposition. De notre côté, ce délai nous laissera le temps de poursuivre les recherches que Wyatt et moi avons entamées.

— Quelles recherches ?

— Nous tentons de recenser les autres meurtres qu'elle aurait pu commettre. Si nous parvenons à en identifier quelques-uns, cela nous permettra par la suite de vérifier la crédibilité des assertions de Darcy.

— C'est une excellente idée, approuva Chloe. Nous pourrions peut-être dîner ensemble d'ici la fin de la semaine, histoire que tu m'exposes ce que vous avez déjà découvert et ce sur quoi vous pensez encore enquêter.

— C'est d'accord, acquiesça Marcus. Pourquoi pas ce soir ?

— Ce soir ?

— Si tu es libre, bien sûr…

— Je le suis, répondit-elle.

— Pas moi, intervint Wyatt. Everly et moi avons déjà prévu un dîner en amoureux. Mais que cela ne vous empêche pas de vous retrouver tous les deux. Si vous avez une question au sujet de Darcy, n'hésitez pas à m'envoyer un SMS.

L'idée de se retrouver en tête à tête avec Chloe n'était pas pour déplaire à Marcus.

— On se retrouve Chez Sally ? suggéra la jeune femme.

— Que dirais-tu d'aller à l'auberge de Pleasant Pines, pour changer ?

L'auberge en question était l'un des hauts lieux de la ville. Construite au XIXe siècle sur la colline qui dominait la rue principale, elle comportait un pub très fréquenté par les locaux, une dizaine de chambres élégantes et un excellent restaurant où Marcus était allé manger une fois ou deux.

— Tu ne trouves pas ça un peu chic pour une réunion de travail ? s'étonna Chloe.

— Obtenir une confession de Darcy Owens, ça se fête ! répondit Marcus.

— Ce n'est pas encore fait, objecta-t-elle.

— Ne sois pas pessimiste. Darcy a de bonnes raisons de tenir parole.

Marcus jeta un coup d'œil à sa montre. Il était déjà vingt heures quinze. Apparemment, il n'était pas le seul à faire des heures supplémentaires.

— Nous pourrions nous retrouver là-bas d'ici vingt minutes, suggéra-t-il. Je vais les appeler pour réserver une table.

— Tu n'as pas peur qu'il soit trop tard ?

— Un vendredi, ce devrait être jouable. Au pire, je leur dirai que c'est pour la procureure de Pleasant Pines. Ils nous trouveront bien une petite place.

— D'accord, acquiesça-t-elle. Mais disons plutôt dans trois quarts d'heure. Il faut d'abord que je passe voir Julia pour la tenir au courant. Nous devons aussi faire le point sur la traque de Christopher Booth avant le procès de demain.

— C'est vrai, ça m'était sorti de l'esprit. C'est le procès des Transgresseurs, demain. Tu préfères peut-être repousser notre rendez-vous, du coup…

Chloe hésita un instant avant de lui répondre.

— Non, tu as raison : il faut fêter dignement cette avancée. D'autant plus que nous n'avons pas souvent eu de raisons de nous réjouir, dans l'affaire Owens.

— Dans ce cas, c'est entendu. On se retrouve là-bas vers 21 heures.

Lorsque Marcus raccrocha, il constata que Wyatt le considérait d'un air amusé.

— Qu'y a-t-il ?

Son ami haussa les épaules.

— Je me disais juste que ça t'en avait pris, du temps…

— Du temps à quoi ?

— À inviter Chloe à sortir avec toi.

— C'est un dîner de travail, protesta Marcus.

— Tu te rappelles ma spécialité, n'est-ce pas ?

— La psychologie comportementale.

— Précisément. Et j'ai le chic pour déceler les gens qui mentent – même lorsqu'ils se mentent à eux-mêmes…

Marcus se garda prudemment de répondre, sachant qu'il ne ferait probablement que s'enfoncer. Car au fond de lui, il savait que Wyatt avait touché juste.

2

En raccrochant, Chloe sentit un curieux fourmillement entre ses omoplates. Elle avait la désagréable impression que quelqu'un était en train de l'observer. Elle se rappela qu'elle se trouvait sans doute dans le bâtiment le plus sécurisé de la ville.

Le malaise qu'elle éprouvait tenait probablement à la proposition que Riskin lui avait transmise. Elle savait en effet que l'on ne pouvait pas faire confiance à Darcy Owens. Tout au long de sa vie, celle-ci n'avait cessé de jouer à cache-cache avec la police.

À de multiples reprises, elle était parvenue à échapper à ses poursuivants, qu'il s'agisse de la police de Las Vegas ou de Pleasant Pines, du FBI ou de Rocky Mountain Justice.

Il aurait été facile de se convaincre que, maintenant qu'elle se trouvait derrière les barreaux, elle ne représentait plus un danger. Mais Chloe ne se faisait aucune illusion à ce sujet. Comme toutes les bêtes sauvages, Darcy n'était jamais aussi dangereuse que lorsqu'elle se savait acculée.

Réprimant un soupir, elle éteignit son ordinateur, rassembla ses affaires et quitta son bureau qu'elle prit soin de fermer à clé derrière elle. Le bureau du shérif se trouvait dans le même bâtiment, au deuxième étage. Chloe s'y rendit directement, convaincue qu'elle y trouverait Julia.

La jeune femme était aussi dévouée à son travail que

Chloe. Après avoir travaillé pour Rocky Mountain Justice, elle avait été choisie pour remplacer le shérif Haak, qui s'était fait tuer par Darcy. Elle avait participé à la traque de cette dernière et s'était même fait violemment agresser par la tueuse en série.

Cette attaque lui avait laissé de lourdes séquelles, tant physiques que psychologiques. Mais à force de courage et de ténacité, Julia était parvenue à compenser son handicap, à prouver sa valeur en tant que shérif et à se faire élire lorsqu'un nouveau scrutin avait pu être organisé.

En cours de route, elle avait même trouvé l'amour en la personne de Luis Martinez, son meilleur ami et ancien collègue au sein de RMJ. Elle semblait aujourd'hui avoir trouvé un nouvel équilibre et s'épanouir pleinement dans sa nouvelle vie.

Chloe entra dans le petit poste de police et salua l'officier qui était de permanence ce soir-là avant d'aller frapper à la porte du bureau de Julia.

— Entrez ! répondit celle-ci.

Chloe s'avança dans la petite pièce et trouva la jeune femme assise à sa table de travail.

— Bonsoir, Chloe. Que puis-je faire pour vous ?

— J'ai une nouvelle à vous annoncer.

— J'espère qu'il s'agit d'une bonne, lança la jeune shérif en fronçant les sourcils. Nous avons eu notre compte de mauvaises, ces temps-ci…

— Je crois que oui, dit prudemment Chloe. Darcy Owens a pris contact avec moi par l'entremise de son avocat. Elle a compris qu'elle risquait la peine de mort et se dit prête à négocier…

Chloe exposa la nature de l'accord en question. Lorsqu'elle eut terminé, Julia demeura longuement silencieuse, plongée dans ses pensées.

— Ça ne me dit vraiment rien de bon, reprit-elle enfin en triturant nerveusement sa main droite mutilée. On ne peut pas faire confiance à Darcy. Qui dit qu'elle ne vous déballera pas un tissu de mensonges pour sauver sa peau ?

— Nous vérifierons chacune des informations qu'elle nous communiquera, affirma Chloe. RMJ est déjà en train d'étudier les disparitions qui pourraient éventuellement lui être imputées, au vu de ce que nous savons de ses déplacements à travers les États-Unis.

Julia fronça les sourcils. Elle ne paraissait pas vraiment convaincue.

— Cela ne me plaît pas beaucoup plus qu'à vous, concéda Chloe. J'aurais préféré qu'elle soit jugée pour ce qu'elle a fait. Mais pouvons-nous vraiment refuser cette chance de résoudre des tas de crimes encore non élucidés ?

— Non, bien sûr, soupira Julia. Nous n'avons pas le choix. Et Darcy le sait parfaitement. C'est bien ce qui m'inquiète, à vrai dire…

Marcus Jones se tenait dans le hall de l'auberge de Pleasant Pines et parcourait des yeux les rayonnages qui ornaient le mur du fond. Ils débordaient de livres en tous genres mis à la disposition des clients de l'hôtel. On trouvait là aussi bien de beaux ouvrages reliés en cuir contenant les grands classiques de la littérature que des livres de poche plus récents.

Marcus avait pourtant du mal à se concentrer sur les titres qui s'alignaient devant ses yeux. Il ne cessait de repenser à ce que lui avait dit Wyatt, un peu plus tôt. Il ne pouvait nier le fait qu'il avait toujours eu un petit faible pour Chloe. Qui aurait pu le lui reprocher, d'ailleurs ? Elle était belle, intelligente et dotée d'un sens de l'humour communicatif.

Au cours de la longue enquête qui avait conduit à la

capture de Darcy Owens, elle avait à maintes reprises fait preuve de ses qualités, tant sur le plan personnel que professionnel, et elle avait su gagner le respect et l'admiration de Marcus.

Il appréciait beaucoup de travailler avec elle mais, s'il se montrait parfaitement honnête vis-à-vis de lui-même, il espérait que leur relation n'en resterait pas là. Pourtant, jusqu'à présent, Chloe ne lui avait laissé entrevoir aucune ouverture. Elle se comportait à son égard de façon parfaitement amicale tout en maintenant entre eux une certaine distance.

À plusieurs reprises, cependant, Marcus avait surpris des regards qui lui laissaient penser que Chloe n'était peut-être pas aussi indifférente qu'elle voulait bien le lui faire croire. Mais elle estimait probablement que leur collaboration lui interdisait un tel rapprochement.

Qui sait ? Maintenant que leur enquête était parvenue à son terme et que Darcy se trouvait derrière les barreaux, peut-être pourraient-ils se laisser une chance de céder à cette attirance mutuelle…

Comme il se faisait cette réflexion, il entendit résonner derrière lui le cliquetis de talons hauts sur le dallage du hall. Se tournant vers la porte, il vit Chloe s'avancer vers lui et sentit instantanément les battements de son cœur s'accélérer dans sa poitrine.

Comme toujours, elle était resplendissante. Le tailleur qu'elle portait accentuait sa silhouette fine et élancée. Sa jupe mettait parfaitement en valeur ses longues jambes au galbe parfait, et son chemisier d'un blanc immaculé laissait deviner la naissance de sa poitrine.

Il détourna hâtivement les yeux, se concentrant sur son beau visage qu'illuminait un large sourire. Elle avait détaché le chignon qu'elle portait généralement lorsqu'elle travaillait, et ses lourdes boucles brunes retombaient sur ses épaules.

Bien plus troublé qu'il ne l'aurait voulu, Marcus avala difficilement sa salive. Comme chaque fois qu'il se retrouvait face à elle, il ne pouvait nier l'effet qu'elle exerçait sur lui. S'efforçant de n'en rien laisser paraître, il lui rendit son sourire et s'avança vers elle.

— Chloe, s'exclama-t-il en serrant la main qu'elle lui tendait. Je suis ravi que tu aies pu te libérer.

— J'aimerais bien te dire que j'avais quelque chose d'exaltant de prévu mais la vérité, c'est que j'aurais sans doute passé le reste de la soirée à potasser mes conclusions pour le procès de demain. Alors, c'est moi qui te dois des remerciements.

— J'espère que je ne t'empêche pas de travailler…

Chloe haussa les épaules.

— Je crois que j'avais vraiment besoin de me changer les idées, lui dit-elle. Mais, dis-moi, est-ce que toi, tu es prêt à témoigner demain ?

— Tu peux compter sur moi. Rien ne pourrait me faire plus plaisir que de contribuer à envoyer ces deux salopards derrière les barreaux.

Tout en devisant, ils s'étaient dirigés vers la large double porte qui s'ouvrait sur la salle du restaurant. Aussitôt, une serveuse s'avança vers eux.

— Bonsoir, est-ce que vous avez une réservation ? leur demanda-t-elle.

— Oui, au nom de Marcus Jones.

La serveuse inclina la tête.

— Si vous voulez bien me suivre…

Ils lui emboîtèrent le pas et ils traversèrent la pièce, qui était déjà aux trois quarts pleine, ce soir-là. L'endroit était aussi chic que dans son souvenir, avec une grande baie vitrée qui donnait sur la forêt voisine, un immense âtre où crépitait un bon feu de bois et, accrochés aux murs, une série de tableaux de belle facture qui figuraient des paysages de montagne de la région.

La table qu'on leur avait réservée était idéalement placée, dans une sorte d'alcôve située un peu à l'écart des autres. Ils y prirent place et acceptèrent les menus que la serveuse leur remit.

— Est-ce que vous voulez boire quelque chose ? leur demanda-t-elle.

— Un verre de merlot, répondit Chloe après avoir rapidement consulté la carte.

— Et un double whisky, ajouta Marcus.

— Je vous apporte ça tout de suite, leur assura la jeune femme.

Tandis qu'elle s'éloignait, ils se plongèrent tous deux dans la lecture du menu.

— Tout a l'air délicieux, déclara Chloe au bout de quelques instants. Tu sais ce que tu veux ?

— Je suis très tenté par la côte de bœuf, répondit-il.

Elle hocha la tête d'un air approbateur et se remit à lire le menu, ce qui laissa à Marcus tout loisir pour l'observer à la dérobée. Lorsqu'elle releva enfin les yeux, leurs regards se croisèrent, et il la vit rougir légèrement. Marcus se morigéna intérieurement. Fort heureusement, leur serveuse revint leur apporter leurs boissons, lui offrant une diversion bienvenue.

— Qu'est-ce que Julia a pensé de la proposition de Darcy ? s'enquit-il lorsque la jeune femme eut pris leurs commandes.

Chloe avala une gorgée de vin avant de lui répondre.

— Elle a réagi comme nous, lui dit-elle enfin. Avec

méfiance. Mais elle sait aussi que nous ne pouvons nous permettre de refuser.

Marcus hocha la tête.

— Ce qui me paraît le plus étrange, dans cette affaire, c'est le fait que Darcy veuille uniquement se confier à nous.

— Peut-être nous considère-t-elle comme des ennemis respectables, avec qui elle pourra parler d'égal à égal, suggéra Chloe.

— Ou peut-être compte-t-elle nous le faire payer en nous décrivant ses crimes par le menu et en nous laissant entendre que, si nous l'avions capturée plus rapidement, nous aurions pu épargner de nombreuses victimes innocentes…

— Ce ne serait pas étonnant de sa part, en effet, concéda gravement Chloe. Mais, même dans ce cas, le jeu en vaudra la chandelle.

Marcus hocha la tête. Il en était effectivement convaincu. Mais il espérait que Chloe avait pris la mesure de ce qui les attendait. Cette confrontation avec la tueuse en série n'aurait rien d'une sinécure. Elle exigerait d'eux des trésors de calme et d'impassibilité pour résister aux provocations que ne manquerait pas de leur opposer Darcy.

— Ce qui m'intrigue le plus, reprit Chloe, c'est qu'elle ne m'ait rien dit du tout jusqu'à présent. Je suis pourtant allée lui rendre visite en prison. Mais elle a prétendu qu'elle ne se souvenait de rien.

— Peut-être a-t-elle fini par comprendre que cette défense ne la mènerait nulle part, dit-il.

— Sans doute, acquiesça pensivement Chloe. En tout cas, j'espère que je parviendrai à renouer le lien qui existait entre nous, lorsqu'elle était au lycée.

— Est-ce vraiment souhaitable ? objecta Marcus en fronçant les sourcils. En le réactivant, tu t'exposeras encore un peu plus.

— C’est un risque que je suis prête à courir si cela nous permet d’obtenir une confession sincère.

— C’est bien ce qui me fait peur, murmura Marcus.

— Nous devons aussi considérer cette entrevue sous l’angle juridique, nous assurer qu’elle ne risque pas de fragiliser l’accusation, au cas où Darcy se rétracterait et où le procès aurait lieu.

— Je te fais confiance pour que tout soit fait selon les règles. Le procureur général et toi avez tout loisir de potasser la question, le temps que les autres juridictions reviennent vers vous. Mais ce n’est pas la seule chose que nous ayons à craindre, à mon avis.

— À quoi penses-tu ?

— Il y a des chances pour que Darcy interrompe sa confession en plein milieu pour exiger de nouvelles concessions : une réduction de peine, par exemple, ou des conditions de détention plus favorables.

— Nous lui ferons clairement comprendre en amont que ces options ne sont pas sur la table, déclara Chloe avec aplomb.

Marcus hocha la tête : il avait déjà constaté à quel point elle pouvait se montrer ferme au cours d’une négociation.

— Comment saurons-nous si elle nous a vraiment tout dit ? demanda-t-il alors.

— Tu sais comme moi que c’est impossible, répondit gravement Chloe. Darcy ne nous racontera que ce qu’elle est prête à nous dire. Il est à peu près certain qu’elle laissera des zones d’ombre. Mais ce sera toujours plus que ce que nous obtiendrions d’elle dans un tribunal où elle aura tout à perdre en parlant.

— Tu as sans doute raison, soupira Marcus.

Chloe porta son verre de vin à ses lèvres et avala une nouvelle gorgée de merlot.

— Cela faisait longtemps que je n'étais pas allée au restaurant, lui avoua-t-elle alors. Ces derniers mois, entre l'affaire Darcy Owens et celle des Transgresseurs, je n'ai pas eu une minute à moi. Je risque de m'ennuyer, lorsque ces deux dossiers seront bouclés.

— C'est exactement ce que je me suis dit lorsque Darcy a été arrêtée, acquiesça Marcus en souriant. Mais comme me l'a rappelé très récemment le directeur de Rocky Mountain Justice, il y a toujours une autre affaire qui finit par se présenter.

— C'est vrai, reconnut Chloe. Et puis, qui sait ? Mes récents succès m'ouvriront peut-être de nouvelles perspectives…

Marcus sentit son ventre se nouer. Chloe envisageait-elle de quitter déjà Pleasant Pines ? Bien sûr, elle ne lui avait jamais caché ses ambitions. À terme, il savait qu'elle espérait devenir procureure générale de l'État. Mais il avait toujours pensé qu'il s'agissait d'une perspective assez lointaine.

L'idée qu'elle puisse partir lui fit brusquement prendre conscience d'une réalité qu'il ne s'était encore jamais formulée jusqu'alors.

La sensation de frustration qu'il éprouvait depuis que Darcy Owens avait été arrêtée ne tenait pas uniquement à une insatisfaction d'ordre professionnel. Ce qui lui manquait le plus, en réalité, c'était la présence régulière de Chloe à ses côtés.

Au cours de cette enquête, il s'était habitué à la voir presque chaque jour et à avoir de longues discussions avec elle. Mais il commençait à craindre que cette époque ne soit définitivement révolue.

Lorsque la serveuse revint avec leurs plats, Chloe prit conscience du fait qu'elle était affamée. Elle avait passé sa journée à travailler et n'avait rien avalé depuis ce matin-là. Elle s'attaqua donc à son assiette avec appétit, tout en continuant de discuter de l'entretien avec Darcy Owens qui les attendait.

Marcus était probablement la seule personne à comprendre réellement ce qu'avait signifié pour elle cette affaire. Cela avait été le plus gros dossier dont elle ait jamais été chargée. Et elle avait pris le risque de faire appel à la police locale et à une société privée, au grand dam du FBI qui estimait être le seul organisme compétent.

Ce pari osé s'était révélé payant, en fin de compte. Mais Chloe n'oubliait pas les dégâts qu'avait causés Darcy en traversant Pleasant Pines. Des gens étaient morts. Et Chloe entendait bien leur rendre justice.

— Il ne nous reste plus qu'à nous armer de patience en espérant que les autres procureurs ne feront pas trop traîner la procédure, conclut-elle lorsque Marcus et elle eurent passé en revue les différents risques que représentait cette future confrontation.

— Je dois bien reconnaître que je me sentirai soulagé lorsque cette affaire sera définitivement derrière nous.

— Moi aussi. Comme je te le disais, cela fait des mois que je n'ai pas eu une soirée de libre. J'ai raté des tas de films que j'ai bien l'intention d'aller voir. Je voudrais aussi me remettre très sérieusement au sport. Et il faudra que je me résolve à faire un grand ménage dans mon appartement… Et toi ? Que comptes-tu faire, une fois que ce sera terminé ?

— Je pense que je prendrai quelques jours de congé pour aller rendre visite à mes parents dans le New Jersey.

— Je croyais que tu étais originaire de Denver, s'étonna Chloe.

— En fait, je suis né à Morristown. Je n'ai été muté à Denver qu'après avoir rejoint le FBI.

— Ça ne te manque pas ?

— Si, bien sûr, parfois. J'aime beaucoup Pleasant Pines, mais l'endroit est parfois un peu trop calme à mon goût.

— J'imagine, acquiesça Chloe. Tu dois te sentir un peu à l'étroit, ici. Ce n'est pas facile de rencontrer de nouvelles personnes, surtout lorsqu'on est célibataire…

Alors même qu'elle prononçait ces mots, Chloe sentit les battements de son cœur s'emballer. Avait-elle réellement envie d'en savoir plus sur la vie amoureuse de Marcus ? La simple idée qu'il puisse sortir avec une autre femme éveillait en elle un pincement de jalousie aussi absurde que déplacé.

Elle n'avait aucun droit sur lui. Elle s'était toujours efforcée de maintenir une certaine distance entre eux, probablement parce qu'elle avait très peur de céder à l'attirance qu'il exerçait sur elle.

Mais la remarque qu'elle venait de formuler lui avait échappé, émergeant probablement tout droit des tréfonds de son inconscient. Fort heureusement, ils furent de nouveau interrompus par leur serveuse qui leur apportait les cafés qu'ils avaient commandés.

— Je n'ai pas vraiment eu le temps de me préoccuper de ma vie amoureuse, depuis que je suis arrivé à Pleasant Pines, déclara alors Marcus. Et toi ? Est-ce que tu sors avec quelqu'un, en ce moment ?

Chloe ne put s'empêcher de rougir. Mais elle ne pouvait reprocher à Marcus sa curiosité : après tout, c'était elle qui avait abordé le sujet la première.

— Non, répondit-elle avec un sourire un peu nerveux. Comme toi, je n'ai pas beaucoup de temps pour cela. Et puis, comme je le disais à l'instant, le nombre de personnes disponibles est assez limité, dans une si petite ville...

— L'avantage, du coup, c'est que nous sommes tous les deux libres, remarqua Marcus en la regardant droit dans les yeux.

Chloe rougit de plus belle, sentant les battements de son cœur s'emballer dans sa poitrine. Elle avait ouvert la boîte de Pandore et se retrouvait brusquement confrontée à toute l'ambiguïté de ses sentiments à l'égard de Marcus.

L'expression qu'elle lisait dans son regard lui indiquait clairement qu'il la désirait – et elle ne pouvait nier le fait que c'était réciproque. Dès le jour où ils avaient déjeuné ensemble Chez Sally, près d'un an auparavant, elle avait été sensible à son charme. Il était intelligent, plein d'humour et terriblement sexy.

Si elle se montrait parfaitement honnête, d'ailleurs, elle l'avait déjà trouvé séduisant lorsqu'il était intervenu dans sa classe, à l'université, des années plus tôt.

Mais pouvait-elle vraiment se permettre de céder à cette attirance alors que tous deux étaient à peu près certains de devoir collaborer de nouveau à l'avenir ? Cela ne constituerait-il pas un conflit d'intérêts ? Et s'ils se séparaient en mauvais termes, cela ne risquait-il pas de compliquer encore les choses ?

— Je ne suis pas sûre que ce soit une bonne idée, répondit-elle enfin d'une voix légèrement étranglée.

— Si c'est ce que tu penses, je n'insisterai pas, dit-il. Et je te promets que je ne t'en voudrai pas. Je suis un grand garçon et ce n'est pas la première fois que quelqu'un repousse mes avances.

— Ce n'est pas que je n'en aie pas envie, Marcus, lui avoua-t-elle, optant pour la franchise. Si nous ne travaillions pas ensemble régulièrement, je n'hésiterais pas un seul instant… Mais nous serons certainement amenés à recommencer au cours des mois à venir. Et cela pourrait compliquer les choses.

— Je comprends, acquiesça sobrement Marcus.

Sa déception était évidente mais il se força à faire bonne figure et lui sourit.

— Je reconnais que je suis déçu mais je ne peux pas te reprocher ton professionnalisme, ajouta-t-il avec élégance. J'espère juste que je n'ai pas gâché notre amitié.

— Pas du tout, lui assura-t-elle, la mort dans l'âme.

De tous les refus qu'elle avait opposés dans sa vie, celui-ci était incontestablement le plus douloureux.

— Je n'ai pas beaucoup d'amis et je te considère comme l'un d'eux, reprit-elle maladroitement. Et je tiens beaucoup à la relation que nous avons bâtie au cours de ces derniers mois…

— Moi aussi, dit gravement Marcus.

Loin de la réconforter, la compréhension dont il faisait preuve ne faisait qu'ajouter à ses regrets. N'était-elle pas en train de laisser passer sa chance ? N'avait-elle pas le droit, pour une fois, de se laisser aller au désir qu'elle éprouvait ? D'oublier, ne fût-ce qu'une nuit, son travail et ses responsabilités ?

— Excuse-moi une minute, tu veux bien ? demanda-t-elle à Marcus.

Il hocha la tête, et elle quitta la table. Tandis qu'elle traversait la salle du restaurant, elle sentait le regard de son compagnon peser sur elle. En passant devant le bureau de la réception, elle ne put s'empêcher de jeter un coup d'œil au tableau où étaient accrochées les clés des chambres de l'auberge.

La tentation était grande d'en réserver une pour la nuit mais elle y résista et se dirigea vers les toilettes. Là, elle se passa un peu d'eau sur le visage et considéra longuement son reflet dans le miroir qui lui faisait face. Elle ne put s'empêcher de remarquer le rouge qui colorait ses pommettes ainsi que le regard troublé que lui renvoyait la glace.

Chloe n'était pas femme à se laisser guider par ses émotions. Elle se targuait généralement de prendre ses décisions de façon mûrement réfléchie, après avoir longuement soupesé les conséquences de ses choix. À cause de cela, on lui avait même parfois reproché de manquer de spontanéité.

Pourtant, Marcus avait le don de la déstabiliser. Plus elle le fréquentait et plus elle avait du mal à réprimer le désir qu'il lui inspirait. Jusqu'à ce soir, il s'était gardé de laisser filtrer la moindre ambiguïté dans leurs rapports, respectant scrupuleusement la distance qu'elle avait instaurée entre eux.

Mais, à présent, elle ne pouvait plus se réfugier derrière des non-dits et feindre d'ignorer l'incontestable alchimie qui existait entre eux. Quelle raison avait-elle de le faire, d'ailleurs ? Pourquoi ne laisserait-elle pas libre cours à l'envie qu'elle avait de lui ?

Ils étaient des adultes responsables. Et si cette décision s'avérait être une erreur, ils sauraient bien éviter qu'elle n'entache leurs relations de travail.

D'ailleurs, songea-t-elle, satisfaire le désir lancinant qu'elle avait de Marcus l'aiderait peut-être à s'en détacher, à ne pas le laisser prendre l'ascendant sur elle comme c'était le cas à présent. En y cédant, elle éviterait qu'il ne devienne une véritable obsession.

— Ne sois pas ridicule, se murmura-t-elle d'un ton réprobateur. C'est du sophisme et tu le sais très bien.

Le plus raisonnable était de prendre congé de Marcus,

de rentrer chez elle et de travailler sur la plaidoirie qui l'attendait demain.

Forte de cette bonne résolution, elle quitta les toilettes et retraversa le hall d'accueil. Mais, avant même de l'avoir consciemment décidé, elle obliqua vers le bureau de la réception.

De toute façon, songea-t-elle, il n'y avait quasiment aucune chance pour qu'ils aient une chambre de libre à la dernière minute.

— Puis-je vous aider ? lui demanda l'employé de l'auberge qui était installé derrière le comptoir.

— Je sais que je m'y prends un peu tard mais je me demandais si, par hasard, vous aviez une chambre disponible ?

— J'en doute, hélas. Mais laissez-moi regarder, au cas où…

Il pianota sur son clavier.

— On dirait bien que nous sommes complets, déclara-t-il au bout de quelques instants.

Chloe n'aurait su dire ce qui, du soulagement ou de la déception, l'emportait en elle, en cet instant.

— Attendez, s'exclama alors l'employé. J'oubliais… Il y a la 15 qui est libre. La personne qui l'avait réservée a appelé pour annuler à la dernière minute. Est-ce que vous la voulez ?

Le cœur de Chloe se mit à battre la chamade, et un frisson langoureux la parcourut de part en part.

— Je crois que je vais la prendre, répondit-elle.

3

Lorsque Chloe ouvrit les yeux, ce matin-là, il lui fallut quelques instants pour se rappeler pourquoi le plafond qu'elle contemplait n'était pas celui de sa propre chambre à coucher.

Puis les souvenirs de la nuit passionnée qu'elle venait de passer déferlèrent soudain en elle, l'emplissant d'un mélange de désir et d'angoisse. Le rêve qu'elle avait fait si souvent s'était enfin réalisé.

Lorsqu'elle était retournée à la salle à manger, la veille au soir, elle avait posé la clé de la chambre sur la table sans dire un mot. Marcus l'avait regardée droit dans les yeux et, dans ce regard, elle avait lu tout le désir qu'il avait d'elle.

— Tu es sûre ? lui avait-il demandé.

Elle s'était contentée de hocher la tête, craignant que sa voix ne la trahisse. La prenant par la main, il l'avait entraînée jusqu'à la chambre. Là, il l'avait déshabillée très lentement, comme s'il voulait savourer chaque instant et apprendre à connaître le moindre détail de son corps.

Passé le moment de gêne initial, Chloe s'était abandonnée à cette exploration et aux caresses délicieuses qui l'accompagnaient. Marcus s'était révélé être un amant doux, prévenant et attentionné, et elle avait rapidement perdu le compte des moments d'extase qu'il avait su faire naître en elle.

Puis il lui avait l'amour, l'emportant plus loin encore et lui faisant découvrir un plaisir dont l'intensité dépassait tout ce qu'elle avait pu connaître jusqu'alors.

Elle se serait probablement contentée de cette étreinte fougueuse et passionnée, mais Marcus n'en était pas resté là et la nuit qui s'était ensuivie avait été la plus intense et la plus excitante de toute son existence.

Ce n'est qu'aux premières heures du matin que tous deux avaient fini par s'endormir dans les bras l'un de l'autre, moins par manque de désir réciproque que par épuisement. Chloe ne se rappelait plus précisément ce dont elle avait rêvé ensuite, mais elle savait que Marcus y avait figuré en bonne place.

Se redressant sur un coude, elle observa son amant qui dormait toujours à ses côtés. Elle admira son torse parfaitement découpé, ses bras musclés et son ventre plat. Le drap dissimulait le reste de son anatomie. Dans son sommeil, il arborait une expression paisible.

Elle résista à l'envie qu'elle avait de poser les lèvres sur celles de Marcus. Mais elle craignait de le réveiller. Or elle avait besoin d'un peu de temps pour réfléchir à ce qui s'était passé entre eux.

Elle ne regrettait pas du tout d'avoir cédé à l'envie qu'elle avait de lui. Cette nuit avait surpassé en intensité tout ce qu'elle avait pu imaginer. Mais elle savait aussi que leur aventure ne pouvait durer.

Le fait qu'ils soient aussi compatibles sur le plan physique ne changeait rien à la réalité de leurs relations. Et les raisons qu'elle avait de maintenir ses distances vis-à-vis de lui n'avaient pas miraculeusement disparu juste parce qu'ils avaient fait l'amour.

Réprimant un soupir, elle se détourna pour jeter un coup d'œil au réveil qui était posé sur la table de nuit. Il indiquait six heures et demie du matin. Chloe se rappela alors qu'elle n'avait toujours pas rédigé sa plaidoirie et qu'elle allait devoir s'y mettre très rapidement si elle voulait être prête pour le procès qui devait se tenir ce matin-là.

Précautionneusement, elle sortit du lit et ramassa ses vêtements éparpillés sur le sol de la chambre avant de se diriger vers la salle de bains. Là, elle prit une douche rapide avant de se rhabiller et de se recoiffer. Lorsqu'elle ressortit, elle constata que Marcus s'était réveillé à son tour et qu'il était assis sur le lit.

— Tu comptais filer à l'anglaise ? lui demanda-t-il en souriant.

C'était précisément ce qu'elle avait espéré faire, en effet.

— Il est encore tôt, se justifia-t-elle. Je ne voulais pas te réveiller.

Marcus jeta un coup d'œil à sa montre et hocha la tête.

— Nous pourrions commander un bon petit déjeuner, suggéra-t-il. Et, en attendant qu'il arrive, ajouta-t-il malicieusement, nous trouverons bien une façon de tuer le temps…

— Je ne peux pas rester, hélas, répondit-elle. Je dois encore rédiger ma plaidoirie pour le procès des Transgresseurs.

— Je comprends, acquiesça Marcus en recouvrant son sérieux. Partie remise, dans ce cas ?

Chloe prit une profonde inspiration. Mieux valait se montrer franche envers lui : il ne servait à rien de lui donner de faux espoirs alors que sa propre décision était déjà arrêtée.

— Écoute, Marcus, lui dit-elle. Cette nuit a été vraiment… fantastique… Mais nous ne pouvons pas nous permettre de recommencer.

— Pourquoi pas ? répliqua-t-il, visiblement pris de court par ce qu'elle venait de lui dire.

Ne comprenait-il pas à quel point une telle liaison risquait de compromettre leur travail ?

— Parce que je suis la procureure de Pleasant Pines et que je serai amenée à collaborer régulièrement avec Rocky Mountain Justice. Le fait d'être amants compliquerait les choses et compromettrait notre objectivité.

— Je vois, répondit-il sobrement.

En avisant l'expression qui se peignait sur son visage, elle n'était pas certaine que tel soit le cas. Il semblait surtout déçu et blessé. Et, bien qu'elle soit convaincue d'avoir pris la bonne décision, Chloe ne put réprimer un léger sentiment de culpabilité.

— Je suis désolée de partir aussi vite mais il faut encore que je repasse par chez moi avant d'aller au tribunal…

— Je ne te retiens pas, lui rétorqua Marcus assez froidement.

Chloe se dirigea vers la porte de la chambre. Lorsque sa main se posa sur la poignée, elle se tourna à demi vers Marcus qui l'avait suivie du regard.

— Merci pour tout, lui dit-elle. Cette nuit a été parfaite.

— Tant mieux, lança-t-il d'une voix atone.

Elle hésita un instant avant de quitter la pièce. Elle s'en voulait de partir de cette façon mais ne savait vraiment pas quoi ajouter à ce qu'elle venait de lui dire. Durant quelques instants, elle demeura immobile dans le couloir, s'efforçant de ravaler le mélange de frustration et de tristesse qui montait en elle.

Elle espérait contre toute attente que Marcus s'élancerait à sa poursuite et tenterait de la convaincre de rester. Mais il n'en fit rien, bien sûr. Il devait savoir comme elle que c'était la meilleure solution.

Chloe descendit l'escalier qui menait au hall de réception.

Elle salua l'employé qui était de service ce matin-là, puis sortit de l'auberge.

Dehors, le ciel était gris. Une chape de brume s'étendait sur la forêt toute proche. La ville, quant à elle, était encore quasiment déserte à cette heure matinale.

Au moins, songea-t-elle, il n'y aurait personne pour la voir sortir d'un hôtel au petit matin et se demander avec qui elle avait bien pu y passer la nuit. À grands pas, Chloe se dirigea vers sa voiture qui était toujours garée sur le parking de l'auberge.

S'efforçant de ne plus penser à la nuit qu'elle venait de passer et à l'expression de Marcus lorsqu'elle avait refermé la porte de la chambre derrière elle, Chloe se concentra sur la journée qui l'attendait et qui risquait d'être très longue.

La salle d'audience du petit tribunal de Pleasant Pines ne pouvait pas accueillir beaucoup plus d'une cinquantaine de spectateurs. La plupart du temps, c'était amplement suffisant. Mais ce jour-là, la pièce était bondée, et les assesseurs avaient même dû ajouter des sièges pliants pour accueillir les proches et les familles des victimes des Transgresseurs.

Peter Knowles, le rédacteur en chef et principal journaliste de la *Gazette de Pleasant Pines*, se trouvait là, bien sûr, se réjouissant probablement de disposer pour une fois d'un sujet d'article intéressant. Croisant le regard de Chloe, il lui adressa un petit salut de la tête.

— Je déclare la séance ouverte, tonna alors le juge Harrington.

Un profond silence retomba sur la petite assemblée.

— Faites entrer les accusés, ajouta le magistrat.

Les portes de la salle d'audience s'ouvrirent, laissant apparaître Luke Winston et Rex Vanguard. Probablement sur les conseils de Stuart Riskin, leur avocat, ils avaient troqué leurs blousons et pantalons de cuir contre des costumes d'apparence nettement plus respectable.

Les policiers qui les encadraient les escortèrent jusqu'à la table qui se trouvait face au juge et défirent leurs menottes avant de se positionner à proximité.

— Luke Winston, Rex Vanguard, leur demanda alors Harrington, comptez-vous assurer seuls votre défense ou vous êtes-vous fait représenter par un avocat ?

Stuart Riskin se leva aussitôt.

— Je les représente tous les deux, Votre Honneur, répondit-il.

Tandis que le juge lisait les chefs d'accusation dont devaient répondre les deux accusés, Chloe vit Marcus entrer sur la pointe des pieds. Il avait dû repasser chez lui, lui aussi, car il s'était rasé de frais et portait un costume sombre qui mettait en valeur sa silhouette athlétique.

Malgré elle, elle ne put s'empêcher de revoir le torse puissant sur lequel elle avait laissé courir ses doigts, les bras musclés qui s'étaient refermés autour de sa taille et les cuisses puissantes qui s'étaient pressées contre les siennes.

— Madame Ryder, vous êtes avec nous ?

Chloe sursauta et rougit violemment avant de diriger son regard vers le juge.

— Je suis là, Votre Honneur, lui assura-t-elle.

— Parfait, déclara Harrington en se tournant de nouveau vers le banc de la défense. Maître Riskin, avez-vous une déclaration préliminaire à faire ?

— Certainement, Votre Honneur…

Chloe s'efforça de se concentrer sur l'intervention de Riskin. Mais la présence de Marcus à quelques mètres d'elle la déconcentrait, et elle avait beaucoup de mal à faire abstraction des souvenirs de la nuit qu'ils avaient passée ensemble.

— Madame Ryder ? l'interpella de nouveau le juge.

— Oui, Votre Honneur ?

— Vous pouvez appeler votre premier témoin.

Pour se donner une contenance, Chloe jeta un coup d'œil à la liste qui était posée devant elle.

— Votre Honneur, j'appelle à la barre Marcus D. Jones.

Marcus se leva et traversa la salle pour gagner le box des témoins. Lorsqu'il eut prêté serment, Chloe s'approcha de lui.

— Monsieur Jones, lui dit-elle, pourriez-vous expliquer à la cour la nature de votre travail ?

— Certainement. Je suis à la tête de la branche locale d'une firme appelée Rocky Mountain Justice. Il s'agit d'une société privée spécialisée dans le domaine de la sécurité.

— Pouvez-vous décrire le genre de missions que vous accomplissez dans le cadre de cette fonction ?

— RMJ peut effectuer toutes sortes de tâches liées à la sécurité privée, expliqua Marcus. De la surveillance de locaux, par exemple, ou de la protection rapprochée. Nous coopérons aussi avec les autorités dans le cadre de missions concernant la sécurité publique, notamment la traque de criminels ou de fugitifs.

— Pouvez-vous donner à la cour un exemple de ce genre d'activité ?

— Eh bien, récemment, nous avons participé à la traque de Darcy Owens en étroite collaboration avec la police de Pleasant Pines qui ne disposait pas d'effectifs suffisants pour remplir seule cette tâche.

— Quel rôle a joué Rocky Mountain Justice dans l'enquête concernant le gang de motards se faisant appeler les Transgresseurs ?

— Ma société a été contactée au printemps dernier par Travis Cooper, l'adjoint au shérif de la police de Pleasant Pines. Il s'était rendu au camp des Transgresseurs et avait de bonnes raisons de penser que le gang fabriquait et stockait de la drogue sur place. Il les soupçonnait également de retenir plusieurs femmes contre leur gré.

Chloe interrogea alors Marcus sur le raid que RMJ avait mené en coordination avec la police locale. Les repérages préliminaires avaient permis d'établir que les femmes étaient retenues prisonnières dans une caravane et que seule une intervention musclée permettrait de les délivrer.

Marcus décrivit ensuite en détail la façon dont s'était déroulé l'assaut.

— Je n'ai pas d'autres questions, Votre Honneur, conclut Chloe lorsqu'il eut terminé son récit.

— Est-ce que la défense souhaite interroger le témoin ? demanda le juge Harrington.

— Ce ne sera pas nécessaire, Votre Honneur, répondit Riskin.

Le juge libéra Marcus. Chloe le regarda retraverser la salle d'audience pour aller s'installer au fond de la pièce. Malgré elle, elle ne put s'empêcher d'éprouver une pointe de soulagement. Elle allait peut-être enfin pouvoir se concentrer pleinement sur le procès.

Au cours des deux heures qui suivirent, elle fit défiler à la barre ses témoins : l'employé d'une station-service qui avait aperçu les femmes kidnappées par les Transgresseurs, le propriétaire d'un petit supermarché où le gang allait s'approvisionner en alcool et qui avait entendu les membres faire allusion aux fêtes qu'ils organisaient.

Pris séparément, chacun de ces témoignages était incriminant. Considérés dans leur ensemble, ils devenaient accablants. Et, à mesure qu'elle déroulait sa démonstration implacable, Chloe comprit qu'elle allait obtenir gain de cause.

Comme elle sentait monter en elle la griserie de la victoire, Riskin demanda la parole.

— Votre Honneur, je souhaiterais solliciter une entrevue dans votre bureau en présence de la procureure de district.

— Je n'y vois pas d'inconvénient, répondit le juge, visiblement surpris par cette demande.

Chloe l'était tout autant. Jusqu'ici, les deux accusés avaient refusé toute négociation. Alors que mijotait donc Stuart Riskin ?

4

Le bureau du juge Harrington était une pièce relativement peu spacieuse desservie par deux portes dont l'une donnait directement sur la salle d'audience. Des rangées d'étagères chargées de livres de droit et de recueils de jurisprudence garnissaient l'un des murs. La table de travail massive était encombrée de dossiers et de classeurs.

— Je vais aller droit au but, déclara Riskin en prenant place sur l'une des chaises y faisant face. Ce procès est très mal engagé pour mes clients. Les témoignages que vient de présenter l'accusation sont édifiants. Et je vous dirai très franchement que je n'ai pas grand-chose à objecter.

— J'imagine que c'est la raison de notre présence ici, acquiesça le juge. Vous voulez négocier.

— Je n'ai pas le choix, reconnut Riskin avant de se tourner vers Chloe. Que me proposez-vous ?

Chloe fronça légèrement les sourcils. Les deux hommes étaient accusés de trafic de drogue, d'enlèvement et de proxénétisme. Et, jusqu'ici, ils n'avaient pas donné le moindre signe de regrets ou de contrition. À ses yeux, cela justifiait amplement une peine de prison à vie.

Réprimant un soupir, elle calcula les peines applicables en de telles circonstances : dix ans de prison pour le trafic d'êtres humains, plus huit ans pour le trafic de drogue.

— Vingt ans de prison ferme à la prison de haute

sécurité de Rawlins sans libération anticipée possible, déclara-t-elle posément.

L'avocat secoua doucement la tête.

— Je suis prêt à accepter une peine de dix ans avec une possibilité de libération anticipée au bout de huit ans minimum, répondit-il.

— C'est une plaisanterie ? protesta vivement Chloe. Vu les charges qui pèsent sur vos clients, je pourrais demander la perpétuité. Si la défense ne présente pas de proposition plus sérieuse que cela, nous perdons notre temps, Votre Honneur. L'accusation dispose d'un dossier très solide.

— Au vu des éléments qui ont été présentés jusqu'ici, je ne peux qu'abonder dans le sens de la procureure, dit le juge Harrington. Vous devriez peut-être vous entretenir avec vos clients et leur faire part de l'offre de Mlle Ryder, Stuart…

— Que diriez-vous de vingt ans avec une possibilité de libération anticipée au bout de douze ans ? suggéra l'avocat.

— Pas de libération anticipée, insista Chloe. Ce qu'ont fait ces hommes est inqualifiable.

— Très bien, soupira Riskin. Vingt ans incompressibles…

— Parfait, déclara le juge. Si vos clients donnent leur accord, maître, je suis prêt à prononcer la sentence. En revanche, ajouta-t-il à l'attention de Chloe, la prison de haute sécurité de Rawlins est pleine, en ce moment. En attendant que des places se libèrent, je demanderai que l'on transfère les prévenus au centre de détention du Nord-Wyoming.

— Je n'y vois pas d'objection, Votre Honneur, concéda Chloe.

Le centre de détention était équipé pour recevoir des détenus aux longues peines. Luke et Rex pourraient être placés dans le quartier réservé aux criminels violents et tenus à l'écart des autres prisonniers.

Harrington, Riskin et Chloe regagnèrent la salle d'audience où furent reconduits les prévenus. L'avocat de ces derniers entreprit de leur exposer les conditions qu'il venait de négocier en leur nom.

— Vingt ans ? s'exclama Luke lorsqu'il eut terminé. Vous plaisantez ? Je préfère attendre le verdict du juge.

— Le juge a donné son accord, objecta Riskin. Cela signifie qu'il s'apprêtait probablement à prononcer une peine plus lourde que cela. Rex, ajouta-t-il, vous n'avez encore rien dit. Qu'est-ce que vous en pensez ?

Chloe n'entendit pas la réponse du client de Stuart. Presque malgré elle, elle cherchait des yeux Marcus dans la foule. Lorsque leurs regards se croisèrent, elle ne put réprimer un léger frisson.

— Chloe ?

Se tournant vers Riskin qui venait de l'interpeller, elle constata qu'il s'était rapproché d'elle.

— Mes clients demandent que leur peine soit ramenée à quinze ans, lui dit-il.

Chloe savait que le juge espérait obtenir un accord qui épargnerait aux victimes et à leurs proches une série de témoignages éprouvants. Mais elle se refusait à laisser Rex et Luke s'en tirer à si bon compte après les atrocités qu'ils avaient commises.

— Pas question, répondit-elle.

Elle se tourna vers les accusés. Rex était apparemment absorbé dans la contemplation de ses mains tandis que Luke la considérait d'un air mauvais. Refusant de se laisser intimider, elle soutint son regard.

— Vos clients ont le choix, ajouta-t-elle. Accepter une peine de vingt ans ou courir le risque de se voir condamnés à la perpétuité.

— Je vais le leur dire, acquiesça Riskin.

— Pas la peine, répliqua Luke. J'ai très bien entendu ce qu'elle a dit. Vous pouvez lui dire d'aller se faire voir. N'est-ce pas, Rex ?

Ce dernier esquissa une petite grimace.

— Je ne sais pas, déclara-t-il enfin d'une voix hésitante. Vingt ans, c'est long, mais ça vaut quand même mieux que d'être enfermés jusqu'à la fin de nos jours…

— C'est à vous de décider, répondit Chloe en haussant les épaules. Prenez votre temps et réfléchissez-y bien.

Elle fit mine de se détourner. Mais, avant même qu'elle ait compris ce qui était en train de se produire, elle sentit quelqu'un la percuter de plein fouet et fut projetée en avant. Elle heurta violemment le pupitre du box des témoins, et la salle se mit à tourner autour d'elle.

Elle n'eut pas même le temps de reprendre ses esprits avant de se retrouver plaquée à terre. Un poids l'écrasa soudain, et un coup de poing cueillit sa pommette, lui arrachant un cri de douleur. Par réflexe, elle leva les bras pour tenter de se protéger contre les coups qui continuaient de pleuvoir.

Plusieurs personnes criaient dans l'assistance. Le juge Harrington appelait les policiers en faction devant la porte. Puis, soudain, les coups cessèrent et le poids qui la maintenait au sol disparut. Un peu sonnée, Chloe se força à se redresser.

Elle comprit alors que c'était Marcus qui venait d'écarter d'elle Luke Winston. Les deux hommes étaient en train de se battre sous le regard médusé des membres de l'assistance. Luke décocha un coup de poing en plein visage à Marcus qui l'encaissa sans broncher. Sa lèvre se mit à saigner.

Luke tenta d'enchaîner avec un nouveau crochet mais, cette fois, Marcus parvint à se saisir de son bras. Avec une facilité déconcertante, il opéra une violente torsion qui projeta Luke à terre. Ce dernier poussa un hurlement de douleur et de rage.

Il fit mine de se redresser en se tenant le bras, mais les policiers étaient déjà sur lui et le plaquèrent sans ménagement avant de le menotter. Comprenant qu'il n'avait aucune chance de l'emporter, Luke se laissa faire.

— Est-ce que ça va ? demanda Marcus en s'agenouillant auprès de Chloe.

Elle effleura sa pommette à l'endroit où Luke venait de la frapper et ne put réprimer une grimace douloureuse.

— Je vais bien, murmura-t-elle, encore sous le choc de ce qui venait de se produire.

Elle aurait voulu se blottir entre les bras de Marcus pour y chercher un peu de réconfort. Mais c'était impossible, bien sûr.

Elle comprit alors qu'elle n'avait pas pleinement mesuré le risque qu'elle courait en décidant de passer la nuit avec lui. Elle ne pouvait se permettre de prendre l'assouvissement de leur désir mutuel pour quelque chose de plus. Commettre une telle erreur risquerait de lui coûter bien plus que sa crédibilité professionnelle. Elle ignora donc la main que lui tendait Marcus et se releva par elle-même.

— Je vais bien, répéta-t-elle d'une voix nettement plus ferme.

Il la considéra longuement avant de hocher la tête. Mais son regard indiquait clairement qu'il n'était pas convaincu. Il se garda pourtant d'insister, ce dont elle lui fut reconnaissante.

En dépit de l'heure tardive et des contusions qui la faisaient toujours souffrir, Chloe ne pouvait se résoudre à quitter son bureau. Sachant qu'elle était celle qui connaissait le mieux l'affaire Darcy Owens, le procureur de l'État l'avait chargée de rédiger un courrier qu'ils adresseraient aux différents procureurs concernés par le dossier. Elle y présentait en détail les chefs d'accusation et les incertitudes auxquelles les enquêteurs étaient confrontés puis détaillait les termes de l'accord qu'elle comptait proposer à Darcy.

C'était une lourde responsabilité. Car si un seul des procureurs refusait ces conditions, plus aucune négociation ne serait possible. Chloe espérait avoir exposé clairement les avantages d'un tel arrangement et les précautions qu'il convenait de prendre pour se prémunir contre tout vice de forme.

Elle était en train de relire le document lorsqu'elle entendit un bruit de pas dans le couloir. Malgré elle, elle ne put s'empêcher de frissonner en songeant à la brutalité avec laquelle Luke Winston l'avait attaquée, ce matin-là. Mais Luke et Rex étaient en prison, de même que la plupart des membres de leur gang. Elle n'avait donc rien à craindre, théoriquement.

— Qui est là ? appela-t-elle d'une voix moins assurée qu'elle ne l'aurait souhaité.

— C'est Marcus.

Chloe ne put réprimer un soupir de soulagement.

— Entre.

Marcus s'avança dans son bureau. Il portait le même costume qu'au tribunal ce matin-là, mais il avait ôté sa cravate. Le simple fait de poser les yeux sur lui fit naître en elle une pointe de désir irrépressible.

— Salut, lui dit-il en se dirigeant vers elle.

— Salut, répondit-elle d'un ton qui se voulait léger.

— Comment te sens-tu ? lui demanda-t-il gravement.

Elle haussa les épaules.

— Je vais bien, lui assura-t-elle. Je t'avoue que j'ai été un peu secouée lorsque Luke m'a sauté dessus. Mais le procès est terminé, et j'ai eu gain de cause. Après ce qui s'est produit, leur avocat n'avait plus vraiment de marge de manœuvre. Ces salopards vont passer les vingt prochaines années de leur vie en prison et ne pourront plus faire de mal à personne.

— Tant mieux, répondit Marcus. Est-ce que ça te dirait d'aller manger un morceau Chez Sally pour fêter ça ?

— La journée a été longue, soupira Chloe. Je crois que je vais rentrer.

— Tu devrais avaler quelque chose avant, insista Marcus.

Chloe hésita un instant.

— Je ne peux pas, dit-elle enfin.

— Manger ?

Elle secoua la tête.

— Sortir avec toi. Ou avec qui que ce soit d'autre, d'ailleurs. Je suis à un moment de ma vie où j'ai besoin de me concentrer sur mon travail.

— Je comprends, acquiesça Marcus. Je sais que tu as des ambitions. Tu m'as dit qu'à terme, tu comptais devenir procureure générale, et je suis sûr que tu as les épaules pour y parvenir. Mais cela ne t'empêche pas d'avoir une vie personnelle…

Chloe secoua la tête.

— Je n'ai pas le temps pour ça, répondit-elle d'un ton sans appel.

Une grimace douloureuse passa sur le visage de Marcus.

— Je vois, dit-il.

— Ce n'est pas à cause de toi… C'est moi…

— Épargne-toi ce genre de discours, rétorqua-t-il avec un sourire amer. Je suis assez grand pour encaisser un rejet.

Chloe sentit son cœur se serrer dans sa poitrine. Elle avait conscience de ne pas s'y prendre correctement. Pour quelqu'un qui passait son temps à écrire des plaidoyers, elle se trouvait soudain très peu convaincante.

— Je t'assure que ça n'a rien de personnel, Marcus. Je suis juste à une période de ma vie où j'ai besoin de me concentrer sur ma carrière.

Il secoua la tête.

— Des tas de gens effectuent de brillantes carrières sans pour autant négliger leur vie personnelle, objecta-t-il. À ma connaissance, la plupart des procureurs sont mariés. Je ne veux pas que tu prennes ça pour une demande en mariage, ajouta-t-il précipitamment. Tout ce que je veux dire, c'est que tu n'as pas prononcé de vœu de célibat, que je sache.

— Bien sûr que non, soupira-t-elle. Mais c'est une question de priorité.

Marcus hocha la tête d'un air entendu.

— Je suis certain qu'un jour ou l'autre, tu rencontreras quelqu'un qui saura se rendre prioritaire.

Chloe fut tentée de protester, de lui dire que, si quelqu'un avait été susceptible d'y parvenir, c'était bien lui. Mais cela n'aurait fait que compliquer les choses.

— Tu as peut-être raison, murmura-t-elle.

Marcus tiqua de nouveau. Durant quelques instants, il demeura silencieux, ce qui ne fit qu'ajouter au désarroi de Chloe. Elle s'en voulait terriblement de le repousser de cette façon alors même qu'elle n'avait qu'une envie : venir se nicher entre ses bras.

Mais elle avait bien conscience du danger que cela représentait, justement. Elle s'était toujours targuée d'être parfaitement autonome, de ne dépendre de personne. C'était la pierre d'angle sur laquelle elle avait bâti sa vie professionnelle et personnelle.

— Nous pouvons toujours être amis, suggéra-t-elle.

Alors même qu'elle prononçait ces mots, elle se demanda

si c'était réellement possible après la nuit passionnée qu'ils avaient passée ensemble. Parviendrait-elle à oublier l'intimité qu'ils avaient partagée ? Elle en doutait. Mais ils allaient devoir continuer à travailler ensemble et il allait bien leur falloir trouver un nouveau modus vivendi.

— Amis, répéta Marcus d'un ton légèrement dubitatif. Pourquoi pas ?

En dépit des doutes et de la tristesse qui lui étreignaient la gorge en cet instant, Chloe se força à lui sourire.

— Amis, donc, conclut-elle en lui tendant la main.

Il hésita un instant avant de la serrer, et elle s'efforça d'ignorer le frisson que ce simple contact faisait courir le long de son bras.

5

Au cours des deux semaines qui suivirent, Chloe et son équipe commencèrent à préparer l'entretien avec Darcy Owens. Un bureau entier fut converti en centre de documentation exclusivement consacré aux crimes commis par la tueuse en série.

Une immense carte était accrochée au mur, sur laquelle figuraient l'itinéraire de Darcy à travers les États-Unis ainsi que tous les lieux où l'on avait retrouvé des victimes correspondant à son mode opératoire.

Chacun de ces dossiers faisait l'objet d'un panneau mural détaillant les circonstances, les éléments de preuve et les questions demeurant en suspens.

Au centre de la pièce, un bloc d'étagères métalliques avait été constitué pour accueillir les duplicatas de tous les dossiers de police correspondants.

Chloe et son équipe avaient déjà commencé à rédiger les questions qui seraient posées à Darcy ainsi que les aide-mémoire qui permettraient aux interrogateurs de vérifier les assertions de la tueuse et de mettre en évidence d'éventuelles contradictions.

Ce jour-là, Chloe avait convoqué Julia McCloud, Marcus Jones et Wyatt Thornton pour leur présenter l'avancée de ces travaux. C'était la première fois depuis près de quinze jours qu'elle revoyait Marcus, et cette perspective l'emplissait d'un mélange d'impatience et d'inquiétude.

Elle n'avait cessé de penser à lui et à la nuit qu'ils avaient passée ensemble. À de multiples reprises, elle avait été tentée de l'appeler pour avoir de ses nouvelles, pour lui dire qu'elle regrettait la brusquerie avec laquelle elle l'avait éconduit ou pour s'assurer qu'il ne lui en voulait pas.

Elle avait résisté à cette tentation, bien sûr. Et elle s'était efforcée d'ignorer les rêves érotiques qui venaient la visiter presque chaque nuit, et lui laissaient au matin une sensation de frustration et de mélancolie.

Rationnellement, elle était toujours convaincue d'avoir pris la bonne décision. Mais elle devait bien se rendre à l'évidence : émotionnellement, elle était loin d'avoir digéré ce qui s'était passé entre eux.

Fort heureusement, la présence de Julia et de Wyatt atténua un peu l'impact de ces retrouvailles. La shérif et l'adjoint de Marcus ne parurent pas s'apercevoir de la tension qui existait entre eux – à moins qu'ils ne soient trop polis pour le laisser transparaître.

— Merci de vous être tous libérés, déclara Chloe après les salutations d'usage. Comme vous le savez, Stuart Riskin, l'avocat de Darcy Owens, a pris contact avec moi pour proposer un arrangement : une confession complète en échange d'une peine de prison à perpétuité pour épargner à sa cliente une éventuelle condamnation à mort.

Ses visiteurs hochèrent la tête.

— Nous sommes en train de préparer cette rencontre, mais je ne vous cache pas que je suis très méfiante. Il ne s'agit peut-être que d'une manœuvre dilatoire de la part de Darcy. Wyatt, vous êtes certainement celui qui la connaissez le mieux. Qu'en pensez-vous ?

— Que vous avez raison de rester prudente, répondit le

psychocriminologue. Darcy est intelligente et calculatrice. Elle ne laisse rien au hasard.

— C'est vrai, acquiesça Julia d'un air sombre.

Elle était bien placée pour savoir à quel point la tueuse pouvait se révéler redoutable.

— Nous devons nous demander ce qu'elle a à gagner en acceptant de coopérer, ajouta Julia.

— Elle cherche peut-être simplement à avoir la vie sauve, suggéra Marcus.

Il était resté silencieux, jusque-là, se contentant d'un vague salut lorsque Wyatt et lui avaient rejoint Chloe. Elle ne pouvait lui en vouloir, étant donné la façon dont elle l'avait traité lors de leur dernière rencontre. Mais elle regrettait amèrement la camaraderie qu'ils avaient partagée autrefois.

— Comme tu me l'as dit la première fois que nous avons parlé de cet accord, nous n'avons pas le choix, reprit-il. En refusant les conditions posées par Darcy, nous renoncerions à résoudre de nombreux crimes et à offrir un semblant de paix aux familles des victimes.

— Je suis d'accord, acquiesça Julia.

Chloe interrogea Wyatt du regard. Ce dernier haussa les épaules d'un air résigné.

— Moi aussi, soupira-t-il. Darcy ne nous laisse pas vraiment d'autre choix. Nous devrons juste demeurer sur nos gardes et veiller à respecter scrupuleusement les lois en vigueur et les termes de l'accord pour éviter toute mauvaise surprise.

— Très bien, déclara Chloe. Je suis heureuse que nous soyons tous sur la même longueur d'onde. Comme vous le voyez, nous avons commencé à recenser les crimes dont Darcy est accusée et ceux qui pourraient correspondre à son modus operandi. Je sais que RMJ a fait de même.

Est-ce que vous avez découvert de nouveaux meurtres qui pourraient lui être imputés ?

— En effet, confirma Wyatt en sortant de sa mallette deux jeux de quatre dossiers qu'il tendit à Chloe et à Julia. Je suis quasiment convaincu que ces quatre hommes ont été assassinés par Darcy. Et si aucun d'eux ne figure parmi les crimes qu'elle confesse, nous devrons considérer ses aveux avec la plus grande suspicion.

Chloe jeta un coup d'œil aux quatre dossiers. Aucun des noms ne lui parut familier.

— Qu'est-ce qui vous fait penser que ces hommes pourraient avoir été tués par Darcy ?

— Ils correspondent au profil de ses victimes : ce sont tous des hommes, caucasiens, âgés de vingt-cinq à trente-cinq ans. Tous étaient en vacances, loin de chez eux. Et surtout, les autopsies ont permis de retrouver une très grande quantité d'alcool dans leur organisme, ce qui correspond au mode opératoire de Darcy.

Chloe interrogea Julia du regard.

— Si Wyatt est convaincu, cela me suffit, lança la jeune shérif. C'est le meilleur profileur que je connaisse.

— Très bien, déclara Chloe. Nous avons donc un indicateur qui devrait nous permettre de déterminer si Darcy nous ment ou non. Mais je vais encore avoir besoin de l'aide de Rocky Mountain Justice. Dès que nous aurons recueilli l'intégralité de son témoignage, il nous faudra vérifier un maximum d'informations. Seriez-vous prêts à vous en charger ?

— Absolument, répondit Marcus sans hésiter. Nous avons tout à fait les moyens d'entreprendre les recherches nécessaires. Et notre connaissance approfondie du dossier devrait nous permettre d'être très efficaces.

— C'est ce que je me disais, acquiesça Chloe, soulagée qu'il ait accepté sa proposition. Merci encore pour votre aide.

Marcus hocha sobrement la tête.

— Si nous en avons fini ici, nous allons vous laisser, dit-il.

Après avoir pris congé, il sortit, suivi par Wyatt. Chloe ne put réprimer une pointe de déception. Elle aurait aimé avoir l'occasion de renouer le contact avec Marcus, de s'assurer qu'il la considérait toujours comme une amie. Mais c'était peut-être trop demander. Il lui en voulait probablement toujours. Et elle n'était guère en position de s'en offusquer.

— Est-ce que ça va ? lui demanda alors Julia, la tirant brusquement de ses pensées.

Elle avait presque oublié la présence de la shérif à ses côtés.

— Je vais bien, affirma-t-elle en se forçant à sourire. Mais j'avoue que ce dossier me stresse pas mal.

— Avec un peu de chance, tout sera bientôt terminé, répondit Julia.

Chloe se mordilla pensivement la lèvre.

— Je ne sais pas si nous en aurons vraiment fini un jour avec Darcy, opina-t-elle enfin.

— Que voulez-vous dire ?

— Je l'ai rencontrée alors qu'elle était encore lycéenne. Je croyais bien ne plus jamais la revoir, mais elle a resurgi un beau jour à Pleasant Pines. Puis elle a disparu de nouveau et nous l'avons crue morte avant de la pister jusqu'à ce bunker, dans les montagnes. Elle nous a encore échappé jusqu'à ce que nous la retrouvions à l'hôtel White Wind…

— Mais elle est en prison, à présent, objecta Julia. Et nous allons faire en sorte qu'elle y reste jusqu'à la fin de ses jours. C'est pour cela que nous nous sommes battus.

— C'est vrai, reconnut Chloe. J'espère seulement

qu'elle ne nous réserve pas l'une de ces surprises dont elle a le secret…

Elle considéra pensivement Julia, hésitant à lui poser l'autre question qu'elle avait sur le bout de la langue.

— Vous connaissez très bien Marcus, lui dit-elle enfin. Vous avez travaillé ensemble, tous les deux. Ne vous a-t-il pas semblé différent, aujourd'hui ?

— Différent comment ? s'enquit Julia.

— Plus distant.

Julia haussa les épaules.

— Lui aussi est sans doute préoccupé par cette affaire, répondit-elle. Mais ce n'est pas étonnant. Il a toujours pris très à cœur les dossiers sur lesquels il travaille. C'est quelqu'un de très consciencieux, vous savez.

Chloe hocha la tête.

— Il a peut-être peur de commettre une erreur telle que celle qui lui a coûté son poste au FBI, suggéra Julia.

— Que s'est-il passé, exactement ?

— Ce n'est pas à moi d'en parler, rétorqua Julia, gênée. Tout ce que je peux vous dire, c'est qu'il poursuivait un mafieux russe et qu'il a refusé d'enfreindre le protocole. À cause de cela, l'homme en question a bien failli disparaître dans la nature.

— Est-ce à cause de cela qu'il a quitté le FBI ? Parce qu'il voulait avoir les coudées plus franches ?

— Je ne pense pas que ce soit la raison principale. Simplement, il savait que son erreur l'empêcherait d'évoluer au sein du bureau. Il a préféré accepter un poste qui lui offrirait plus de responsabilités.

Chloe se rappela alors ce que Marcus lui avait dit, au soir du procès de Luke Winston et Rex Vanguard : à ses yeux, couple et ambitions professionnelles n'avaient rien de contradictoire.

Elle s'efforça aussitôt de ravaler la question qui, au cours des deux dernières semaines, avait éveillé en elle un doute lancinant : se pouvait-il qu'il ait raison ?

De retour sur le parking, Marcus lança à Wyatt ses clés de voiture. Il se sentait bien trop distrait pour conduire. Son adjoint attrapa le trousseau au vol, et tous deux prirent place à bord du SUV aux vitres teintées.

— Est-ce que ça va ? lui demanda Wyatt lorsqu'il eut démarré.

Marcus se contenta de hocher la tête.

En réalité, il ne s'était pas attendu à ce que ces retrouvailles avec Chloe soient si éprouvantes pour lui. Au cours des deux dernières semaines, il avait vainement tenté de se convaincre que le fait qu'elle ait refusé de sortir avec lui était peut-être une bonne chose, qu'une telle liaison aurait probablement compliqué leurs rapports professionnels.

En réalité, c'était précisément le contraire qui s'était produit : depuis qu'elle l'avait repoussé, il avait beaucoup de mal à retrouver ses marques dans leurs relations. Loin de faire disparaître le désir qu'il avait d'elle, la nuit qu'ils avaient passée ensemble l'avait encore renforcé. Elle avait aussi instauré entre eux un malaise presque palpable.

Le simple fait de se retrouver dans la même pièce qu'elle constituait pour lui un véritable supplice de Tantale.

— C'est la perspective de cette rencontre avec Darcy qui te rend nerveux ? s'enquit son compagnon.

Marcus secoua la tête. Durant un instant, il envisagea de se confier à Wyatt. Après tout, ce dernier était devenu au fil des mois bien plus qu'un simple collaborateur. Il était même ce que Marcus avait de plus proche d'un ami.

En tant que profileur, c'était aussi un fin psychologue. Et il comprendrait probablement ce que Marcus était en train de traverser. Après tout, lui-même était récemment tombé amoureux d'Everly Baker, une jeune femme qu'il avait rencontrée dans le cadre de son enquête sur Darcy Owens.

Mais, contrairement à Marcus et Chloe, Wyatt et Everly ne travaillaient pas ensemble. Et leur relation ne risquait pas de compromettre les activités de Rocky Mountain Justice…

D'ailleurs, qu'aurait bien pu lui dire son adjoint ? Chloe lui avait clairement fait comprendre qu'elle n'était pas intéressée, et il n'y avait pas grand-chose à ajouter à cela.

Marcus réprima un soupir.

— Je crois que ce qui m'inquiète, c'est la suite, déclara-t-il enfin.

— La suite ? répéta Wyatt en haussant un sourcil.

— Si tout se passe bien, l'affaire Owens sera bientôt bouclée. Quant aux Transgresseurs, ils sont tous en prison à part leur chef. Et Booth finira bien par commettre une erreur et par se faire pincer.

— Cela devrait te réjouir.

— C'est le cas, confirma Marcus. Mais que se passera-t-il, après cela ? Allons-nous désormais nous contenter d'installer des systèmes d'alarme dans les résidences secondaires des riches habitants de Cheyenne ou de Casper ? Ou de jouer les baby-sitters pour une star de cinéma un peu trop parano ? Ce n'est pas pour ça que j'ai quitté le FBI…

— Moi non plus, répondit Wyatt. Mais je suis certain que quelque chose finira par se présenter. Grâce à toi, nous sommes dans les petits papiers de la procureure, et elle fera appel à nous s'il se passe quoi que ce soit d'intéressant.

Marcus se mordilla la lèvre. Il aurait aimé en être aussi sûr que Wyatt, mais leur entrevue avec Chloe ne le rassurait guère à ce sujet. Elle avait paru tout aussi mal à l'aise que lui.

Peut-être avait-elle raison, au fond. Peut-être n'auraient-ils jamais dû coucher ensemble. Marcus aurait volontiers sacrifié ce qui avait indubitablement été la plus belle nuit de son existence pour pouvoir retrouver l'amitié qui était la leur avant que cela se produise.

Mais il était trop tard pour cela. Le mieux qu'il pouvait espérer, désormais, c'était de recoller tant bien que mal les morceaux en espérant qu'il n'était pas déjà trop tard pour cela…

Il avait fallu à Chloe un mois entier de patientes discussions et de négociations acharnées avec les procureurs généraux de quatre États différents pour obtenir enfin un accord.

Elle n'avait pas compté son temps et elle n'aurait su dire combien de nuits blanches elle avait passées, combien de litres de café elle avait engloutis. Mais elle y était finalement parvenue : elle avait élaboré un texte qui satisfaisait chacune des parties et qui ne prêterait pas le flanc par la suite à d'éventuelles accusations d'abus de pouvoir ou de vice de forme.

L'avant-veille, elle avait envoyé le document à Stuart Riskin pour qu'il puisse le transmettre à sa cliente. Elle s'était attendue à ce que celle-ci soulève certaines objections et réclame quelques modifications, ce qui forcerait Chloe à reprendre contact avec chacun des procureurs pour obtenir leur accord.

Mais, à sa grande surprise, Riskin l'avait rappelée le jour suivant pour lui confirmer l'accord de Darcy qui n'avait posé aucune condition supplémentaire. Elle se disait prête à recevoir Chloe et Marcus quand ils le voudraient. Ne voulant pas lui laisser le temps de changer d'avis, tous deux avaient fixé un rendez-vous pour le lendemain.

C'était une immense victoire pour Chloe. Mais elle n'avait pas été remportée sans difficultés et, depuis plusieurs jours déjà, elle se sentait épuisée. Elle avait également du mal à dormir et elle se réveillait chaque matin avec une sensation nauséeuse.

Or elle ne pourrait se permettre le moindre signe de faiblesse lors de son entretien avec Darcy. Aussi décida-t-elle ce matin-là de faire un crochet par la pharmacie pour acheter des antiémétiques et des antiasthéniques.

Mais comme elle traversait la boutique, son regard tomba par hasard sur l'un des rayons. Elle se figea tandis qu'un frisson glacé dévalait entre ses omoplates et le long de sa colonne vertébrale.

Une perpétuelle impression de fatigue.

Des nausées matinales.

Une sensation de vertige s'empara d'elle tandis qu'elle gardait les yeux rivés sur les tests de grossesse alignés sur l'étagère.

Ce n'était pas possible, bien sûr.

Ses règles avaient bien quelques jours de retard mais ce n'était pas la première fois que cela lui arrivait et elle n'y avait guère prêté attention.

Elle ne pouvait pourtant ignorer complètement le fait que Marcus et elle avaient négligé de prendre des précautions, lors de leur tout premier rapport. Ni le fait qu'avant cela, elle n'avait peut-être pas pris la pilule de façon aussi régulière qu'elle l'aurait dû…

Évidemment, elle ne pensait pas avoir de raison de le faire, à ce moment-là. Mais cette négligence prenait une tout autre dimension maintenant qu'elle se trouvait prise chaque matin de nausées…

Le cœur battant à tout rompre, elle alla chercher deux boîtes de test avant de se diriger vers le comptoir de la pharmacie. Elle paya ses achats sans pouvoir se résoudre à croiser le regard de la vendeuse, qui la connaissait bien. Il ne lui restait qu'à espérer que celle-ci respecterait son intimité et se garderait de crier la nouvelle sur tous les toits.

Chloe ne tenait pas à ce que tout le monde sache qu'elle était enceinte…

Elle se reprit aussitôt. Pour le moment, rien ne prouvait que tel soit le cas. Ces nausées et le retard de ses règles tenaient peut-être uniquement au stress. Après tout, elle ne s'était guère ménagée au cours de ces dernières semaines.

Cette hypothèse ne suffit pas réellement à la rassurer. Pas plus que le haut-le-cœur que lui inspira la première gorgée du café qu'elle avait coutume de commander chaque matin avant de rejoindre son bureau…

Elle décida donc de faire un crochet par les toilettes pour effectuer un test. Une fois rassurée, elle pourrait se concentrer sur le travail qui l'attendait. Car elle se refusait pour le moment à songer à ce qui se produirait en cas de résultat positif.

Fort heureusement, les toilettes étaient désertes, à cette heure matinale. Chloe s'enferma dans l'une des cabines et déballa l'un des tests de grossesse qu'elle venait d'acheter. Elle prit soin de lire la notice avec attention. Celle-ci était limpide : un signe positif s'affichait en cas de grossesse. Dans le cas contraire, il s'agissait du signe négatif.

Chloe suivit les instructions et attendit avec impatience que le résultat apparaisse. Il ne fallut que quelques secondes pour qu'un grand signe « plus » bleu se forme.

Durant quelques instants, elle demeura sous le choc, comme sonnée, les yeux rivés sur le petit rectangle comme pour s'assurer qu'elle n'était pas victime d'une erreur. Mais le symbole ne disparut pas.

Elle était bel et bien enceinte.

Lorsqu'elle s'arracha enfin à cet état de stupeur, une angoisse glacée la submergea.

Qu'allait-elle devenir, à présent ? Rien ne l'avait préparée à cela. Elle ne savait même pas ce qu'elle était censée faire du test usagé. Elle ne pouvait le jeter dans la cuvette des toilettes. Et elle ne voulait pas prendre le risque de le mettre à la poubelle de peur que quelqu'un l'aperçoive et découvre le pot aux roses.

En fin de compte, elle l'essuya et l'entoura dans du papier hygiénique avant de le glisser dans sa sacoche. Mais une fois réglée cette question purement logistique, le caractère terrifiant de la nouvelle lui apparut encore plus clairement.

Que savait-elle des enfants ? Jamais elle ne s'était imaginée en avoir un. Quel impact cela aurait-il sur sa vie professionnelle ? Sur sa vie personnelle ?

Elle prit alors conscience du fait qu'elle allait également devoir en parler à Marcus. Comment réagirait-il ? Lui en voudrait-il ? Lui suggérerait-il de se débarrasser du bébé ?

Peut-être était-ce la meilleure solution. Mais curieusement, cette simple idée l'emplissait d'une tristesse infinie.

Elle prit une profonde inspiration, s'efforçant de chasser ce flot ininterrompu de questions sans réponses. Le moment était vraiment mal choisi pour engager de telles réflexions : d'ici quelques heures, elle se trouverait face à l'une des tueuses les plus dangereuses et les plus retorses qui aient sévi au cours des vingt dernières années.

Si elle voulait avoir une chance d'obtenir une confession de sa part, elle allait devoir se concentrer exclusivement sur cette entrevue. Mais elle ne pouvait pas cacher à Marcus une nouvelle aussi fondamentale. Elle décida donc de l'appeler pour l'informer de ce qu'elle venait de découvrir.

Quittant les toilettes, elle gagna son bureau et se laissa tomber sur sa chaise avant de composer le numéro. Malheureusement, le téléphone sonna dans le vide avant de basculer sur sa messagerie.

— Marcus, c'est Chloe, fit-elle après le bip.

Elle ne pouvait tout de même pas laisser une nouvelle aussi explosive sur son répondeur.

— Il s'est passé quelque chose d'important..., reprit-elle.

Si elle en restait là, il risquait de penser qu'elle l'appelait au sujet de leur rendez-vous à la prison.

— Ce n'est pas au sujet de Darcy..., précisa-t-elle. Mais il faut que nous en discutions rapidement. Tâche de me rappeler dès que tu auras ce message.

6

Darcy Owens était assise sur son lit, dans sa cellule, et contemplait fixement le mur qui se trouvait en face d'elle. Elle connaissait désormais chaque fissure, chaque craquelure de la peinture grise. Au fil des mois, cette pièce minuscule était devenue son unique horizon. Elle avait même fini par englober la totalité de son univers.

Mais il allait bientôt être temps de quitter ce cocon familier. Telle une chenille sur le point de se muer en papillon, Darcy pouvait sentir cette transformation à l'œuvre en elle. Et elle savait qu'il serait bientôt temps pour elle de prendre son envol.

Comme elle se faisait cette réflexion, le guichet de la porte de sa cellule s'ouvrit, laissant apparaître le visage de Gretchen, la surveillante qui assurait la permanence de nuit.

— Bonjour, lui dit-elle.

Gretchen se faisait un devoir de lui adresser la parole chaque jour, même lorsque rien ne l'y obligeait. C'était sa façon de faire preuve d'humanité dans un environnement carcéral qui en était souvent dénué.

Darcy trouvait son attitude relativement pathétique mais elle se gardait bien de le montrer. Elle savait en effet que, tôt ou tard, Gretchen pourrait se révéler être une alliée utile – nettement plus que ne le seraient jamais la plupart de ses collègues masculins, qui évitaient soigneusement tout contact avec Darcy, comme s'ils craignaient qu'elle ne les contamine.

— Quelle heure est-il ? demanda-t-elle à Gretchen.

La lueur qui filtrait à travers la minuscule fenêtre de la cellule était encore trop faible pour qu'il puisse être l'heure du petit déjeuner.

— Sept heures, répondit la surveillante. Je vous ai apporté votre repas un peu plus tôt, aujourd'hui. La procureure devrait arriver en début de matinée pour s'entretenir avec vous.

— C'est ce que m'a dit mon avocat, acquiesça Darcy.

— Vous avez pris la bonne décision, vous savez, opina Gretchen. En avouant tout, vous êtes sûre d'avoir la vie sauve.

— Ça aurait été le cas aussi si je ne m'étais pas fait arrêter, remarqua Darcy avec un sourire teinté d'autodérision.

— C'était peut-être un acte manqué, suggéra Gretchen. J'ai entendu dire que les tueurs en série faisaient souvent en sorte de tomber aux mains de la police.

Darcy dut faire un effort pour ne pas lever les yeux au ciel. Cette imbécile devait lire trop de romans policiers. S'imaginait-elle réellement que Darcy était là de son plein gré ? Qu'elle n'aurait pas préféré être libre ?

Gretchen glissa par le guichet un plateau sur lequel étaient posés un bol de flocons d'avoine, un verre de jus d'orange et un autre rempli de lait. Darcy s'empara du plateau et alla le déposer sur le minuscule bureau métallique qui était fixé au sol.

— Pourquoi êtes-vous si gentille avec moi ? demanda-t-elle alors à Gretchen. Vous êtes la seule à me traiter comme un véritable être humain.

Un sourire se dessina sur les lèvres de la surveillante.

— On m'a enseigné que tout le monde méritait une seconde chance.

— Vraiment ? répondit Darcy en s'efforçant de dissimuler l'ironie que lui inspirait cette remarque. Ce sont vos parents qui vous ont dit ça ?

Gretchen secoua la tête.

— Mes parents sont morts lorsque j'étais enfant. C'est ma grand-mère Ruth qui m'a élevée.

Ce renseignement pouvait avoir son importance, et Darcy le mémorisa. Tandis que Gretchen s'éloignait dans le couloir, Darcy alla s'asseoir à son bureau pour réfléchir à ce que sa geôlière venait de lui dire.

L'idée que tout le monde puisse mériter d'être sauvé lui paraissait parfaitement absurde. Certaines personnes ne méritaient tout simplement pas de vivre. Mais Darcy n'était pas de celles-là. Elle avait prouvé à maintes reprises qu'elle était capable de triompher des pires difficultés. Et elle entendait bien réitérer cet exploit aujourd'hui même.

Elle versa le lait chaud sur ses flocons d'avoine et s'y attaqua avec appétit avant d'avaler son verre de jus de fruit. Lorsqu'elle eut terminé, elle s'assura que le guichet de sa porte était bien fermé et s'approcha de son lit. À l'aide de ses ongles, elle souleva le cache en plastique qui se trouvait à l'extrémité des pieds métalliques.

Ceux-ci étaient creux, et Darcy avait coincé à l'intérieur un petit sachet de tissu. Elle l'emporta jusqu'à sa table et le déplia précautionneusement, révélant les pilules qu'il contenait. Elle les avait dérobées à l'infirmerie de la prison, le jour où elle y avait été admise après s'être volontairement laissé tabasser par l'une de ses codétenues.

D'après ses calculs, elle en avait largement assez pour mettre son plan à exécution. Il lui suffirait de les avaler quelques minutes avant le moment de son entretien avec Chloe Ryder. Une fois de plus, tout serait une question de synchronisation. Si elle agissait trop tôt ou trop tard, tous ses efforts seraient vains.

Mais cela ne lui faisait pas peur. Toutes les pièces du puzzle étaient désormais en place, et il ne lui restait plus qu'à les assembler. Elle se sentait prête. Et, comme toujours dans ces moments-là, elle pouvait compter sur un indéfectible soutien.

Les Ténèbres marchaient avec elle.

Marcus sortit de sa douche et s'enveloppa dans une large serviette. Quittant la salle de bains, il gagna la chambre à coucher attenante. Se plantant devant son armoire, il considéra attentivement les rangées de vêtements qui s'alignaient devant lui.

Aujourd'hui était un jour important. Un jour à marquer d'une pierre blanche qui demeurerait sans doute longtemps gravé dans sa mémoire. Il opta donc pour le costume de couleur sombre qu'il portait au tribunal, le jour où Luke et Rex avaient été condamnés. C'était le genre d'ensemble qui lui avait tenu lieu d'uniforme, du temps où il travaillait pour le FBI.

Tout en s'habillant, il s'efforça de chasser la nervosité qu'il sentait insidieusement monter en lui depuis qu'il avait ouvert les yeux, ce matin-là.

Certes, il avait interrogé des dizaines de suspects – des milliers, peut-être, au fil des années. Mais aucun d'entre eux n'avait eu un tableau de chasse aussi redoutable que Darcy Owens.

Fort heureusement, Wyatt et lui avaient longuement préparé cette entrevue. Ils avaient relu si souvent le profil psychologique et le dossier d'accusation de la tueuse qu'ils les connaissaient presque par cœur. Ils avaient soigneusement analysé l'enchaînement des événements qui avaient conduit Darcy de Las Vegas jusqu'au Wyoming.

Ils s'étaient penchés sur chacun des meurtres qu'on lui attribuait comme sur ceux dont on la soupçonnait. Et Marcus avait révisé les chiffres, les dates, et les noms de chacune des victimes ainsi que ceux des principaux témoins. Il se sentait prêt à affronter Darcy et était convaincu de pouvoir percer à jour ses mensonges.

Ce qui le mettait nettement plus mal à l'aise, en réalité, c'était le fait de mener cet entretien en compagnie de Chloe. En dehors d'une brève réunion lors de laquelle elle lui avait confirmé l'accord donné par les procureurs et où ils avaient mis au point les grandes lignes de leur interrogatoire, il ne l'avait quasiment pas revue.

Depuis leur aventure d'une nuit, ils ne s'étaient jamais retrouvés seuls. Et, chaque fois que Chloe l'appelait, Marcus avait la désagréable impression de devoir marcher sur des œufs. Force était de reconnaître qu'elle avait vu juste : leur brève liaison avait eu raison de leur amitié et compromis leurs rapports professionnels.

Parviendraient-ils à faire abstraction du gouffre qui s'était creusé entre eux, durant leur entretien avec Darcy ? Celle-ci ne risquait-elle pas de percevoir leur malaise et d'en jouer ? Marcus savait que la tueuse pouvait se montrer fine psychologue. C'était ce qui lui avait permis de prendre au piège ses victimes et aussi d'échapper à la police durant tout ce temps.

Wyatt lui avait expliqué que, comme la plupart des pervers narcissiques, elle excellait dans l'art de la manipulation. Et, face à elle, Chloe et lui n'auraient donc pas le droit à l'erreur. Ils devraient présenter un front uni s'ils ne voulaient pas qu'elle se serve contre eux de leurs différends…

Après s'être habillé, Marcus alla récupérer son téléphone

portable sur la station d'accueil où il l'avait laissé se charger. Il constata alors que Chloe avait essayé de le joindre, ce matin-là. Il activa son répondeur pour écouter le message qu'elle lui avait laissé.

— Marcus, c'est Chloe.

Marcus sentit l'inquiétude le gagner. La voix de la jeune femme trahissait une tension nerveuse évidente.

— Il s'est passé quelque chose d'important…

Elle s'interrompit un instant.

— Ce n'est pas au sujet de Darcy… Mais il faut que nous en discutions rapidement. Tâche de me rappeler dès que tu auras ce message.

De plus en plus préoccupé, Marcus composa sans attendre le numéro de Chloe. Malheureusement, il tomba directement sur son répondeur. Il hésita à laisser un message puis jugea que c'était inutile : elle verrait bien qu'il avait tenté de la joindre et le rappellerait à son tour. Au pire, tous deux se verraient dans moins d'une heure en arrivant à la prison…

Le centre de détention du Nord-Wyoming était situé à une quarantaine de kilomètres de Pleasant Pines. Chloe profita du trajet pour réfléchir à la situation parfaitement inattendue dans laquelle elle se trouvait.

Étant jeune, elle s'était juré de consacrer sa vie à défendre les victimes de crimes, de les aider à obtenir la justice qui lui avait été refusée après la mort de ses parents. C'était une façon pour elle d'honorer leur mémoire.

Mais Chloe avait également des ambitions personnelles. À terme, elle espérait pouvoir briguer le poste de procureure générale du Wyoming. C'était la raison pour laquelle elle s'était jusqu'ici consacrée corps et âme à son métier. C'était aussi pour cela qu'elle n'avait jamais envisagé de se marier, et moins encore de fonder une famille.

Quelle place y avait-il pour un enfant dans sa vie ? Parviendrait-elle à libérer suffisamment de temps pour s'en occuper ? Pourrait-elle réellement concilier son travail et ses responsabilités de mère ?

D'un autre côté, la naissance de ce bébé constituerait un prolongement de sa famille, une forme de survivance de ses parents peut-être plus importante encore que la tâche qu'elle s'était assignée en leur nom. Peut-être pourrait-elle symboliser cet héritage en donnant à son enfant le nom de l'un de ses parents : Heather, s'il s'agissait d'une fille, ou Franklin si c'était un garçon.

Marcus accepterait-il cette idée ? Après tout, en tant que père de ce bébé, il aurait lui aussi son mot à dire. À moins bien sûr qu'il ne refuse de le reconnaître…

Même dans ce cas, Chloe ne s'imaginait pas avorter. Curieusement, bien qu'elle n'ait conscience de son existence que depuis quelques heures, l'enfant qui était en train de grandir en elle faisait déjà partie de son existence, de son avenir.

Elle trouverait bien un moyen de s'adapter, de réorganiser sa vie pour prendre en compte l'arrivée de ce bébé. Des tas de mères célibataires y parvenaient à travers tout le pays et nombre d'entre elles étaient bien moins favorisées que Chloe.

Comme elle approchait de la prison, elle se força à faire abstraction de ses doutes et de ses questions pour se concentrer sur l'entretien qui l'attendait.

En dépit de l'accord très rapide que leur avait donné Darcy – ou peut-être à cause de cette célérité inattendue, justement – Chloe ne pouvait écarter complètement les soupçons que lui avait inspirés la décision de la tueuse en série.

Pourquoi avait-elle brusquement décidé de se confesser ?

Était-ce vraiment par peur de l'exécution capitale ? Ou bien espérait-elle toujours avoir une carte dans sa manche ? Chloe et son équipe avaient étudié l'accord sous tous les angles, interrogé plusieurs juges, épluché la jurisprudence…

Se pouvait-il qu'ils aient raté quelque chose ? Que cette rencontre ne soit qu'un piège que leur tendait Darcy ?

Même si tel n'était pas le cas, Marcus et elle devraient faire face à un obstacle non négligeable : il leur serait très difficile de séparer le bon grain de l'ivraie, parmi les informations que leur livrerait la tueuse en série. Tout ce qu'elle leur dirait devrait faire l'objet de vérifications méticuleuses.

Certes, les crimes identifiés par Wyatt leur serviraient d'étalon de mesure. Si Darcy ne reconnaissait aucun des quatre, cela signifierait qu'elle leur mentait. Mais que feraient-ils, dans ce cas ? Ils ne pourraient mettre fin à l'entretien sans se placer en défaut vis-à-vis de l'accord qu'ils avaient passé avec la meurtrière.

Devraient-ils boire la coupe jusqu'à la lie et l'écouter débiter des mensonges ou des demi-vérités durant plusieurs heures ? Les avait-elle conviés pour s'offrir un dernier baroud d'honneur, un ultime pied de nez aux autorités qu'elle méprisait ? Cela n'était malheureusement pas impossible.

De toute façon, il était trop tard pour faire marche arrière. Dès l'instant où elle s'était engagée dans cette négociation, Chloe avait admis la possibilité que tout ceci ne soit qu'une sombre farce. Mais c'était le prix à payer pour avoir une chance de découvrir toute la vérité et d'apporter un semblant de sérénité aux proches des nombreuses victimes.

Chloe arriva enfin en vue du centre de détention. Il s'agissait d'un grand édifice de briques grises situé au beau milieu d'une plaine. Près de trois cents mètres le séparaient de l'immense clôture qui le cernait de toutes parts.

Cette disposition faisait de la prison l'une des plus sûres du pays. Un prisonnier qui parviendrait à s'échapper du bâtiment central serait immanquablement repéré avant d'atteindre l'enceinte. Celle-ci était surmontée de fils barbelés et équipée de multiples caméras de sécurité qui surveillaient aussi bien l'intérieur que l'extérieur.

Chloe arrêta son véhicule à proximité de l'Interphone qui se dressait devant l'unique portail grillagé.

— Veuillez décliner votre identité, fit une voix métallique et désincarnée avant même qu'elle ait pressé le bouton.

— Je suis Chloe Ryder, procureure de Pleasant Pines, répondit-elle.

Elle sortit sa carte professionnelle qu'elle tendit en direction de la caméra qui surmontait l'Interphone.

— J'ai rendez-vous avec Darcy Owens, précisa-t-elle.

En guise de réponse, le grand portail fit entendre un bourdonnement et les battants s'ouvrirent devant elle. Chloe s'engagea sur la route bétonnée qui conduisait à la prison et se gara sur le parking destiné aux visiteurs. Après avoir récupéré sa sacoche, elle descendit de voiture et chercha des yeux le SUV de Marcus.

Visiblement, ce dernier n'était pas encore arrivé. Elle se dirigea donc vers la lourde porte métallique qui barrait l'entrée de la prison. Celle-ci s'ouvrit à son approche, et Chloe avança dans le hall du bâtiment. Il s'agissait d'une sorte de sas de sécurité au milieu duquel était placé un portique de détection.

Au fond de la pièce se trouvait une porte blindée hermétiquement close. À côté, une vitre, blindée elle aussi, donnait sur un poste de surveillance à l'intérieur duquel étaient postés deux gardes en uniforme.

— Veuillez placer vos affaires personnelles dans le tiroir métallique, s'il vous plaît, lui dit l'un des gardes.

Ce n'était pas la première fois que Chloe se rendait dans une prison. Elle déposa sa sacoche et son téléphone dans le casier qui se trouvait sous la vitre blindée et vérifia qu'elle ne portait aucun objet métallique. Le garde, que son badge identifiait sous le nom de Jeff Stone, récupéra le sac et entreprit d'en inspecter attentivement le contenu.

Le cœur battant, elle le vit s'emparer du test de grossesse qu'elle avait oublié de retirer de sa sacoche. Il y jeta un coup d'œil avant de la considérer d'un air amusé.

— Félicitations, lui dit-il.

Elle ne put s'empêcher de rougir.

— Merci, balbutia-t-elle, terriblement embarrassée.

Curieusement, le fait que quelqu'un d'autre soit au courant rendait sa grossesse bien plus concrète encore à ses propres yeux.

— Vous pouvez franchir le portique, l'informa Jeff.

Elle s'avança sous le détecteur, qui ne fit entendre aucun bruit.

— C'est une journée à marquer d'une pierre blanche, ajouta le garde.

Elle se demanda s'il voulait parler de sa grossesse ou de l'interrogatoire de Darcy. Dans un cas comme dans l'autre, elle ne pouvait lui donner tort.

7

Après avoir récupéré sa sacoche, Chloe s'approcha de la porte métallique qui se trouvait à l'extrémité du hall. Cette dernière s'ouvrit devant elle avec un léger chuintement, et Chloe s'avança dans le couloir qui longeait le poste de garde.

Au fond, une autre porte blindée permettait d'accéder aux salles communes de la prison. Cette partie centrale communiquait avec six unités distinctes accueillant chacune une vingtaine de détenus.

Ces unités étaient sécurisées de façon différente, en fonction de la dangerosité des prisonniers qui s'y trouvaient. Celle où séjournait Darcy, par exemple, comptait parmi les plus protégées.

Dans la salle de surveillance trônait une imposante rangée de moniteurs qui retransmettaient en direct les images des caméras de sécurité de la prison. On voyait ainsi se succéder à l'écran des vues du réfectoire, de la cour extérieure, de la bibliothèque, des ateliers, des cuisines et des différents blocs cellulaires.

Sur l'un de ces moniteurs, Chloe aperçut Marcus qui venait de descendre de son SUV après s'être garé sur le parking, juste à côté de sa propre voiture.

— Il est avec vous ? s'enquit Jeff en désignant le moniteur.

— Oui, répondit Chloe.

— Vous n'attendez personne d'autre, je crois ?

— En effet, acquiesça-t-elle. Mlle Owens a renoncé à la présence de son avocat.

— Très bien. Dès que votre collègue sera là, je demanderai qu'on escorte Darcy jusqu'à la salle d'interrogatoire. Mais le directeur tenait à s'entretenir avec vous avant que vous commenciez.

— D'accord.

Elle attendit patiemment tandis que Marcus franchissait à son tour le premier sas. Lorsque Jeff le laissa enfin entrer et que Marcus s'avança dans le couloir, son regard croisa celui de Chloe qui ne put réprimer un léger frisson. Marcus n'était plus un simple collègue, ni même l'amant passionné qu'elle avait connu. Il était sur le point de devenir le père de son enfant.

— Salut, lui dit-il.

— Salut, répondit Chloe d'une voix légèrement étranglée.

Elle pria pour que Jeff ne fasse aucune allusion à ce qu'il avait découvert dans sa sacoche.

— Est-ce que tu te sens prête ? s'enquit Marcus.

— Autant que je peux l'être. Mais le directeur de la prison aimerait nous parler avant que nous commencions.

— Bien sûr, affirma Marcus. Est-ce que c'est pour cela que tu m'as appelé, tout à l'heure ?

— Non. C'était à propos d'autre chose mais nous en parlerons après, si ça ne t'ennuie pas.

— Si tu veux, acquiesça Marcus en haussant les épaules. Mais, dis-moi, est-ce que tu connais le directeur ? Tu l'as déjà rencontré ?

— Non, mais c'est un ami de Julia. Elle m'a dit beaucoup de bien de lui. Il s'appelle Cal Douglas. Quand pouvons-nous aller le voir ? ajouta-t-elle à l'intention de Jeff.

— Tout de suite, répondit le surveillant. Si vous voulez bien me suivre…

Ils lui emboîtèrent le pas, et il les mena jusqu'à une porte qui desservait la partie de la prison réservée à l'administration. Chloe n'avait encore jamais eu l'occasion d'y entrer, et elle observa les lieux avec une franche curiosité.

La vaste pièce dans laquelle Jeff les fit entrer n'aurait pas déparé dans le siège d'une grande entreprise. Elle comportait une grande table de réunion, un canapé et un nombre impressionnant d'armoires métalliques qui devaient contenir entre autres les dossiers de tous les détenus.

L'assistante du directeur se leva pour les accueillir et les conduisit au bureau de Cal Douglas. Ce dernier reposa le document qu'il était en train de lire. C'était un ancien marine d'une soixantaine d'années au cheveu rare qui en imposait encore par sa grande taille et sa solide carrure. L'uniforme qu'il portait soulignait sa silhouette toujours athlétique.

— Vous devez être mademoiselle Ryder, s'exclama-t-il cordialement.

— Vous pouvez m'appeler Chloe, répondit-elle.

— Et vous êtes Marcus Jones, ajouta Douglas en se tournant vers ce dernier. J'ai beaucoup entendu parler de votre unité.

— En bien, j'espère, dit Marcus.

— Julia ne tarit pas d'éloges à votre endroit. Mais asseyez-vous, je vous en prie.

Ils s'installèrent sur les chaises qui faisaient face à son bureau.

— Si je comprends bien, reprit Douglas, vous êtes venus interroger la plus prestigieuse de nos détenus.

— En effet, acquiesça Chloe. Nous espérons obtenir d'elle une confession. Cette reconnaissance préalable de culpabilité permettrait au juge de prononcer une sentence rapidement. De son côté, Darcy éviterait le risque d'une condamnation à mort.

— Cela permettrait aussi qu'elle soit transférée à Rawlins au plus vite, remarqua Douglas.

— C'est exact, renchérit Chloe. Mais je ne peux pas vous dire combien de temps s'écoulera exactement entre la confession de Darcy et sa condamnation. Ni même combien de temps prendra cette confession, à vrai dire.

Douglas fronça les sourcils.

— Je pensais que ce serait l'affaire d'une journée, objecta-t-il.

— Je l'espère, répondit prudemment Chloe. Mais vous savez que la plupart des tueurs en série aiment jouer au chat et à la souris avec ceux qui sont chargés de les interroger. Et Darcy est une grande manipulatrice…

— Si ces entretiens devaient se prolonger, serait-il possible de les poursuivre à la prison de Rawlins ?

— Pourquoi une telle suggestion ? s'étonna Chloe.

Douglas hésita un instant avant de lui répondre.

— Darcy n'est pas une détenue comme les autres, expliqua-t-il. Nous recevons tous les jours des demandes de visite de la part de journalistes qui veulent l'interviewer ou d'étudiants en psychologie qui souhaitent la prendre comme sujet d'étude. Figurez-vous qu'elle a même des fans. Il y a des gens qui vendent en ligne des tasses et des T-shirts à son effigie.

Chloe et Marcus s'entre-regardèrent d'un air atterré.

— Je n'ai pas le personnel suffisant pour faire face à ce genre de cirque, poursuivit Douglas.

— Est-ce que vous pensez que cela représente un risque ? s'enquit Chloe.

— Je n'irais peut-être pas jusque-là. Cette prison est

très sûre. Elle a été intégralement rénovée, voici quelques années, et l'ensemble de l'établissement est piloté par ordinateur et équipé de serrures électroniques dernier cri. Nous avons même notre propre générateur de secours en cas de coupure d'électricité. Mais nous sommes un simple centre de détention, pas un pénitencier spécialisé dans les détenus difficiles.

— Je pourrais parler au juge et à l'avocat de Darcy pour leur demander d'autoriser un transfert vers Rawlins, suggéra Chloe.

— Je vous en serais très reconnaissant, s'exclama Douglas. Mais j'imagine que vous êtes impatients de vous mettre au travail.

Il se leva pour les reconduire jusqu'à Jeff qui les avait attendus en discutant avec la secrétaire.

— Pouvez-vous les conduire jusqu'à la salle d'interrogatoire ? lui demanda Douglas.

— Bien sûr, répondit Jeff d'un ton empreint de respect. Si vous voulez bien me suivre.

— Nous reparlerons lorsque vous aurez fini de discuter avec Darcy, déclara Douglas. À tout à l'heure et bonne chance.

Chloe songea qu'ils en auraient effectivement grand besoin. Emboîtant le pas à Jeff, ils regagnèrent le poste de surveillance et poursuivirent leur route jusqu'à une petite pièce équipée d'une table et de chaises en métal vissées au sol. C'était là que les avocats avaient coutume de rencontrer leurs clients pour discuter de leur affaire.

— Vous n'aurez qu'à sonner si vous avez besoin de quoi que ce soit, leur indiqua Jeff en désignant le bouton qui se trouvait sous la table.

— Merci, dit Chloe.

Le surveillant hocha la tête et ressortit en fermant la porte à clé derrière lui. Chloe demeura seule avec Marcus.

— Le moment de vérité est arrivé, affirma ce dernier en considérant avec attention la pièce dans laquelle ils se trouvaient et où ils allaient probablement passer de très longues heures.

Chloe se laissa tomber sur l'une des chaises et ouvrit sa sacoche. Elle en sortit deux blocs-notes et deux stylos qu'elle posa sur la table. Elle comptait bien pousser Darcy à rédiger l'essentiel de sa confession puis lui faire signer le document après coup.

— J'aurais préféré qu'elle accepte d'être enregistrée, remarqua Chloe. De cette façon, il lui aurait été plus difficile de remettre en question ses aveux par la suite.

— Tu as fait tout ton possible pour la convaincre mais tu ne pouvais pas l'y obliger, répondit Marcus.

— J'aurais également souhaité que son avocat soit présent. Riskin est généralement de très bon conseil. Et il a l'art de tempérer les ardeurs de ses clients les plus difficiles.

— Tu ne pouvais pas non plus forcer Darcy à se faire représenter.

— Je sais bien, soupira Chloe.

Marcus ôta sa veste et la posa sur le dossier de la chaise voisine de la sienne. Il s'assit à son tour et releva les manches de sa chemise, révélant ses avant-bras musclés. Elle essaya de faire abstraction des souvenirs que leur vue faisait remonter à la surface de son esprit.

— Puisque nous avons un peu de temps devant nous, tu peux peut-être me dire pourquoi tu m'as appelé ce matin. Tu m'as dit que cela n'avait pas de rapport avec Darcy.

— En effet, acquiesça-t-elle.

Elle hésita, ne sachant comment lui présenter la nouvelle. Le moment paraissait très mal choisi pour le faire mais avait-elle vraiment le droit de lui cacher quelque chose d'aussi important ? Après tout, cet enfant était le sien tout autant que celui de Chloe.

— Je ne me sentais pas très bien, ces derniers temps, commença-t-elle d'une voix hésitante.

— Cela peut se comprendre, souligna Marcus. Tu es soumise à une pression énorme. Il est parfaitement normal de te sentir stressée…

Elle secoua la tête.

— Il n'y a pas que cela, objecta-t-elle.

Mais, avant qu'elle ait pu poursuivre, la porte qui se trouvait au fond de la pièce s'ouvrit, laissant apparaître Darcy Owens encadrée par deux gardiens. Cela faisait plusieurs semaines que Chloe ne l'avait pas revue, et elle fut surprise par la transformation physique qui s'était opérée en elle.

Ses cheveux blonds qu'elle avait teints en noir avaient repoussé et ses racines avaient retrouvé leur couleur d'origine. Elle paraissait plus mince et plus affûtée physiquement. Chloe chercha son regard mais Darcy gardait les yeux résolument fixés au sol.

Les surveillants la conduisirent jusqu'à sa chaise, sur laquelle elle se laissa tomber. Ils entravèrent ses jambes et attachèrent ses poignets à la table à l'aide d'une chaîne suffisamment lâche pour lui permettre d'écrire.

Après avoir vérifié que ces liens étaient suffisamment ajustés, les gardiens quittèrent la pièce, les laissant seuls avec Darcy. Ce n'est que lorsqu'ils furent sortis que celle-ci releva enfin la tête, les considérant avec attention.

— Monsieur Jones, fit-elle en adressant un petit signe de tête à Marcus. Procureure Ryder…

— Nous nous connaissons depuis longtemps, Darcy. Vous pouvez m'appeler Chloe.

Elle ne tenait pas particulièrement à fraterniser avec une tueuse en série qui avait assassiné de sang-froid des dizaines de personnes. Mais, s'ils voulaient qu'elle leur parle, il allait leur falloir établir un lien avec elle, la mettre en confiance.

— Très bien, Chloe, répondit Darcy.

Elle s'était exprimée d'un ton respectueux, presque soumis, mais Chloe crut déceler une pointe d'ironie dans son regard.

— Nous sommes ici aujourd'hui parce que vous avez accepté de nous exposer en détail l'ensemble des crimes que vous avez commis, reprit Chloe. En échange de cette confession, toutes les juridictions qui vous poursuivent ont consenti à ce que vous plaidiez coupable et soyez condamnée à une peine de prison à perpétuité. Vous l'effectuerez dans le pénitencier de Rawlins, dans le Wyoming.

Chloe marqua une pause, attendant une confirmation qui ne vint pas.

— Vous avez également renoncé à vous faire représenter par un avocat, ajouta-t-elle enfin.

— C'est vrai, acquiesça Darcy.

— Il n'est pas trop tard pour l'appeler et lui dire que vous avez changé d'avis, suggéra Chloe.

— Je n'ai pas besoin de lui, répondit Darcy en essuyant son front qui paraissait soudain moite de transpiration.

Chloe remarqua alors que son teint avait pris une teinte cireuse. Était-ce l'effet du stress ? De la peur ? En la voyant ainsi, Chloe ne pouvait s'empêcher de repenser à l'adolescente effrayée qu'elle avait rencontrée, des années auparavant. Malgré elle, elle sentit son cœur se serrer dans sa poitrine.

— Est-ce que ça va ? lui demanda-t-elle.

— Je vais bien, affirma Darcy.

Elle ne paraissait pourtant vraiment pas être dans son assiette.

— Vous pouvez nous dire ce qui ne va pas, l'encouragea Chloe. Nous sommes là pour vous aider.

Un rictus ironique se dessina sur les lèvres de Darcy.

— Vous voulez me jeter en prison pour le reste de mes jours, fit-elle remarquer. C'est cela que vous appelez m'aider ?

— Vous avez accepté les conditions de cet accord, lui rappela Chloe. C'est même vous qui en avez suggéré les termes. Je vous rappelle que, si vous renoncez, vous risquez une condamnation à mort. Mais nous ne pouvons pas vous forcer à parler : si vous préférez, nous pouvons vous laisser vous en remettre à la mansuétude d'un jury…

— Non, répondit Darcy. Je vais tout vous dire. C'est juste que… je ne sais pas vraiment par où commencer.

— Parlez-nous du premier meurtre que vous avez commis.

Darcy esquissa une grimace.

— Ce n'est pas le plus facile, dit-elle.

Chloe fronça les sourcils. Darcy ne semblait pas décidée à parler. Les avait-elle fait venir jusqu'ici pour rien ? Ou bien espérait-elle que Chloe lui souffle ce qu'elle avait à dire pour affirmer ultérieurement qu'on lui avait dicté sa confession ? Darcy était suffisamment maligne pour cela.

— Je ne vais pas passer ma journée à attendre que vous vous décidiez, déclara alors Marcus. J'ai mieux à faire de mon temps.

— C'était mon père…, murmura Darcy.

— Votre père ? répéta Marcus, surpris.

— La première personne que j'ai tuée, précisa Darcy. Mais je vous jure qu'il l'avait mérité. C'était une belle ordure et, croyez-moi, le monde se porte mieux sans lui.

Chloe ne put réprimer un soupir de soulagement.

— Tenez, dit-elle à Darcy en poussant vers elle un bloc-notes et un stylo. Écrivez ce qui s'est passé à cette époque.

Darcy essuya de nouveau son front couvert de sueur et prit le stylo. Elle commença à écrire avec application. Chloe la regarda faire, se gardant bien de l'interrompre. Les minutes défilèrent, et Darcy continuait à rédiger sa confession. Les lignes se succédaient, emplissant une page, puis deux, puis cinq…

Mais plus elle écrivait et plus son visage devenait blafard. Des gouttes de sueur venaient parfois s'écraser sur les feuillets.

— Je crois que je ne me sens pas bien, murmura-t-elle soudain d'une voix tremblante.

Elle était à présent couverte de transpiration et sa poitrine se soulevait de façon convulsive. Elle émit alors un petit gémissement qui se mua en borborygme. Chloe eut tout juste le temps de se lever et de s'écarter de la table avant que Darcy se mette soudain à vomir.

8

Darcy avait essayé de se retenir le plus longtemps possible. Mais les pilules qu'elle avait avalées juste avant d'être extraite de sa cellule étaient d'une efficacité redoutable. Il lui avait semblé que son estomac se tordait en tous sens, comme un animal paniqué. Et puis la nausée s'était faite bien trop irrépressible, ayant brusquement raison de sa résistance.

Déjà, Marcus Jones s'était rué sur la porte qu'il martelait de ses poings.

— Gardes ! appelait-il. Nous avons besoin d'aide !

Chloe, quant à elle, se rapprocha de Darcy. L'inquiétude qui se lisait dans son regard semblait sincère. Sans doute craignait-elle que Darcy ne meure avant de s'être confessée.

La porte s'ouvrit alors à la volée, laissant apparaître un garde qui blêmit en apercevant Darcy qui continuait à rendre tripes et boyaux. Si elle n'avait pas été aussi occupée, celle-ci aurait bien ri de l'expression mi-stupéfaite, mi-révoltée qui se peignait sur le visage de l'homme.

— Il faut qu'on l'emmène à l'infirmerie, déclara-t-il enfin, plus pour lui-même que pour qui que ce soit d'autre.

Il utilisa alors le talkie-walkie qui était attaché à sa ceinture.

— Gretchen, est-ce que tu peux me rejoindre dans la salle de réunion ? Darcy Owens a fait un malaise.

Si Darcy n'avait pas été occupée à vomir, elle n'aurait probablement pas pu s'empêcher de sourire en entendant cet euphémisme. Mais les médicaments qu'elle avait pris se révélaient bien plus efficaces encore qu'elle ne l'avait escompté.

Au moins, tout se passait pour le moment précisément comme elle l'avait prévu. Gretchen ne tarda pas à les rejoindre. En entrant dans la pièce, elle s'immobilisa un instant pour considérer avec stupeur la scène qui s'offrait à elle. Puis elle enfila une paire de gants et vint détacher les chaînes qui reliaient toujours Darcy à la table.

L'autre gardien avait trouvé un sac en plastique, qu'il tendit à Darcy. Gretchen prit alors la prisonnière par le bras et la conduisit en direction de l'infirmerie. Celle-ci était déserte, pour le moment. Seule l'infirmière de service se trouvait sur place et elle les considéra avec étonnement.

— Que s'est-il passé ?

— Je ne me sens pas très bien, répondit Darcy d'une voix volontairement piteuse.

— Aidez-moi à l'allonger, Gretchen.

Les deux femmes étendirent Darcy sur l'un des lits médicalisés. Gretchen lui détacha alors les mains. Mais, contrairement à ce que Darcy avait anticipé, elle prit soin de menotter l'un de ses poignets au rail métallique qui courait le long du lit.

Frustrée, Darcy ferma les yeux, se concentrant sur la voix intérieure qui la guidait depuis qu'elle était enfant. Mais les Ténèbres demeurèrent muettes. Elle allait apparemment devoir se débrouiller seule.

Une chose était certaine : pour passer à l'étape suivante de son plan, il lui faudrait trouver un moyen de se détacher. Une image lui revint – celle du bunker dans lequel Billy Dawson l'avait retenue prisonnière. Si elle était parvenue à lui échapper, il n'y avait pas de raison qu'elle échoue aujourd'hui.

— Que lui est-il arrivé ? demanda encore l'infirmière.

Gretchen haussa les épaules.

— Tout ce que je sais, c'est qu'elle s'est mise à vomir.

— Qu'a-t-elle mangé, ce matin ?

— Un bol de flocons d'avoine et du jus d'orange, répondit Gretchen.

— C'est peut-être le lait qui avait tourné, spécula l'infirmière. J'espère en tout cas que nous n'allons pas avoir droit à une nouvelle épidémie de gastro. C'est arrivé, il y a deux ans, et ce n'était vraiment pas beau à voir. Nous avons dû évacuer la prison et désinfecter les cellules une par une.

— Darcy est à l'isolement depuis plusieurs semaines, objecta Gretchen. Je ne vois pas comment elle aurait pu attraper la gastro.

— Elle pourrait lui avoir été transmise par l'un des gardiens ou par son avocat, dit l'infirmière. Vous n'imaginez pas à quel point c'est contagieux…

— C'est peut-être seulement à cause du stress, suggéra Gretchen. Elle avait un rendez-vous très important avec la procureure, ce matin.

Darcy sourit intérieurement : Gretchen avait toujours tendance à voir le bon côté des choses. Et c'était une faiblesse qu'elle entendait bien exploiter, à présent.

— Espérons que ce ne soit que ça, soupira l'infirmière.

Maintenant. C'est le moment !

Darcy tressaillit légèrement en entendant la voix des Ténèbres résonner en elle. Elle savait qu'elle était la seule à pouvoir l'entendre mais ne cessait de s'en étonner.

Elle se mit volontairement à trembler de tous ses membres en roulant des yeux, comme si elle était en proie à une crise violente.

— Mon Dieu ! s'exclama Gretchen. J'espère qu'elle ne fait pas une attaque. Vous voulez que j'appelle le médecin ?

— Nous n'avons pas le temps, répondit l'infirmière d'un ton inquiet. Détachez-la, il faut que nous la mettions sur le côté.

— Je ne peux pas, protesta Gretchen.

— Si elle vomit de nouveau et qu'elle s'étouffe, c'est nous qui serons responsables.

Cet argument eut raison des réticences de Gretchen, et elle libéra le poignet de Darcy. Celle-ci ne perdit pas un seul instant : se redressant brusquement, elle agrippa l'infirmière par les cheveux et la cogna de toutes ses forces contre la rambarde du lit avant de la repousser violemment en arrière.

L'infirmière ne put réprimer un cri de douleur et recula en titubant. Son visage était couvert du sang qui s'écoulait de l'entaille qu'elle avait au front.

Avec un sang-froid admirable, Gretchen se rua sur le téléphone qui était accroché au mur et décrocha le combiné pour appeler des renforts. Mais Darcy avait anticipé cette réaction et elle sauta au bas de son lit pour se ruer sur l'infirmière, qu'elle ceintura par-derrière.

De sa main libre, elle s'empara de la paire de ciseaux posée sur la desserte métallique et qui servait à découper les bandes de gaze. Elle pressa l'extrémité contre la gorge de l'infirmière.

— Raccrochez immédiatement ce téléphone ! ordonna-t-elle à Gretchen.

Celle-ci hésita.

— Si vous ne le faites pas, je n'hésiterai pas à la saigner comme une truie ! gronda Darcy.

Gretchen se résigna à reposer le combiné.

— Lancez-moi la clé des menottes ! lui lança encore Darcy.

— Je ne peux pas, balbutia la gardienne, visiblement paniquée par la tournure que prenaient les événements.

Sans hésiter, Darcy planta ses ciseaux au creux de l'épaule de l'infirmière, lui arrachant un nouveau hurlement de souffrance.

— Vous croyez que je bluffe ? demanda Darcy à Gretchen. Vous savez qui je suis et ce que j'ai fait. Pensez-vous que j'hésiterais un seul instant à la tuer si vous m'y forcez ? Alors donnez-moi cette clé, et je vous promets que tout sera terminé d'ici quelques minutes…

Gretchen parut hésiter.

— Je vous le jure, ajouta Darcy d'une voix très douce.

Gretchen détacha le trousseau de clés qui se trouvait à sa ceinture et l'envoya en direction de Darcy. Il atterrit presque à ses pieds.

— Nous allons nous agenouiller toutes les deux lentement, dit-elle à l'infirmière, qui sanglotait. Si vous tentez quoi que ce soit, vous êtes morte. C'est compris ?

L'infirmière hocha piteusement la tête. Darcy s'agenouilla, imitée par son otage.

— Attrapez les clés ! lui ordonna-t-elle.

L'infirmière s'exécuta.

— Maintenant, détachez la menotte, reprit Darcy en tendant son poignet.

Gretchen ne les quittait pas des yeux. Mais les ciseaux étaient toujours plaqués sur la gorge de l'infirmière, qui libéra Darcy.

— Lancez les menottes à Gretchen.

L'infirmière obéit.

— Gretchen, passez les menottes.

— Je ne peux pas, répondit la gardienne.

Tout comme Darcy, elle devait savoir que ses collègues finiraient par remarquer ce qui se passait ici.

— Mettez ces menottes ! cria Darcy, furieuse. Sinon, je la tue !

L'infirmière laissa échapper un gémissement de pure terreur. Gretchen dut comprendre que Darcy ne plaisantait pas et elle se résigna enfin à ramasser les menottes et à les enfiler.

— Bien, approuva Darcy. Maintenant, asseyez-vous sur le sol, contre le mur.

Gretchen s'exécuta. Sans hésiter, Darcy frappa de nouveau l'infirmière. Cependant cette fois-ci, elle n'avait pas visé l'épaule mais la gorge. Le cri de la femme se mua en gargouillis tandis qu'un flot de sang s'échappait de la blessure.

Darcy relâcha l'infirmière, qui s'effondra sur le sol. Gretchen se précipita vers elle pour tenter d'étancher le sang qui continuait de s'écouler à gros bouillons. Darcy n'y prêta aucune attention, sachant déjà que la femme n'avait aucune chance de s'en sortir.

Elle se servit des clés pour ouvrir l'armoire à pharmacie et trouver une arme plus adaptée. S'emparant d'un scalpel, elle revint alors vers Gretchen qui considérait avec effroi le corps sans vie de l'infirmière gisant dans une mare de sang.

Darcy agrippa les cheveux de la surveillante et plaqua la lame de son scalpel sur sa gorge.

— Vous allez faire exactement ce que je vous dis. C'est compris ?

— Vous l'avez tuée, balbutia Gretchen d'un ton presque incrédule. Vous m'aviez promis que tout se passerait bien…

— Je vous ai promis que tout serait bientôt terminé, objecta Darcy. Je n'ai pas dit que tout le monde en sortirait indemne. Je ne peux pas contrôler deux otages en même temps. Mais je vous aime bien, Gretchen, et c'est vous que j'ai choisie pour m'aider à sortir d'ici. Vous avez toujours été gentille avec moi. Et, tant que vous suivrez mes instructions, vous aurez la vie sauve.

Darcy sentit le violent frisson qui secoua Gretchen. Elle paraissait réellement terrifiée.

— Que dois-je faire ? murmura-t-elle d'une voix tremblante.

— Vous allez passer un coup de téléphone et répéter mot pour mot ce que je vais vous dire.

Gretchen écouta attentivement ses instructions avant de secouer la tête.

— Je ne peux pas faire ça, protesta-t-elle de nouveau.

De grosses larmes roulaient le long de ses joues. Darcy commençait à se lasser de ces tergiversations. Fallait-il vraiment que tout soit si compliqué ?

— Si vous ne faites pas ce que j'attends de vous, vous ne m'êtes d'aucune utilité, déclara-t-elle posément. Et si vous ne m'êtes d'aucune utilité, je vais être obligée de me débarrasser de vous une bonne fois pour toutes. Toute la question est donc de savoir si vous tenez à la vie ou non...

Gretchen se mit à sangloter de plus belle. Agacée, Darcy lui décocha une gifle sonore. Le souffle coupé, la surveillante la considéra avec des yeux agrandis par la terreur. Au moins, elle avait cessé de pleurer.

— Si vous voulez revoir votre famille, vous allez devoir passer cet appel, insista Darcy, qui avait du mal à réprimer son impatience.

Elle aurait préféré trancher la gorge de cette oie blanche mais les Ténèbres lui soufflaient que ce serait une erreur qui risquait de lui être fatale.

— D'accord, céda enfin Gretchen. Je vais le faire.

Darcy l'aida à se redresser sans éloigner le scalpel de sa gorge. Elle la guida vers le téléphone mural.

— Allez-y, l'encouragea-t-elle. Et répétez ce que je vous ai dit mot pour mot.

Gretchen décrocha le combiné et composa le numéro du poste de garde.

— Jeff, c'est Gretchen, murmura-t-elle d'une voix mal assurée.

Darcy pressa la lame contre sa peau, faisant perler une goutte de sang. Les yeux de Gretchen s'agrandirent sous l'effet de la terreur mais, lorsqu'elle reprit la parole, sa voix était plus forte et plus assurée.

— J'aurais besoin que tu fasses quelque chose pour moi…

Gretchen répéta scrupuleusement les paroles de Darcy, qui l'écoutait en souriant. L'heure de vérité avait sonné. Si tout se passait comme elle l'espérait, elle recouvrerait bientôt la liberté. Ou bien, elle mourrait en tentant de s'enfuir. Mais, d'une façon ou d'une autre, elle serait de nouveau libre.

Tandis que l'équipe de nettoyage commençait à s'activer, Chloe et Marcus s'étaient repliés dans le hall d'entrée de la prison. Chloe n'avait toujours pas décoché un mot, et Marcus se demandait ce qu'elle pouvait bien penser de cette confession avortée.

Lui-même se demandait surtout quand ils auraient l'occasion de reprendre le cours de cet interrogatoire qui avait relativement bien commencé et aurait pu se révéler très fructueux. Une fois passée sa tergiversation initiale, Darcy avait en effet semblé prête à respecter sa part du marché.

— Que faisons-nous, à présent ? demanda Marcus au bout de quelques minutes de silence. Est-ce que tu veux rester ici au cas où Darcy se rétablirait ou bien rentrer à Pleasant Pines ?

— Attendons un peu, répondit-elle. Nous verrons bien ce que dira l'infirmière. Si c'est juste à cause du stress, nous pourrons reprendre l'entretien. Si elle pense que c'est une allergie alimentaire ou un virus, nous remettrons ça à plus tard.

— D'accord, acquiesça Marcus. En attendant, tu peux peut-être me dire pourquoi tu m'as appelé, ce matin. Tu disais tout à l'heure que tu ne te sentais pas très bien, ces derniers jours…

Chloe détourna les yeux.

— Ce n'est pas grave, éluda-t-elle.

— Si tu m'as appelé, c'est que ce n'était pas complètement anodin, objecta Marcus, surpris par les réticences dont elle faisait montre, soudain.

Chloe jeta un coup d'œil nerveux en direction de la salle des gardes que l'on apercevait par-delà la vitre blindée.

— J'étais juste un peu nerveuse à l'approche de cette rencontre, répondit-elle.

Marcus n'en croyait pas un mot. Il avait vu le sang-froid avec lequel Chloe avait réagi, le jour où Luke Winston l'avait agressée, au tribunal. Et il n'imaginait pas un seul instant qu'elle ait pu paniquer au point de l'appeler à l'aide – tout particulièrement après ce qui s'était passé entre eux.

Évidemment, cela ne faisait que renforcer sa curiosité. Il connaissait cependant suffisamment bien Chloe pour savoir qu'il n'obtiendrait aucune réponse en la pressant de questions. Mais Marcus était un homme patient – c'était une qualité qu'il avait eu tout le temps de cultiver au cours des années qu'il avait passées dans la police.

Il se contenta donc de se taire et d'attendre, sans la quitter du regard.

— D'accord, soupira-t-elle enfin. Il s'est passé quelque chose.

Il hocha la tête, attendant qu'elle poursuive.

— Tu te souviens de la nuit que nous avons passée à l'auberge ?

Comment aurait-il pu l'oublier ? C'était l'une des plus intenses et des plus merveilleuses qu'il ait jamais vécues. Cela devait se lire dans son regard, d'ailleurs, car il vit Chloe rougir brusquement.

Elle ouvrit la bouche mais, avant qu'elle ait pu reprendre la parole, Jeff toqua contre la vitre pour attirer leur attention. Tous deux se tournèrent vers lui.

— Je viens de recevoir un appel de Gretchen, les informa-t-il. Darcy lui a dit qu'elle était prête à reprendre votre entretien mais l'infirmière préfère qu'elle reste à l'infirmerie pour pouvoir la garder à l'œil.

— Je n'y vois pas d'inconvénient, répondit Chloe.

Elle se tourna vers Marcus.

— Allons-y, lui dit-elle.

— Darcy a dit qu'elle préférait s'entretenir uniquement avec vous, remarqua Jeff.

— C'est elle qui a demandé que Marcus soit présent, objecta Chloe.

Jeff haussa les épaules.

— Ce n'est pas moi qui vous interdirai d'y aller.

— Je ne sais pas si c'est une bonne idée, fit Marcus, pensif.

— Nous n'allons tout de même pas lui laisser dicter ses conditions chaque fois que la fantaisie lui en prend !

— Je ne suis pas certain que nous soyons en position de force, pour le moment, continua Marcus. Si elle refuse de parler, tous tes efforts n'auront servi à rien. Nous devons avant tout penser aux victimes et à leurs familles.

— Tu as raison, soupira Chloe.

— Franchement, ma présence n'est pas nécessaire. Comme tu le disais toi-même, si Darcy ne l'avait pas requise, je ne serais probablement jamais venu…

— D'accord. Mais garde ton téléphone à portée de main. Je te tiendrai au courant au fur et à mesure de l'évolution de la situation.

— Je vais rester tranquillement ici, au cas où elle changerait de nouveau d'avis, déclara Marcus.

Chloe hocha la tête et franchit de nouveau la porte pour rejoindre la salle des gardes. Marcus la suivit des yeux en se demandant ce qu'elle avait failli lui dire, juste avant que Jeff les interrompe.

Chloe suivit Jeff jusqu'à l'infirmerie. Comme toutes les autres pièces de la prison, la porte de cette salle était équipée d'une serrure électronique. Jeff tapa un code qui la déverrouilla.

— Vous pouvez y aller, lui dit-il. Je vous souhaite bonne chance.

— Merci, répondit-elle en franchissant le seuil.

La porte se referma derrière elle avec un cliquetis sonore. Elle s'avança dans la pièce et remarqua immédiatement l'odeur cuivrée qui flottait dans l'air. Elle constata aussi avec étonnement qu'aucun des lits n'était occupé. Il n'y avait pas trace de Darcy – ni de qui que ce soit d'autre, d'ailleurs.

Elle se demanda si Jeff ne s'était pas trompé. La tueuse avait peut-être été reconduite dans sa cellule – ou bien encore en salle d'interrogatoire.

Chloe s'apprêtait à faire demi-tour lorsqu'elle aperçut une chaussure qui dépassait de derrière l'un des lits médicalisés, comme si quelqu'un était étendu au sol.

— Excusez-moi ? appela-t-elle.

Aucune réponse ne lui parvint. De plus en plus inquiète, elle s'approcha prudemment.

— Est-ce que ça va ? demanda-t-elle encore.

Elle contourna le lit et tomba en arrêt devant la vision d'horreur qui s'offrait à elle. Elle comprit alors d'où provenait l'odeur qu'elle avait perçue en entrant. L'infirmière de la prison gisait dans une mare de sang, la gorge tranchée. Sans se faire la moindre illusion, Chloe s'agenouilla pour chercher son pouls, qu'elle ne trouva pas.

De toute évidence, la mort ne remontait pas à très longtemps. Le cœur battant à tout rompre, Chloe se demanda avec inquiétude où pouvait bien se trouver la surveillante qui avait emmené Darcy à l'infirmerie et venait de contacter le poste de garde.

Dans l'immédiat, le plus sûr était sans doute d'appeler Marcus ou, mieux encore, le directeur de la prison. Ce dernier saurait probablement comment procéder. Chloe plongea la main dans son sac pour récupérer son téléphone portable.

— C'est gentil à vous d'être venue me voir aussi vite, fit alors la voix de Darcy dans son dos.

Chloe ne put réprimer un cri d'angoisse. Se retournant brusquement, elle se retrouva face à Gretchen, la surveillante qui s'était occupée de Darcy. Celle-ci se tenait juste derrière la gardienne et maintenait une lame de scalpel plaquée contre sa gorge.

— C'est vous qui avez fait ça ? balbutia Chloe en désignant le cadavre de l'infirmière.

La question était relativement absurde, bien sûr. Mais Chloe avait besoin d'un peu de temps pour recouvrer un semblant de calme.

— Je plaide coupable, répondit Darcy avec un sourire

mauvais. Est-ce que vous voulez que je le marque aussi sur votre petit calepin ?

Chloe sentit un frisson glacé dévaler le long de sa colonne vertébrale. Darcy avait visiblement décidé de renoncer aux faux-semblants, et une lueur de folie brillait dans son regard, contrastant avec la soumission qu'elle avait feinte un peu plus tôt.

— Qu'est-ce que vous voulez ? lui demanda Chloe.

— À votre avis ? répliqua Darcy d'un ton mordant. Sortir d'ici, évidemment !

— Vous êtes une femme intelligente, objecta Chloe. Vous devez savoir qu'on ne vous laissera jamais partir. Surtout pas après ce que vous venez de faire. Et si vous comptez les convaincre en prenant des otages, sachez que c'est sans espoir.

— Vous n'avez aucune idée de ce que j'ai prévu, rétorqua Darcy avec une assurance inquiétante.

— Vous avez profité de votre malaise pour tuer l'infirmière et prendre une surveillante en otage. Mais cela ne vous mènera nulle part.

Darcy secoua la tête.

— Mon malaise, comme vous dites, n'était pas un simple accident.

— Je ne comprends pas, murmura Chloe.

— Je me suis rendue malade volontairement, expliqua Darcy.

— Mais pourquoi ? balbutia Gretchen, visiblement aussi sidérée que Chloe.

— Vous êtes tellement naïves, toutes les deux, que c'en est presque déprimant, soupira Darcy. Bien, voilà comment nous allons procéder, à présent. Gretchen, vous allez ôter les chaînes qui m'entravent les pieds et les passer à Chloe.

— Vous m'aviez promis que vous me laisseriez partir

si je passais ce coup de téléphone, protesta piteusement Gretchen.

— C'est vrai, reconnut Darcy. Je vais vous libérer. Définitivement.

— Non ! hurla Chloe, devinant ce qu'elle s'apprêtait à faire.

Mais Darcy ne tint aucun compte de sa protestation, bien sûr. Avec une rapidité déconcertante, elle trancha la gorge de Gretchen à l'aide de son scalpel. Chloe contempla avec effroi la gardienne qui tentait vainement de retenir le flot de sang s'écoulant de la plaie béante. Gretchen tomba à genoux puis s'effondra sur elle-même.

Consciente de la vanité de son geste, Chloe se précipita néanmoins vers elle et s'agenouilla pour tenter d'endiguer l'hémorragie. Mais il était déjà trop tard.

9

Chloe aurait voulu se recroqueviller sur elle-même et s'abandonner au mélange d'effroi, de terreur et d'horreur qui l'écrasait en cet instant. Fermer les yeux pour ne plus voir le corps sans vie de Gretchen. Se boucher les oreilles pour ne pas entendre le rire moqueur de Darcy. Ne plus penser, surtout, au sort funeste qui l'attendait probablement elle aussi.

Mais elle savait qu'en se laissant aller de la sorte, elle se condamnerait à mort. Si elle voulait avoir la moindre chance de survivre à cet enfer, il allait au contraire lui falloir puiser en elle la force de réagir.

Pendant que Chloe luttait ainsi pour surmonter sa peur, Darcy s'était débarrassée des chaînes qui lui entravaient les jambes. Elle les tendit alors à Chloe.

— Mettez-les, lui dit-elle.

L'espace d'un instant, Chloe fut tentée de lui obéir en espérant que cette soumission garantirait sa survie. Mais l'exemple de Gretchen était éloquent : il n'y avait absolument aucune pitié à attendre de Darcy Owens.

— Il n'en est pas question, déclara-t-elle d'une voix étonnamment plus assurée qu'elle ne l'aurait imaginé.

— Ne me forcez pas à employer la manière forte.

— Si vous voulez vraiment me mettre des chaînes aux pieds, vous n'avez qu'à le faire vous-même, répliqua Chloe.

Bien sûr, provoquer une tueuse en série n'était sans doute pas l'idée la plus lumineuse qu'elle ait jamais eue. Mais maintenant que Gretchen était morte, Darcy devait savoir que Chloe était son seul atout dans la négociation qui ne tarderait pas à s'engager avec les autorités. Si elle la tuait, elle n'aurait plus aucune chance de s'en sortir vivante.

Darcy n'avait visiblement pas la même interprétation de la situation car elle se jeta sur elle et la percuta de toutes ses forces. Le souffle coupé par la violence du choc, Chloe fut propulsée en arrière. Aussitôt, Darcy se jeta sur elle en brandissant son scalpel.

Chloe lui attrapa le poignet et commença à lutter de toutes ses forces contre la tueuse. Ce n'était pas uniquement sa propre existence qui était en jeu : il y avait aussi celle de son bébé. Et elle était bien décidée à se battre pour lui.

Elle chercha des yeux quelque chose qui pourrait lui servir d'arme et aperçut l'une de ses chaussures, qu'elle avait perdue dans la mêlée. Elle s'en empara et asséna à Darcy un coup de talon en plein visage. Elle avait visé l'œil mais le rata de quelques centimètres, lui entaillant la pommette.

La tueuse poussa un rugissement sauvage et essaya de lui arracher la chaussure. Mais son bras droit était toujours immobilisé par Chloe qui abattit de nouveau son arme improvisée sur le côté de la tête de Darcy.

Celle-ci se recula, tentant d'échapper aux coups qui pleuvaient à présent sur son visage. Mais Chloe refusait de libérer le bras de Darcy, craignant que celle-ci ne se serve de son scalpel. Changeant de cible, elle frappa la main de Darcy à coups de talon, faisant voler la lame de son adversaire à quelques mètres de là.

Darcy hurla de nouveau et parvint à lui arracher sa chaussure. Chloe chercha une nouvelle arme et avisa son sac à main qui gisait sur le sol. Agrippant la lanière, elle se redressa. Darcy et elle se faisaient face, guettant la moindre ouverture.

La tueuse esquissa soudain un pas de côté, en direction du scalpel. Chloe abattit son sac de toutes ses forces. Il percuta Darcy en pleine tête et le contenu vola en tous sens, se répandant sur le sol. L'un des objets qui atterrirent sur le linoléum attira l'attention de Darcy, qui se fendit d'un sourire cruel.

— Qui l'eût cru ? s'exclama-t-elle.

Suivant son regard, Chloe aperçut le test de grossesse positif. Cet instant de distraction s'avéra fatal. Darcy en profita pour récupérer son scalpel. Elle se rua de nouveau sur Chloe, la projetant une fois de plus au sol. Mais, au lieu de placer sa lame contre la gorge de Chloe, elle la plaqua contre son ventre.

— Ne bougez pas, sinon je transforme votre bébé en tartare ! cracha-t-elle.

Chloe s'immobilisa aussitôt, vaincue.

— Relevez-vous très lentement et, surtout, pas de bêtise, lui ordonna encore Darcy.

Elle s'exécuta, et toutes deux se retrouvèrent face à face. L'une et l'autre faisaient peine à voir, couvertes de la tête aux pieds du sang de Gretchen. Mais le sourire triomphal qu'arborait Darcy ne laissait aucun doute sur l'issue du combat.

Chloe aurait peut-être pu l'emporter. Mais elle avait jeté l'éponge pour protéger son enfant. Et Darcy avait pris sur elle un ascendant certain.

— Allons voir ce qu'il y a dans ces casiers, déclara la tueuse en désignant une rangée d'armoires métalliques qui se trouvaient au fond de la pièce.

— Pourquoi ?

— Vous voulez rester couverte de sang ?

— Non, bien sûr.

— Nous trouverons peut-être de quoi nous changer là-dedans.

Darcy lui tendit le trousseau de clés de Gretchen et lui désigna les armoires. Après plusieurs tentatives, Chloe trouva la clé correspondante et ouvrit la porte. À l'intérieur se trouvaient plusieurs tenues de prisonniers de tailles différentes que Darcy désigna à l'aide de son scalpel.

— Enfilez-en une et allez vous débarbouiller dans l'évier au fond de la pièce. Je vous préviens, si vous tentez quoi que ce soit, vous le regretterez.

— Si vous me tuez, vous ne sortirez jamais d'ici vivante, répliqua Chloe.

— Je ne compte pas vous tuer. Mais je pourrais m'arranger pour réarranger votre jolie frimousse. Ce serait dommage, non ?

Chloe frissonna, prenant soudain pleinement conscience de la dimension psychotique de Darcy. Elle était totalement dénuée d'empathie, et c'était ce qui lui permettait de commettre les actes les plus innommables sans éprouver la moindre hésitation ou le plus petit remords.

Comprenant qu'elle allait devoir guetter un moment plus propice pour tenter de lui échapper, elle suivit les instructions de la tueuse et, après s'être rincé le visage et les mains, elle se défit de ses propres vêtements pour enfiler une tenue de prisonnier à sa taille.

Pendant ce temps, Darcy avait attaché une paire de menottes au montant de l'un des lits médicalisés.

— Asseyez-vous sur le matelas, ordonna-t-elle à Chloe.

Celle-ci obéit une fois de plus.

— Menottez-vous au lit, exigea Darcy.

Cette fois, Chloe hésita. Elle savait que, ce faisant, elle se mettrait entièrement à la merci de la tueuse.

— Vous ne vous échapperez jamais, dit-elle à Darcy. Vous avez tué deux femmes innocentes – sans parler de toutes les victimes que vous aviez déjà à votre actif. Cette pièce sera bientôt en état de siège, et la prison sera entièrement bouclée. Quoi que vous fassiez, vous finirez par vous faire prendre. Vous n'avez aucune chance de quitter cette salle vivante – sans parler de ce bâtiment…

Chloe se demanda alors si les gardiens avaient conscience de ce qui était en train de se passer à l'infirmerie. Pensaient-ils toujours qu'elle était tranquillement en train d'interroger Darcy sous la surveillance de Gretchen et de l'infirmière de la prison ?

Même si tel était le cas, ils finiraient bien par se douter de quelque chose. Tôt ou tard, quelqu'un se rendrait à l'infirmerie ou tenterait de joindre Gretchen. La situation deviendrait alors très tendue et Chloe devrait jouer serré si elle voulait avoir la moindre chance de survivre.

Pour commencer, elle allait devoir se faire une idée plus précise des intentions réelles de Darcy. Cela lui permettrait peut-être de formuler un plan d'action.

— Pourquoi êtes-vous restée au Wyoming ? lui demanda-t-elle.

Darcy lui lança un coup d'œil étonné.

— C'est chez moi, répondit-elle en se débarrassant de sa tenue de prisonnière maculée de sang.

Une fois en sous-vêtements, elle commença à s'asperger d'eau au lavabo.

— Vous aviez l'opportunité de vous enfuir, après avoir échappé à Billy Dawson, remarqua Chloe. Vous auriez pu quitter l'État, peut-être même partir pour le Canada…

Darcy enfila les vêtements de rechange de l'infirmière, qu'elle avait trouvés dans une autre armoire.

— Seriez-vous en train de me suggérer de quitter le pays sans passeport ? s'enquit Darcy d'un ton narquois. C'est pourtant illégal…

Tout en parlant, elle avait débranché une lampe et sectionné à l'aide de son scalpel le cordon qui la raccordait à la prise. Elle alla ensuite chercher une bonbonne d'oxygène qui se trouvait près de l'un des lits et la posa en équilibre sur un tabouret à roulettes pour pouvoir la déplacer jusqu'à la porte de l'infirmerie.

Chloe la regarda faire avec étonnement, se demandant à quoi pouvaient bien rimer ces préparatifs.

— Vous savez, ce n'est que le soir où le cuisinier de l'auberge est mort que j'ai appris que vous étiez devenue la procureure de Pleasant Pines.

— La nuit où vous l'avez tué, vous voulez dire.

Darcy haussa les épaules comme si ce détail n'avait pas grande importance. Peut-être était-ce réellement le cas, à ses yeux.

— Marcus Jones était là, reprit la tueuse. Et c'est lui qui a mentionné votre nom. Je me suis aussitôt souvenue de vous et des discussions que nous avions eues, du temps où j'étais encore au lycée.

À l'aide du cordon électrique qu'elle avait découpé, Darcy relia l'opercule de la bonbonne d'oxygène à la poignée de la porte. Chloe ne voyait toujours pas ce qu'elle espérait ainsi accomplir.

— C'est pour cette raison que vous êtes restée au Wyoming ? demanda-t-elle. Parce que vous vouliez vous venger de moi ?

— Qu'est-ce que vous en pensez ? lui retourna alors Darcy sans tenir compte de sa question.

— Cette bonbonne ne suffira pas à bloquer la porte, répondit Chloe. Elle n'est pas assez lourde.

— Elle n'est pas là pour ça, rétorqua Darcy en souriant. Et, entre nous, je ne crois pas que quelqu'un essaiera d'ouvrir cette porte…

— Bien sûr que si ! protesta Chloe. Quelqu'un va finir par se demander pourquoi ni Gretchen ni moi ne donnons signe de vie. À moins que l'un des gardiens ne conduise un détenu à l'infirmerie d'ici là…

Darcy secoua doucement la tête.

— Vous ne comprenez pas, dit-elle avec un sourire presque malicieux.

Elle tira l'extrémité du câble électrique qui reliait la porte à la bonbonne et brancha la fiche dans la prise la plus proche. Le câble se mit aussitôt à grésiller. Chloe comprit alors avec effroi ce qu'elle était en train de faire.

— C'est une bombe, n'est-ce pas ? balbutia-t-elle.

— Exact, répondit Darcy dont le sourire s'élargit encore un peu plus. Si quelqu'un ouvre la porte, l'embout de la bonbonne saute et l'oxygène attise l'étincelle. Si tout se passe comme prévu, cela enflammera alors l'intérieur de la bonbonne, qui explosera.

— Si vous faites ça, nous mourrons aussi, objecta Chloe tentant de réprimer la panique qui montait en elle. Est-ce vraiment ce que vous voulez ?

Darcy répondit par un haussement d'épaules, comme si cette question ne l'intéressait pas vraiment. Comptait-elle réellement se suicider ? Ou bien n'était-ce qu'une façon de faire pression sur ceux qui tenteraient de négocier avec elle ?

Tandis que Chloe s'interrogeait de la sorte, Darcy traîna les corps de Gretchen et de l'infirmière à l'autre bout de la pièce. Elle alla ensuite ramasser le téléphone portable de Chloe et le lui lança.

— Commencez par réinitialiser le code PIN, exigea-t-elle. Remplacez-le par 0000. Ensuite, nous allons envoyer un message à votre petit ami.

— Je n'ai pas de petit ami, objecta Chloe.

— Vous savez très bien de qui je veux parler : Marcus Jones, le salopard qui gère Rocky Mountain Justice.

Darcy la considéra alors avec un mélange de curiosité et d'amusement.

— C'est lui, n'est-ce pas ?

— Lui ? répéta Chloe, incertaine.

— Le père de votre enfant, précisa Darcy. C'est Jones, n'est-ce pas ?

— Ne soyez pas ridicule, répondit Chloe.

Hélas, le ton de sa voix était nettement moins convaincant qu'elle ne l'aurait souhaité. Et Darcy ne fut pas dupe de sa dénégation.

— C'est encore mieux que je ne l'avais espéré, déclara-t-elle en riant. Chloe Ryder s'est fait mettre en cloque par Marcus Jones. Et puisque vous vous promenez toujours avec le test de grossesse, cela signifie que vous ne l'avez appris que très récemment. Est-ce que le futur papa est au courant ?

Chloe se mordit la lèvre, mortifiée, ce qui ne fit qu'accroître l'hilarité de Darcy.

Marcus faisait les cent pas dans le hall d'entrée de la prison. En temps normal, il se considérait comme un homme patient – très patient, même. Mais il avait vraiment hâte de savoir ce que Darcy avait bien pu dire à Chloe. Avait-elle tenu parole ? Avait-elle dressé la liste exhaustive de ses victimes ? Y en avait-il autant qu'ils le craignaient ? Plus, peut-être ?

Jetant un coup d'œil à sa montre, il constata qu'il ne

s'était écoulé qu'une vingtaine de minutes depuis le départ de Chloe. Ce délai semblait au moins indiquer que Darcy ne lui avait pas opposé une fin de non-recevoir. C'était déjà encourageant.

Il s'interrogea sur l'opportunité de lui envoyer un message pour lui demander des nouvelles. Mais comme il s'apprêtait à le faire, son téléphone émit un bip indiquant qu'il venait de recevoir un SMS.

— Les grands esprits se rencontrent, murmura-t-il en constatant que le message émanait de Chloe.

Il l'ouvrit et constata qu'il s'agissait d'une photo. Surpris, il l'agrandit et s'aperçut qu'elle représentait Chloe, assise sur ce qui semblait être un lit d'hôpital. Elle était vêtue d'une combinaison semblable à celle que portaient les détenus. Stupéfait, il observa plus attentivement le cliché et s'aperçut que l'une de ses mains était menottée au montant du lit.

Un deuxième bip lui signala l'arrivée d'une nouvelle photo. Le cœur battant à tout rompre, il l'ouvrit, s'attendant au pire. Et il ne se trompait pas. Cette fois, il s'agissait de deux corps. Il reconnut Gretchen, la surveillante qui avait escorté Darcy jusqu'à l'infirmerie. L'autre femme portait une blouse.

Une troisième photo lui parvint. Elle figurait une porte que l'on avait piégée à l'aide d'une bombe artisanale. Elle fut rapidement suivie par un dernier message, écrit, celui-là :

Je veux un million de dollars et un jet privé qui atterrira devant la prison et me conduira jusqu'en Argentine. Vous avez deux heures. Passé ce délai, je fais sauter la prison.

Marcus considéra le texto avec effroi. Darcy s'imaginait-elle réellement qu'on la laisserait quitter le pays alors qu'elle avait probablement tué des dizaines de personnes ?

Il fronça les sourcils. Darcy avait démontré à maintes reprises qu'elle n'était pas une imbécile. Elle devait savoir que ses demandes étaient parfaitement déraisonnables. Cela signifiait qu'il s'agissait d'un écran de fumée. Toute la question était de savoir ce qu'il était censé dissimuler…

Une chose était certaine, cependant : la bombe était bien réelle. Cela signifiait qu'il fallait évacuer la prison au plus vite. Marcus se tourna vers la vitre blindée qui donnait sur le bureau des gardes. Il constata avec étonnement que la pièce était vide. Il n'y avait pas trace de Jeff et de son collègue.

Étouffant un juron, Marcus chercha la carte de visite que lui avait remise Cal Douglas, le directeur de la prison, lorsqu'ils étaient allés le voir dans son bureau. Il composa le numéro de son portable, et Douglas répondit à la première sonnerie.

— C'est Marcus Jones, de Rocky Mountain Justice, se présenta-t-il.

— Monsieur Jones, répondit Douglas, on m'a informé de ce qui était arrivé à Darcy. Est-ce qu'elle se sent mieux ? Est-ce que vous avez pu reprendre votre interrogatoire ?

— Darcy est toujours à l'infirmerie, rétorqua Marcus en s'efforçant de chasser l'angoisse qui l'oppressait. Elle a réussi à se libérer, et à tuer l'infirmière et la gardienne qui se trouvaient avec elle. Elle s'est enfermée dans l'infirmerie avec Chloe Ryder, la procureure de district, qu'elle retient en otage. Elle a piégé la porte à l'aide d'une bombe artisanale qu'elle menace de faire exploser.

— C'est une blague ? balbutia Douglas d'une voix blanche.

— Hélas, non, fit Marcus en activant le haut-parleur de son téléphone. Darcy est très sérieuse. Elle vient de m'envoyer des photos et un message que je suis en train de vous transférer.

Il joignit le geste à la parole.

— Je les ai, lui confirma Douglas au bout de quelques instants.

Il poussa alors un juron bien senti.

— Où êtes-vous ?

— Dans le hall.

— Ne bougez pas, j'arrive tout de suite.

Dès que Douglas eut raccroché, Marcus composa le numéro de Wyatt. Il l'informa rapidement de la situation et lui demanda de rassembler une équipe pour le rejoindre sur place au plus vite.

— Une bombe ? s'exclama Wyatt, sidéré. Tu es sûr ?

— Je t'envoie la photo pour que vous puissiez commencer à l'étudier. Mais ça a l'air sérieux. Nous allons sans doute devoir évacuer le bâtiment. Et il nous faudra ensuite capturer Darcy sans mettre en danger la vie de son otage.

— D'accord, répondit Wyatt. Nous arrivons dès que possible. Ne t'inquiète pas, Marcus : nous allons tirer Chloe de là.

Cette promesse ne suffit pas vraiment à le rassurer. Il connaissait désormais suffisamment le dossier de Darcy Owens pour savoir à quel point celle-ci pouvait se montrer imprévisible et dangereuse.

La porte donnant sur l'intérieur de la prison s'ouvrit alors, laissant apparaître Cal Douglas

— Bon sang, mais que s'est-il passé, exactement ? s'exclama-t-il. Comment est-ce que la situation a pu dégénérer aussi rapidement ?

Marcus lui transmit le peu d'informations dont il disposait à ce stade : le malaise de Darcy, son évacuation vers l'infirmerie, le message qui leur était parvenu, la décision de Chloe de poursuivre seule l'interrogatoire et enfin l'arrivée des messages, quelques minutes auparavant.

— Vous pensez que Darcy a reçu une aide de l'intérieur ?

Marcus haussa les épaules.

— Je l'ignore.

— Est-ce que vous avez une idée pour la neutraliser avant qu'elle fasse exploser la prison ?

— Pas pour le moment. Il faudrait que j'étudie un plan des lieux.

— Nous pourrions installer des blocs de béton dans le couloir et envoyer un drone ouvrir la porte, suggéra Douglas. L'explosion serait contenue, et nous serions débarrassés de Darcy par la même occasion.

— Vous oubliez qu'elle a pris une otage. Chloe Ryder serait tuée dans l'explosion, elle aussi.

— C'est une hypothèse que nous allons malheureusement devoir envisager, soupira Douglas. Que nous fassions exploser la bombe ou que nous déclenchions un assaut, nous risquons malheureusement d'avoir des victimes collatérales…

— Il n'est pas question de sacrifier délibérément Chloe, déclara Marcus d'une voix glaciale.

Il prit une profonde inspiration, s'efforçant de dominer le mélange de colère, d'angoisse et d'impuissance qui l'habitait en cet instant.

— Nous devons trouver une façon de mettre Darcy hors de combat tout en protégeant la procureure, ajouta-t-il.

— Mais comment ? s'enquit Douglas. Elle a une bombe.

— La priorité, c'est de minimiser les dégâts en cas d'explosion. Nous devons commencer par évacuer le bâtiment le plus rapidement possible.

Douglas se fendit d'un nouveau juron.

— Ça ne va pas être de la tarte, dit-il. Mais vous avez raison. Le problème, c'est que le bus que nous utilisons pour transférer les prisonniers ne peut en accueillir que quarante-quatre. Or nous avons actuellement cent vingt-trois détenus.

— Dans ce cas, vous devriez appeler vos homologues des autres prisons de la région et leur emprunter leurs bus.

— Bonne idée. Je vais les contacter immédiatement. Et vous ? Que comptez-vous faire, pendant ce temps ?

— Étudier le plan de la prison pour identifier les différentes voies d'approche. J'ai contacté mon équipe, et elle ne devrait pas tarder à arriver. Nous avons déjà réussi à arrêter Darcy Owens une fois. Il ne nous reste plus qu'à recommencer.

En dépit de l'assurance dont il faisait preuve face à Cal Douglas, Marcus savait que cette nouvelle capture serait bien plus délicate encore que ne l'avait été la première.

10

Chloe connaissait parfaitement la procédure en vigueur dans ce genre de situation. Les surveillants et la police commenceraient par sécuriser le périmètre et par mettre les autres détenus à l'abri.

Les exigences de Darcy avaient probablement été transmises au FBI qui dépêcherait un négociateur sur place. Pendant qu'il lancerait une discussion avec Darcy, une équipe de fédéraux ou du SWAT se préparerait à intervenir au cas où les négociations ne déboucheraient pas.

Chloe était prête à parier que Marcus saurait imposer sa présence et celle de ses hommes lors d'une telle opération. Après tout, ils avaient déjà prouvé leur valeur à maintes reprises dans cette affaire. Et ils étaient indéniablement ceux qui connaissaient le mieux Darcy.

Celle-ci ne paraissait pas particulièrement inquiète. Juchée sur une chaise, elle était en train de décrocher le détecteur de fumée qui déclenchait les extincteurs automatiques. Lorsqu'elle arracha le boîtier en plastique, il émit une série de stridulations de plus en plus assourdissantes.

Darcy poussa un juron et entreprit de réduire l'appareil en miettes à coups de talon. Il émit un dernier bip piteux avant de se taire définitivement.

— Vous ne m'avez pas répondu, dit alors Chloe. Est-ce

que vous comptez vraiment nous faire exploser toutes les deux ?

— Pourquoi pas ? répondit Darcy en lui décochant un large sourire. Ce serait assez approprié, après tout…

— Je ne vois vraiment pas pourquoi.

— Vraiment ? lança Darcy en la considérant d'un air étonné.

— Pourquoi me haïssez-vous à ce point ?

Darcy la regarda droit dans les yeux. Dans son regard, Chloe perçut un mélange de rancœur, de colère et de souffrance.

— Vous avez trahi ma confiance, lui dit-elle. Je vous ai confié mes secrets les plus intimes et, au lieu de m'aider, vous êtes allée tout raconter à la directrice du lycée qui a tout répété à mes parents. Savez-vous comment mon père a réagi, après ça ?

Chloe ne put réprimer un tressaillement. Malgré elle, elle sentit une pointe de culpabilité l'envahir. Elle savait qu'elle n'avait fait qu'appliquer les règles en vigueur. Mais elle ne pouvait s'empêcher de se demander si elle n'aurait pas pu trouver une autre solution pour venir en aide à Darcy.

— Nous aurions pu vous protéger si vous n'aviez pas tout nié en bloc, répondit-elle. Pourquoi n'avez-vous pas répété ce que vous m'aviez dit ?

— Parce que j'étais terrifiée, expliqua Darcy d'une voix légèrement tremblante. Je n'étais qu'une enfant. Et puis, vous avez disparu du jour au lendemain.

— J'ai demandé à vous revoir, protesta Chloe. Je voulais vous convaincre de témoigner contre votre père. Mais on m'a clairement fait comprendre qu'il valait mieux que je prenne mes distances. En insistant, j'aurais couru le risque de me faire accuser de harcèlement. Et, dans ce cas, je me serais fait renvoyer de l'université…

— Je vois, acquiesça Darcy d'un ton amer. Vos études étaient plus importantes que ce qui pouvait bien arriver à une fille comme moi…

— Ce n'est pas vrai ! s'écria vivement Chloe. J'ai essayé de vous aider. Et c'est vous qui m'avez traitée de menteuse.

— C'est à cause de vous que je l'ai tué, vous savez… Il était furieux que je vous aie parlé de lui, poursuivit Darcy. Et il s'est montré encore plus violent qu'avant. Alors j'ai décidé de me débarrasser de lui une fois pour toutes. Si vous n'étiez pas intervenue, il serait peut-être toujours vivant…

Un nouveau frisson glacé parcourut Chloe. Rationnellement, elle savait qu'elle n'était pas responsable, qu'elle avait fait tout ce qui était en son pouvoir, à l'époque. Elle comprenait aussi que la psychose de Darcy était bien antérieure à leur rencontre. Tous les psychiatres l'avaient confirmé.

Darcy cherchait clairement à jouer avec ses sentiments et à la manipuler. Malheureusement, elle était très douée pour cela. Mais comme Chloe s'apprêtait à reprendre la parole, son téléphone se mit à sonner.

Darcy le sortit de sa poche et jeta un coup d'œil à l'écran.

— C'est Marcus Jones, indiqua-t-elle avant d'activer le haut-parleur. Est-ce que mon avion est arrivé ? demanda-t-elle sans autre forme de procès. Est-ce que vous avez rassemblé l'argent ?

— Avant tout, il faut que je parle à Chloe, répondit Marcus. Je dois m'assurer qu'elle est toujours vivante.

— Je vous ai envoyé une photo d'elle.

— Vous auriez pu la tuer dans la foulée. Il me faut une preuve de vie. Sinon, vous pouvez oublier votre avion.

Marcus s'exprimait d'une voix parfaitement détachée, ne trahissant aucune émotion particulière. Paradoxalement, cela rassura un peu Chloe.

— Très bien, déclara Darcy en tendant le téléphone dans sa direction. Dites bonjour à votre petit ami.

Chloe sentit son cœur se serrer. Elle regrettait amèrement de ne pas avoir parlé du bébé à Marcus. Il méritait de savoir que son enfant se trouvait pris en otage, lui aussi.

— Marcus, c'est moi, dit-elle.

— Chloe, est-ce que tu es blessée ? Que se passe-t-il exactement ?

— Vous voyez : elle est bien vivante, reprit alors Darcy, coupant court à ses questions. Vous voilà satisfait ?

— Laissez-moi lui parler.

— Vous n'avez vraiment pas le temps, répondit la tueuse. Il y a des choses bien plus importantes dont nous devons discuter, tous les deux.

— Quel genre de choses ?

— Eh bien, vous devriez me demander ce que je compte faire, une fois que je serai sortie de prison. Ou bien encore comment j'ai l'intention de me rendre de l'infirmerie à l'avion.

— Vous avez probablement choisi l'Argentine parce que vous savez que ce pays n'a pas d'accord d'extradition avec les États-Unis, rétorqua Marcus. Quant à ce que vous ferez là-bas, avec un million de dollars, vous n'aurez que l'embarras du choix. Et pour la façon dont vous sortirez de la prison, vous vous servirez sans doute de Chloe comme bouclier humain.

— Je suis ravie de voir que je n'ai pas affaire à un imbécile.

— Vous savez que, si cette bombe explose, vous serez tuée dans l'explosion, vous aussi.

— Je sais, acquiesça Darcy. Mais je préfère cent fois cela plutôt que de passer le reste de ma vie dans une prison telle que celle-ci.

— Malheureusement, c'est ce qui risque de se produire, déclara Marcus. J'ai travaillé pendant des années pour le FBI, et je sais qu'ils n'accepteront jamais de se plier à vos exigences. Ils ne le font jamais, pour éviter de créer un précédent qui encouragerait d'autres preneurs d'otages.

— Eh bien, cette fois-ci, ils vont devoir faire une exception, on dirait, lança Darcy sans se démonter. À tout à l'heure, monsieur Jones.

Sur ce, elle raccrocha sans laisser le temps à Marcus de lui répondre. Chloe avait écouté avec attention leur conversation, et elle était désormais convaincue que Darcy préparait quelque chose. Ce que Marcus venait de lui dire n'avait pas semblé la surprendre ou l'inquiéter outre mesure.

— Vous commettez une grave erreur, remarqua alors Chloe.

— Vraiment ? fit Darcy, moqueuse.

— Vraiment. Vous n'obtiendrez jamais ce que vous voulez du FBI. Pas après ce que vous avez fait à Gretchen et à l'infirmière.

— Vous savez que Gretchen est la seule personne qui m'ait traitée décemment depuis que je suis incarcérée ici ? Et je n'ai pas hésité à lui trancher la gorge. Cela devrait vous donner une idée de ce à quoi je suis prête pour sortir de ce trou. S'il le faut, je vous découperai en lamelles, et votre petit ami pourra suivre la séquence en direct.

Chloe s'efforça de dominer la terreur glacée qui montait en elle, menaçant de la submerger tout entière. Si elle voulait avoir la moindre chance de s'en sortir, elle devait garder la tête froide. Elle ne pouvait pas se laisser intimider par Darcy. Évidemment, c'était nettement plus facile à dire qu'à faire – particulièrement lorsqu'on se trouvait entièrement à sa merci.

La tueuse se détourna et alla récupérer le drap de l'un

des lits. À l'aide de son scalpel, elle entreprit de découper de longues et fines bandelettes de tissu qu'elle accrocha ensuite à la valve de la bonbonne d'oxygène. Chloe la regarda faire avec un mélange d'horreur et de fascination.

Les gestes de la tueuse trahissaient un mélange d'assurance et de calme. De toute évidence, elle savait parfaitement ce qu'elle faisait. Elle avait dû planifier cette évasion dans ses moindres détails, sans rien laisser au hasard. Elle devait donc savoir que les demandes qu'elle avait formulées n'avaient aucune chance d'aboutir.

Cherchait-elle réellement à s'enfuir ? Ou bien comptait-elle utiliser cette bombe pour détruire cette prison qu'elle haïssait, Chloe qu'elle considérait comme responsable de ses malheurs, et les hommes de Rocky Mountain Justice qui l'avaient arrêtée et devaient probablement être en route pour rejoindre Marcus ? Était-ce pour leur laisser le temps d'arriver qu'elle avait accordé un délai de deux heures à ce dernier ?

Plus Chloe y réfléchissait et plus cette hypothèse lui paraissait crédible. Malheureusement, cette information ne lui était d'aucune utilité si elle n'avait aucun moyen de la transmettre à Marcus…

L'évacuation avait commencé, et l'équipe de RMJ était en route pour rejoindre Marcus. Ce dernier était en train d'étudier les plans de la prison pour préparer l'intervention qui commençait à prendre forme dans son esprit.

— Je vais contacter le FBI, déclara alors le directeur.

— Je peux le faire, si vous voulez. J'y ai travaillé pendant des années et j'ai encore des contacts là-bas.

— D'accord, acquiesça Douglas. Si vous pensez que cela peut accélérer les choses.

Marcus sortit de sa poche son téléphone portable et

composa le numéro de son frère. Ce dernier répondit à la deuxième sonnerie.

— Salut, Marcus, lui dit-il. Quoi de neuf ?

— J'aimerais te dire que je t'appelle juste pour te donner des nouvelles mais la vérité, c'est que j'ai un sérieux problème, répondit Marcus en activant le haut-parleur pour que Douglas puisse suivre leur conversation.

— Je t'écoute, lui dit Jason.

— C'est au sujet de Darcy Owens.

— Qu'est-ce qu'elle a encore fait ? Je croyais qu'elle était en prison.

— Justement, soupira Marcus avant de faire à son frère un rapport circonstancié sur la situation.

— Je vais prévenir immédiatement le directeur, affirma Jason. Nous allons probablement vous envoyer une équipe sur place.

— Le problème, c'est que nous n'avons pas beaucoup de temps, expliqua Marcus. Darcy nous a donné deux heures pour satisfaire ses exigences, et c'était déjà il y a un quart d'heure.

Jason laissa échapper un juron.

— Nous ne serons jamais sur place à temps, déclara-t-il. Cette prison se trouve au beau milieu de nulle part.

— Mon équipe devrait arriver d'une minute à l'autre, indiqua Marcus. Je préférerais avoir votre feu vert pour passer à l'action mais, si vous ne me le donnez pas, je m'en passerai. La vie de la procureure est en jeu – de même que celle des autres détenus si nous n'arrivons pas à tous les évacuer d'ici là.

— Je comprends, fit Jason. Je vais essayer de convaincre mes supérieurs de te donner leur autorisation. Quoi qu'il arrive, je te souhaite bonne chance. Et garde ton téléphone sur toi. Je te rappelle dès que j'ai du nouveau.

Marcus raccrocha et se tourna vers Cal Douglas, qui avait suivi leur discussion avec attention.

— Je vois, commenta-t-il d'un air sombre. Il y a peu de chances pour qu'ils soient là à temps, n'est-ce pas ?

Marcus secoua la tête. Connaissant les procédures du FBI, c'était effectivement ce qu'il redoutait depuis le début.

— Nous pouvons essayer de gagner un peu de temps en négociant avec Darcy, suggéra-t-il sans conviction.

— Elle n'a pas semblé très réceptive lorsque vous l'avez rappelée tout à l'heure, objecta le directeur de la prison.

— Effectivement. Et même si elle l'avait été, nous ne pouvons nous permettre d'oublier que nous avons affaire à quelqu'un de fondamentalement déséquilibré.

Douglas demeura quelques instants silencieux avant de hocher la tête comme s'il était parvenu à une décision.

— Très bien, dit-il. Ce sont mes détenus et mon personnel qui sont en jeu. Je ne peux pas me permettre d'attendre que la cavalerie arrive alors que vous êtes déjà sur place. Que le FBI vous donne sa bénédiction ou non, vous avez la mienne. Après tout, c'est vous et pas eux qui avez déjà réussi à capturer Darcy une première fois. Alors dites-moi ce que je peux faire pour vous en attendant l'arrivée de vos hommes.

— Je vais commencer par appeler mon propre supérieur pour l'informer de la situation, indiqua Marcus.

Douglas hocha la tête, et Marcus composa sans attendre le numéro de Ian Wallace.

— Marcus ? Je ne pensais pas avoir de vos nouvelles aussi vite. J'imagine que ce n'est pas bon signe. Est-ce que Darcy a changé d'avis et refusé de coopérer, en fin de compte ?

— C'est malheureusement bien pire que cela, répondit Marcus avant de résumer une fois de plus la situation.

Pendant qu'il parlait, il remarqua sur l'un des écrans de contrôle que le SUV de Wyatt remontait l'allée conduisant à la prison. Il était suivi par la camionnette qui abritait le PC mobile de Rocky Mountain Justice et par le minibus dont la police de Pleasant Pines se servait pour convoyer les détenus.

— Comment comptez-vous procéder ? lui demanda Ian au téléphone.

— J'ai peut-être trouvé un moyen pour accéder à l'infirmerie, indiqua Marcus.

— En espérant que cette voie d'accès ne soit pas piégée elle aussi, soupira Ian. Je ne veux pas que vous risquiez votre vie ou celle de vos hommes.

— Je n'exposerai pas mon équipe inutilement, répondit Marcus. Mais, à titre personnel, je suis prêt à prendre des risques. Et n'essayez pas de m'en dissuader. Je suis bien placé pour savoir que vous avez fait exactement la même chose à Denver, lorsque vous poursuiviez Mateev.

— J'en avais fait une affaire personnelle, objecta Ian.

— C'est une affaire personnelle pour moi aussi, fit Marcus. Et je serais prêt à parier que c'est aussi le cas pour Wyatt Thornton, pour Luis Martinez ou pour Julia McCloud…

— Je préférerais tout de même que ce soit le FBI qui se charge de cette intervention.

— Je les ai appelés, et ils m'ont laissé entendre qu'ils ne seraient jamais là à temps. À mon avis, il leur faudra bien trois heures pour être opérationnels. Et c'est plus de temps que ne nous en a donné Darcy. Le directeur de la prison a accepté notre aide.

Marcus se demanda s'il devait parler de sa relation personnelle avec Chloe. Ian considérerait-il cela comme une motivation recevable ou au contraire comme une raison supplémentaire de refuser cette intervention ? Il décida finalement de courir le risque : il devait au moins faire comprendre à Ian pourquoi il lui désobéirait en cas d'interdiction pure et simple.

— Je refuse de laisser tomber Chloe, déclara-t-il.

— La procureure ?

— Elle est bien plus que cela à mes yeux, reconnut Marcus.

Ian demeura quelques instants silencieux.

— Je vois, soupira-t-il enfin. RMJ a accès à un jet. Je vais vous l'envoyer, et il devrait pouvoir se poser chez vous d'ici deux heures et demie. Je vais également débloquer la somme exigée par Darcy.

— Vous n'êtes pas sérieux ! s'exclama Marcus, sidéré. Nous ne pouvons pas donner à Darcy ce qu'elle exige. Si nous le faisons, elle tuera de nouveau, et nous serons complices de ces meurtres. Et que dirons-nous aux familles des autres victimes ?

— J'ai dit que je comptais laisser monter Darcy dans ce jet, objecta Ian. Je n'ai pas précisé ce qui lui arriverait une fois qu'elle serait à bord. C'est moi qui le piloterai et, lorsque nous serons en vol, elle se retrouvera entièrement à ma merci.

Marcus devait bien reconnaître que, sur le papier, ce plan paraissait excellent. Si quelqu'un était capable de mettre Darcy hors d'état de nuire, c'était bien Ian, qui avait été formé aux techniques de combat rapproché au sein des services secrets britanniques.

Mais quelque chose ne collait pas. Darcy était une femme intelligente, brillante, même. Elle avait bien dû anticiper une telle éventualité. Alors pourquoi se jetait-elle ainsi dans la gueule du loup ? Plus il y réfléchissait et plus cela lui paraissait suspect. Mais, s'il voulait en avoir le cœur net, il allait devoir trouver un moyen d'entrer en communication avec Chloe.

En attendant, Cal Douglas et lui accueillirent l'équipe de RMJ et la shérif de Pleasant Pines. Celle-ci salua cordialement le directeur, qu'elle connaissait personnellement et qu'elle appréciait beaucoup. Elle lui présenta ensuite rapidement les nouveaux venus.

— Je suis heureux que vous soyez là, déclara Douglas. Sachez que ma priorité absolue, pour le moment, est l'évacuation de la prison. Nous devons conduire tous les détenus quelque part où ils seront en sécurité et où ils ne représenteront pas une menace pour la population. Est-ce que tu penses pouvoir nous y aider, Julia ?

— De quoi as-tu besoin ?

— De personnel et de véhicules, répondit Douglas sans hésiter.

— Je peux mettre les deux à ta disposition. Je vais réquisitionner les bus scolaires du district.

— Combien de détenus devez-vous transporter ? s'enquit Luis Martinez.

Ce dernier était un ancien policier qui travaillait désormais pour Rocky Mountain Justice. Julia et lui avaient été partenaires, du temps où elle appartenait également à RMJ. Cela semblait les avoir rapprochés car ils avaient récemment annoncé leurs fiançailles.

— Nous avons cent vingt-trois prisonniers, en ce moment, indiqua Douglas.

— Est-ce que nous allons aussi participer à leur évacuation ? demanda Luis à Marcus.

— Non. Notre responsabilité à nous est de mettre Darcy hors d'état de nuire.

Julia ne protesta pas. En théorie, c'était la police qui aurait dû s'en charger. Mais elle savait que les hommes de Marcus étaient nettement mieux formés que les siens pour mener une opération de cette envergure. Au cours des derniers mois, RMJ était d'ailleurs devenu la force d'élite sur laquelle se reposait Chloe en tant que procureure. Il n'était que justice que ces hommes soient aujourd'hui chargés de la secourir.

Tandis que Julia et Douglas allaient organiser l'évacuation, Marcus rassembla son équipe dans un petit bureau qui leur avait été attribué.

— J'imagine que vous avez tous vu les images de la bombe, leur dit-il. Vous savez donc que nous ne pouvons espérer passer par la porte de l'infirmerie sans que Darcy fasse tout sauter. Nous devons donc étudier les autres possibilités.

Il désigna le plan de la prison qui était étalé sur le bureau devant lui.

— J'ai commencé à étudier la disposition des lieux, reprit-il. En dehors de la porte principale par laquelle vous venez d'entrer, il n'y a que deux accès possibles au bâtiment : la porte des cuisines qui sert aux livraisons et celle qui donne sur la cour réservée aux détenus. Chacune d'elles est fermée par une serrure électronique.

Il marqua une pause, au cas où quelqu'un aurait eu des questions.

— Les cellules sont toutes équipées de climatiseurs et de systèmes de chauffage individuels, poursuivit-il. Il n'y a donc pas de conduits de ventilation. Quant aux canalisations, elles sont de taille réduite et passent toutes à l'intérieur des murs.

— En d'autres termes, cela ne va pas être simple, commenta Wyatt.

— Je dois reconnaître que cette prison a été nettement mieux conçue que la moyenne, acquiesça Marcus.

Fort heureusement pour nous, il y a quand même des faiblesses. La partie du bâtiment dans laquelle nous nous trouvons n'est pas aussi sécurisée que le reste. Ce n'est pas anormal, d'ailleurs : il est essentiellement constitué de la zone d'accueil et des bureaux où les détenus ne sont pas censés se trouver la plupart du temps. Mais, par chance, c'est aussi là que se trouve l'infirmerie.

Marcus désigna la pièce en question sur le plan.

— Comme vous le voyez ici, elle est équipée de conduits de ventilation de taille standard, soit quarante centimètres sur quarante. C'est assez large pour que l'un d'entre nous puisse s'y glisser. Il est ainsi possible d'entrer par la salle de réunion et de ramper jusqu'à l'infirmerie. Cela pourrait nous permettre de neutraliser Darcy puis la bombe.

— En espérant que Darcy n'entende pas la personne approcher, remarqua Luis. Crapahuter dans ces tuyaux n'est pas forcément très discret…

— Il faudra progresser en douceur, reconnut Marcus. Mais je pense que c'est possible.

Personne ne souleva la moindre objection. Tous avaient conscience du fait que leurs options étaient très limitées, à ce stade.

— Sait-on ce que veut Darcy ? demanda Liam Alexander, qui était demeuré silencieux jusqu'ici.

Liam était l'une des dernières recrues de RMJ. Ce pisteur aguerri avait rejoint l'agence pour les aider à traquer Darcy au cœur des montagnes avoisinantes. Il avait également joué un rôle capital lors de l'arrestation de la tueuse.

— Elle a demandé un jet pour la conduire jusqu'en Argentine ainsi que la somme d'un million de dollars, expliqua Marcus.

Liam laissa échapper un petit sifflement.

— De nous tous, tu es celui qui la connaît le mieux, dit Marcus à Wyatt. Est-ce que cela te paraît crédible ?

Wyatt fronça les sourcils.

— Ce n'est pas impossible, répondit-il prudemment. Après tout, elle doit savoir qu'au mieux, elle passera le reste de sa vie en prison… Mais j'avoue que je ne l'imagine pas prendre tranquillement sa retraite. Même si elle part s'installer en Amérique du Sud, elle finira tôt ou tard par récidiver.

Marcus hocha la tête.

— C'est ce que je pense aussi.

— En tout cas, nous devons procéder avec la plus grande prudence, reprit Wyatt, pensif. Darcy doit s'attendre à ce que nous l'attaquions à l'infirmerie ou sur le trajet entre la prison et l'avion – voire à l'intérieur de l'avion… À mon avis, elle ne se séparera pas de son otage avant d'avoir atterri là où elle veut aller, que ce soit en Argentine ou ailleurs.

Wyatt s'interrompit et détourna les yeux.

— Qu'y a-t-il ? lui demanda Marcus.

— Eh bien, je me disais juste qu'en arrivant à destination, elle n'aurait plus vraiment de raison d'épargner son otage…

Marcus sentit son cœur se glacer à cette idée. S'ils laissaient vraiment Darcy monter à bord de l'avion avec Chloe, la vie de celle-ci reposerait entièrement entre les mains de Ian Wallace.

— Tu as raison, murmura-t-il. Et c'est un argument de plus pour aller voir ce qui se passe dans cette infirmerie. De cette façon, nous aurons peut-être un peu plus de chances d'anticiper la suite des événements.

— Nous pourrions utiliser l'une des microcaméras que Katarina a commandées récemment, suggéra Liam. Je veux bien tenter ma chance dans les conduits de ventilation pour aller l'installer au-dessus de l'infirmerie.

— C'est moi qui vais y aller, déclara Marcus.

Tous ceux qui se trouvaient là le considérèrent avec étonnement. En tant que chef de l'équipe, il n'était pas censé monter en première ligne mais diriger l'équipe de loin en veillant à tirer le meilleur parti des talents de chacun.

Mais cette fois-ci, la vie de Chloe était en jeu, et il ne comptait pas rester assis sans rien faire tandis que d'autres prenaient des risques.

— Il vaudrait mieux que tu assures la coordination, objecta Luis. N'importe lequel d'entre nous peut se charger de cette mission.

— J'étais censé me trouver à ses côtés durant cet entretien, expliqua Marcus. J'avais promis de la protéger. Et je compte bien tenir parole.

Cette fois-ci, personne ne songea à le contredire. Il devait leur paraître évident que Marcus faisait de cette mission une affaire personnelle. Et ils devinaient peut-être les raisons qu'il avait d'agir de la sorte. Ils se gardèrent pourtant de faire le moindre commentaire, ce dont il leur sut gré.

— Wyatt et Luis, reprit-il en se tournant vers ces derniers, installez notre PC mobile à proximité de la route. Liam, tu resteras avec moi pour couvrir mes arrières en cas de problème.

Marcus sortit son téléphone portable.

— Je vous suggère de programmer une minuterie, leur dit-il. Il nous reste quatre-vingts minutes avant l'échéance du délai que nous a donné Darcy. Quatre-vingts minutes avant qu'elle abatte son otage. Alors nous n'avons plus un seul instant à perdre.

[illegible] Marcus [illegible]
[illegible] pour [illegible] la [illegible]
[illegible] que [illegible] pas
[illegible] Lorsque [illegible]
[illegible]
[illegible]
[illegible]

— Il [illegible]
[illegible]
[illegible]

— [illegible]
[illegible]
ce je compte [illegible]

[illegible]
[illegible]
[illegible]
[illegible]
[illegible]

— [illegible]
[illegible]
[illegible]
[illegible]

[illegible]

— [illegible]
[illegible]
[illegible]
[illegible]
« [illegible]

11

Marcus et Liam entrèrent dans la salle de réunion qui se trouvait juste en face de l'infirmerie. Une forte odeur de désinfectant flottait toujours dans l'air, ne parvenant pas complètement à masquer celle du vomi. Marcus se força à l'ignorer et déposa un ordinateur portable sur la table métallique.

Il se servit ensuite de celle-ci comme d'un escabeau et entreprit de dévisser la plaque derrière laquelle se trouvait le conduit d'aération. Il était effectivement assez étroit mais Marcus n'avait que quinze mètres à parcourir pour atteindre la grille suivante qui donnait sur l'infirmerie.

— Passe-moi la caméra et vérifions qu'elle fonctionne bien, dit-il à Liam.

La caméra en question ressemblait à une bille dont l'un des hémisphères formait l'objectif. L'autre était muni de plusieurs ventouses qui permettaient de fixer l'objet sur n'importe quelle surface.

Liam ouvrit le programme qui permettait de piloter la caméra. Le visage de Marcus apparut aussitôt à l'écran.

— Parfait, déclara Liam en réglant la luminosité et le contraste. Tu peux y aller.

Marcus ne se fit pas prier et se hissa d'une traction dans le conduit d'aération. Une fois à l'intérieur, il rampa aussi silencieusement que possible jusqu'à la flaque de lumière qu'il voyait parfaitement à quelques mètres de là. Il s'approcha de la grille qui s'ouvrait dans le plafond de l'infirmerie et y accrocha la caméra.

La tentation était immense de jeter directement un coup d'œil à travers l'ouverture mais il craignait de se faire remarquer. Avant de passer à l'action, il valait mieux être certain de connaître parfaitement la configuration des lieux.

— C'est bon, lui dit Liam dans son oreillette. J'ai une vue plongeante sur toute la pièce. Tu peux décrocher.

Marcus commença à reculer, ce qui était nettement plus difficile que de progresser vers l'avant. Il parvint cependant à s'acquitter de cette tâche sans faire trop de bruit. Parvenu à la verticale de la salle de réunion, il se laissa couler hors du conduit et rejoignit Liam devant l'écran de l'ordinateur.

Ce dernier n'avait pas exagéré : l'objectif grand angle de la caméra offrait une vue sur l'ensemble de l'infirmerie. La première chose que remarqua Marcus, ce fut la quantité de sang qui maculait le sol à plusieurs endroits ainsi que les traces de lutte que l'on voyait clairement.

Il n'y avait en revanche aucun corps en vue. Il repéra cependant au fond de la pièce un rideau tiré derrière lequel Darcy avait probablement dissimulé les cadavres de ses dernières victimes en date.

La tueuse elle-même se trouvait au centre de la pièce. Elle était vêtue d'une tenue d'infirmière. Sur l'un des lits était assise Chloe, toujours attachée au montant. Même à cette distance, il pouvait distinguer la pâleur de son visage et les cernes qui se dessinaient sous ses yeux. Elle paraissait épuisée mais, au moins, elle était toujours en vie.

Elle leva les yeux et les tourna droit vers la caméra. Marcus se demanda si elle l'avait remarquée. Tout comme la première fois qu'il l'avait rencontrée, il fut frappé par l'intensité et la détermination qui se lisaient dans son regard. Même aux mains d'une tueuse en série qui pouvait l'égorger à tout moment, elle savait garder la tête froide.

Il sentit son cœur se serrer dans sa poitrine sous l'effet combiné de l'admiration et de la tendresse qu'elle lui inspirait. En cet instant, il comprit qu'elle était pour lui bien plus qu'une simple collègue, plus qu'une amie, même. L'affection qu'elle lui inspirait n'avait d'égale que la peur qu'il éprouvait pour elle en cet instant.

— Grâce à cette caméra, je devrais pouvoir te guider à distance pour que tu interviennes au moment idéal, déclara Liam. Je vais m'installer dans la salle des gardes, ce qui me permettra de garder aussi un œil sur les caméras de sécurité, au cas où Darcy tenterait de s'enfuir.

— Très bien, acquiesça Marcus, plus décidé que jamais à sauver Chloe, fût-ce au péril de sa vie. Avec un peu de chance, tout sera fini d'ici quelques minutes.

Chloe savait que, pour faire abstraction de la peur qui la taraudait, le mieux était de penser à autre chose – de planifier son évasion et de se préparer à passer à l'action dès que l'opportunité se présenterait. N'était-ce pas précisément ce qu'avait fait Darcy ?

Tandis qu'elle observait très attentivement la pièce qui l'entourait, elle remarqua une sorte de bille de verre qui semblait bloquée dans la grille d'aération. Il lui fallut quelques instants pour comprendre qu'il devait s'agir de l'une de ces minicaméras qu'utilisaient parfois les forces de l'ordre.

Se forçant à détourner les yeux, elle reprit brusquement espoir. Il s'agissait forcément de Marcus et de ses hommes, et ils étaient probablement en train de mettre au point un plan pour la tirer de là.

Si elle voulait les aider, le mieux qu'elle avait à faire

était de pousser Darcy à révéler ses propres projets. Pour le moment, la tueuse était en train de fouiller le placard dans lequel l'infirmière rangeait ses affaires. Elle en avait sorti une bouteille d'eau, une barre de céréales et un trousseau de clés de voiture qu'elle avait posés sur l'un des lits.

— Qu'allez-vous faire de ça ? lui demanda Chloe.

— Boire si j'ai soif et manger si j'ai faim, répondit Darcy d'un ton narquois.

— Je parlais des clés de voiture, objecta Chloe. À quoi vous serviront-elles puisque vous avez demandé un avion pour pouvoir quitter le pays ?

— Ne vous préoccupez pas de ça, Chloe. À votre place, je penserais plutôt à ce qui m'attend, moi.

— Je suis votre otage, remarqua Chloe avec un haussement d'épaules. Ce que vous faites et où vous allez me concerne directement. Alors ? Qu'avez-vous en tête ?

Darcy ne lui répondit pas, ce qui ne fit qu'attiser la curiosité de Chloe.

— Je sais que vous ne comptez pas vous contenter de fuir, déclara-t-elle.

— Si vous êtes si maligne, vous devriez pouvoir deviner quelles sont mes intentions, railla Darcy.

Elle glissa les clés de voiture dans la poche de son pantalon et dévissa le bouchon de la bouteille d'eau avant d'avaler une longue gorgée.

— Mais peut-être n'êtes-vous pas aussi intelligente que vous ne le pensez, ajouta-t-elle enfin. Après tout, vous vous êtes fait engrosser par un type auquel vous n'avez même pas passé la bague au doigt…

Chloe se força à ravaler la peur qu'elle éprouvait chaque fois que Darcy faisait allusion à son bébé. Elle était toujours décidée à le protéger coûte que coûte. Et pour cela, elle devait fournir autant d'informations que possible aux hommes de Rocky Mountain Justice.

— Je ne suis pas sûre que vous soyez très bien placée pour me donner des conseils amoureux. Si j'ai bien compris, vous avez tué tous les hommes qui s'intéressaient à vous.

— Ils ont eu ce qu'ils méritaient, répondit Darcy d'un ton presque désinvolte.

— Pourquoi ? Ils ne vous avaient fait aucun mal, que je sache…

— Ils voulaient me souiller, rétorqua Darcy. Et le pire, c'est qu'ils me soumettaient à la tentation. Mais j'y ai résisté et j'ai coupé le mal à la racine. Enfin, je devrais peut-être dire, le mâle à la racine…

Chloe crut soudain comprendre pourquoi Darcy avait répété de façon pathologique le meurtre initial, celui de son père. À ses yeux, tous ceux qui cherchaient à avoir des rapports sexuels avec elle participaient de cette souillure originelle et devaient être éradiqués.

Était-ce le traumatisme qu'elle avait subi dans son enfance qui l'avait fait basculer dans la folie ? Ou n'avait-il fait qu'accentuer une fêlure préexistante ? Au fond, cela n'avait aucune importance : si Darcy était digne de pitié, c'était avant tout une tueuse totalement dénuée de morale et capable de commettre les actes les plus barbares sans même sourciller.

— Et toutes les femmes que vous avez tuées ? objecta Chloe. Que vous avaient-elles fait ? Quel mal vous avaient fait Gretchen et cette infirmière, par exemple ?

Darcy considéra Chloe d'un air presque désolé.

— Ce n'est pas moi qui ai tué tous ces gens, vous savez.

— Je vous ai vue égorger Gretchen, balbutia Chloe d'une voix légèrement tremblante.

Elle était convaincue que cette image abominable la poursuivrait encore pendant de très longues années.

— Je ne suis que l'instrument des Ténèbres, répondit Darcy. Ce sont elles qui me guident.

— Les Ténèbres ? répéta Chloe, stupéfaite.

Darcy hocha la tête.

— Elles sont en moi, précisa-t-elle. Elles me parlent et me disent quoi faire.

Chloe avala difficilement sa salive. C'était la première fois depuis qu'elle la connaissait que Darcy faisait allusion à une telle force. Et aucune des expertises psychiatriques que Chloe avait lues à son sujet ne la mentionnait.

— Ce sont elles qui vous disent qui vous devez tuer ?

Darcy avala une nouvelle gorgée d'eau. Elle paraissait troublée, mal à l'aise, comme si elle regrettait soudain d'avoir abordé ce sujet.

— Que pensez-vous que votre petit ami soit en train de faire, en ce moment ? demanda-t-elle alors à Chloe.

— Parlez-moi plutôt des Ténèbres. Quand sont-elles apparues en vous ?

— Je préfère parler de Marcus, répondit Darcy. Est-ce que vous avez vraiment le droit de coucher avec lui ? C'est l'un de vos collègues, après tout…

Chloe demeura silencieuse. Sous ses yeux, Darcy venait littéralement de se transformer. Quelques instants auparavant, elle avait semblé nettement moins sûre d'elle-même, plus timide, presque effrayée – et beaucoup plus juvénile. Mais, en l'espace de quelques secondes, elle était redevenue la tueuse froide et manipulatrice qui était capable d'éliminer tous ceux qui osaient se dresser en travers de sa route. Était-ce dans ces moments-là qu'elle se croyait possédée par ces fameuses Ténèbres ?

— Est-ce que c'était une façon pour vous de prendre

l'ascendant sur lui ? reprit Darcy. J'ai entendu dire que certaines femmes se servent du sexe pour dominer les hommes avec qui elles travaillent. Est-ce votre cas ?

Une fois de plus, Chloe se garda de répondre. Ce n'était pas à cette Darcy-là qu'elle voulait parler. Celle-ci était beaucoup trop en contrôle de ses émotions. Celle qui l'intéressait, au contraire, c'était la Darcy pétrie de doutes et de complexes, la petite fille qui ne s'était jamais vraiment remise des traitements abjects auxquels elle avait été soumise.

Chloe sentait confusément que, si elle arrivait à établir un contact avec elle, elle améliorerait sensiblement ses chances de survivre au véritable cauchemar qu'elle était en train de traverser. Toute la question était de savoir comment elle pourrait bien accéder à cette facette de sa personnalité.

L'idée de partager des confidences personnelles à la part de ténèbres de Darcy ne l'enthousiasmait guère, mais c'était probablement la seule façon de gagner sa confiance et de la pousser à se dévoiler elle aussi.

— Marcus n'est pas vraiment un collègue, répondit-elle. Et je ne le considère pas comme un subordonné. Plutôt comme un allié.

— J'imagine que votre allié et amant est en train de chercher un moyen de s'introduire dans l'infirmerie, à l'heure actuelle, remarqua Darcy. Comment pensez-vous qu'il va s'y prendre ?

— Je n'en ai pas la moindre idée, affirma Chloe.

C'était la plus stricte vérité. Elle savait désormais que Marcus et ses hommes pouvaient voir ce qui se passait dans cette pièce. Cela ne signifiait pas pour autant qu'ils avaient les moyens de s'y introduire. Jusqu'à nouvel ordre, Chloe se trouvait toujours prise au piège.

Marcus glissa son fidèle Sig Sauer dans le holster qui était accroché à sa ceinture. Puis il se hissa de nouveau dans le conduit d'aération. Il avait pris soin de récupérer une clé qui permettait d'ouvrir les menottes utilisées par les surveillants de la prison.

Une fois de plus, il se mit à ramper dans l'étroit conduit poussiéreux en s'efforçant d'être aussi discret que possible. Il avait toujours détesté se trouver dans de tels espaces confinés. Mais l'idée que la survie de Chloe dépendait peut-être du succès de cette opération l'aida à surmonter un bref accès de claustrophobie.

Pour maximiser ses chances, il avait demandé à Wyatt d'appeler Darcy de façon à détourner son attention. Comme il s'approchait de la grille à laquelle il avait fixé la caméra et par laquelle il était censé descendre, il entendit sonner le téléphone de Chloe.

Parvenu au niveau de la grille, il risqua un coup d'œil et vit Darcy répondre.

— Marcus, je me disais bien que je ne tarderais pas à avoir de vos nouvelles, s'exclama-t-elle en enclenchant l'amplificateur. J'imagine que vous avez du mal à obtenir ce que je vous ai demandé.

— Ce n'est pas Marcus mais Wyatt Thornton à l'appareil. J'imagine que vous vous souvenez de moi ?

Marcus vit Darcy se figer brusquement.

— Wyatt ? répondit-elle d'une voix nettement moins assurée. Pourquoi est-ce que vous m'appelez ?

Elle se mit à faire nerveusement les cent pas dans la pièce. La diversion était plus efficace encore qu'ils ne l'avaient anticipé. Sans attendre, Marcus se servit de son couteau de poche pour desceller les crochets qui maintenaient la grille en place.

— Tout d'abord, je veux savoir comment va Chloe, dit Wyatt au téléphone.

— Elle est en pleine forme, affirma Darcy d'un ton légèrement agacé.

— J'aimerais lui parler.

— Je ne vois pas pourquoi vous avez brusquement décidé de me coller un autre interlocuteur, remarqua Darcy. Que fabrique Marcus ?

— Il est en train de se démener pour essayer d'obtenir ce que vous avez demandé. D'ailleurs, j'ai une information à vous transmettre qui devrait vous intéresser. L'avion que vous vouliez devrait se poser près de la prison dans un peu plus d'une heure.

— Vraiment ? répondit Darcy qui paraissait à la fois surprise et un peu désarçonnée par cette nouvelle. Marcus a pourtant laissé entendre qu'il y avait peu de chances pour qu'on m'envoie un avion.

— C'est le directeur de Rocky Mountain Justice qui a décidé de prêter cet appareil.

— Comment se fait-il qu'il puisse prendre une telle décision ? s'enquit Darcy. N'est-il pas censé en référer au FBI ? Pourquoi les fédéraux ne sont-ils pas là, d'ailleurs ? Tout ça commence à ressembler à un piège.

Marcus jura intérieurement. Éveiller les soupçons de Darcy était bien la dernière chose qu'il voulait, surtout maintenant qu'il était si proche.

— Le directeur de la prison a décidé de ne pas impliquer le FBI, déclara Wyatt avec aplomb. Il préfère que nous réglions cette affaire à l'échelon local.

— Et c'est aussi Rocky Mountain Justice qui va fournir la somme que j'ai demandée ?

— Oui.

— Je ne vous crois pas, lança Darcy. Comment une

compagnie comme la vôtre aurait-elle un jet à disposition et autant d'argent à jeter par les fenêtres ?

— J'étais au courant pour le jet privé, répondit Wyatt. En revanche, je vous avoue que je n'imaginais pas non plus que notre patron puisse avoir autant d'argent de côté.

— Vous devriez peut-être demander une augmentation, rétorqua Darcy.

À cet instant, le crochet que Marcus venait de détacher lui échappa des mains et heurta la paroi du conduit métallique dans lequel il se trouvait. Marcus s'immobilisa aussitôt, retenant son souffle.

Dans la pièce en contrebas, Darcy avait brusquement cessé ses va-et-vient pour observer le plafond. Elle avait entendu quelque chose, c'était évident. Toute la question était de savoir si elle chercherait à identifier la source du bruit en question.

— Darcy, vous êtes toujours là ? lui demanda alors Wyatt.

— Je suis là, répondit-elle en passant nerveusement la main dans ses cheveux.

— Je pensais que vous vous réjouiriez d'avoir obtenu l'avion et l'argent que vous avez réclamés, remarqua Wyatt. Vous aurez bientôt les moyens d'être une femme libre et riche…

— J'en suis ravie, répondit Darcy.

Elle avala une gorgée d'eau, et Marcus s'attacha prudemment au crochet suivant.

— Extatique, même, ajouta-t-elle.

Elle mentait. Mais Marcus n'arrivait pas à comprendre pour quelle raison. Que cherchait-elle réellement à accomplir ?

Une chose était certaine : il ne pouvait s'agir d'une bonne chose, et il était donc plus urgent que jamais d'intervenir avant qu'elle passe à la phase suivante de son mystérieux plan.

— En échange, reprit Wyatt, je veux que vous désamorciez la bombe et que vous libériez Chloe.

Darcy éclata d'un rire haut perché qui avait quelque chose de terriblement malsain.

— Vous êtes très drôle, Wyatt. Pensez-vous vraiment que je vais me séparer de mes deux assurances vie ? Je compte bien emmener Chloe. Si je la libère, vous n'aurez plus aucune raison de me laisser partir – ni même de me laisser vivre.

— Je ne peux pas vous permettre de partir avec elle, objecta Wyatt. Rien ne dit que vous ne la tuerez pas une fois en vol.

— Il va vous falloir courir ce risque, répondit Darcy. Entre nous, vous devriez déjà vous féliciter du fait qu'elle soit toujours vivante. On ne peut pas en dire autant de tous ceux qui ont croisé ma route…

Sur ce, elle raccrocha.

En entendant les derniers mots prononcés par Darcy, Chloe avait vu défiler dans sa tête les photos des victimes de la tueuse en série qu'elle avait pu voir dans les différents dossiers de police la concernant.

Les cibles préférées de Darcy étaient les hommes plutôt jeunes et son mode opératoire favori l'empoisonnement. Cela ne l'avait pourtant pas empêchée de tuer d'autres victimes de multiples façons différentes : par pendaison dans le cas du cuisinier de l'auberge de Pleasant Pines, à l'aide d'une hache dans celui de Billy Dawson, avec une paire de ciseaux et un scalpel bien plus récemment.

Chloe ne se faisait donc aucune illusion sur ses chances de survie au cas où Darcy déciderait de s'en prendre à elle.

— Vous avez l'air tendue, remarqua-t-elle pour meubler le silence qui s'était installé.

— Qu'est-ce que ça peut vous faire ?

— Eh bien, je suis entièrement à votre merci. Et j'aimerais autant ne pas faire les frais de ce coup de téléphone. Tout ce qui m'importe, c'est que nous puissions tous rentrer bien tranquillement chez nous…

— Chez nous ? répéta Darcy d'une voix pleine d'amertume. Avez-vous oublié que ma maison a brûlé ?

— Je sais, acquiesça Chloe. Est-ce que ça vous a fait de la peine ?

— De la peine ? s'exclama Darcy. Certainement pas. Cette maison est associée pour moi à la pire période de mon existence. Je suis heureuse qu'elle soit partie en fumée.

Chloe n'en était pas du tout persuadée. Après tout, Darcy avait sciemment choisi de revenir dans la maison de son enfance, après toutes ces années. C'était même grâce à cela qu'ils étaient parvenus à la capturer.

— Il y a quelque chose que je me demande, reprit Chloe.

— Quoi donc ?

— Comment avez-vous fait pour vomir sur commande, dans la salle d'interrogatoire ?

— J'ai avalé une poignée de cachets juste avant d'entrer. Je les avais volés à l'infirmerie.

— Je vois. Et pourquoi avez-vous attaché ces morceaux de tissu à la bonbonne d'oxygène ?

— On ne vous a jamais dit que vous étiez trop curieuse ?

Chloe se força à lui sourire.

— C'est une déformation professionnelle, j'en ai peur.

Darcy la fusilla du regard.

— Ça vous amuse, peut-être ? cracha-t-elle. Vous trouvez sans doute que tout ceci est très exotique. Si c'est le cas, c'est que vous n'avez pas encore compris une chose : j'ai besoin de vous vivante pour sortir d'ici. Mais je n'ai pas forcément besoin de vous entière.

D'un geste fluide, elle sortit son scalpel et fit un pas en direction de Chloe.

— Qu'est-ce que je pourrais couper pour vous le faire comprendre ? s'interrogea-t-elle. Votre langue trop bien pendue ? Une oreille ? Un téton ?

Tout en parlant, elle s'était rapprochée du lit sur lequel se trouvait Chloe. Malgré elle, celle-ci se recroquevilla sur elle-même. Jamais encore elle ne s'était sentie aussi terrifiée qu'en cet instant.

— Je pourrais commencer par un doigt, déclara alors Darcy.

Elle attrapa la main de Chloe qui était menottée et la plaqua contre le montant métallique du lit médicalisé. Horrifiée, Chloe regarda la lame du scalpel se poser sur sa paume. Elle s'enfonça alors dans sa chair, éveillant une douleur qui sembla remonter le long de son bras.

Chloe se mordit la lèvre pour ne pas crier. Elle ne voulait pas donner à Darcy cette satisfaction. Le sang coulait abondamment de l'entaille, que Darcy agrandit encore un peu. C'en fut trop pour Chloe, qui se rappela soudain que son autre main était libre.

Elle ferma le poing et le propulsa de toutes ses forces contre la pommette de Darcy, qui poussa un hurlement de douleur et de colère mêlées.

— Tu vas me le payer ! gronda-t-elle en faisant mine de se jeter sur Chloe.

Celle-ci réagit instinctivement en lui lançant ses deux pieds en pleine poitrine. Darcy ne s'était pas attendue à cela et elle fut brutalement propulsée en arrière, se retrouvant allongée sur le linoléum qui recouvrait le sol.

— Je vais te tuer ! hurla-t-elle en se redressant.

Si Chloe n'avait pas été attachée, elle aurait peut-être pu tenter de s'enfuir ou, au moins, de trouver une arme improvisée. Mais elle ne pouvait s'éloigner du lit et se prépara à recevoir la charge de Darcy, bien consciente du fait que sa dernière heure était probablement arrivée.

12

Marcus ne pouvait rester sans rien faire alors même que Darcy était en train de torturer Chloe. D'un violent coup de poing, il fit sauter la grille, arrachant les dernières attaches qui la maintenaient encore en place. Elle tomba sur le sol et, un instant plus tard, il se laissa glisser par l'ouverture ainsi ménagée.

Dès que ses pieds touchèrent le sol, il dégaina son pistolet qu'il pointa vers Darcy.

— Lâchez ce scalpel ! ordonna-t-il.

Levant les mains, la tueuse laissa échapper l'arme qui tomba à terre.

— Poussez-le du pied vers moi.

Darcy s'exécuta et, sans la quitter des yeux, Marcus s'agenouilla pour récupérer le scalpel.

— Reculez de deux pas et agenouillez-vous sans baisser les mains.

Une fois encore, Darcy respecta scrupuleusement ses consignes. Marcus se sentit troublé par la façon dont elle lui obéissait. Il s'était attendu à une confrontation nettement plus tendue.

Sortant la clé des menottes de sa poche, il la lança à Chloe.

— Libère-toi et lance-moi les menottes, lui dit-il en gardant le regard résolument fixé sur Darcy.

Sans dire un mot, Chloe fit ce qu'il lui demandait. Elle le rejoignit alors et lui tendit les menottes. Lorsqu'il les prit, leurs doigts se frôlèrent, et il sentit une douce sensation de chaleur remonter le long de son bras et se répandre en lui. Il avait réussi. Il avait sauvé Chloe. Et c'était tout ce qui comptait.

— Est-ce que tu es blessée ailleurs qu'à la main ? lui demanda-t-il.

Elle secoua la tête.

— Je vais bien, lui assura-t-elle d'une voix que le soulagement qu'elle devait éprouver rendait légèrement tremblante. Merci, Marcus…

— Tu me remercieras quand nous serons sortis de cette pièce, répondit-il.

Il lança les menottes en direction de Darcy. Elles atterrirent juste devant elle avec un tintement métallique.

— Enfilez ça, lui ordonna-t-il.

Darcy les ramassa et se passa les menottes. Elle utilisa son menton pour refermer le second bracelet. Marcus s'approcha alors d'elle et vérifia qu'elle était bien attachée. Il rengaina son arme et palpa Darcy pour s'assurer qu'elle ne cachait pas une autre arme. Il trouva sur elle un trousseau de clés de voiture, qu'il lança sur le lit.

Jusqu'à présent, son plan s'était déroulé sans accroc : il avait pris Darcy par surprise en pénétrant dans l'infirmerie et avait réussi à la faire prisonnière. Il ne lui restait plus maintenant qu'à désarmer la bombe artisanale sans déclencher une explosion.

Se dirigeant vers le fond de la pièce, il renversa sur le côté l'un des lits médicalisés avant d'en tirer un autre pour le placer devant.

— Cache-toi derrière, dit-il à Chloe. En cas d'explosion, les lits devraient te protéger un peu de l'effet de souffle.

Elle ouvrit la bouche pour protester mais la referma presque aussitôt, comprenant sans doute que le moment n'était pas à la discussion. À contrecœur, elle récupéra son sac à main et alla s'accroupir derrière le lit. Darcy n'avait toujours pas fait mine de bouger, demeurant agenouillée au centre de la pièce.

Marcus s'approcha de la bonbonne d'oxygène et inspecta l'installation qu'elle avait réalisée. Il repéra le fil électrique reliant la valve à la poignée de la porte, et branché à la prise voisine. C'était un système plutôt basique mais efficace : si l'on ouvrait la porte, les risques d'explosion étaient effectivement très grands.

Le plus simple pour désamorcer le mécanisme était sans doute de débrancher la prise en évitant de s'électrocuter au passage…

Darcy demeurait parfaitement immobile, attendant l'occasion de passer à l'action. Du coin de l'œil, elle vit Marcus s'agenouiller face à la prise électrique.

Maintenant ! hurlèrent les Ténèbres au creux de son esprit.

— Marcus ! s'écria Chloe, anticipant son geste. Attention !

Mais l'avertissement arriva une fraction de seconde trop tard. Déjà, Darcy s'était élancée sur son adversaire, le percutant de plein fouet. Il se débattit et lui asséna un coup de poing en plein visage. Mais Darcy ne cherchait pas à se battre contre lui à mains nues – elle savait qu'elle ne faisait pas le poids.

Elle sentit ses doigts se refermer sur la crosse du pistolet et roula aussitôt de côté pour éviter les coups que Marcus continuait à lui porter. Se redressant alors, elle pointa l'arme en direction de la poitrine de l'agent.

— Je t'ai eu, pauvre abruti !

Comprenant qu'il n'avait aucune chance de l'atteindre avant qu'elle ouvre le feu, il leva les mains.

— Vous ne vous en sortirez pas, lui dit-il.

— Vraiment ? railla Darcy. Ce n'est pas l'impression que ça me fait, en ce moment…

Il esquissa un pas de côté puis un autre, et elle comprit soudain la raison de ce déplacement. Un sourire mauvais se dessina sur ses lèvres.

— Vous croyez peut-être que, si vous vous placez devant la bonbonne, je n'oserai pas vous tirer dessus de peur de provoquer une explosion ? lui dit-elle.

— Vous croyez ?

— C'est évident. Mais contrairement à vous, je n'ai pas peur de mourir…

— Tant mieux, répondit-il.

Avant même qu'elle comprenne ce qu'il était en train de faire, il agrippa le fil électrique et tira violemment dessus, faisant sauter l'opercule de la bonbonne. L'oxygène sous pression commença à s'en échapper en sifflant, attisant les étincelles.

Déjà, Marcus avait bondi. Darcy lui tira dessus au moment où il contournait le lit derrière lequel se trouvait Chloe. Au même instant, une explosion assourdissante déchira les tympans de Darcy, accompagnée d'une lumière aveuglante et suivie d'une violente onde de choc qui la propulsa en arrière.

Elle sombra dans les ténèbres tandis que l'infirmerie se changeait momentanément en brasier.

— Chloe ? Chloe, tu m'entends ?

La voix de Marcus était assourdie et déformée, comme si elle l'entendait à travers une épaisse masse d'eau.

— Marcus, balbutia-t-elle d'une voix si rauque qu'elle eut du mal à la reconnaître.

Une douleur fulgurante éclata dans son crâne, et elle serra les dents pour ne pas hurler.

— Tu as été projetée au sol et tu t'es cogné la tête, reprit Marcus dont la voix paraissait désormais un peu moins lointaine. Est-ce que tu crois que tu peux te lever ? Il faut que nous partions d'ici au plus vite.

Chloe rouvrit les yeux. Marcus était penché sur elle, et elle lisait dans son regard un mélange d'inquiétude et de sollicitude. Elle se redressa péniblement en position assise et fut prise d'une violente quinte de toux. Une âcre odeur de fumée flottait dans l'air.

— Où est Darcy ? balbutia-t-elle. Elle avait ton arme.

Marcus aida Chloe à se lever. Jetant un coup d'œil par-delà les carcasses des deux lits qui les avaient protégés du plus gros de l'explosion, elle s'aperçut qu'une partie du plafond ainsi que le mur dans lequel s'ouvrait la porte de l'infirmerie s'étaient effondrés.

Darcy avait dû être projetée en arrière par le souffle et gisait à quelques mètres de là sous l'une des armoires métalliques, qui avait basculé sur elle, la clouant au sol. Elle ne bougeait plus.

Marcus se dirigea vers Darcy et repoussa difficilement l'armoire pour la dégager. S'agenouillant à ses côtés, il chercha son pouls et secoua la tête.

— Est-ce qu'elle est morte ? demanda Chloe.

— J'ai l'impression, répondit Marcus avant de se mettre à tousser à son tour.

Chloe s'aperçut alors que la pièce était en train de se remplir rapidement de fumée. D'un pas mal assuré, elle s'approcha de l'ouverture dans le mur et s'aperçut avec effroi que le couloir qui s'étendait au-delà était en proie aux flammes.

— Nous sommes coincés, dit-elle à Marcus qui venait de se relever.

— Le conduit d'aération, proposa-t-il en désignant un trou dans le plafond. C'est par là que je suis passé. Je venais de la salle de réunion mais elle aussi doit être bloquée par les flammes. Mais le conduit continue au-delà, et nous trouverons bien une pièce où nous serons en sécurité…

— Nous ne pouvons pas laisser Darcy ici, remarqua Chloe.

— Elle est morte, rétorqua Marcus. Et si nous ne sortons pas de cette pièce rapidement, nous mourrons aussi.

Il avait raison, bien sûr. Mais l'idée d'abandonner Darcy aux flammes la mettait mal à l'aise. Elle se demanda si elle n'était pas victime du syndrome de Stockholm.

Elle devait penser avant tout à son bébé. L'espace d'un instant, elle fut tentée de révéler sa grossesse à Marcus sans attendre. Mais elle s'abstint de le faire. Cela n'aurait fait que le déconcentrer. Or ils auraient tous deux besoin d'être parfaitement lucides s'ils voulaient être certains d'échapper à cet enfer.

— Je sais que ce n'est pas idéal, lui dit Marcus, se méprenant sur les raisons de son silence. Mais nous enverrons une équipe récupérer son corps et celui de ses deux victimes dès que nous serons sortis d'ici.

— Tu as raison, reconnut-elle en se tournant de nouveau vers le trou dans le plafond. Qui passe en premier ?

— Je vais te faire la courte échelle, lui annonça Marcus.

Il se plaça juste sous l'ouverture et croisa les doigts pour former un marchepied. Prenant appui sur son épaule, elle plaça son pied sur les paumes de Marcus, et il la souleva avec une facilité déconcertante. Mais au moment où Chloe se glissait dans le conduit, toutes les lumières s'éteignirent en même temps, plongeant l'infirmerie dans l'obscurité.

Luke Winston était étendu sur son lit. Il occupait la couchette supérieure des lits superposés qu'il partageait avec Rex Vanguard. D'ordinaire, à cette heure, tous deux se trouvaient en cuisine où ils aidaient à la préparation du repas. Mais ce jour-là, tous les détenus avaient été reconduits dans leurs cellules sans que les gardiens leur expliquent les raisons de cet étrange couvre-feu.

— Tu sais ce que je déteste le plus, en prison ? demanda Luke à Rex.

— Non, répondit ce dernier.

— C'est que, en étant coincé ici, je n'ai aucune chance de régler son compte à cette garce de Chloe Ryder. J'aurais dû l'étrangler au tribunal, quand j'en avais la possibilité.

— Tu aurais été condamné pour meurtre.

— Qu'est-ce que ça aurait changé ? Nous sommes ici pour vingt ans.

— De toute façon, le type de Rocky Mountain Justice ne t'aurait pas laissé faire.

— J'aurais pu me le faire, lui aussi.

— Tu n'aurais jamais eu le temps de te débarrasser des deux avant que les policiers en faction interviennent.

Ce n'était pas la première fois qu'ils avaient ce débat et ce ne serait sans doute pas la dernière.

— Si j'arrive à sortir d'ici, je les tuerai tous les deux, déclara encore Luke.

— Malheureusement, il y a peu de chances pour que nous sortions d'ici avant un moment…

Rex s'interrompit brusquement. Les lumières de la cellule venaient de s'éteindre brusquement. Au même instant, la serrure de la porte fit entendre un cliquetis métallique caractéristique indiquant qu'elle venait de se déverrouiller.

— Je me demande ce qui se passe, murmura Luke en se redressant sur son lit.

Il se laissa glisser au sol et s'avança vers la porte, qu'il poussa prudemment. Elle s'ouvrit devant lui, et il aperçut plusieurs prisonniers qui étaient en train de sortir de leurs propres cellules. Il comprit alors que toutes les portes du bloc venaient de s'ouvrir en même temps.

— Tu vois quelque chose ? l'interpella Rex qui s'était redressé à son tour.

— Voilà qui devrait être intéressant, lança Luke en s'avançant dans le couloir.

Julia McCloud se tenait devant le centre de détention du Nord-Wyoming et observait attentivement le bâtiment. Décidément, songea-t-elle, on n'avait guère le temps de s'ennuyer, dans la région de Pleasant Pines.

Lorsqu'elle avait accepté le poste de shérif, après la mort de Carl Haak, elle avait pensé qu'il ne s'agirait que d'une position transitoire, le temps de se remettre de l'agression de Darcy Owens. Elle avait aussi pu participer à la traque et à la capture de cette dernière.

Mais au fil des semaines, elle s'était attachée à cette ville qu'elle en était peu à peu venue à considérer comme la sienne. Elle s'était aperçue aussi que, sans même s'en rendre compte, elle était tombée amoureuse de Luis qui avait choisi d'y élire domicile.

Tous deux avaient décidé de rester, et Julia s'était présentée à l'élection au poste de shérif et l'avait remportée haut la main. Depuis lors, elle n'avait pas chômé, se consacrant corps et âme à la sécurité de ses concitoyens.

En cet instant, c'était Chloe à qui elle pensait le plus.

Julia était bien placée pour comprendre ce qu'elle devait éprouver depuis qu'elle était tombée aux mains de Darcy. Sous des dehors trompeusement anodins se cachait un monstre, un être abject et totalement dénué de sens moral, prêt à commettre les pires atrocités.

Elle espérait de tout son cœur que le plan de Marcus fonctionnerait et qu'il parviendrait à tirer Chloe des griffes de la tueuse en série. En attendant, Julia avait commencé à superviser l'évacuation de la prison, au cas où la bombe exploserait.

Les quatorze surveillants s'étaient répartis par groupes de deux. Chaque binôme se chargeait d'extraire un détenu de la prison. Une fois menottés et entravés aux pieds, ils étaient conduits au bus scolaire qui devait évacuer le premier groupe.

Jusqu'à présent, l'équipe était parvenue à mettre en sécurité plus d'une centaine de détenus, et il n'en restait plus qu'une vingtaine à l'intérieur. Évidemment, ils avaient gardé les criminels les plus violents et les plus incontrôlables pour la fin.

Pendant que Wyatt Thornton supervisait le sauvetage de Chloe depuis le PC mobile de RMJ, Luis et Liam se trouvaient à l'intérieur de la prison et secondaient les surveillants.

Julia commençait à penser que l'opération s'achèverait sans la moindre anicroche lorsqu'un bruit sourd se fit entendre. Il lui fallut quelques instants pour comprendre ce dont il s'agissait, et ce ne fut que lorsqu'elle aperçut un panache de fumée s'échappant de la prison qu'elle comprit que la bombe artisanale de Darcy avait dû exploser.

Une alarme retentit alors tandis qu'une lumière rouge se mettait à clignoter juste au-dessus de la porte principale.

Elle s'ouvrit soudain en grand, laissant apparaître deux gardes qui escortaient un groupe de détenus.

— Que s'est-il passé ? leur cria Julia en s'avançant vers le groupe.

— La bombe a explosé, lui indiqua l'un des surveillants, livide. Il y a le feu à l'intérieur du bâtiment.

À cet instant précis, le hululement strident de l'alarme se tut, et la lumière rouge cessa de clignoter. Julia sentit un bref accès de panique monter en elle à l'idée que Luis se trouvait toujours enfermé à l'intérieur.

Mais elle ne pouvait se permettre de perdre son calme : ces hommes lui faisaient confiance pour organiser l'évacuation, et elle devait mener cette mission à bien – a fortiori maintenant qu'un incendie s'était déclaré, menaçant la vie des détenus.

Tandis que les deux gardes qui venaient d'en sortir conduisaient leurs détenus au bus, Julia s'approcha de la porte de la prison. Curieusement, plus personne d'autre n'en sortait. Elle essaya alors d'ouvrir le battant mais il demeura résolument bloqué.

Wyatt venait d'émerger de la camionnette qui abritait le PC mobile de RMJ. Il la rejoignit en courant.

— Que se passe-t-il, Julia ?

— Je n'en ai aucune idée, avoua-t-elle. L'alarme s'est mise à sonner puis s'est arrêtée et, maintenant, la porte est coincée.

Wyatt essaya à son tour de la pousser. En vain.

Le téléphone de Julia se mit alors à sonner. Elle constata que c'était Cal Douglas qui cherchait à la joindre.

— Cal, s'exclama-t-elle en décrochant. Que se passe-t-il ? La porte de la prison est verrouillée, et nous ne pouvons plus entrer.

— Il y a eu un court-circuit, expliqua Douglas. Le

système électrique principal est hors d'usage. Le système de secours s'est activé pendant quelques minutes avant de nous lâcher à son tour. Du coup, la prison tout entière est confinée.

Julia laissa échapper un juron.

— Ce n'est pas le pire, malheureusement, ajouta Douglas. Pour une raison que je ne m'explique pas, toutes les serrures électroniques à l'intérieur de la prison se sont déverrouillées. J'imagine qu'il s'agit d'un système de sécurité en cas d'incendie.

— Est-ce que vous êtes en train de me dire que les détenus les plus dangereux sont en train de se promener librement à l'intérieur ? demanda Julia d'une voix blanche.

— J'en ai bien peur, reconnut Douglas.

Un frisson glacé parcourut Julia. L'homme qu'elle aimait se trouvait dans une situation bien plus dangereuse encore qu'elle ne l'avait imaginé.

— Julia, je vais devoir te laisser…

Douglas s'interrompit, et elle entendit des cris derrière lui. Puis la ligne fut coupée brusquement. De plus en plus inquiète, elle tenta de le rappeler mais tomba sur sa messagerie. Elle raccrocha et prit une profonde inspiration pour tenter de chasser la panique qui menaçait de la gagner.

Se tournant vers Wyatt, elle lui résuma brièvement la situation.

— Il faut que nous trouvions rapidement un moyen d'ouvrir cette porte, conclut-elle.

— Ça ne va pas être une partie de plaisir, murmura Wyatt. N'oublions pas qu'il s'agit d'une prison de haute sécurité…

Le conduit métallique dans lequel rampait Chloe était brûlant, et l'air qui se trouvait à l'intérieur presque irrespirable. Les pièces au-dessus desquelles ils étaient en train de passer devaient être en proie aux flammes.

— D'après le plan que j'ai étudié, les conduits d'aération ne s'étendent qu'à la partie de la prison à laquelle les détenus n'ont pas accès en temps normal, lui indiqua Marcus qui la suivait de près. Cette zone regroupe l'infirmerie, la salle de réunion, le parloir, les bureaux administratifs et le poste de garde central.

— Nous devrions donc pouvoir nous rapprocher de la sortie.

— Exact. Continue à avancer. En allant jusqu'au bout, je pense que nous tomberons sur le hall d'entrée, là où se trouve le portique de détection.

— D'accord, répondit-elle en se remettant à ramper.

Elle était couverte de transpiration de la tête aux pieds, et la sueur qui lui coulait dans les yeux l'obligeait à se les essuyer régulièrement. Et tout en avançant, elle ne cessait de penser au secret qu'elle portait en elle.

Évidemment, le moment paraissait très mal choisi pour annoncer à Marcus qu'il allait devenir père. Mais elle se promit que, dès qu'ils auraient enfin réussi à sortir de cette maudite prison, elle lui dirait la vérité. Il ne lui restait plus qu'à espérer qu'il ne le prendrait pas trop mal.

Comme elle se faisait cette réflexion, elle aperçut une lueur devant elle et comprit qu'elle émanait d'une grille d'aération qui devait donner sur l'une des salles en contrebas. Elle s'immobilisa immédiatement pour en avertir Marcus.

— Approche-toi et jette prudemment un coup d'œil, lui conseilla-t-il. Avec un peu de chance, la pièce en question n'a pas été touchée par l'incendie, et nous pourrons y descendre.

Chloe hocha la tête et s'avança lentement vers l'ouverture. Avant même de pouvoir regarder à travers, elle entendit des voix. Il y avait plusieurs hommes dans cette salle et l'un d'eux était en train de crier.

— Qu'est-ce que c'était ? s'enquit Marcus d'une voix inquiète.

Elle se tourna vers lui et plaça l'index sur ses lèvres pour lui faire signe de garder le silence. S'approchant de la grille, elle risqua un coup d'œil dans la pièce qui se trouvait en contrebas et reconnut le bureau dans lequel ils s'étaient entretenus avec Cal Douglas, ce matin-là.

Une douzaine de détenus dangereux reconnaissables à leur tenue orange se trouvaient à l'intérieur. Chloe ne put réprimer un frisson en en reconnaissant plusieurs qu'elle avait elle-même contribué à envoyer en prison. Tous étaient des criminels endurcis, et la plupart appartenaient au gang des Transgresseurs.

Ils entouraient Cal Douglas que deux d'entre eux maintenaient assis sur son fauteuil tandis qu'un autre plaquait la main du directeur sur le bureau.

— Est-ce que vous êtes prêts ? s'exclama l'un des prisonniers.

Un éclat de rire général lui répondit.

— C'est Luke Winston, remarqua Marcus.

Il s'approcha à son tour, et Chloe se plaqua contre la paroi pour qu'il puisse voir la scène qui se déroulait sous leurs pieds.

— Qu'est-ce qu'ils font dans cette partie du bâtiment ? murmura-t-il. Ils devraient être dans leurs cellules…

Avant que Chloe ait pu lui répondre, l'un des détenus abattit un coupe-papier sur la main du directeur de la prison, la clouant au bureau. Douglas ne put réprimer un hurlement de douleur, ce qui ajouta encore à l'hilarité générale.

— Ce n'est qu'un aperçu, lui promit Luke Winston. Nous allons vous tailler en pièces, morceau par morceau…

— Nous ne pouvons pas les laisser faire, souffla Chloe, horrifiée. Il faut que nous l'aidions.

— Je suis d'accord, acquiesça Marcus en sortant son pistolet.

— Pas comme ça, protesta-t-elle. Si tu descends, ils vont te tuer, toi aussi.

— Je ne peux pas rester ici et le regarder se faire torturer, répondit-il.

Marcus ne manquait pas de courage, et c'était une chose qu'elle avait toujours admirée en lui. Mais elle ne tenait pas du tout à ce qu'il se fasse massacrer au nom de ses principes.

— Tout ce que tu gagneras, c'est qu'ils s'emparent de ton arme après vous avoir assassinés tous les deux, lui dit-elle.

Cet argument parut faire son effet. Marcus jura entre ses dents et sortit son téléphone portable de sa poche.

— Liam et Luis doivent être dans le coin, expliqua-t-il. À nous trois, nous devrions pouvoir venir à bout de ces types.

Il jeta un coup d'œil à l'écran et pesta de nouveau.

— Il n'y a pas de réseau, soupira-t-il.

Chloe jeta un coup d'œil à son propre téléphone.

— Je ne capte pas non plus.

— Alors je vais devoir y aller seul, déclara Marcus. Au cas où tu capterais de nouveau, appelle Wyatt et informe-le de la situation. Mais en attendant, reste là et ne fais pas de bruit. Il ne faut surtout pas qu'ils te repèrent.

Chloe n'avait effectivement aucune envie de se retrouver face à une douzaine de criminels violents et ivres de vengeance qui devaient la considérer comme responsable de leur incarcération. Mais pouvait-elle vraiment laisser le père de son enfant se faire tuer sous ses yeux ?

— Il faut que je te dise quelque chose, dit-elle à Marcus. C'est très important.

— Je t'écoute, répondit Marcus avec une pointe d'impatience dans la voix.

À cet instant, les deux hommes qui maintenaient Douglas sur son siège le forcèrent à se lever. Le prisonnier qui venait de le poignarder, une brute épaisse qui devait bien mesurer un mètre quatre-vingt-quinze et peser dans les cent kilos, se mit à le frapper au ventre, se servant de lui comme d'un punching-ball pour le plus grand plaisir des autres détenus qui l'encourageaient, saluant chacun de ses coups par de nouvelles vociférations.

Chloe comprit que Douglas ne supporterait pas très longtemps un tel traitement. Si elle retardait Marcus, il n'aurait aucune chance de sauver le directeur de la prison.

— Rien, lui dit-elle. Fais attention à toi, c'est tout…

Le regard qu'il lui lança prouva qu'il n'était pas dupe de ce faux-fuyant. Mais lui aussi devait savoir que le temps était compté. Se faufilant jusqu'à la grille, il se servit de la crosse de son arme pour la déloger avant de se glisser dans l'ouverture ainsi ménagée.

13

Luke se doutait qu'il passerait le reste de sa vie en prison. Le fait de torturer le directeur ne ferait qu'alourdir sa peine déjà très lourde. Mais il s'en moquait éperdument.

En cet instant, Cal Douglas symbolisait à ses yeux la société tout entière, cette société qui ne lui avait pas laissé de place et qu'il haïssait profondément. C'était la raison pour laquelle il avait rejoint les rangs des Transgresseurs et pour laquelle il avait pris la tête de l'émeute en cours au sein de la prison.

Mais comme il s'apprêtait à donner l'ordre à Tyler d'achever Douglas, un craquement se fit entendre derrière lui, suivi d'un choc sourd. Luke se retourna et eut la surprise de se retrouver face à Marcus Jones, le chef de Rocky Mountain Justice, qui venait littéralement de tomber du ciel et braquait sur lui un pistolet automatique.

Luke s'était déjà fait arrêter plusieurs fois et il eut le réflexe de lever les bras.

— Mais d'où est-ce que vous sortez, vous ? demanda-t-il.

— De l'enfer et je compte bien vous y ramener avec moi. Alors levez tous les mains et placez-vous contre le mur.

À contrecœur, les autres détenus s'exécutèrent. Aucun d'entre eux n'avait envie de se faire tuer.

Jones s'approcha du directeur qui avait pris appui sur

son bureau et s'efforçait de se remettre de la correction qu'il venait de recevoir.

— Nous devons sortir d'ici, lui dit-il.

— Malheureusement, c'est impossible, balbutia Douglas en grimaçant. La prison est entièrement confinée, pour le moment. Le seul moyen de rouvrir les portes serait de remettre en route le générateur qui se trouve au sous-sol.

— Est-ce que vous pouvez envoyer quelqu'un le faire ?

— Les téléphones fixes ne fonctionnent plus, maintenant que l'électricité est coupée. Et ces salopards ont détruit mon portable. Est-ce que vous avez le vôtre ?

— Malheureusement, je ne capte pas, répondit Jones.

Un sourire se dessina sur les lèvres de Luke. S'il fallait en croire Douglas, les autorités avaient totalement perdu le contrôle de la prison. Avant qu'elles le reprennent, Luke et ses codétenus avaient donc peut-être une chance de s'évader. Et cela changeait tout.

Car Jones et Douglas n'avaient pas les moyens de faire face à une attaque coordonnée. Au pire, Jones abattrait deux ou trois d'entre eux avant d'être totalement submergé. Mais si cela permettait aux autres de gagner leur liberté, le jeu en valait peut-être la chandelle.

Profitant du fait que Jones et Douglas étaient absorbés par leur discussion, Luke s'adressa dans un murmure aux prisonniers qui l'entouraient.

— Ils sont prenables, leur dit-il. Si nous fonçons sur eux tous ensemble, ils n'auront même pas le temps de comprendre ce qui leur arrive. Et nous, nous aurons une arme et deux otages pour négocier notre libération. Il faut saisir cette chance.

Un murmure approbateur lui répondit.

— À trois, souffla Luke. Un, deux, trois !

Comme un seul homme, les prisonniers s'élancèrent en

hurlant sur Douglas et Jones. Ce dernier eut le temps de faire feu à deux reprises. L'un des hommes qui se trouvaient auprès de Luke s'effondra, fauché par une balle. Le second tir toucha un autre prisonnier à l'épaule.

Mais alors que Jones s'apprêtait à tirer de nouveau, Luke et ses hommes déferlèrent sur lui. Il tenta de se défendre contre cette marée humaine qui se déchaînait, le rouant de coups de poing et de pied. Deux autres coups de feu partirent sans faire de nouvelle victime.

Cal Douglas tenta de voler au secours de Jones mais, après la correction qu'il venait de recevoir, il ne représentait pas une menace très sérieuse. Finalement, Luke parvint à immobiliser le bras de Jones, et Rex écarta son arme d'un coup de pied. Deux détenus le relevèrent, l'empêchant de bouger.

— Mais qui avons-nous là ? s'exclama Luke d'un ton ironique. N'est-ce pas l'homme qui a supervisé l'attaque contre notre camp et nous a pris nos femmes ?

— C'est lui, confirma Rex en décochant un coup de poing dans le plexus de Jones.

Ce dernier se plia en deux, grimaçant sous l'effet de la douleur. Lorsqu'il se redressa, Luke le vit jeter un coup d'œil en direction du conduit d'aération qui lui avait permis de s'introduire dans la pièce. Il lui sembla que Jones esquissait un petit signe négatif de la tête. Suivant son regard, Luke ne vit rien de suspect.

— Tu vas regretter d'avoir voulu jouer les héros, dit-il à Jones. La vie n'est pas un conte de fées, tu sais. Et toutes les histoires ne se finissent pas forcément bien. La tienne, en particulier…

Luis avait douloureusement conscience du fait que chaque minute qui s'écoulait accroissait la probabilité qu'un drame se produise à l'intérieur de la prison. Et en attendant l'équipe du FBI qui était en route, c'était Julia qui était responsable de la gestion de cette crise.

Il l'appela de la salle de repos des surveillants où Liam et lui avaient trouvé refuge. Après avoir échappé à l'incendie qui avait bien failli les prendre au piège.

— Luis ? s'exclama Julia en décrochant. Où es-tu ?

Le simple fait d'entendre la femme qu'il aimait lui mit un peu de baume au cœur. Il lui résuma ce qui leur était arrivé depuis que la bombe de Darcy avait explosé.

— C'était un véritable enfer, conclut-il. Mais nous sommes sains et saufs. Ce que je ne comprends pas, en revanche, c'est pourquoi les portes sont coincées et pourquoi le courant n'est pas rétabli. Je croyais qu'il y avait un générateur de secours, en cas de problème.

— J'ai eu brièvement le directeur de la prison. Il pense qu'il y a eu un dysfonctionnement et qu'il faut relancer le générateur manuellement. Mais le problème, c'est que l'incendie a provoqué l'ouverture de toutes les cellules. Il y a donc probablement des détenus dangereux qui se baladent en liberté à l'intérieur de la prison.

— N'en jetez plus, soupira Luis. Est-ce que tu as des nouvelles de Marcus et de Chloe ?

— Wyatt m'a dit qu'il n'arrivait pas à joindre Marcus. Nous ne savons pas s'il est parvenu à secourir Chloe avant que la bombe explose. Ni s'ils ont survécu ensuite…

Luis ferma les yeux. Cette mission était en train de virer au désastre.

— Quel est le plan ? demanda-t-il.

— Pour le moment, je n'en ai pas, avoua Julia.

Il percevait distinctement le doute et l'angoisse qui perçaient dans sa voix.

— Liam et moi pourrions essayer de relancer le générateur

de secours, suggéra-t-il. Cela permettrait au moins de rouvrir la porte principale et de pouvoir faire entrer des renforts pour se charger des détenus. Où se trouve-t-il ?

— Au sous-sol, répondit-elle. Mais je ne sais pas comment on y accède.

— Moi si, intervint Liam qui avait suivi en silence leur conversation. Je me rappelle avoir vu la porte sur les plans que nous a montrés Marcus.

— Parfait, acquiesça Luis. Dans ce cas, c'est entendu. Nous nous en chargeons.

Aucune réponse ne lui parvint.

— Julia ? Tu es toujours là ?

Jetant un coup d'œil à son téléphone, il constata avec dépit qu'il n'y avait plus de réseau. Les murs de la prison étaient très épais et la couverture était vraiment mauvaise.

— Est-ce que tu as la moindre idée de la façon de redémarrer un générateur auxiliaire ? demanda-t-il à Liam.

— En théorie, oui, répondit ce dernier.

Ce n'était pas une réponse aussi rassurante qu'il l'aurait souhaité.

— Espérons que la pratique ne sera pas trop différente soupira-t-il. Je te suis.

Liam le conduisit jusqu'à une pièce située juste au bout du couloir qui servait de réserve. Au fond, se trouvait un escalier métallique qui menait au sous-sol. Après avoir échangé un regard résolu, tous deux s'enfoncèrent dans les entrailles de la prison.

Jamais Darcy n'avait eu aussi mal à la tête. Sa bouche était aussi sèche qu'un vieux parchemin et son visage était couvert de sang. Elle effleura du bout des doigts la profonde coupure qu'elle avait au front et grimaça sous l'effet de la souffrance. Au prix d'un violent effort de volonté, elle parvint à se redresser et se mit aussitôt à tousser.

La pièce dans laquelle elle se trouvait était envahie par une âcre fumée noire et il lui fallut quelques instants pour reconnaître l'infirmerie dévastée par l'explosion. Elle se concentra pour tenter de reconstituer ce qui s'était passé exactement. Mais ses souvenirs étaient comme effilochés, et elle avait beaucoup de mal à en reconstituer l'écheveau.

L'espace d'un instant, elle fut tentée de se rallonger en espérant que le sommeil lui apporterait un peu de réconfort. La voix des Ténèbres résonna alors en elle.

Lève-toi.

Elle gémit piteusement.

Arrête de geindre. Seuls les faibles geignent. Toi, tu es forte. Alors lève-toi, Darcy !

Péniblement, elle se mit à genoux.

Il faut que tu sortes d'ici si tu ne veux pas mourir. Si tu meurs, ce sont eux qui auront gagné.

Eux… Chloe et Marcus… Elle se rappelait à présent s'être battue contre ce dernier. Et c'est lui qui avait tiré sur la bombe…

Elle massa ses tempes douloureuses. Les Ténèbres avaient raison, comme toujours. Elle ne pouvait laisser la procureure et ces salopards de Rocky Mountain Justice l'emporter. Elle accomplirait l'impossible : elle s'évaderait de cette prison et serait de nouveau libre. Elle tuerait de nouveau.

Forte de cette résolution, elle prit appui contre le mur pour se redresser péniblement. Son corps tout entier n'était que souffrance. Il lui semblait être couverte de plaies et d'ecchymoses.

Observant la pièce dans laquelle elle se trouvait, elle constata qu'elle était seule. Ses ennemis avaient dû fuir en la laissant pour morte. Mais elle était toujours vivante. Ils n'avaient pas réussi à l'abattre.

La première chose à faire, à présent, c'était se débarrasser des menottes qui l'entravaient. Elle jeta un coup d'œil en direction de l'endroit où elle avait tiré les corps de l'infirmière et de Gretchen. La surveillante avait peut-être une clé de secours sur elle.

D'un pas mal assuré, Darcy se dirigea vers sa victime et entreprit de la fouiller. Les poches de son pantalon et de sa chemise étaient vides mais elle découvrit un trousseau de clés qui était attaché à sa ceinture.

Ses doigts étaient comme engourdis, et elle eut beaucoup de mal à décrocher le mousqueton qui le retenait. Au bout de plusieurs dizaines de secondes, elle finit pourtant par y parvenir. Elle trouva ensuite rapidement la clé des menottes et se libéra.

Malheureusement, elle était toujours coincée à l'intérieur de l'infirmerie.

Protège-toi de la fumée. C'est le plus important.

S'en remettant une fois de plus aux Ténèbres, Darcy alla chercher les restes du drap qu'elle avait découpé. Elle l'arrosa au lavabo et l'attacha autour de sa tête de façon qu'il protège son nez et sa bouche. Lorsque ce fut fait, elle s'approcha prudemment du mur qui s'était effondré et jeta un coup d'œil au couloir envahi de fumée.

Le sol et les murs étaient entièrement noircis mais le manque de combustible avait rapidement eu raison des flammes générées par l'explosion de la bonbonne d'oxygène. Pour une fois, Darcy bénit l'environnement de béton et d'acier dans lequel elle s'était retrouvée confinée au cours de ces derniers mois.

Mais l'absence d'incendie soulevait de nouvelles interrogations : pourquoi n'y avait-il aucun bruit aux alentours ?

Où se trouvaient donc les gardes ? Et pourquoi personne n'était-il venu s'occuper d'elle et des corps de Gretchen et de l'infirmière ?

Darcy décida d'ignorer momentanément ces questions qui n'avaient aucun impact sur ce qui devait être sa seule et unique préoccupation pour le moment : s'évader de cette maudite prison.

Elle s'avança donc dans le couloir, à l'affût du moindre son ou du plus petit mouvement qui auraient pu trahir une présence. Mais elle ne vit ni n'entendit rien. Le cœur battant, elle s'approcha du poste de garde et constata avec stupeur que lui aussi était désert.

Comme le reste du bâtiment, il était plongé dans la pénombre, et tous les moniteurs de surveillance étaient éteints. Cela rappela à Darcy la séquence d'ouverture d'un film d'horreur postapocalyptique qu'elle avait vu un jour. Elle se demanda alors avec une pointe d'angoisse si elle n'était pas morte dans l'explosion, si elle ne se trouvait pas dans une forme d'au-delà.

Ne sois pas ridicule. Tu n'aurais pas aussi mal si tu n'étais pas en vie.

Quelque peu rassurée, elle traversa le couloir qui conduisait au hall d'entrée et se retrouva enfin face à la porte de la prison. D'ici quelques secondes, elle serait libre, et cette pensée l'emplissait d'une joie si intense qu'elle sentit ses yeux se brouiller de larmes.

Parvenue face à la porte, elle actionna la poignée et tenta de tirer le battant vers elle. Sans succès.

Essaie encore une fois.

Pour une fois, Darcy avait le sentiment que les Ténèbres se trompaient, que la porte était bel et bien bloquée. Elle suivit pourtant leur instruction et tira de toutes ses forces sur la poignée.

En vain.

Encore.

Elle poussa, tira, heurta le lourd battant de l'épaule, bourra la porte de coups de pied rageurs mais rien n'y fit. Haletante, elle s'immobilisa, le front appuyé contre la paroi métallique. Elle sentit alors une terreur glacée l'envahir, menaçant de submerger sa raison.

Ses geôliers étaient peut-être partis mais ils l'avaient laissée là, emmurée vivante dans cette prison qui ne tarderait pas à devenir pour elle un tombeau.

14

Chloe ne pouvait détourner les yeux de la scène qui se déroulait à quelques mètres d'elle. Le cœur au bord des lèvres, elle avait assisté à l'intervention héroïque de Marcus et à la contre-attaque impitoyable des détenus. À présent, il se trouvait aux mains de ses ennemis qui l'avaient attaché à une chaise à l'aide de ruban adhésif.

Les prisonniers se relayaient pour le frapper sans merci, vengeant la mort de celui que Marcus venait d'abattre. Les Transgresseurs qui se trouvaient parmi eux avaient d'autres raisons de lui en vouloir, étant donné le rôle capital qu'avait joué Rocky Mountain Justice dans le démantèlement de ce gang.

Chloe se mordit la lèvre pour ne pas hurler. Jamais de toute sa vie elle ne s'était sentie aussi impuissante. Et elle ne comprenait pas pourquoi les gardes de la prison n'intervenaient pas.

S'étaient-ils tous fait tuer ? Cela paraissait hautement improbable : après tout, ils étaient armés et formés à réagir à ce genre de situations. Alors où étaient-ils passés ? Et où étaient les policiers de Pleasant Pines et les hommes de RMJ qui, d'après Marcus, auraient dû se trouver sur place ?

Se rappelant ce qu'il lui avait dit juste avant de passer à l'action, elle ressortit son téléphone portable et s'aperçut avec un soulagement indicible que l'icône symbolisant le réseau indiquait une barre.

Elle commença par désactiver tous les sons de l'appareil de peur que celui-ci ne se mette à sonner ou à biper et ne trahisse sa position. Puis elle rédigea à la hâte un message destiné à Julia McCloud.

Où êtes-vous ? Nous avons besoin d'aide dans le bureau du directeur.

Elle appuya sur le bouton d'envoi. Une petite roue se mit à tourner à l'écran, accompagnée de la mention « Envoi en cours ». Retenant son souffle, elle attendit avec impatience une confirmation qui ne vint jamais.

Échec.

Refusant de s'avouer vaincue, elle renvoya le message et en rédigea plusieurs autres dans la foulée.

Les détenus sont sortis de leurs cellules.

Les Transgresseurs retiennent Marcus Jones et Cal Douglas en otage.

Nous avons besoin d'aide. Vite.

Le cœur battant à tout rompre, elle scruta l'écran, espérant que l'un au moins de ces messages finirait par passer.

Échec.

Des larmes de frustration lui montèrent aux yeux. Comment pouvait-elle espérer venir en aide à Marcus si elle restait coincée dans ce maudit conduit d'aération, sans aucun moyen de contacter le monde extérieur ?

La porte extérieure de la prison était construite en acier renforcé et les quatre pênes qui la maintenaient en position fermée étaient fabriqués en titane. En d'autres termes, il leur serait presque impossible d'en venir à bout à l'aide de moyens conventionnels.

Julia n'était cependant pas décidée à renoncer aussi facilement. Depuis qu'elle s'était entretenue avec Luis par téléphone, elle n'avait pu joindre personne à l'intérieur de la prison. Les lignes fixes étaient apparemment hors d'usage, et la réception des portables était très mauvaise.

Elle ne pouvait qu'espérer que Liam et Luis parviendraient à activer le générateur auxiliaire. En attendant, Wyatt et elle avaient envisagé plusieurs solutions pour tenter de venir à bout de la porte blindée.

Leur première tentative, effectuée à l'aide d'une scie circulaire, avait lamentablement échoué. Après avoir produit une quantité impressionnante d'étincelles, la lame s'était émoussée sans entamer la paroi d'acier.

— Nous pourrions peut-être utiliser des explosifs, suggéra Wyatt.

— Vu l'épaisseur de la porte, il nous faudrait au moins du C-4, et je peux t'assurer que ce n'est pas le genre de produit dont dispose la police de Pleasant Pines.

— Nous pourrions contacter une entreprise de démolition de la région.

— Cela nous prendrait trop de temps d'obtenir les autorisations… Et si, au lieu de forcer la porte, nous essayions de la dégonder ?

Wyatt se mordilla pensivement la lèvre.

— Théoriquement, ça ne semble pas impossible, reconnut-il.

— Quelle est l'arme la plus puissante dont vous disposez ? s'enquit Julia.

Ayant travaillé pour RMJ, elle était bien placée pour savoir que l'agence disposait d'un véritable arsenal.

— Allons jeter un coup d'œil, lui suggéra Wyatt.

Ils gagnèrent le PC mobile qui, sous une apparence de banale camionnette de livraison, dissimulait un véritable concentré de technologies de surveillance. Il était notamment équipé de caméras qui permettaient de surveiller les alentours du véhicule à trois cent soixante degrés et jusqu'à une distance effective d'un kilomètre. Le matériel de prise de son était tout aussi performant et permettait d'enregistrer une conversation à soixante-quinze mètres.

À l'intérieur, on trouvait aussi tout un assortiment d'armes allant du couteau de combat au pistolet-mitrailleur. Wyatt ouvrit un coffre dont il sortit un fusil de précision à gros calibre.

— Ce monstre tire des cartouches de .50 BMG, précisa-t-il en sortant une boîte de munitions. Nous n'avons pas souvent l'occasion de nous en servir.

Ils regagnèrent l'entrée de la prison et installèrent le fusil sur un trépied.

— À toi l'honneur, lui dit Wyatt.

Julia avait servi durant plusieurs années dans le corps des rangers et elle était l'une des meilleures tireuses de sa génération. Elle s'équipa de bouchons d'oreille et prit le temps de se familiariser avec l'arme avant de viser la croix que Wyatt avait dessinée sur le mur, à l'endroit où il estimait que se trouvait le gond.

Même à l'air libre, le tir produisit un bruit assourdissant. Le projectile de gros calibre frappa le point précis qu'elle avait visé, faisant voler un bloc de béton.

— Ça a l'air de fonctionner, lança-t-elle à Wyatt.

Il hocha la tête, et elle tira de nouveau au même endroit pour agrandir le trou qui s'était formé. Cette fois, on discernait nettement le gond métallique pris dans le béton. Julia tira deux balles dans chacune des trois charnières, les dégageant presque complètement.

— Parfait, commenta Wyatt. Il ne nous reste plus qu'à tirer la porte.

Julia alla replacer l'arme dans le PC mobile tandis que Wyatt allait chercher son SUV. Il sortit de son coffre un câble métallique qu'il accrocha au pare-buffle du véhicule. Il attacha un grappin à l'autre extrémité et le crocheta sous l'un des gonds de la porte de la prison.

Le cœur battant à tout rompre, Julia le regarda remonter dans le SUV et démarrer. Il enclencha la marche arrière, et le filin se tendit et le moteur rugit tandis que les roues se mettaient à patiner. Une odeur de caoutchouc brûlé s'éleva dans l'air.

Malgré la puissance que Wyatt appliquait sur les gonds, la porte tenait bon, maintenue en place par les quatre pênes en titane et la rigidité de l'acier. La mort dans l'âme, Julia fit signe à Wyatt d'arrêter.

— Ça ne sert à rien, lui dit-elle. Et si nous nous acharnons, nous risquons juste de voiler la porte, ce qui l'empêchera de s'ouvrir si Liam et Luis parviennent à relancer le générateur.

— Tu as raison, soupira Wyatt, la mine défaite. Nous pourrions peut-être essayer de dégager aussi les pênes de façon à arracher l'ensemble de la porte.

— À condition que les gâches ne soient pas en titane, elles aussi. Sinon, il faudra les dégager également et, même avec du .50 BMG, ça nous prendra un temps fou.

À cet instant, le téléphone de Julia fit entendre la petite sonnerie qui lui indiquait l'arrivée de SMS. Sortant l'appareil de sa poche, elle vit qu'elle en avait reçu plusieurs qui émanaient tous de Chloe. En les lisant, elle se sentit pâlir.

— Que se passe-t-il, encore ? s'enquit Wyatt à qui sa réaction n'avait pas échappé.

Elle lui transmit les informations qu'elle venait de recevoir.

— C'est vraiment de pire en pire, soupira Wyatt. Il faut impérativement que nous parvenions à entrer dans cette maudite prison.

Julia hocha la tête. Ce qui l'inquiétait le plus, c'était le temps que cela risquait de leur prendre. Leurs amis qui se trouvaient à l'intérieur tiendraient-ils assez longtemps face aux Transgresseurs et aux autres détenus assoiffés de vengeance ?

Elle espéra que ces derniers comprendraient l'intérêt qu'ils avaient à laisser vivre Marcus et Cal Douglas. De tels otages leur permettraient en effet d'être en position de force pour négocier avec les autorités. Malheureusement, Julia savait que, dans ce genre de situation, les criminels ne réagissaient pas toujours de façon rationnelle.

Elle devait cependant tenter de rassurer Chloe et l'inciter à la prudence. Car si celle-ci tombait aux mains des détenus, son sort serait peut-être moins enviable encore que celui des deux hommes qui avaient été capturés.

> Surtout, restez cachée. Des hommes à nous essaient de remettre le générateur électrique en route, ce qui permettra de rouvrir la porte de la prison et de vous envoyer des renforts. Tenez bon !

Julia s'assura que le message avait bien été reçu. Elle se sentait un peu coupable de faire miroiter de tels espoirs à Chloe alors que tout était encore si incertain. Mais elle avait découvert que son rôle de shérif consistait parfois à mentir à ses concitoyens pour les empêcher de céder à la panique.

Une petite vibration indiqua à Chloe qu'elle venait de recevoir un message. Elle sortit son téléphone portable et poussa un léger soupir de soulagement en lisant le SMS de Julia. Ce cauchemar prendrait bientôt fin.

Mais elle ne savait pas combien de temps encore Marcus résisterait aux mauvais traitements dont il faisait l'objet. Son visage était en sang, son nez cassé. Il avait un œil au beurre noir et la lèvre inférieure fendue. Et il ne pouvait strictement rien faire pour se défendre contre ses agresseurs qui l'avaient lâchement attaché à une chaise.

Chloe ne pouvait voler à son secours sans risquer de se faire capturer à son tour. En revanche, elle pouvait peut-être trouver un moyen de rassurer Marcus en lui faisant savoir qu'ils ne tarderaient pas à recevoir des renforts. Cela l'aiderait peut-être à tenir le coup.

Se penchant légèrement en avant, Chloe jeta un coup d'œil à travers l'ouverture que Marcus avait créée en faisant sauter la grille d'aération. Par un malheureux concours de circonstances, ce fut le moment précis que choisit Luke Winston pour lever la tête. Leurs regards se croisèrent et, l'espace de quelques instants, tous deux furent bien trop stupéfaits pour réagir.

— Dites-moi que je rêve ! s'exclama enfin Luke.

Chloe essaya de reculer précipitamment dans le conduit mais elle ne fut pas assez rapide. Se précipitant vers elle, Luke lui agrippa les cheveux et la tira violemment vers lui. Elle essaya de résister mais il refusait de lâcher prise et elle se sentit glisser malgré elle le long du conduit métallique dont les parois parfaitement lisses ne lui offraient aucune prise.

Agrippant le poignet de Luke, elle enfonça les ongles dans la chair de l'homme. Il poussa un grondement de douleur et de colère mêlées mais tint bon et lui attrapa même le bras qui offrait une meilleure prise.

Il tira dessus de toutes ses forces, arrachant Chloe au conduit et l'envoyant s'écraser au sol. Le choc fut si violent qu'il lui coupa le souffle. Elle vit un grand éclair blanc et craignit un instant de perdre connaissance. Mais l'un des prisonniers lui décocha un coup de pied dans le ventre.

— Non ! supplia-t-elle. S'il vous plaît… Je suis enceinte…

En prononçant ces mots, elle ne put s'empêcher de jeter un coup d'œil en direction de Marcus qui se trouvait à quelques mètres de là. Les yeux de ce dernier étaient écarquillés par la surprise. Et ce qu'il lut dans le regard de Chloe dut confirmer ses doutes.

Ce n'était pourtant vraiment pas la façon dont elle avait espéré lui annoncer la nouvelle…

Marcus ne parvenait pas à y croire. Il allait être père.

À peine cette pensée se fut-elle imposée à lui qu'une autre s'y substitua.

Il allait être père si Chloe, le bébé et lui survivaient à cet enfer…

— Lâchez-moi ! s'écria la jeune femme que Luke venait d'agripper par le col de la tenue de prisonnier qu'elle portait.

— On dirait que vous n'êtes pas très heureuse de me revoir, madame la procureure, railla-t-il.

— Lâchez-moi ou vous le regretterez amèrement !

Marcus ne put s'empêcher d'admirer le courage dont elle faisait preuve. Luke, lui, réagit en lui décochant une gifle de toutes ses forces. La violence avec laquelle il l'avait frappée était telle qu'un filet de sang s'écoula de la commissure de ses lèvres.

Marcus se débattit vainement pour tenter de défaire ses liens. Jamais il ne s'était senti aussi terrifié et en colère de toute sa vie. S'il avait pu tuer Luke de ses propres mains, il l'aurait fait sans hésiter. Mais pour cela, il fallait qu'il parvienne à se libérer.

Il jeta un coup d'œil en direction de Douglas qui était étendu sur le sol, à côté de sa chaise. Depuis que tous deux avaient été passés à tabac, il n'avait plus donné signe de vie, et Marcus pensait qu'il avait perdu connaissance. Mais, à sa grande stupeur, il vit le directeur de la prison entrouvrir les yeux pour s'assurer que personne ne regardait dans leur direction.

Fort heureusement, les Transgresseurs étaient bien trop intéressés par la présence de Chloe Ryder pour leur prêter la moindre attention. Douglas tendit alors le bras vers Marcus et glissa quelque chose dans sa main. Marcus mit quelques instants à comprendre qu'il s'agissait du coupe-papier avec lequel les détenus avaient poignardé le directeur.

Dès qu'il en eut pris conscience, il retourna la lame entre ses doigts de façon à pouvoir cisailler le ruban adhésif qui le maintenait attaché à la chaise. Il ne lui fallut que quelques secondes pour libérer ses mains.

— Prêt ? lui souffla alors Douglas.

Marcus ignorait à quoi il était censé l'être. Mais cela n'avait aucune importance.

— Prêt, répondit-il.

Avec un hurlement impressionnant, Douglas se redressa brusquement et se rua sur Luke Winston. Il le percuta de plein fouet et les deux hommes roulèrent au sol, se rouant mutuellement de coups.

— Chloe, va-t'en ! hurla Marcus.

Elle se releva aussitôt et se précipita vers la porte en courant. Malheureusement, Rex s'interposa. Elle essaya de feinter sur la droite mais il anticipa son mouvement et l'attrapa par la taille.

— On ne bouge pas, ma belle, lui dit-il.

Au même instant, Luke avait momentanément réussi à prendre l'ascendant sur son adversaire. Il sortit alors l'arme à feu qu'il avait prise à Marcus.

— Non ! hurla ce dernier qui se préparait à entrer dans la mêlée.

Mais, avant qu'il ait pu esquisser un pas, Luke tira sur Cal Douglas à bout portant à trois reprises. La rage qui bouillonnait en Marcus redoubla, se muant en haine sanguinaire.

Douglas était mort en héros, pour lui laisser une chance de secourir Chloe. Et c'était précisément ce qu'il avait l'intention de faire. Il se rua donc vers Luke. Un détenu tenta de s'interposer entre eux, et Marcus le poignarda à l'aide du coupe-papier qu'il tenait toujours.

Rex l'aperçut alors et relâcha Chloe pour se précipiter vers lui. Marcus fit de même mais, au moment où ils étaient sur le point de se rejoindre, il décocha un violent coup de pied en plein dans l'entrejambe du Transgresseur, qui poussa un hurlement déchirant et s'effondra à terre en position fœtale.

Un autre prisonnier s'avançait déjà mais Marcus s'empara de la chaise sur laquelle on l'avait attaché et s'en servit comme d'une arme contondante, frappant l'homme au visage. Le prisonnier fut violemment projeté en arrière et sa tête alla heurter le bureau.

Un coup de feu retentit alors, assourdissant, dans la salle confinée. Une sensation de brûlure apprit à Marcus que la balle lui avait frôlé le haut de l'oreille, manquant de le tuer. Il se jeta derrière le bureau de Douglas au moment où Luke faisait de nouveau feu.

Il compta le nombre de balles qui avaient été tirées : il avait tué un prisonnier et en avait blessé un autre. À cela s'ajoutaient deux balles perdues. Luke en avait tiré trois sur Douglas et deux en direction de Marcus. Cela faisait neuf balles, ce qui signifiait que le chargeur n'en contenait plus qu'une.

S'il parvenait à échapper au tir suivant, il serait toujours en situation d'infériorité mais ses chances de l'emporter augmenteraient de façon substantielle. Sachant qu'attaquer était souvent la meilleure défense, il passa de nouveau à l'action, quittant son abri précaire pour se précipiter vers Luke.

Or ce dernier avait visiblement anticipé une telle réaction de sa part et l'attendait tranquillement, l'arme au poing. À cette distance, il n'avait strictement aucune chance de rater sa cible, et Marcus comprit soudain qu'il était probablement sur le point de mourir.

Mais au lieu de tirer, Luke poussa soudain un hurlement de douleur. Comme l'homme se retournait vers Chloe, Marcus aperçut alors la paire de ciseaux qu'elle venait de lui planter dans le dos, sauvant la vie à Marcus. Luke arracha les ciseaux et les jeta rageusement par terre avant de braquer son arme en direction de Chloe.

Mais au moment précis où il allait faire feu, Marcus le heurta violemment, et la balle alla se perdre dans le mur le plus proche. Marcus décocha alors un violent coup de poing à son adversaire qui tourna son pistolet vers lui et tira à plusieurs reprises.

Les cliquetis répétés confirmèrent à Marcus qu'il ne s'était pas trompé dans le compte des balles utilisées. Rageusement, Luke lui lança l'arme au visage. Elle percuta durement l'arcade sourcilière de Marcus qui fut pris d'une sensation de vertige.

Luke se précipita alors sur lui. Le renversant à terre, il commença à le rouer de coups, se concentrant sur son visage. La pièce se mit à tourner autour de Marcus, qui comprit qu'il risquait de perdre connaissance. Luke continuait à s'acharner sur lui.

Mais Chloe se jeta à son tour sur l'homme, brandissant la paire de ciseaux, qu'elle avait ramassée. Ils luttèrent durant quelques instants au corps à corps avant que Luke s'écarte en hurlant. Stupéfait, Marcus aperçut le manche des ciseaux qui dépassait de son orbite.

Jusqu'alors, les autres prisonniers étaient demeurés à l'écart parce que leur meneur semblait avoir le dessus. Mais en le voyant se tordre de douleur sur le sol, ils s'avancèrent vers eux d'un air menaçant.

Sachant qu'ils seraient rapidement encerclés, Marcus trouva la force de se relever et, prenant Chloe par la main, il l'entraîna en direction de la porte toute proche. Il la claqua derrière eux et poussa une armoire métallique remplie de dossiers en travers.

Des coups sourds commencèrent à ébranler le battant, et Marcus poussa une autre armoire pour s'assurer que les prisonniers ne pourraient pas forcer la porte. Haletant, il s'appuya contre le bureau de l'assistante de Douglas, le temps de souffler un peu.

— C'est pour ça que tu m'as appelé, ce matin, n'est-ce pas ? dit-il à Chloe.

Elle mit quelques instants à comprendre ce qu'il voulait dire par là.

— Oui. Mais je ne t'ai pas eu et, ensuite, le moment semblait toujours mal choisi.

Elle jeta un coup d'œil nerveux en direction de la porte d'où provenaient toujours des bruits de coups.

— Je ne suis pas sûr que celui-ci soit plus propice, ajouta-t-elle.

— Vu les circonstances, je suis partisan de ne pas

remettre les conversations importantes à plus tard, déclara Marcus avec un pâle sourire.

— D'accord, acquiesça Chloe. Eh bien… Je n'ai appris la nouvelle que ce matin même. Et un peu par hasard, à vrai dire… J'avais bien eu des nausées, ces derniers temps, mais je n'avais pas fait le rapprochement avec…

Elle hésita un instant avant de hausser les épaules.

— Avec la nuit que nous avons passée ensemble, reprit-elle. Et, pour information, tu es la seule personne avec qui j'ai fait l'amour depuis… eh bien, pas mal de temps, à vrai dire…

Elle rougit.

— Et puis, ajouta-t-elle, je ne savais pas vraiment comment tu réagirais. Tu n'es pas fâché ?

— Fâché ? répéta-t-il, surpris. Pas du tout. Et toi, qu'est-ce que tu en penses ?

— Je ne sais pas trop, à vrai dire.

De nouveaux coups de boutoir firent trembler la porte du bureau.

— Bon, je crois effectivement que nous ferions mieux de filer, déclara Marcus.

— Le problème, c'est que l'entrée de la prison est bloquée à cause de la panne du générateur. D'après Julia, l'électricité devrait être bientôt rétablie, ce qui leur permettra de rouvrir la porte.

— Je vois, soupira Marcus. Toute la question est donc de savoir où nous allons bien pouvoir nous cacher en attendant…

15

Après avoir surmonté la frustration qu'elle avait éprouvée en trouvant close la porte de la prison, Darcy avait compris que, tôt ou tard, quelqu'un trouverait un moyen de la rouvrir. La police et les surveillants passeraient la prison au peigne fin pour rassembler les détenus et les transférer vers un autre établissement pénitentiaire en attendant que celui-ci soit remis en état.

Si elle voulait avoir une chance de recouvrer sa liberté, elle allait donc devoir ruser. Et elle avait peut-être une idée pour cela. Faisant demi-tour, elle retraversa le couloir principal et regagna l'infirmerie. Là, elle s'approcha des deux cadavres qui gisaient toujours au fond de la pièce.

— Je suis désolée, Gretchen, mais je vais devoir vous emprunter votre uniforme. Je sais que cela pourrait vous valoir des ennuis, mais je doute qu'ils vous renvoient puisque, de toute façon, vous êtes morte…

En dépit des circonstances peu encourageantes, Darcy ne put s'empêcher de rire alors qu'elle commençait à déshabiller la surveillante. Elle inspecta alors ces vêtements avec attention. Le pantalon était relativement intact, de même que les chaussures. Celles-ci étaient trop larges de deux pointures mais il lui suffirait de glisser un morceau de tissu à l'avant.

En revanche, la chemise d'uniforme était tachée de

sang. Darcy la porta jusqu'à l'évier et la passa sous l'eau brûlante avant de la laver à l'aide du savon liquide qui se trouvait là. Elle dut recommencer un nombre incalculable de fois pour obtenir un résultat à peu près satisfaisant.

Fort heureusement, la chemise était de couleur sombre, et les traces de sang qui restaient n'étaient pas identifiables comme telles. Tant qu'on n'y regardait pas de trop près, on pouvait croire qu'il s'agissait de simples taches. Et, après ce qui s'était passé ici, personne n'y trouverait rien à redire.

Darcy se débarrassa des vêtements de l'infirmière et enfila l'uniforme. Elle attacha ses cheveux en queue-de-cheval et vissa sur sa tête la casquette de Gretchen qui portait le sigle de la prison. Se plaçant devant un miroir, elle s'inspecta attentivement et estima que le déguisement ferait l'affaire.

Elle découpa ensuite le bracelet sur lequel était inscrit son numéro de matricule et le passa au poignet de Gretchen avant de le fermer à l'aide d'un morceau de sparadrap.

Récupérant sa propre tenue de prisonnière qu'elle avait abandonnée dans un coin un peu plus tôt, elle l'enfila à la surveillante en prenant soin de relever la fermeture Eclair jusqu'au bout pour dissimuler sa vilaine blessure à la gorge.

Elle déplaça alors le cadavre jusqu'à l'endroit où elle avait repris conscience. Et, pour parfaire sa mise en scène, elle fit même basculer une armoire métallique sur le corps. Il ne lui restait plus à présent qu'à patienter…

Après avoir travaillé pendant une vingtaine de minutes sur le générateur de secours, Luis et Liam durent bien se rendre à l'évidence.

— Nous ne parviendrons jamais à le faire redémarrer durablement, déclara Liam d'un ton défait. Il tiendra quelques minutes, tout au plus.

— Ce n'est peut-être pas si grave, opina Luis. Après tout, tout ce qui nous importe, c'est d'avoir le temps d'ouvrir la porte.

— Pas faux, concéda Liam, songeur. Mais il faudra que quelqu'un se tienne prêt à ouvrir à notre signal. Parce que je ne sais vraiment pas à combien de tentatives nous aurons droit avant que cette machine rende l'âme.

— Tu veux dire qu'il y a une chance pour que nous restions coincés ici ? s'exclama Luis.

Son ami haussa les épaules.

— Tôt ou tard, ils trouveront bien un moyen d'ouvrir de l'extérieur en utilisant des explosifs, par exemple. Simplement, ça pourrait prendre un moment.

— Et nous sommes enfermés avec des prisonniers qui se feraient un plaisir de nous tuer, renchérit Luis d'une voix lugubre. Franchement, j'espère que ça va fonctionner…

Il sortit son téléphone portable de sa poche et fronça les sourcils.

— On capte encore moins bien ici qu'au rez-de-chaussée.

— C'était à prévoir, soupira Liam en vérifiant les réglages de la machine. Je suis prêt.

Luis hocha la tête et composa le numéro de Julia. Celle-ci répondit à la première sonnerie.

— Luis, où en êtes-vous ? demanda-t-elle d'une voix entrecoupée par les interférences statiques.

— Est-ce que tu es près de la porte ? s'enquit Luis.

— Après la porte ? répéta-t-elle.

Il répéta sa question aussi lentement et distinctement que possible.

— Oui, répondit Julia. Je suis juste devant.

— Prépare-toi à l'ouvrir.

— Je ne peux pas l'ouvrir, dit-elle d'une voix complètement hachée.

— À mon signal ! lui cria Luis. À mon signal !

Il se tourna vers Liam qui hocha la tête.

— Trois…, lança-t-il à Julia. Deux… Un !

Liam enclencha le commutateur et la lumière revint brusquement.

— Maintenant ! s'exclama Luis. Tu peux ouvrir…

Les lumières s'éteignirent aussi brusquement qu'elles s'étaient allumées. Liam abaissa et réenclencha le commutateur sans obtenir le moindre résultat.

— Julia ? Est-ce que ça a marché ? demanda Luis d'une voix tendue. Julia ? Tu m'entends ?

Aucune réponse ne lui parvint.

— Je n'ai plus de réseau, constata-t-il.

Liam haussa les épaules d'un air résigné.

— Remontons, et nous verrons bien si elle a réussi, suggéra-t-il. De toute façon, je ne peux plus faire grand-chose ici…

La ligne était si mauvaise que les dernières phrases de Luis s'étaient perdues dans un crépitement quasi ininterrompu de parasites. Julia avait compris qu'elle était censée ouvrir la porte à un moment précis mais n'avait strictement aucune idée de quand.

Par acquit de conscience, elle tira sur la poignée, sans obtenir le moindre résultat. Si Liam et Luis voulaient qu'elle ouvre cette satanée porte, ils allaient devoir trouver un moyen de la rappeler d'un endroit où ils capteraient un peu mieux.

Alors qu'elle s'apprêtait à les rappeler, elle vit la lumière rouge qu'elle avait remarquée précédemment s'illuminer au-dessus de l'entrée. Lâchant son téléphone, elle se jeta sur la porte et tira de nouveau. Cette fois, la serrure fit entendre une série de claquements secs et le battant pivota.

Un instant plus tard, le voyant rouge s'éteignit et le système de verrouillage se réenclencha automatiquement. Il s'en était vraiment fallu de peu pour qu'elle rate cette brève fenêtre de tir.

Elle aperçut alors deux personnes qui se tenaient dans le hall d'entrée. Sa main se posa instinctivement sur la crosse de son arme mais elle reconnut alors Chloe et Marcus. Tous deux faisaient peine à voir : ils étaient couverts de sang et d'ecchymoses comme s'ils venaient de se faire passer à tabac. Mais jamais Julia ne s'était sentie aussi heureuse de les voir.

— On vous a dit que vous aviez vraiment mauvaise mine ? leur dit-elle en souriant.

— J'ai l'impression d'être passé dans une moissonneuse-batteuse, reconnut Marcus avec un rictus douloureux.

— À te voir, ça ne m'étonnerait pas outre mesure. Quelle est la situation, à l'intérieur ?

— Nous avons réussi à échapper aux détenus qui nous retenaient en otage, répondit Chloe d'une voix légèrement tremblante. Ils sont enfermés dans le bureau du directeur.

— Où est Cal ?

— Il s'est sacrifié pour nous laisser une chance de nous enfuir, expliqua gravement Marcus. Il est mort en héros.

Julia marqua le coup. Elle avait toujours eu un immense respect pour Douglas. C'était l'un des hommes les plus droits et les plus intègres qu'elle ait jamais connus. Et sa mort ne faisait que confirmer la haute idée qu'elle avait de lui.

— Je suis désolée, murmura Chloe qui connaissait l'amitié ayant uni Julia et le directeur de la prison.

Julia prit une profonde inspiration.

— Et Darcy ? demanda-t-elle. Où est-elle ?

— Elle est morte dans l'explosion de la bombe, répondit Chloe.

Cette nouvelle n'éveilla aucune satisfaction chez Julia mais juste une sensation de profond abattement. Jusqu'au bout, Darcy Owens aurait semé la mort et le chaos dans son sillage. Et elle ne serait jamais punie pour cela.

— Le capitaine Franz et moi allons fouiller la prison avec nos hommes.

— Qui est Franz ? s'enquit Marcus.

— Franz est le chef de la patrouille des autoroutes du Wyoming, répondit Chloe.

— Je me suis dit que nous aurions besoin d'un coup de main, acquiesça Julia. En attendant, vous devriez aller vous faire examiner. J'ai fait venir une ambulance au cas où il y aurait des blessés.

— Content de voir que la police de Pleasant Pines est entre de bonnes mains, déclara Marcus d'un ton admiratif.

Cette déclaration de la part de son ancien supérieur remonta un peu le moral de Julia. Et tandis que Marcus et Chloe se dirigeaient vers l'ambulance, elle s'avança vers le PC de crise où l'attendaient Wyatt et le capitaine Franz.

Après réflexion, Darcy avait quitté l'infirmerie pour trouver refuge dans la salle d'interrogatoire où cette interminable journée avait commencé pour elle. L'odeur de vomi avait depuis longtemps été masquée par celle de la fumée. Passablement épuisée, elle s'assit à même le sol près de la porte et s'adossa au mur noirci par l'incendie.

Elle dut s'assoupir car, lorsqu'elle releva brusquement la tête, des bruits de voix se faisaient entendre dans le couloir. Tendant l'oreille, elle essaya vainement de discerner ce qu'elles disaient. S'agissait-il de prisonniers comme elle ou des secours qui daignaient enfin se manifester ?

Elle attendit, le cœur battant à tout rompre et le corps couvert d'une sueur glacée. Quelques minutes plus tard, la porte de la pièce s'ouvrit et elle bondit sur ses pieds, mimant une peur qui n'était pas totalement feinte.

L'homme qui venait d'entrer portait l'uniforme de la police routière de l'État. Il la considéra avec un mélange d'étonnement et de sollicitude.

— Est-ce que tout va bien ? lui demanda-t-il d'une voix très douce.

Darcy répondit par un simple hochement de tête.

— Vous êtes en sécurité, lui assura-t-il. Nous avons réussi à ouvrir la porte et à amener des renforts. Vous n'avez plus rien à craindre, à présent.

— Merci, balbutia Darcy d'une voix rendue méconnaissable par toute la fumée qu'elle avait inhalée.

— Je ne fais que mon devoir, madame. Comment vous appelez-vous ?

— Gretchen, répondit Darcy. Gretchen Harper. Je suis surveillante ici.

Le jeune policier hocha la tête.

— Je suis désolé de devoir vous annoncer ça mais votre chef, Cal Douglas, est décédé.

Darcy dut se faire violence pour réprimer le sourire ravi qui lui venait aux lèvres.

— Est-ce qu'il y a d'autres victimes ? s'enquit-elle.

Avec un peu de chance, Marcus et Chloe s'étaient fait tuer, eux aussi…

— Nous sommes encore en train d'évaluer la situation, répondit le policier.

— En tout cas, j'ai trouvé deux autres corps dans l'infirmerie. Celui de l'infirmière et celui de l'une de nos détenues, Darcy Owens.

— La tueuse en série ? demanda le policier, sidéré.

Il était toujours agréable de se sentir reconnue pour ses œuvres.

— Elle-même, affirma Darcy. Je ne sais pas ce qui leur est arrivé. Elles étaient déjà mortes lorsque je les ai trouvées.

— Je vais aller jeter un coup d'œil. Est-ce que vous vous sentez suffisamment en forme pour sortir d'ici par vos propres moyens ?

— Ne vous en faites pas pour moi. J'ai juste besoin d'un bon bain et d'une très longue nuit de sommeil.

— Vous les avez bien mérités, Gretchen. Reposez-vous bien.

Elle suivit le policier dans le couloir et lui indiqua l'infirmerie. Tandis qu'il y entrait, Darcy se dirigea d'un pas assuré vers l'entrée de la prison. Elle avait récupéré, sur le lit de l'infirmerie, les clés de voiture de l'infirmière, et il ne lui restait plus qu'à gagner le parking pour récupérer le véhicule.

Si tout se passait comme elle l'espérait, elle serait bientôt libre.

L'urgentiste qui avait ausculté Marcus avait tenté de le convaincre de se rendre à l'hôpital pour y subir des examens plus approfondis. Mais ce dernier avait catégoriquement refusé, se contentant d'avaler quelques pilules pour faire passer son mal de crâne et atténuer un peu les douleurs que lui infligeaient les multiples coupures et commotions qu'il avait subies.

Il n'était pas question qu'il quitte les lieux tant qu'il ne se serait pas assuré que ses hommes étaient sains et saufs, et que le calme était revenu dans la prison. Or les détenus qui l'avaient pris en otage s'étaient retranchés dans le bureau de Cal Douglas, qu'ils avaient barricadé.

Pour le moment, les hommes de Julia et du capitaine Franz se contentaient de surveiller cette zone tandis qu'ils passaient au peigne fin le reste de la prison pour mettre en sécurité les surveillants et les prisonniers qui s'y trouvaient encore.

Pendant ce temps, Marcus, Chloe, Wyatt, Liam et Luis s'étaient rassemblés dans le PC mobile pour préparer l'assaut qui serait mené au cas où les Transgresseurs refuseraient de se rendre.

— Malheureusement, la panne du circuit électrique nous empêche d'utiliser les caméras de sécurité, indiqua Luis en désignant le plan de la prison qui était étalé devant eux. Mais nous savons qu'il existe trois voies d'accès possibles pour accéder au bureau de Douglas : la porte qu'ils ont barricadée, bien sûr, le conduit d'aération qu'ont utilisé Marcus et Chloe, et cette rangée de fenêtres situées en hauteur.

— S'agit-il de vitres renforcées ? demanda Marcus.

— Non, répondit Wyatt. Elles sont très épaisses mais pas blindées. Nous devrions pouvoir les briser en tirant dessus.

— L'idée serait de les casser toutes en même temps pour lancer des fumigènes à l'intérieur. Dans la foulée, nous défoncerons la porte.

— Efficace et sans fioritures, commenta Marcus. Ça me plaît. Et je pense que ça devrait convenir aussi à Julia. Est-ce que nous avons tout le matériel nécessaire ?

— Oui, affirma Wyatt. J'ai vérifié.

— Parfait. Dans ce cas…

Marcus s'interrompit en entendant frapper à la porte de la camionnette. Il alla ouvrir et se trouva face à un jeune policier de la patrouille des autoroutes.

— Est-ce que vous êtes bien Marcus Jones ? s'enquit-il.

— C'est moi. Qui puis-je faire pour vous ?

— Le capitaine Franz voudrait que la procureure ou

vous veniez identifier le corps de Darcy Owens avant qu'il soit envoyé à la morgue.

— Bien sûr, acquiesça Marcus. Je vous suis.

— Je viens aussi, ajouta Chloe.

— Ce n'est pas la peine d'y aller à deux, tu sais, lui dit-il.

— J'ai besoin de la voir une dernière fois, expliqua-t-elle.

C'était quelque chose qu'il pouvait parfaitement comprendre. Depuis que Chloe était intervenue en tant qu'assistante sociale au lycée de Darcy, leurs destins s'étaient retrouvés comme inextricablement mêlés.

Ils suivirent donc le jeune officier jusqu'à un van noir qui était garé un peu plus loin. L'un des hommes du coroner les attendait, et ils montèrent dans le fourgon où étaient disposées deux civières recouvertes par des draps.

— Darcy est à droite, leur indiqua-t-il.

Marcus s'agenouilla auprès du corps et prit une légère inspiration avant de soulever le drap.

— Il y a erreur, déclara-t-il. Ce n'est pas Darcy Owens… Cette femme était l'une des surveillantes de la prison.

L'employé du coroner fronça les sourcils.

— Vous êtes sûr ? demanda-t-il. Elle porte une tenue de prisonnière et un bracelet d'identification.

Il se tourna vers Chloe comme pour la prendre à témoin mais elle secoua la tête.

— Ce n'est pas Darcy, dit-elle, confirmant les propos de Marcus. C'est bien la surveillante qu'elle a égorgée devant mes yeux.

Marcus avait rabattu le drap un peu plus bas, révélant la tenue de prisonnière couverte de sang.

— La dernière fois que nous l'avons vue, elle portait son uniforme.

— On me l'a amenée dans cette tenue, je vous assure.

Par acquit de conscience, Marcus écarta l'autre drap, révélant le visage livide de l'infirmière.

— Où est le troisième corps ? demanda-t-il, se sentant gagné par une soudaine angoisse.

— Quel troisième corps ?

— Il y avait trois corps dans l'infirmerie, expliqua Chloe. Celui de Gretchen, la surveillante, celui de l'infirmière dont j'ignore le nom et celui de Darcy Owens.

L'homme secoua la tête.

— On ne m'a jamais parlé d'un troisième corps.

Marcus et Chloe s'entre-regardèrent. La terreur qu'il lisait dans les yeux de la jeune femme reflétait probablement celle qui l'étreignait en cet instant.

Darcy était vivante et elle était probablement en fuite.

16

Tandis que Marcus s'élançait en courant vers la prison pour prévenir Julia, Chloe demeura dans la camionnette du coroner, les yeux rivés sur le visage sans vie de Gretchen. Elle avait encore du mal à prendre la mesure de ce qui venait de se produire.

Une fois de plus, Darcy Owens avait réussi à tromper la police et à s'échapper. En proposant cette confession, elle leur avait tendu un piège, et ils étaient tombés dedans.

Quittant enfin la camionnette, Chloe s'efforça de reconstituer le déroulement des événements de cette journée, cherchant les erreurs qu'elle avait commises et qui les avaient menés à ce cuisant échec.

Elle se rappela son arrivée, celle de Marcus, leur entretien avec Douglas, le bref échange avec Darcy, le malaise de la tueuse, son arrivée à l'infirmerie, le meurtre de Gretchen puis l'intrusion de Marcus…

Elle interrompit le flot de ses souvenirs pour revenir un peu en arrière, au moment où Darcy et elle avaient changé de vêtements. Elle se rappelait un détail qui l'avait intriguée, sur le moment, parce qu'elle croyait que Darcy comptait monter dans l'avion qu'elle avait demandé.

Elle avait pris les clés de voiture de l'infirmière.

Le cœur battant à tout rompre, Chloe observa les alentours. Le parking sur lequel s'étaient garés les véhicules de la police, du coroner et les ambulances était celui qui était réservé aux visiteurs – celui-là même où Chloe s'était garée ce matin-là.

Le parking du personnel se trouvait de l'autre côté de la voie d'accès conduisant à la prison. Elle hésita un instant à aller trouver Marcus et Julia, mais y renonça. Le détail dont elle venait de se souvenir n'avait peut-être aucune importance. Et Chloe se trouvait à deux pas.

Quittant le parking des visiteurs, elle traversa la route et s'avança sur celui des employés. Plusieurs véhicules y étaient garés mais il n'y avait personne en vue à part une femme vêtue d'un uniforme de surveillante.

— Excusez-moi ! l'interpella Chloe.

La gardienne se tourna vers elle durant un court instant mais il suffit amplement à Chloe pour reconnaître celle qu'elle cherchait.

— Darcy ! s'exclama-t-elle. Arrêtez-vous !

Bien évidemment, celle-ci n'en fit rien et se mit à courir en regardant autour d'elle comme si elle cherchait quelque chose. Chloe comprit qu'elle ne devait pas savoir quelle était la voiture de l'infirmière. Elle se mit à courir en direction de Darcy aussi vite qu'elle le pouvait.

L'un des véhicules émit une série de bips et un appel de phares en réponse à la télécommande que brandissait Darcy. Celle-ci infléchit sa course et alla ouvrir la portière pour se glisser au volant.

— Non ! lui cria Chloe en pressant encore l'allure.

Elle parvint à attraper la portière au moment où Darcy allait la refermer et la rouvrit en grand avant de se jeter sur la tueuse qu'elle tenta d'arracher à son siège. Malheureusement, contrairement à Julia, Chloe n'avait jamais reçu la moindre formation au combat au corps à corps.

Darcy lui décocha un coup de pied vicieux au niveau

du genou, lui arrachant un cri de douleur. Déséquilibrée, Chloe tomba durement sur le bitume qui lui entailla les mains. La portière claqua à quelques centimètres de son visage, et Darcy démarra le moteur.

Mais Chloe n'entendait pas en rester là : elle ferait tout ce qui était en son pouvoir pour empêcher la tueuse de s'échapper. Se redressant, elle se jeta sur la portière arrière qu'elle ouvrit. Darcy enfonça l'accélérateur, faisant bondir la voiture.

Comprenant que, si elle n'agissait pas, Darcy prendrait de nouveau la fuite, Chloe n'hésita pas un seul instant : elle plongea et atterrit sur la banquette arrière de la voiture.

— Je n'arrive pas à croire qu'elle ait encore réussi à nous filer entre les pattes ! s'exclama Marcus, partagé entre frustration, colère et une forme d'admiration bien involontaire.

Il venait d'informer Julia de sa découverte, et celle-ci avait immédiatement décidé de repousser l'assaut du bureau où étaient toujours retranchés les Transgresseurs pour quadriller le secteur et tenter de localiser Darcy. Marcus et Wyatt avaient décidé de faire équipe et avaient été chargés d'inspecter les deux parkings.

— J'aimerais te dire que ça me surprend autant que toi, soupira Wyatt. Malheureusement, je suis convaincu depuis longtemps que Darcy est infiniment plus intelligente que nous ne voulons généralement le reconnaître. Je crois que nous avons du mal à accepter l'idée qu'une tueuse en série qui n'a jamais fait d'études supérieures puisse être plus maligne que les policiers diplômés et expérimentés que nous sommes.

— Cette fois-ci, c'est entièrement ma faute, déclara

Marcus. J'ai pris son pouls moi-même et j'étais convaincu qu'elle était morte.

— Une bombe venait d'exploser juste à côté de toi, objecta Wyatt. Tu étais probablement en état de choc. D'ailleurs, le fait qu'elle ait survécu tient du miracle.

— Elle a dû être protégée par l'armoire métallique qui s'est écroulée sur elle. Mais j'aurais dû vérifier trois fois…

Marcus s'interrompit et poussa une exclamation de stupeur, se demandant presque s'il n'était pas victime d'une hallucination. À quelques centaines de mètres de là, sur le parking réservé au personnel, une voiture venait de démarrer en trombe. La portière arrière droite était grande ouverte et une paire de jambes dépassait de l'intérieur du véhicule.

— C'est Darcy au volant ! s'exclama Wyatt, aussi sidéré que lui.

— Et Chloe à l'arrière !

Faisant brusquement volte-face, Marcus s'élança vers sa propre voiture qui était toujours garée sur le parking des visiteurs. Wyatt le suivit sans hésiter.

Tandis que Darcy roulait à tombeau ouvert le long de l'allée qui conduisait à la route principale, Chloe parvint à se hisser entièrement à bord. Se redressant, elle constata avec effroi que la tueuse fonçait tout droit sur le portail de la prison.

Chloe eut tout juste le temps de se raccrocher à l'appuie-tête du siège passager et à la poignée de la portière arrière droite. À une vitesse folle, la voiture défonça alors le portail, arrachant même l'un des battants au passage. Chloe fut secouée en tous sens mais tint bon.

Sans ralentir un seul instant, Darcy tenta de lui décocher un coup de poing au visage mais elle était trop mal placée pour pouvoir la toucher. Chloe en profita pour lui agripper le poignet qu'elle tordit violemment.

— Arrêtez-vous ! cria-t-elle à Darcy.

— Pas question ! répliqua celle-ci d'une voix vibrante de rage. Je ne retournerai jamais en prison !

Chloe comprit alors que Darcy préférerait probablement mourir que se rendre et qu'elle-même risquait fort de finir en victime collatérale de cette course folle.

Lentement mais inexorablement, Marcus gagnait du terrain sur la voiture de Darcy qui s'était mise à faire de grandes embardées.

— Mais qu'est-ce qu'elle fabrique ? murmura Wyatt.

— Je suis sûr que sa passagère lui donne du fil à retordre, répondit Marcus avec un pâle sourire.

Il espérait seulement que Chloe ne paierait pas le prix fort pour cette nouvelle preuve de courage. Car l'idée de la perdre après tout ce qu'ils avaient traversé ensemble lui était tout bonnement intolérable.

Comme il se faisait cette réflexion, il prit conscience de la place qu'elle occupait à présent dans sa vie. Il ne s'imaginait tout simplement pas pouvoir vivre sans elle. Ce n'était pas uniquement parce qu'elle était la mère de son enfant. Les sentiments qu'il éprouvait pour elle étaient antérieurs à la révélation qu'elle lui avait faite lorsqu'ils étaient dans la prison.

Sans même s'en rendre compte, il était tombé amoureux d'elle. Et il entendait bien le lui dire les yeux dans les yeux.

Galvanisé par cette révélation, il accéléra encore.

Chloe était bien décidée à ne pas devenir l'ultime victime de Darcy Owens. Elle avait encore trop de choses à accomplir. Mettre son enfant au monde. Le regarder grandir. Devenir procureure de l'État du Wyoming. Trouver le courage d'avouer à Marcus ce qu'elle ressentait pour lui.

Frôler la mort à plusieurs reprises au cours d'une journée avait au moins le mérite de mettre en évidence ce qui était réellement important dans une vie. Et, chaque fois qu'elle avait cru sa dernière heure arrivée, c'était vers Marcus que s'étaient tournées ses pensées.

Au fil des mois, il en était venu presque subrepticement à jouer un rôle central dans son existence. C'était d'ailleurs peut-être pour cela qu'elle avait coupé les ponts avec lui de façon aussi brutale, après la nuit qu'ils avaient passée ensemble.

Elle avait pris peur de l'intensité de ses propres sentiments et avait préféré tirer un trait sur leur histoire avant qu'elle devienne trop sérieuse. Ce qu'elle n'avait pas su voir, c'était qu'il était déjà trop tard, que leur relation était déjà solide.

À présent, elle était enceinte, et cette grossesse représentait pour Marcus et elle une nouvelle chance qu'elle était bien décidée à ne pas gâcher. C'était la raison pour laquelle elle se battait avec acharnement pour tenter d'arrêter Darcy.

Car elle avait reconnu la voiture qui les suivait de loin depuis qu'elles avaient quitté l'enceinte de la prison. Et elle savait que, si elle parvenait à forcer Darcy à se garer, les renforts ne tarderaient pas à arriver.

Malheureusement, la route qu'elles suivaient avait quitté la plaine pour s'engager dans un paysage de collines. Elle serpentait de plus en plus, et la déclivité qui s'ouvrait sur leur gauche se faisait de plus en plus raide. Chloe comprit que, si elle continuait à déconcentrer Darcy, elle courait le risque de les faire basculer dans ce précipice.

Terrifiée à cette idée, elle renonça à se battre, se rencogna contre la banquette arrière et attacha sa ceinture.

— Vous ne vous en sortirez pas, dit-elle à Darcy. Tôt ou tard, Marcus finira par nous rattraper. Vous feriez mieux de vous rendre…

Darcy jeta un coup d'œil dans le rétroviseur et s'aperçut que le SUV qui les suivait s'était encore rapproché.

— Je ne retournerai pas en prison, déclara-t-elle.

Il y avait dans sa voix une note d'hystérie qui ajouta encore à l'inquiétude de Chloe.

— Je ne retournerai pas en prison, répéta Darcy.

Sur ce, elle donna un violent coup de volant vers la gauche, propulsant la voiture directement dans le ravin.

Marcus pila si brutalement que sa voiture dérapa sur quelques mètres avant de s'immobiliser à peu près à l'endroit où s'était trouvée Darcy avant de quitter la route. Il prit tout juste le temps de se garer sur le bas-côté avant de sauter hors de son véhicule.

— Wyatt, appelle les secours ! s'exclama-t-il.

Il s'élança alors en direction du ravin, terrifié à l'idée de ce qu'il allait bien pouvoir voir en contrebas. Par chance, la voiture de Darcy n'avait pas pris feu. Mais elle gisait à l'envers, posée sur le toit qui était enfoncé d'un côté. Les deux pare-brise et les vitres avaient explosé mais le moteur tournait encore.

Une terreur glacée se répandit en lui, le faisant violemment frissonner. La gorge serrée par l'émotion, il lutta contre la sensation de désespoir et de désarroi absolu qui le paralysait. Il ne pouvait se permettre de rester sans rien faire alors que la femme qu'il aimait était peut-être toujours vivante.

Se forçant à bouger, il dévala la pente plus qu'il ne la

descendit. À mesure qu'il se rapprochait, l'odeur d'essence se faisait plus perceptible, ajoutant encore à son angoisse. Il savait en effet que la voiture pouvait exploser d'un instant à l'autre.

S'agenouillant auprès de la vitre arrière, il jeta un coup d'œil à l'intérieur et constata avec soulagement que Chloe avait eu la présence d'esprit d'attacher sa ceinture. Elle semblait s'être cogné la tête, et une méchante coupure barrait son front.

Darcy aussi était attachée. Le gémissement qu'elle émit indiquait qu'elle était encore vivante. Mais en cet instant, tout ce qui importait à Marcus, c'était de savoir si Chloe l'était aussi. Tendant la main, il attrapa celle de la jeune femme et la serra doucement dans la sienne. Sa peau était tiède, et il pouvait voir sa poitrine se soulever régulièrement.

Un soulagement indicible succéda à l'horreur qu'il avait éprouvée quelques instants auparavant. La femme qu'il aimait était toujours vivante.

— Chloe, l'appela-t-il doucement. Chloe, est-ce que tu m'entends ?

Ses paupières papillonnèrent, et elle finit par ouvrir les yeux.

— Marcus, balbutia-t-elle d'une voix éraillée.

— C'est moi, acquiesça-t-il. Je vais te sortir de là, Chloe. Est-ce que tu peux bouger ?

Elle esquissa un geste du bras et hocha la tête.

— Je crois que ça va, lui dit-elle d'une voix légèrement plus assurée.

Rassuré, Marcus pénétra à quatre pattes dans l'habitacle. Il prit Chloe par les épaules et détacha sa ceinture en la soutenant. Puis il la tira aussi délicatement que possible hors de la voiture.

Il savait que, ce faisant, il courait le risque d'aggraver une éventuelle blessure, particulièrement si sa colonne vertébrale était touchée. Mais l'odeur d'essence s'était faite suffocante et l'inquiétait de plus en plus.

Il la porta à l'écart de la voiture, suffisamment loin pour qu'elle ne coure aucun risque en cas d'explosion.

— Où est Darcy ? lui demanda-t-elle lorsqu'il l'eut étendue précautionneusement sur le sol.

— Dans la voiture, répondit-il.

— Est-ce qu'elle est toujours vivante ?

— Oui.

— Il faut la sortir de là, déclara Chloe en se redressant péniblement.

— Tout doux, protesta Marcus. Tu viens d'avoir un accident de voiture. Tu ne devrais pas bouger.

— Je vais bien, protesta-t-elle.

Elle se tâta les côtes et esquissa une petite grimace.

— Je n'ai rien, ajouta-t-elle.

— Tu n'es pas médecin.

— Nous ne pouvons pas laisser Darcy dans la voiture. Elle peut prendre feu à tout moment.

À cet instant précis, une explosion se fit entendre et des flammes s'échappèrent de la voiture. À l'intérieur, Darcy se mit à hurler.

Dès son plus jeune âge, on avait répété à Darcy que les mauvaises personnes finissaient en enfer où elles se consumaient dans un feu éternel.

Était-ce ce qui était en train de lui arriver ? Était-elle morte dans l'accident de voiture ?

C'était impossible. Car Darcy n'était pas une mauvaise personne. Au contraire, durant toute sa vie, elle avait mené une infatigable croisade contre les corrupteurs, les profanateurs, contre tous ceux qui ne songeaient qu'à souiller toute forme de pureté et d'innocence Des hommes comme son propre père.

Et pourtant, elle sentait le feu l'envelopper de toutes parts, lui faisant souffrir le martyre. Elle hurla, suppliant que cela s'arrête. Mais les flammes paraissaient au contraire redoubler d'intensité.

À travers la fumée et ses propres larmes, elle discerna trois silhouettes qu'elle prit tout d'abord pour des démons. Mais lorsqu'ils s'agenouillèrent auprès de la voiture, elle reconnut les visages familiers de Chloe Ryder, Marcus Jones et Wyatt Thornton.

Étaient-ils venus se réjouir de son tourment ? Se moquer d'elle ?

— Je vais couper sa ceinture, fit la voix de Wyatt qui lui paraissait très lointaine.

Quelques instants plus tard, elle se sentit s'écraser lourdement au sol. Aussitôt, quelqu'un la tira hors de la fournaise. Son corps tout entier lui semblait n'être plus qu'une plaie à vif mais elle était vivante. Marcus, qui l'avait sortie de la voiture, la souleva de terre et l'emporta loin du véhicule qui continuait à se consumer.

Il la déposa un peu plus loin, et elle demeura quelques instants immobile, haletante, incertaine. Elle se demandait pourquoi ces gens qui paraissaient la haïr avaient décidé de la sauver. Sans doute n'auraient-ils pas pu supporter la culpabilité qu'ils auraient éprouvée en la laissant brûler.

C'était toute la différence entre les faibles comme eux et les forts tels que Darcy.

Et elle ne pouvait se permettre de les laisser gagner, de les laisser croire qu'ils étaient du bon côté de l'histoire.

Elle leur ferait payer leur arrogance, même si ce devait être la dernière chose qu'elle ferait sur cette terre.

Pendant que tous trois appelaient les secours, Darcy sortit le couteau pliable de l'étui qui était accroché à la ceinture de son uniforme. Le dissimulant derrière son dos, elle l'ouvrit avant de se redresser péniblement. Elle prit alors une inspiration sifflante avant de s'élancer vers le petit groupe.

C'était Chloe qui se trouvait le plus près d'elle. Et lorsque la procureure se retourna en l'entendant approcher, Darcy n'hésita pas un seul instant. La lame du couteau s'enfonça entre ses côtes, faisant éclater une fleur couleur de sang sur le chemisier immaculé qu'elle portait. Chloe hoqueta et recula en titubant.

— Pourquoi ? balbutia-t-elle en la considérant d'un air presque incrédule.

— Tu ne peux pas me sauver, répondit Darcy d'une voix vibrante de haine et de colère. Tu ne l'as jamais pu.

Elle brandit de nouveau son couteau, s'apprêtant à trancher la gorge de la procureure. Mais Marcus se jeta sur elle, lui agrippant le bras pour arrêter son geste. Elle le repoussa en hurlant. Surpris par la force presque surnaturelle dont elle faisait preuve, il lâcha prise.

Darcy était sur le point de le poignarder à son tour lorsqu'un bruit assourdissant résonna entre les collines avoisinantes. Une douleur fulgurante éclata dans la poitrine de Darcy qui se sentit tomber à genoux et lâcher son arme.

Alors que sa vision commençait déjà à se troubler, elle discerna Wyatt qui se tenait face à elle, pistolet au poing. Elle essaya de lui parler mais elle était trop faible pour cela. Darcy bascula en avant et se retrouva allongée sur l'herbe couleur émeraude.

Il lui sembla entendre une voix familière murmurer à son oreille.

Suis-moi.

Elle sut alors qu'enfin, elle allait pouvoir se fondre dans les Ténèbres.

17

Marcus avait suivi l'ambulance qui conduisait Chloe à l'hôpital. Sans tenir compte des limitations de vitesse ou des feux rouges, il avait roulé à toute allure, se maintenant dans le sillage du véhicule de secours. Parvenu devant les urgences, il sortit de sa voiture en laissant à Wyatt le soin de la garer.

S'il l'avait pu, il aurait accompagné Chloe jusque dans le bloc opératoire où elle fut immédiatement transférée. Mais une jeune infirmière répondant au nom de Zhang Wei l'intercepta et le convainquit d'aller attendre dans le couloir.

— Elle est entre de bonnes mains, lui assura-t-elle. Les chirurgiens feront tout ce qui est en leur pouvoir pour la sauver.

— Elle attend un bébé, balbutia Marcus d'une voix qu'il eut peine à reconnaître.

Elle trahissait parfaitement la terreur qui l'habitait en cet instant.

— Je vais le signaler aux médecins, lui assura Zhang Wei. Et je viendrai vous prévenir dès que votre amie sera sortie du bloc. En attendant, je vais vous envoyer quelqu'un pour s'occuper de vous.

Il fallut quelques instants à Marcus pour comprendre ce qu'elle voulait dire. Il avait totalement oublié que lui-même était couvert de bleus, de bosses, de coupures et d'ecchymoses diverses. Il fut tenté de refuser l'aide qu'on lui proposait mais ne trouva pas l'énergie de le faire.

Il se laissa donc panser et enduire de crèmes et de baumes divers et eut droit à des analgésiques qu'il accepta avec reconnaissance. En dépit de la puissance de ces médicaments qui le laissèrent passablement groggy, il ne put se défaire de l'angoisse qui le rongeait.

Les deux heures d'attente qui s'ensuivirent furent de très loin les plus longues de toute son existence. Et sans la présence et les paroles réconfortantes de Wyatt qui avait insisté pour demeurer à ses côtés, il n'aurait probablement pas résisté à ce supplice.

Lorsque Zhang Wei entra dans la salle d'attente, Marcus se leva pour se porter à sa rencontre.

— Comment va-t-elle ? lui demanda-t-il.

— Elle est sortie du bloc et elle s'est réveillée, lui indiqua l'infirmière. Elle a demandé à vous parler, et les médecins ont donné leur accord. Mais elle est encore très faible, et il faut que vous la ménagiez.

— Bien sûr, répondit-il, éperdu de soulagement. Comment va le bébé ?

— Je suis désolée, je ne peux rien vous dire de plus. Il faudra que vous lui posiez la question.

Marcus hocha la tête. Il avait travaillé pour le FBI durant suffisamment longtemps pour connaître la valeur de la confidentialité. Zhang Wei lui communiqua le numéro de la chambre et Wyatt lui souhaita bonne chance.

Délaissant l'ascenseur, Marcus gravit quatre à quatre les marches de l'escalier qui conduisait au deuxième étage. Quelques instants plus tard, il frappait à la porte de la chambre 203.

— Entrez, fit Chloe.

Le simple fait d'entendre sa voix éveilla en lui un flot d'émotions : du soulagement, de la joie et de la reconnaissance envers le destin qui s'était montré favorable, cette fois-ci.

Chloe était allongée sur un lit d'hôpital, presque aussi pâle que la taie d'oreiller sur laquelle s'étalaient ses épais cheveux noirs. Elle lui sembla à la fois très belle et très fragile, et l'idée qu'il avait failli la perdre lui donna presque le vertige.

— Comment te sens-tu ? lui demanda-t-il d'une voix légèrement tremblante.

— Je n'essaierais pas de courir un cent mètres, répondit-elle en lui souriant. Mais pour quelqu'un qui vient de se faire poignarder, je me sens plutôt bien.

— Et le bébé ?

— On m'a fait passer une échographie et, d'après les médecins, tout va bien.

— Dieu merci, soupira Marcus.

— Je suis juste un peu fatiguée, ajouta Chloe en bâillant. Je crois qu'il faut que je dorme un peu…

Avant même qu'elle ait fini sa phrase, elle avait sombré dans le sommeil. Sans faire de bruit, Marcus approcha une chaise du lit et s'assit à ses côtés. Il était bien décidé à ne pas la quitter des yeux tant qu'on ne le mettrait pas dehors de force.

Lorsque Chloe ouvrit les yeux, il lui fallut quelques instants pour comprendre ce qu'elle faisait dans une chambre d'hôpital et comment elle était arrivée là. Elle ne put s'empêcher de frissonner tandis que les souvenirs de ce qui s'était passé ce jour-là remontaient à la surface de sa mémoire.

Elle se redressa alors sur son lit et constata qu'elle n'était pas seule : Marcus était assis sur une chaise, tout près de son lit. Lorsqu'elle croisa son regard, elle lut tant de douceur et de tendresse dans ses yeux qu'elle sentit les battements de son cœur s'emballer dans sa poitrine.

— Tu es resté avec moi, murmura-t-elle, troublée.

— Tu aurais préféré que je parte ?

Elle secoua la tête.

— Non, balbutia-t-elle. Je suis heureuse que tu sois là.

— Tant mieux, lui dit-il. S'il ne tenait qu'à moi, je ne te quitterais plus jamais…

— Tu le penses vraiment ? lui demanda-t-elle, émue par cette déclaration aussi virulente qu'inattendue.

Il acquiesça gravement.

— Lorsque j'ai cru te perdre, j'ai compris à quel point je tenais à toi, lui répondit-il. Je t'aime, Chloe.

Elle ouvrit la bouche mais il l'interrompit d'un geste.

— Je ne te demande rien en échange, lui assura-t-il. Et je me contenterai d'être un ami pour toi et un père pour notre enfant. Mais je tenais à ce que tu le saches. Je t'aime et je crois même que cela fait un petit moment… Je ne voulais pas me l'avouer, peut-être parce que j'étais vexé que tu m'aies repoussé ou bien encore parce que je craignais de compliquer les choses entre nous…

— Je sais, soupira Chloe.

Elle lui décocha un pâle sourire.

— Moi aussi, j'avais peur de compliquer les choses. Nos relations professionnelles. Nos relations personnelles. Mon avenir. Mon travail et le tien… Je me disais qu'en ignorant mes sentiments pour toi, tout serait plus facile. Mais ce n'est pas vrai. En réalité, tout est juste devenu beaucoup plus triste.

Marcus la considéra d'un air stupéfait. De toute évidence, il ne s'était pas attendu à une telle confession.

— Moi aussi, je t'aime, lui avoua-t-elle d'une voix

légèrement tremblante. Je pense que je suis tombée amoureuse de toi le jour où j'ai fait ta connaissance, lorsque j'étais encore à l'université. Et depuis que nous nous sommes retrouvés, mes sentiments pour toi n'ont cessé de grandir. Mais je n'étais pas prête à les accepter. Et ce n'est que lorsque j'ai frôlé la mort que j'ai enfin compris ce qui était réellement important.

— Tu m'aimes..., murmura Marcus comme s'il tentait vainement de se familiariser avec cette idée.

— Oui, Marcus. Et je ne veux plus continuer à me mentir. Je veux vivre avec toi. Je veux que nous élevions cet enfant ensemble. Je ne sais pas si tout se passera bien pour nous, si nous nous aimerons pour toujours. Mais ce que je sais, c'est que, si nous ne tentons pas notre chance, je passerai le reste de ma vie à le regretter.

— Tu te rends compte quand même qu'il a fallu une tueuse en série pour nous forcer à nous avouer nos sentiments ?

Chloe lui décocha un sourire doux-amer.

— C'est peut-être la meilleure réponse que nous puissions faire à Darcy, tu ne crois pas ? Au bout du compte, c'est l'amour qui l'emporte.

— Puisse-t-il l'emporter toujours, répondit Marcus en se penchant vers elle.

Il déposa sur ses lèvres un baiser d'une douceur infinie qui avait le goût d'une promesse. Et, en dépit des épreuves qu'ils avaient traversées, des drames auxquels ils avaient assisté et de la souffrance qu'elle ressentait toujours au plus profond de sa chair, jamais Chloe ne s'était sentie aussi heureuse qu'en cet instant.

Épilogue

Plus tard dans la journée

Par une sombre ironie du destin, le bureau qui avait symbolisé l'autorité de leur geôlier était devenu pour eux un refuge. Cela faisait des heures qu'ils s'y étaient barricadés et qu'ils attendaient le moment inévitable où la police se déciderait à lancer l'assaut.

Ils auraient pu abandonner, bien sûr. Mais chacun d'entre eux tenait à goûter aussi longtemps que possible l'illusion de liberté qui leur avait été accordée en ce jour.

Enfin vint le moment tant redouté. Une voix amplifiée par un mégaphone les informa que c'était leur dernière chance de se rendre et que, s'ils ne le faisaient pas, ils se verraient évacués de force.

— Alors ? demanda Rex. Qu'est-ce qu'on fait ?

Luke était assis sur le sol, adossé au bureau de Douglas. Levant son œil valide vers son ami, il haussa légèrement les épaules.

— Je n'en sais rien, répondit-il. Pourquoi est-ce à moi que tu poses la question ?

— Parce qu'en l'absence de Booth, c'est toi notre chef.

Les autres membres du gang marquèrent leur assentiment. Luke les considéra d'un air peu amène. La douleur atroce que Chloe Ryder lui avait causée en lui crevant un œil ne s'était pas dissipée et elle ajoutait encore à son agressivité naturelle. À ses yeux, ces hommes n'étaient que des moutons, prêts à suivre le premier venu.

— Est-ce qu'on abandonne ? s'enquit Rex. Ou est-ce qu'on se bat pour l'honneur ?

— Les Transgresseurs n'abandonnent jamais, répondit Luke sans hésiter. S'ils veulent nous reprendre, ils devront le mériter.

— D'accord, acquiesça son ami. Mais avec quoi nous battrons-nous ?

Avant que Luke ait pu lui répondre, des coups de feu retentirent, et les trois fenêtres qui se trouvaient en hauteur explosèrent dans un ensemble parfait. Un instant plus tard, des tubes métalliques atterrirent dans la pièce et roulèrent sur le sol.

— Des grenades assourdissantes ! s'exclama Rex. Tous à couvert !

Luke n'eut pas même le temps de bouger. Les grenades explosèrent, générant un flash lumineux qui l'aveugla complètement et un bruit assourdissant qui le laissa pantelant, les oreilles emplies d'acouphènes.

Au bout d'un moment, il sentit qu'on le relevait et on lui passa une paire de menottes aux poignets. Trop sonné pour réagir, il se laissa guider hors de la prison, jusqu'à un fourgon de police dans lequel on les fit monter, Rex et lui.

Comme la cécité temporaire de Luke commençait à se dissiper, il vit un surveillant monter dans le fourgon pour fixer leurs menottes à des anneaux soudés au plancher. Quand vint le tour de Luke, cependant, l'homme se pencha légèrement vers lui.

— J'ai un message de la part de Booth, lui souffla-t-il. Il dit que vous devez vous tenir prêts, tous les deux.

Sur ce, le surveillant fit mine d'attacher leurs menottes à l'aide de chaînes. Mais, au lieu de fermer celles-ci par un cadenas comme il aurait théoriquement dû le faire, il se contenta d'en glisser les extrémités sous leurs pieds pour donner le change.

Le garde ressortit ensuite et claqua la portière derrière lui. Luke remarqua alors que Rex et lui étaient seuls dans un fourgon qui aurait pourtant pu accueillir une bonne douzaine de prisonniers. Il se demanda si ce que lui avait dit le garde était vrai ou s'il s'agissait d'un piège élaboré de la part de leurs ennemis.

— Tu as vu ? lui demanda alors Rex tandis que la camionnette se mettait à rouler. Ce type avait un tatouage des Transgresseurs sur la main gauche. Je ne l'avais pourtant jamais vu avant. Il doit faire partie d'un autre groupe que le nôtre.

Luke n'avait pas remarqué le tatouage, ce qui n'avait rien de très étonnant : la perte de son œil limitait nettement son champ de vision. Une fois de plus, il se jura qu'il se vengerait de Chloe Ryder et de Rocky Mountain Justice.

Ils roulèrent pendant un bon quart d'heure lorsque le fourgon pila brusquement, les plaquant contre la paroi du fond. À l'extérieur, ils entendirent des cris suivis de plusieurs coups de feu. Une rafale de mitraillette se fit alors entendre, accompagnée de bruit de verre brisé.

Puis le silence revint tout à coup, presque plus menaçant que les échanges de feu nourri qui l'avaient précédé. Le cœur de Luke battait à tout rompre tandis qu'il se demandait qui avait remporté la bataille. Puis les portes arrière du fourgon s'ouvrirent, laissant entrer une lumière aveuglante.

— Vous avez vraiment une sale gueule, tous les deux.

Luke reconnut la voix de Booth, alors que la silhouette de

leur chef se découpait à contre-jour. Il avait minci depuis la dernière fois qu'ils s'étaient vus mais il paraissait en forme.

— Allez, sortez de là, leur dit-il. Ces salopards ont eu le temps de passer un appel radio, et toutes les polices de la région vont rappliquer d'une minute à l'autre.

Luke sauta au bas du fourgon et étreignit affectueusement le chef des Transgresseurs. Ce dernier les conduisit alors jusqu'à la Mustang noire dont il s'était servi pour barrer la route. L'un de ses hommes se trouvait au volant, prêt à démarrer.

Derrière eux, dans le fourgon au pare-brise en miettes, les deux surveillants chargés de transporter les prisonniers gisaient sur le tableau de bord. Au loin, on entendait déjà le hululement de sirènes qui se rapprochaient.

— Ils n'ont pas perdu de temps, commenta Booth en s'installant sur le siège passager de la Mustang. Montez.

Rex et Luke prirent place à l'arrière.

— On fait quoi, maintenant ? demanda Rex, curieux.

— Maintenant, répondit Booth avec un sourire mauvais, on va leur apprendre ce qu'il en coûte de s'attaquer aux Transgresseurs…

Retrouvez prochainement,
dans votre collection

BLACK ROSE

Rejoints par le passé, de Lena Diaz - N°752

ENQUÊTES À PRESCOTT MOUNTAIN – 1/2

Attentive, l'inspectrice Willow McCray observe Grayson Prescott. Le visage fermé, le troublant milliardaire lit le dossier sur l'assassinat de sa femme, sept ans plus tôt. Brusquement il tressaille, et Willow sent les battements de son cœur s'accélérer. A-t-il, comme elle, remarqué des similitudes entre son épouse et les victimes du violeur de Gatlinburg ? Se pourrait-il que ce dernier soit en fait un *serial killer* ?

Des pas sur la neige, de Danica Winters

Assurer la sécurité de Lily Clark : c'était la mission d'Ella Spade et de Daisy, sa jeune chienne dressée pour les recherches délicates. *C'était...* Car Lily, adorable fillette de trois ans, a été enlevée, et c'est la peur au ventre qu'Ella suit ses traces dans la forêt enneigée. Un homme l'accompagne : Grant Anders, policier aussi sexy qu'exaspérant qui, au grand dam d'Ella, semble bien décidé à jouer le rôle de chef d'équipe...

Tu n'es plus seule, d'Addison Fox - N°753

Il allait devenir père... À la fois heureux et effrayé, Ethan couve Lizzie du regard. Lizzie. *Sa* Lizzie, qu'il a retrouvée six mois plus tôt, le temps d'une nuit de passion. Et qui aujourd'hui lui annonce qu'elle porte son enfant. Mais pourquoi avoir attendu si longtemps ? Et quelle est cette crainte qui voile son regard ? Comme si une menace pesait sur elle. Comme si elle espérait *in petto* qu'il la protège...

Sauvée des ténèbres, de Bonnie Vanak

« Je n'aime pas les médecins, je ne leur fais pas confiance... » Choquée, Belle affronte du regard l'agent Kyle Anderson qui vient de lui lancer cette pique. Silencieuse, elle attend qu'il lui révèle la raison de sa venue dans le dispensaire où elle consulte et se pétrifie en entendant la suite : une fillette a disparu après sa visite dans son établissement, et le FBI soupçonne Belle d'être impliquée dans un trafic d'enfants...

Retrouvez prochainement,
dans votre collection

BLACK ROSE

Une fugitive aux abois, de Juno Rushdan - N°754

Accusée à tort de trahison, Zee est recherchée par le FBI. En Alaska où elle se cache, elle lie connaissance avec John Lowry, son mystérieux voisin. Mais nulle part elle n'est en sécurité, elle le sait. Aussi, lorsque son chalet est attaqué par une équipe de tueurs, elle se lance dans une fuite désespérée. Une cavale dans laquelle, bien qu'elle tente de l'en dissuader, John veut à tout prix l'accompagner…

Des secrets menaçants, de Tyler Anne Snell

Qui menace Willa Tate ? Et quel secret renferme la boite qu'elle a déterrée sur le chantier où elle travaille ? Consciente du danger qui plane sur elle, persuadée que les documents qu'elle a mis à jour concernent un crime ancien et non élucidé, Willa va trouver Kenneth Gray. Sans savoir que le séduisant détective enquête de son côté sur le meurtre de sa femme, des années plus tôt…

Un protecteur dans l'ombre, de Carol Ericson - N°755

LES DISPARUS DE TIMBERLINE – 3/4

Pour quelle raison Jim Kennedy est-il de retour à Timberline ? Scarlett est partagée entre inquiétude et fascination. Inquiétude, car le retour de Jim coïncide avec une série de meurtres sans doute liés à l'enlèvement de trois enfants, vingt-cinq ans plus tôt. Fascination, car celui qui n'a rien perdu de ses allures de *bad boy* semble vouloir la protéger des dangers qu'elle sent planer autour d'elle…

Dans les bras de son ennemi, de Carol Ericson

LES DISPARUS DE TIMBERLINE – 4/4

« Que faites-vous à Timberline, mademoiselle Johnson ? » Désespérée, Caroline évite le regard de Cole Pierson, le séduisant agent de la DEA… Comment lui avouer qu'elle ne sait pas qui elle est ? La croira-t-il si elle lui révèle qu'elle s'est réveillée, quelques jours plus tôt, dans une chambre d'hôtel près du corps sans vie d'un inconnu, avec pour seul indice un mot sur un bout de papier : Timberline…

Retrouvez prochainement,
dans votre collection

BLACK ROSE

Une famille en péril, de Carla Cassidy - N°756

Melissa est sous le choc. Elle vient de croiser James, l'homme avec qui elle a passé une nuit de passion un an plus tôt... Et, si elle sent renaître en elle une folle attirance pour lui, le doute l'envahit. Car c'est un homme d'affaires menacé par de nombreux ennemis et elle se demande si elle peut lui révéler qu'il est le père de ses jumeaux sans les mettre en danger...

Le sceau du passé, de Lisa Childs

En quittant le speed dating auquel elle vient de participer, Claire a du mal à mettre de l'ordre dans ses idées. Car sous le regard du séduisant Ashton Stryker, l'homme qui prétendait n'être qu'un simple employé de bureau, elle a eu l'impression d'être percée à jour. Comme si Stryker connaissait tout de son passé. Comme si ce rendez-vous n'était qu'un piège...